Novela

Sonsoles Ónega

Las hijas de la criada

Planeta

PEFC Certificado

Este libro procede de bosques gestionados de forma sostenible

PEFC

PEFC/14-38-00305 www.pefc.es

Avda. Diagonal, 662-664, 08034 Barcelona
www.planetadelibros.com

Adaptación de la cubierta: Booket / Área Editorial Grupo Planeta
Ilustración de la cubierta: © David de las Heras
Primera edición en Colección Booket: marzo de 2025
Primera edición en esta presentación: febrero de 2026

Depósito legal: B. 269-2026
ISBN: 978-84-08-31527-8
Impreso en España

Biografía

Sonsoles Ónega (Madrid, 1977). Periodista, licenciada por la Universidad San Pablo CEU de Madrid. Ha trabajado en CNN+ y *Noticias Cuatro*, y fue corresponsal parlamentaria de *Informativos Telecinco* desde 2008 hasta 2018. Entre 2018 y 2022 presentó distintos formatos televisivos en Mediaset, como *Ya es mediodía* o *Ya son las ocho*. Desde octubre de 2022 está al frente del magacín *Y ahora Sonsoles* en Antena 3. Es autora de las novelas *Calle Habana, esquina Obispo*; *Donde Dios no estuvo*; *Encuentros en Bonaval*; *Nosotras que lo quisimos todo*; *Después del amor* (Premio de Novela Fernando Lara 2017) y *Mil besos prohibidos*. *Las hijas de la criada* fue galardonada con el Premio Planeta 2023 y ha sido adaptada a serie por Atresmedia. *Llevará tu nombre* es su última novela.

@sonsolesonega

A Iago y a Gonzalo,
que siempre (me) esperan

Recuérdalo tú y recuérdalo a otros.

LUIS CERNUDA

Porque la vida de los muertos consiste en la memoria de los vivos.

MARCO TULIO CICERÓN

Amor y mar hay para todos.

—Din que houbo parto no pazo dos Valdés.

—Quen cho dixo?

—Dixérono no porto e a nova voou como gaivota de mar. Pero dixeron máis.

—Que máis dixeron?

*—Que, como criada e ama pariron ao mesmo tempo, iso é cousa de meigas.**

* —Dicen que hubo parto en el pazo de los Valdés.

—¿Quién te lo dijo?

—Lo dijeron en el puerto y la noticia voló como gaviota de mar. Pero dijeron más.

—¿Qué más dijeron?

—Que, como criada y ama parieron al mismo tiempo, eso es cosa de brujas.

PRIMERA PARTE

—

PUNTA DO BICO, FEBRERO DE 1900

CAPÍTULO 1

Hay historias que permanecen escondidas durante siglos y merecen ser contadas. Historias de familias que se desvanecen con sus muertos, sepultadas bajo sus cenizas. La que empezó a forjarse tras los muros del pazo de Espíritu Santo es una de ellas.

Hasta ahora nadie se había atrevido a escribirla.

Aunque voló como gaviota de mar.

Cuando los señores Valdés terminaron de cenar, el olor de la ría entró en el comedor y los persiguió hasta la sala de la chimenea, donde doña Inés sintió el frío del parto.

Llevaba varios días revuelta, pero no lo esperaba tan pronto. El parto previsto era el de la Renata, casada con Domingo, matrimonio de guardeses y campesinos de las tierras del pazo de Espíritu Santo.

La conjetura de que lo que iba a suceder en cuestión de horas también lo supiera don Gustavo Valdés se quedaría en eso, en una conjetura. En realidad, nadie podría confirmar lo que pasó después de aquella noche, lluviosa como todas las de febrero en Punta do Bico, provincia de Pontevedra.

El viento del norte zarandeaba los cristales y amenazaba con romperlos en una de sus furiosas embestidas. Don Gustavo azuzó los leños de la chimenea y se sumergió en la lectura de un artículo sobre el cultivo de la remolacha que, de un tiempo a esa parte, se había revelado como un tubérculo interesante de cara a su explotación azucarera.

Doña Inés dijo que tenía contracciones, pero su marido no le prestó atención ni reparó en el púrpura de la cuenca de sus ojos ni en lo baja que tenía la tripa, vencida hacia los muslos. Distantes como estaban —él en su orejero, ella en la butaca tapizada a juego—, tampoco pudo advertir que doña Inés ardía de fiebre.

—No me encuentro bien, Gustavo —volvió a decir.

El marido levantó la vista del periódico.

—Acuéstate, mi amor. Ahora subo yo.

Doña Inés miró a su marido y lo vio tan embebido en *El Faro* que lo dejó estar. Salió de la sala y asomó la nariz en la cocina para pedir a Isabela, la criada, que le preparara una infusión bien caliente.

—Aunque no sé si llegaré a tomarla. Me siento a morir.

—¿Qué le pasa a mi señora?

—Me duele aquí.

Señaló con los dedos la zona baja de la barriga.

—Como si me estuvieran rajando la tripa.

—Suba a su habitación y yo le llevo una manzanilla.

—Manzanilla, no, Isabela. Tráigame una tila.

—¿Una tila?

—Sí, Isabela, una tila. ¿Jaime está dormido?

—Sí, señora. Como un ángel. No se preocupe por el niño. Suba, que enseguida llego yo. Tiene usted muy mala cara.

—¿Y la Renata?

La señora preguntó por la otra criada porque antes de acostarse le gustaba pasar revista a la intendencia.

—Se encerró en la casa a las seis de la tarde.

—¿Y no ha vuelto a salir?

—No, señora.

—¿De Domingo sabe algo?

—Andará en la cantina —contestó Isabela.

Doña Inés sintió un pinchazo en la barriga que la dobló hasta el suelo.

—¡Qué mala estoy! Para mí que nace hoy.

—Ay, no, señora. No diga eso. Que es domingo. Y no avisamos a la partera. ¡No le daría tiempo a llegar desde Vigo! ¡Es domingo! —repitió angustiada.

—¿Estará despierto el doctor Cubedo?

—No puedo saberlo, señora. Pero ya sabe que el doctor Cubedo no es de partos.

—Da igual. Vaya a buscarlo, por favor.

—¿Y dónde lo busco a estas horas?

—Estará en su casa o qué sé yo —contestó doña Inés.

Sujetándose la barriga con las dos manos, consiguió subir las escaleras que llevaban a la alcoba principal, y fue tumbarse en la cama y empezar a sentir unas contracciones desconocidas. No se parecían en nada a las que anunciaron la llegada de su primer hijo, Jaime, el año anterior. Eran secas y punzantes. Se tocó bajo el vientre y sacó la mano ensangrentada.

—¡Isabela! ¡Isabela! ¡No hay tiempo que perder!

—¿La que grita así es la señora? —preguntó sobresaltado don Gustavo.

Tiró el periódico al suelo y corrió escaleras arriba mientras Isabela, sin contestar a su señor, voló a buscar al doctor Cubedo. Lo encontró con el pijama puesto y a punto de torcer la barbilla hasta el día siguiente.

—Doctor, tiene que venir al pazo de los señores Valdés. Doña Inés se ha puesto de parto. ¡Se nos muere!

—¡Qué exagerada, mujer!

—No exagero ni un poco. Dice que siente como si le estuvieran rajando la tripa. ¡Aún no le tocaba, doctor! Dese prisa, por lo que más quiera.

—¿Cuánto le faltaba?

—¡Lo menos tres semanas!

—Según tus cálculos...

—Sí, señor. Según mis cálculos.

Fue tal la insistencia de la criada que el médico salió con lo puesto. Apenas le dio tiempo a echarse un abrigo por los hombros y a agarrar el maletín, olvidando el paraguas para la lluvia incesante. El barro de los caminos les impedía correr, a riesgo de escurrirse en cualquier momento, y el doctor Cubedo no estaba para sustos. Los perros aullaron y los gatos huyeron al oír el crujido de la verja del pazo. Subieron los peldaños de dos en dos, calados hasta los huesos y empapando la madera en cada zancada. En la habitación de los señores Valdés, don Gustavo parecía un alma en pena a los pies de la cama donde doña Inés había empezado a parir sin parir.

—¡Por lo que más quiera, doctor Cubedo, salve a mi mujer! —sollozó.

—No me diga eso, don Gustavo, que no es más que un parto.

—Este parto viene mal —sentenció el señor.

El médico se santiguó, se quitó la ropa mojada y se vistió una camisa seca y un pantalón de don Gustavo que le quedaba inmenso. El doctor Cubedo era un saco de huesos, metido de vientre, que no había manera de engordar.

—¿Dónde está el baño? Necesito lavarme las manos.

Isabela condujo al médico.

—Escucha, muchacha. Hierve agua y me la traes cuando esté templada —le ordenó mientras se aseaba.

Salió del lavabo con las manos aún goteando, se acercó

a doña Inés y con la comisura de los labios comprobó que estaba ardiendo.

—Tenemos que desnudarla. Hay que bajar esta fiebre.

Desnudaron a la señora entre don Gustavo y el doctor, que mal que bien ayudó lo que pudo porque no había tiempo ni espacio para el recato.

—Cúbrala con una sábana fina y pida ropa vieja a la criada.

—Doctor, está sangrando —musitó don Gustavo al ver un reguero amarronado entre sus piernas.

Cubedo pidió el auxilio de alguna criada más, pero el señor dijo que, por ser domingo, la Renata ya se había retirado.

—Pero es una emergencia —replicó el médico.

—Es domingo y está descansando —contestó rotundo don Gustavo.

A Isabela, que lo oyó al entrar cargada con la palangana recién hervida, le corrió la rabia por las venas, pero no dijo nada porque, a fin de cuentas, ella también era criada de ese pazo y no quería jugarse los cuartos.

El doctor Cubedo se atropellaba dando órdenes a Isabela.

—Trae aquí el agua, trae el alcohol para desinfectar, trae mi maletín, trae...

—Voy, doctor, voy.

—¿No da tiempo a que venga la partera de Vigo? —preguntó el médico.

—No da tiempo, no —se lamentó Isabela.

Cubedo se sintió tan desasistido que la mandó al pazo de los señores de la Sardina.

—Su criada tiene mano en los partos —dijo.

—¡De animales, doctor! —exclamó la muchacha.

—¡Qué demonios importa ahora!

—¡Y es ciega! —Isabela no podía concebir que aquella criada fuera la solución.

Don Gustavo negó tres veces con una furia que sólo él podía justificar.

—¡No, no, no! Bajo ningún concepto. En esta casa no entrará nadie que venga de ese pazo.

—Señor Valdés, no hay más remedio. ¡Necesito ayuda! —clamó el médico—. Ciega, tuerta o como sea.

Don Gustavo salió de la habitación, pero a los pocos minutos volvió con los labios cosidos. De su boca sólo salieron dos palabras:

—Que venga.

Isabela voló a buscarla ante la angustia del médico. Doña Inés tenía las pupilas dilatadas y hasta el cabello parecía haber encanecido de repente. La criada le había soltado el moño y el pelo le caía hasta los hombros.

—¡Señora, respire, respire profundo!

Pero doña Inés sólo podía gritar de dolor y morderse los nudillos para soportarlo. La tripa, dura como una piedra.

—No me gusta que esta sangre haga espuma —dijo el médico.

—¿Qué quiere decir? —preguntó don Gustavo.

—No es habitual, pero pasa.

A don Gustavo no le importaba si era habitual. Sólo quería saber qué rayos significaba que la sangre fuera espumosa y si su mujer podía morir.

—Doctor...

El médico estaba preparando una inyección.

—Doctor —insistió—, ¿se va a morir?

Cubedo levantó la cabeza y lo miró como si hubiera conjugado un verbo maldito.

—No se le ocurra volver a hacerme esa pregunta.

Don Gustavo se acercó a la cama y su mujer lo miró a los ojos con la tristeza que deja el infortunio. El señor empezó a hilar los sucesos de su vida como si el tiempo se estuviera agotando, como si el futuro fuera de una escasez sombría, como si haber faltado a su esposa tuviera esa penitencia insoportable. Su pecado había sido dejarse vencer por el instinto. Pero sólo fue con Renata, ¡sólo con ella!, rugió su conciencia.

—Dame la mano, Gustavo.

Hasta la voz de doña Inés le sonó desconocida.

Se llevó los dedos a la boca para besarlos y recordó las primeras noches en esa misma alcoba, donde consumaron el amor con el que la vida los había bendecido.

—Doña Inés, voy a inyectarle un coagulante.

El doctor Cubedo rompió el silencio impuesto en la habitación, pero don Gustavo había dejado de escuchar. Nunca sospechó que necesitaría redimir la culpa ni que sentiría en vida la condena. No es que quisiera quitarle hierro al suceso, pero podía jurar por todos sus muertos de Cuba que nunca había dejado de querer a Inés desde el primer día que la vio con dieciséis años, fresca como un amanecer. El eco de la otra mujer, sus gritos de placer, los gemidos a escondidas retumbaron contra las paredes del pazo.

—Doña Inés, la hemorragia parece controlada. Voy a meter la mano para ver cómo viene el niño. Respire hondo.

El doctor apenas tardó unos segundos en confirmar que el niño venía de nalgas.

—¿Por qué demonios no llega la criada de la Sardina? —gruñó.

Había perdido la pulcritud y la elegancia con esa camisa gigantesca remangada hasta los codos y las dos vueltas de la cinturilla del pantalón.

En ese momento, Isabela entró en la habitación guiando a la partera de animales. Empapadas, las mujeres parecían dos fantasmas transparentes. El médico y el señor se asustaron al verlas como una funesta aparición.

—¡Santo cielo, santo cielo! —gritó el médico—. ¡Dais pavor!

La partera, de nombre Mariña, se fue acercando hasta la cama y detuvo sus ojos níveos en doña Inés. Colocó la mano sobre su vientre, fue escurriéndola hasta la entrepierna y, en un gesto impropio de una criada, apartó de un manotazo a Cubedo.

—Déjeme a mí —dijo.

—La criatura viene de nalgas —repuso el médico.

—¿No me diga? Lo noto a la legua.

Mariña empezó a organizar a unos y a otros con una destreza insospechada.

—Isabela, abre las ventanas. ¡Aquí hay concentración de demonios! —exclamó—. Doctor, masajee la barriga en el sentido de las agujas del reloj.

La joven se quitó la ropa mojada, pidió un camisón o lo que tuvieran y se arrodilló a los pies de la cama. Tenía cara de niña pequeña, ni siquiera de adolescente, manos de topo y esa mirada, siempre a oscuras, de quien nunca había visto la cara de la muerte.

Con unas artes entrenadas en los partos de vacas, ovejas y perras agarró las nalgas de la criatura y fue tirando de ella hasta separarla para siempre de las entrañas de la madre. Doña Inés nunca sabría qué profundo llegaría a ser el vacío.

—¡Es una niña! —exclamó al palparla.

—¡Una niña! —repitió Isabela.

—¡Una niña viva! —replicó la voz del doctor Cubedo.

—Una niña... —se oyó decir a don Gustavo.

En aquel instante, el señor Valdés no supo qué sentir ni qué pensar.

Era la primera niña que llevaría el apellido Valdés. Durante tres generaciones, las hembras se habían resistido como gato panza arriba.

Doña Inés estaba blanca como la leche. Parecía haber perdido el sentido. Sólo balbuceaba palabras que nadie entendía.

—Señora, aguante, que ya está aquí su niña.

La joven ató el ombligo con una seda y lo desinfectó con unas gotitas de alcohol. Justo entonces, la niña lloró.

Isabela se la llevó corriendo al barreño y, mientras la limpiaba, preguntó:

—Don Gustavo, ¿cómo la llamamos?

—Dejémonos de nombres ahora, mujer —contestó el doctor Cubedo.

La criada de Espíritu Santo se acercó al médico a una distancia poco prudente.

—Perdone, doctor... —dijo—. También es urgente pasar a esta niña por la Virgen, no vaya a ser...

—¡No seas pájaro de mal agüero! ¡Ya está bien de malos augurios, *carallo*! ¡He dicho!

Isabela puso punto en boca, pero redicha e insistente como ella sola, a los dos segundos volvió sobre sus palabras.

—Usted será médico y yo criada, pero se la entrego a la Virgen con nombre como está mandado.

Dicho esto, la envolvió en unas sábanas limpias y echó a correr escaleras abajo. La noche repitió el eco de las palabras de la partera:

—Isabela, ¡se llamará Carolina!

Quién lo había decidido, no lo supo. Pero eso era lo de menos. Como lo de menos fue que, en vez de Carolina, Isabela oyera Catalina y que con Catalina, nombre de mártir, se quedara para siempre.

La capilla del pazo, de granito robusto y tejado a dos aguas, quedaba a escasos veinte metros de la entrada principal. La criada abrió la puerta de madera y, arrodillada ante la figura de la Virgen del Carmen, pidió como las devotas de la parroquia por la pronta recuperación de doña Inés y el buen futuro de su hija.

—¡Mire qué *filla* le traigo! Se llama Catalina. Acójala, señora Virgen del Carmen. Y cuide de la madre. Yo le prometo no faltar ni un domingo a misa.

La acercó a los pies de la imagen y la sostuvo unos minutos en alto. Cerró los ojos para rezar lo que se sabía de memoria y, cuando los abrió, creyó ver a la Virgen llorando.

—Dios mío, qué cruz. ¡Qué cruz! —exclamó Isabela con el miedo en el estómago.

A don Gustavo también le dio por llorar. Besó a su mujer en la frente y se retiró al mirador de Cíes. No recordaba haber pasado tanto miedo en los días de su vida. Ni cuando salió de Cuba. Ni cuando se jugó hasta el último real en el aserradero. Ni cuando recibió las noticias de las muertes de sus familiares. Una detrás de otra.

Nunca.

—¡Don Gustavo! —gritó la partera Mariña—. ¡Don Gustavo! ¿Está usted aquí? —preguntó.

Pero nada.

Don Gustavo parecía haberse evaporado de este mundo. Desde el mirador tenía una panorámica perfecta de la finca en la que se alzaba el imponente pazo. La capilla, el hórreo, los hermosos jardines oscuros como el horizonte a esas horas de la mala noche de Punta do Bico. Al fondo, lindando con las cuadras y la *palleira* de los aperos del campo, la casa de los guardeses. Una luz tenue de candil arrumbado en una esquina iluminó la estancia de suelos de piedra, destartalada y sucia. Don Gustavo pudo identificar el cuerpo retorcido de la Renata, en posición de parto.

Como los animales de Mariña.

La silueta dibujaba a una mujer que aullaba al aire,

con gesto doliente, el pelo desordenado sobre la cara, las palmas de las manos abiertas empujando la tierra como si quisiera que se abriese bajo ella y su cuerpo expulsara la cría que llevaba dentro.

Los gritos y el dolor se los quedó para ella.

Sin más testigos que la mirada lejana del señor Valdés, la Renata alumbró a otra niña a la que llamaría Clara. De apellido llevaría el de Domingo, Alonso, y de segundo Comesaña, el de su madre.

Clara Alonso Comesaña.

—¿Señor Valdés?

—Estoy aquí, muchacha —musitó.

Mariña se guio por la voz, se acercó a él y le tocó la espalda. Estaba temblando desde la nuca hasta los tobillos.

—¿Le traigo agua? —volvió a preguntar la partera con preocupación.

—No hace falta.

—Vaya con su mujer.

Todo hombre, por imponente que sea su fortuna, su fama o su linaje, acaba cometiendo un error. El señor Valdés se acercó a doña Inés y clavó los ojos en el vientre de su esposa. En la mirada llevaba prendido el peso de haberlo cometido.

CAPÍTULO 2

El silencio no volvió al pazo de los señores Valdés hasta entrada la madrugada, antes de despuntar el día y la primera tormenta de la mañana. El reloj tocó las campanadas de las tres cuando doña Inés acabó por rendirse a los efectos de una sedación suave que el doctor Cubedo le fue administrando en un pañuelito regado con cloroformo que sacó de su maletín. Isabela cumplió las órdenes con obediencia.

—Nada de molestar a la madre —le dijo—. Te plantas la niña al pecho y que chupe, que chupe y que chupe.

La criada protestó porque sus pechos estaban secos, pero el médico erre que erre hasta que la partera intervino.

—Doctor, también soy ama de cría. Me vendrá bien esta niña para que no se me corte la leche.

El médico se volvió hacia ella sorprendido por la revelación y le preguntó si estaba vacunada. La joven asintió con la cabeza.

—Que no se hable más. La chica amamantará a esta niña hasta que doña Inés se recupere. ¿Puedes valerte?

—Doctor, no haga de menos a una ciega, que no por ciega es tonta.

—Pues no se hable más —repitió Cubedo.

—¿Cuándo despertará mi esposa? —preguntó don Gustavo.

—De momento, déjenla dormir tantas horas como quiera el cloroformo.

—¿Y luego? —insistió la nodriza.

—Luego le conceden un día más, pero si la señora pide ver a la niña, que la vea y se la ponga al pecho.

Don Gustavo hizo otro intento de protestar pero, de la misma manera que claudicó la primera vez, claudicó la segunda.

El médico se acercó a doña Inés, la destapó, vio sus pechos inflamados. Apretó uno de ellos y un líquido amarillo y espeso se vertió del pezón.

—Este calostro le aguantará. ¡Está llenita, la pobre, llenita de leche!

A Isabela se le escaparon las lágrimas. Ella era de llorar mucho y a deshora, cuando no tocaba. Tenía a la niña en los brazos, enrollada en las sábanas. Debía de pesar menos que un gato.

—Y tú —dijo el médico acercándose a ella—, haz una manzanilla y le das unas cucharaditas con azúcar para que haga caca.

—¿A la señora?

—No, hija, a la niña. ¡Qué poca mollera, Dios mío!

El doctor fue recogiendo todos los artilugios que habían quedado desperdigados en el suelo de la habitación y los metió en su maletín. De un bolsillo, sacó un bote a medias de tónico Koch para enriquecer la sangre.

—Que lo tome al despertar —dijo dirigiéndose a quien lo estuviera escuchando—. ¡Esto es para la madre! —precisó—. Que hay que decirlo todo.

Sentía el cansancio hasta en las pestañas.

Antes de marcharse se comprometió a volver mediada la tarde, «cuando me recupere de este sopor», añadió. No recordaba una noche así desde los años mozos en los que podía pasar hasta tres días sin pegar ojo asistiendo a ancianos, curando a niños o al que se pusiera enfermo, que lo mismo daba que fuera joven, viejo, hombre o mujer. Siempre estaba a la orden del naufragio de turno con más vocación que un cura.

Don Gustavo lo acompañó hasta el portalón de la entrada principal.

—Señor Valdés, tendrá una niña preciosa. No tema. Y recuerde: Dios no se ceba con los buenos. Sólo los acecha para hacerlos mejores.

El médico se refería a la buena fama de los señores. Todo Punta do Bico los tenía en alta consideración: eran los mejores patrones, los más generosos y los únicos que no alardeaban de la inmensa fortuna de su pasado y de su presente. Pero, sobre todo y desde tiempo ha, los Valdés eran justos. Sólo así se explicaba que durante décadas los lugareños hubieran explotado sus tierras sin robarles nada. O robándoles poco. Que es otra forma de honradez.

—No sé de qué me habla —contestó el señor.

Don Gustavo, aún aturdido por el parto de la Renata, lo entendió por el lado de su pecado y temió que Dios estuviera acechando a su familia a modo de advertencia. O que el médico supiera algo y que se lo hubiera contado a don Castor, el cura, y que el cura, que era un poco lenguaraz, se lo hubiera comentado, así como quien no quiere la cosa, a las señoras de la parroquia o a los señores de la Sardina y que, llegado el momento, ellos lo utilizaran para desestabilizar su matrimonio y hundir su buena reputación.

—Ande y vaya a dormir. Se quedó usted tamañito.

Don Gustavo lo siguió con la mirada hasta que el doctor Cubedo se perdió en la noche con su maletín y su ropa aún húmeda. Los perros de la finca se acercaron desorientados, no eran horas para el señor, y le chuparon los tobillos. Cerró la puerta y, al darse la vuelta, encontró a Mariña a los pies de las escaleras. Al lado, Isabela sostenía a su hija en los brazos.

—Señor Valdés, la niña ya chupó y está tranquila, pero dentro de unas horas tendrá hambre de nuevo. El ama de cría debería quedarse a dormir en el pazo. Si no es molestia...

—Sí, será lo mejor —admitió—. Pero déjeme verla antes...

Se aproximó a su hija y la besó en la frente. Olía a hierro fundido y a semilla de almendra. Olía amarga, a sangre seca.

—Isabela, disponga de las habitaciones del fondo y vayan a descansar. Antes, abra las ventanas para que entre el limón del boj. Esta niña huele a rayos.

Isabela se la acercó a la nariz. Olía a ella.

—De acuerdo, señor. Prepararé ahí la cuna.

—Y dejemos descansar a la señora. A buen seguro que muy pronto podrá atender a su hija.

—Así haremos, señor. ¿Precisa algo?

Don Gustavo se retiró sin contestar.

Se descalzó antes de entrar en la habitación del matrimonio. Abrió la puerta con cuidado para no hacer ruido, aunque en realidad daba igual porque doña Inés seguía tal cual la habían dejado. De pie, erguido frente a ella, dejó que las lágrimas se derramaran por su rostro sin molestarse en enjugarlas. De cerca, doña Inés tenía el gesto del dolor tatuado en los labios, el pelo revuelto, todavía apelmazado por el sudor, los brazos escondidos bajo la sábana. La retiró y sintió pudor al verla desnuda y vacía. Al menos estaba limpia de la sangre derramada.

Encendió un cigarro que encontró en la mesita redonda del mirador junto al puñado de periódicos que acostumbraba a leer antes de dormir.

Si cerraba los ojos, aún podía oír a su abuelo don Jerónimo dictando su última sentencia con aquella voz ronca de ron y puros:

—Volveré a España y a mi provincia y a ese mirador que diseñé hacia el atardecer de Cíes para morirme con el sol.

No cumplió su deseo porque el viejo no volvió de Cuba, adonde había emigrado tras la traición de los primeros señores Vidal Quiroga, más conocidos como los señores de la Sardina. Con su abuelo había empezado todo.

Don Jerónimo fue el primer Valdés que se hizo rico en la familia con los barcos de la sal que hacían la ruta desde las salinas de la bahía de Cádiz hasta los alfolíes gallegos. A principios del siglo XIX la conserva de la sardina comenzó a demandar ingentes cantidades de sal y don Jerónimo olió el negocio antes que nadie. Los señores de la Sardina, catalanes reubicados en la costa atlántica, se convirtieron en sus mejores clientes. También servía sal a otros locales, pero había que reconocer que los Vidal Quiroga lo hacían mejor. Pescaban con técnicas nuevas, y perfeccionaron la salazón y el prensado. Eso les permitía conservar la pesca más tiempo y venderla a troche y moche desde el sur de Francia hasta Levante, pasando por Barcelona y cruzando el Mediterráneo hasta el litoral italiano.

Los señores de la Sardina necesitaban media fanega de sal para la salazón de un millar de sardinas. Eso permitió a don Jerónimo crecer y crecer e invertir en más flota para hacer más rutas. Llegó a transportar más de treinta mil metros cúbicos de sal, lo que suponía cien desplazamientos al año. Todo se multiplicaba en la familia. Las ropas. Los caprichos. Los libros que llegaban a la provincia. El arte. Las alhajas para la abuela de Gustavo, doña Sole Guzmán. Las lámparas que adornaban la primera casona y acabaron luciendo en los salones del pazo. Porque fue por aquel entonces y fue por la sal que los Valdés originarios compraron el pazo de Punta do Bico a unos hidalgos arruinados a los que don Jerónimo no les regateó ni un real porque bastante tenían con haberlo perdido todo.

Todos lo conocían como el pazo del lugar de Espíritu Santo porque se alzaba sobre la loma que llevaba ese nombre. Se accedía por un sencillo camino de *xabre*, sombreado por castaños que le otorgaban una luminosa majestad. Don Jerónimo quedó fascinado por sus imponentes muros de granito labrado en las canteras de Vincios. Con el paso de los inviernos, el musgo fue salpicando las zonas sombrías donde el sol raramente llegaba a acariciarlo.

Nada podía ir mal, o esa impresión daba, pero las cosas se torcieron por culpa de las sucesivas guerras y los ataques de los corsarios franceses, que convirtieron el mar en un territorio peligroso hasta el punto de provocar la retirada de la flota portuguesa y comprometer seriamente a la española. En esa supervivencia de piratas estaba don Jerónimo cuando un vecino de la provincia, cuyo nombre no se puede pronunciar porque da gafe, pasó a ser de la noche a la mañana el mayor comerciante de sal del Reino de España. Promovió contratos leoninos con las salinas del Puerto de Santamaría que impidieron que alguien más metiera mano. Así que don Jerónimo se apresuró a vender su flota a buen precio, pero descubrió que el vecino en cuestión iba a medias con los señores de la Sardina y aquello le hizo ácida la sangre. No por nada en especial, don Jerónimo ya era rico, sino porque vio clara la jugada: los señores de la Sardina querían quedarse con todo, con la sardina y con la sal.

Don Jerónimo se retiró a su mirador de Cíes y pasó unos años dedicado en exclusiva a recibir a sus obreros. Parados unos y contratados otros por la nueva empresa, se quejaban de todo. Las esposas le contaban historietas y chismes de la señora de la Sardina, pero él se tapaba los oídos y se entregaba al horizonte y a ver cómo los barcos llegaban a puerto preñaditos de la que tendría que haber sido su sal. También vio los naufragios y las penurias que la marea baja desnudaba en la orilla. Así hasta que un buen día se hartó de guardar silencio, dejó su Galicia natal y se embarcó rumbo a Cuba con su esposa, doña Sole Guzmán, y sus dos hijos, Pedro y Venancio, ya criaditos. A nadie le contó adónde iba. Arregló las tierras con los campesinos y juró no subir las rentas durante el tiempo que estuviera fuera. Si la sal le había dado fortuna, el azúcar le haría aún más rico.

Sin darse cuenta, el amanecer asaltó a don Gustavo dando cabezadas en la butaca. Se había quedado dormido con el cigarro entre los dedos, consumido antes de quemárselos.

—Don Gustavo, don Gustavo —le susurró la voz de Isabela.

Sobresaltado, abrió los ojos.

—Don Gustavo, ¿le subo el desayuno? Van a dar las ocho.

—¡La señora! —exclamó.

—La señora aún duerme —precisó la criada.

—¿Y la niña?

—La niña también está dormidita. La muchacha ya le dio su leche.

—¿Y Jaime?

—¡Todos están dormidos, señor!

—Debo ir a la fábrica. Es lunes —dijo estirando los brazos.

La criada salió del dormitorio y don Gustavo se disponía a arreglarse cuando vio llegar a Domingo, el marido de la Renata. Iba como una cuba. Se retiró del mirador para que el guardés no lo viera, pero lo siguió con la mirada. No había terminado de abrir la puerta de la casa cuando el hombre cayó redondo.

«¡Maldita sea! Debí deshacerme de ellos», pensó contrariado.

La Renata, con la criatura recién parida amarrada a su espalda y los pechos al aire, se agachó para abofetearlo hasta que el hombre recuperó la consciencia. Sobrecogido por la escena, don Gustavo abrió una rendija del ventanal y oyó cómo la mujer lo llamaba malnacido, desgraciado y a saber cuántas cosas más.

—¡Si te ve el señor, nos manda pa casa a los dos! —dijo antes de cerrar de un portazo.

Don Gustavo volvió a sentir que se le helaban los huesos. Lo siguiente que vio fue a la Renata correr hacia la entrada del pazo. Luego oyó la puerta principal. Y después las voces de las dos criadas. Intentó aguzar el oído, pero nada. Sólo le llegó un rumor lejano, un intercambio de palabras que no acertó a entender, alguna más alta que otra en la voz de Isabela y el ruego de la Renata de que no la alzara, «No vaya a ser que el señor nos oiga».

Y otra vez la puerta, que se cerró de golpe.

Y el silencio.

Al poco, las pisadas de Isabela precedieron al desayuno caliente.

—Señor, vino la Renata.

—¿Y qué dijo?

—Que parió una niña.

—¿Y nada más?

—Nada más.

—Que se tome el tiempo necesario para recuperarse —concluyó el señor evitando cruzarse con su mirada.

—Dijo que no. Que no lo necesita.

El señor dejó la taza sobre la mesa del mirador.

—Que no entre en esta casa.

—No entiendo.

—No hay nada que entender, que no entre en esta casa —sentenció.

Las palabras de don Gustavo asustaron tanto a Isabela que no se atrevió a preguntar si debía decírselo a ella o a quién, si ahora o cuándo y, sobre todo, por qué. Se tragó sus dudas y se retiró a la cocina a preparar caldo de gallina para doña Inés y a esperar a que el pequeño Jaime se despertara para entretenerse con él y no pensar en nada más.

No sentía aprecio por la Renata. Quizá tenía celos de ella porque era hermosa y no había hombre que no apreciara su cuerpo. El señor siempre había sido amable y generoso con todos sus empleados, pero en especial con esa criada, a quien daba buenos aguinaldos y algún regalo de más. Incluso los había visto en animada charla en las tardes de verano, antes del tardío anochecer de Punta do Bico, aprovechando el tiempo que la señora entregaba a su hijo o a la lectura de los libros que llegaban desde la capital. Podía entender que sintiera asco por Domingo y que hubiera llegado a repudiarlo, pero, en realidad, sus borracheras no eran nada nuevo y en su descargo había que decir que sólo bebía el día que llevaba su nombre, como si quisiera homenajearse a sí mismo con el vino tinto de los pobres.

—Bastante cruz tiene la mujer.

El señor abandonó el pazo sin decir si volvería a comer, si estaría presente en la visita vespertina del doctor Cubedo, si quería que Isabela avisara a don Castor para que oficiara una misa por doña Inés en la capilla...

A la criada no le dio tiempo a preguntárselo porque se

esfumó como un espíritu camino de la fábrica, donde, como él había dicho, volvía a ser lunes.

Sin embargo, algo ocurrió antes de que atravesara la verja que siempre chirriaba. La Renata lo estaba esperando, apoyada en los muros de piedra. Le puso la mano a la altura del hombro, se acercó a su cuello y, con lágrimas en los ojos, le dijo cuatro cosas. Isabela nunca sabría qué, pero por si acaso se santiguó varias veces para espantar los demonios que se habían alojado en ese pazo.

CAPÍTULO 3

El sol fue trepando en el cielo de nubes negras ancladas en Monteferro, ese monte de hierro que se adentraba en el mar frente a Punta do Bico y la ensenada de Carreira. La tormenta pasó y el pequeño Jaime pudo juguetear en los jardines con los perros y salir a pasear de la mano de Isabela, que le repetía el nombre de la hermana para ver si se lo aprendía.

La Renata, que la vio, esperó a perderla de vista por el camino que llevaba al puerto para salir de su casa con la hija recién nacida en brazos. Corrió hasta el pazo, se asomó a la ventana de la cocina y tocó el cristal con los nudillos. Mariña estaba sentada en el banco en el que las criadas se contaban sus penas y deseos, los dolores de espalda, los sabañones y su escozor. Escucharse era el mejor de los remedios.

—¿Quién es? —preguntó Mariña.

—Soy Renata.

—Pasa, pasa —contestó la nodriza.

La Renata abrió el portalón principal, se sacudió el barro de las botas y preguntó:

—¿Puedo quedarme?

Mariña contestó que sí, que Isabela había salido con Jaime y aún tardaría en llegar.

—¿Te dejó sola con la niña? —volvió a preguntar.

—Pero es una bendición. No da guerra —aseguró Mariña.

Al ver al ama de cría con la hija de los señores colgada de un pecho, la Renata sintió un pellizco en el estómago.

—No sabía que te llamaron —le dijo.

—Doña Inés se puso muy mala. Cubedo no sabe de partos.

—Vi llegar al doctor. Pero a ti, no —insistió la Renata.

—Pues menos mal que vine, porque la *filla* se había encajado. Venía mal.

—¿La señora está bien?

—Dormida —contestó Mariña.

—¿Cómo se llama?

La Renata se acercó para ver la cara de la cría.

—Catalina.

—Es un nombre bonito —dijo con una mirada que sólo ella sabía si escondía dolor.

Y cuánto.

—¿Y la tuya? —preguntó Mariña—. Oí que también había sido niña.

—Se llama Clara.

—También es bonito.

La Renata se sentó a su lado y puso a la niña a mamar.

—¿Te costó parirla?

—No. Llegó rápido.

—¿Te duele algo?

—Sólo molestias.

Mariña volvió sobre la hija de la señora. Tenía los ojos cerrados, mamaba plácida y serena. La de la Renata, en cambio, miraba a su madre con ansiedad, como si el alimento no fuera suficiente.

—Creo que no tengo leche. Que esta niña se queda con hambre —se lamentó—. Podrías...

La Renata calló de repente. Sabía que no podía pedírselo, pero la nodriza lo entendió sin necesidad de explicaciones.

—No sé si tengo para las dos.

La Renata escondió la cara de su hija bajo su melena de pelo negro, se acercó a ella y algo le susurró que le cambió la mirada. De repente, agitada y bañada en sudor, empezó a dar vueltas por la cocina. Parecía un espíritu endemoniado.

—¡Qué desgracia, Mariña! ¡Qué mala suerte la mía!

—Renata, baja la voz, que nos pueden oír...

—El señor no está. Lo vi salir.

—Ya, pero podría volver en cualquier momento.

Las muchachas se quedaron unos minutos en silencio, roto al fin por la guardesa.

—Si yo pudiera...

—Si tú pudieras, ¿qué? —preguntó el ama de cría.

—Nada, nada, cosas mías. Sigue a lo tuyo...

La Renata observó la destreza de Mariña para estimular el pecho de forma que la leche discurriera por sus laberintos hasta llegar a la boca de la niña. Desvió la mirada e hizo el ademán de servirse una taza del caldo recién cocinado por Isabela.

—¿Puedo servirme caldo?

—Debes —contestó la nodriza—. Si comes bien, te subirá la leche.

—¡Dios te oiga!

Mariña se levantó del banco y dijo que tenía que asear a Catalina, que podía quedarse allí, pero que se anduviera con ojo no fuera a ser que volviera el señor o Isabela o a saber.

—¿Puedes hacer el baño tú sola?

—¡Claro, mujer! ¿O crees que es mi primera cría?

La Renata no dijo nada y, embebida en sus lamentos, miró a Clara a los ojos y maldijo su mala suerte y el error de haberse enamorado de quien nunca podría quererla.

En los años de entonces, la hermosura no era garantía de nada. Al revés, resultaba tan peligrosa que hasta su madre, que en paz descanse, le previno de los señores y de los ricos, que «tienen la mano larga», le dijo. Aquellas palabras volvieron a ella y bombearon en su cabeza con el impulso que daba el paso del tiempo.

—Nunca debí dejarle, nunca... —repitió su pensamiento.

—¿Qué te creías? —inquirió su conciencia.

—Que el señor no era de esos de manos ligeras, abusones a sabiendas —se contestó a sí misma.

Pero ahora...

Con esa cría en brazos y esos pechos vacíos, la terca realidad se imponía ante cualquier ensoñación.

De repente, Mariña asomó la cabeza por la puerta. La Renata se asustó al verla con esos ojos espesos, de pupilas oscilantes, iris vacíos. Llevaba a Catalina envuelta en un arrullo de lana blanca.

—¿Olvidaste algo? —preguntó la Renata.

—No sé dónde puso Isabela los pañales... —contestó Mariña—. Acompáñame, haz el favor.

—Dame a la niña.

La Renata cogió a Catalina con el brazo que le quedaba libre y Mariña se agarró a su hombro hasta llegar al dormitorio.

—Son dos gotas de agua —murmuró al observarlas de cerca.

La Renata sintió cómo el corazón aceleraba la circulación de su sangre.

—¿Puedes con las dos? —preguntó la nodriza.

La Renata asintió con un gesto que la muchacha no pudo ver.

—Puedo con todo... —musitó dejando a las crías sobre la cama.

En ese momento, destapó a Catalina y, bajo el arrullo, descubrió que estaba desnuda.

La Renata soltó a Mariña, la dejó sola en medio de la habitación y sintió que tenía que hacerlo, que la vida sólo le iba a dar esa oportunidad, que su hija no merecía pasar el hambre de sus pechos, que el amor que sentía por esa criatura indefensa justificaría la locura que estaba a punto de cometer.

«La vida sólo da una oportunidad», repitió su pensamiento.

Sintió cómo Mariña avanzaba unos pasos y aguantó la respiración. En un movimiento rápido, deshizo el pañal de Clara, le arrancó las ropas viejas, las escondió entre las suyas y colocó a su hija desnuda en el arrullo de lana de Catalina. Todo sucedió a la velocidad de las maldiciones.

—Agradecerás esta vida. Yo no me la merezco... Pero tú sí. ¡Tú la mereces! —susurró entre lágrimas—. Aunque yo me quede sin ti... Aunque nunca me cure. Aunque no sepa quién soy mañana, cuando amanezca, y ya no estés.

Le temblaban las manos y las rodillas.

—¿Pasa algo, Renata?

—No encuentro los pañales —contestó con la voz ahogada.

En ese momento, Mariña se acercó hasta donde su instinto supuso que estaba la Renata.

—¿Estás llorando? ¿Por qué lloras ahora, mujer? —le preguntó con ternura.

La Renata miró a las recién nacidas y sintió el arañazo de la conciencia.

«¿Qué has hecho, Renata? ¿Cómo has sido capaz?».

La huella de la locura devoró su mirada. Por un segundo se arrepintió y a punto estuvo de rectificar el error.

«¿Qué he hecho, Dios mío?».

—Mariña... —llamó al ama de cría en voz baja.

—Dime, Renata, ¿pasa algo?

Su mente se quedó en blanco. Se interrumpieron las palabras al intercambiar a las niñas.

Se paralizó su corazón en el instante en el que la guardesa entregó a su hija como si fuera la hija de los Valdés:

—No sé dónde están los pañales, Mariña. Toma a tu cría.

Doña Inés despertó a media tarde de aquel lunes. En apariencia, había mejorado. Se habían difuminado sus ojeras, pero apenas pudo dar unos pasos por la habitación. Estaba débil y, cuando llegó el doctor Cubedo, le sobrevino una llantina. El médico dijo que era por la tristeza del parto y que se pasaba con tilas. De quitar la cría a Mariña, nada de nada.

—Que siga con ella un día más.

Ya en los jardines, cuando el doctor se estaba despidiendo de Isabela, apareció la Renata con su niña atada a la espalda. La criada no había tenido valor de echarla del pazo ni de reproducir las palabras del señor Valdés, así que lo dejó estar. En realidad, no había incumplido la orden. El señor no le había prohibido pasear al aire libre.

Isabela descubrió en ella una mirada distinta, como si el cansancio del parto hubiera apagado el brillo natural de sus ojos.

—¿Estás bien, Renata? —le preguntó.

—Sí, estoy bien —contestó conteniendo las lágrimas.

—Ven aquí, anda —dijo el doctor Cubedo—. Esas calenturas en la boca no me gustan nada.

Se acercó a ella y observó unas heridas abiertas en la comisura del labio inferior. La Renata sabía que eran dentelladas de amargura y miedo, pero no lo dijo porque nunca podría justificarlas.

—Me mordí, doctor. No es grave.

—Límpiatelas bien. ¿Cómo fue el parto?

La Renata repitió lo que le había dicho a Mariña: que fue rápido, que no le dolió y que apenas sentía molestias.

—¿Y la placenta?

—Lo hice todo yo.

—¿Y tu marido?

—No estaba, doctor. Parí sola de madrugada.

—¿Por qué no me avisaste, mujer? —preguntó el médico.

—Porque doña Inés lo necesitaba más que yo.

Le pidió que desamarrara a la niña de la espalda, pero la Renata contestó que no tenía dónde dejarla. Isabela respondió que doña Inés había preparado para ella una cuna idéntica a la de su hija con el mismo colchón y todo.

—¿Y por qué no me la has dado? —preguntó.

—Porque no me la pediste.

No hubo más discusión. La Renata dio las gracias y doña Inés fue informada del alumbramiento en cuanto dejó de llorar. Por suerte, no se alteró.

—Algún día tenía que nacer —dijo.

Esa noche, la hija de la criada durmió sobre algodones y lana.

La de la señora, también.

No había nada extraño en que don Gustavo volviera tarde del aserradero. Sus jornadas siempre se prolongaban incluso más allá de la hora de la cena. Sin embargo, los que lo vieron aquel día lo encontraron taciturno y algo apagado. No celebró el lunes como en él era habitual, con esa fe ciega en el trabajo redentor. Tampoco dijo nada del nacimiento de su hija. Ni habló con nadie más que con Fermín, el capataz y administrador de sus fincas.

Encerrado en su despacho, con vistas a sus propiedades, el señor Valdés se sumergió en su vida para encontrar alguna explicación a lo que había sucedido con la Renata.

En pura descripción de hechos, don Gustavo no había hecho nada mal. Al contrario: salió de Cuba y se entregó a la fábrica de madera de Punta do Bico. Fue el primero que incorporó las sierras y trajo prosperidad a la comarca. Se había consagrado a doña Inés y a su hijo Jaime y, ahora, la niña recién nacida completaba el sentido de su vida.

—Catalina.

Paladeó el nombre sin llegar a contrariarse. «Por algo será —pensó— que se quedó con Catalina».

No era supersticioso, no creía en las meigas, pero era de los que no se la jugaban con los *meigallos* y menos en Punta do Bico, donde las amenazas se cumplían. De repente volvió a sentir la inquietud: ¿y si alguien sabía más de la cuenta y quería chantajearle?

«Pero ¿quién?, si el Tuerto murió», se preguntó en silencio.

El Tuerto siempre fue el envidioso de la comarca. Un tipo feo y amarillo, de formas afiladas, nariz larga, boca pequeña, labios finos de mala persona. Nunca soportó la buena suerte de don Gustavo y, desde que volvió de Cuba casado con la hermosa doña Inés, pleiteó por tierras que decía que pertenecían a su familia. Que si este prado es mío, que si aquel me lo has robado, que si no puedes plantar en esa linde. No había temporada que el Tuerto no lo llevara al juzgado. Y siempre perdía. Así que, ni corto ni perezoso, se tomó la justicia por su mano y envenenó cien árboles de don Gustavo. Ni se tomó la molestia de agacharse para pinchar el veneno en la raíz. Lo hizo a la altura del hombre y de su ojo vacío. Una muerte lenta, pero segura: los árboles dejaron de dar madera. Don Gustavo juró por su vida que el asesino no los vería tronchados y, aunque le restaban espacio para los vivos, ancló estacas al suelo y los mantuvo tiesos como un *cruceiro* tantos años como tardó la Negra en llevarse al Tuerto. La pena fue que, poco tiempo después, un golpe de mal viento atlántico aumentó el riesgo de que se cayeran y no merecía la pena jugarse la vida de los taladores. Así que don Gustavo ordenó sacarlos de cuajo. Total, el Tuerto ya no estaba en este mundo para darse el gusto. Lo que el señor Valdés no consiguió sacarse del cuerpo fue el miedo. Cada vez que se le moría un árbol, buscaba la herida de la aguja.

«¿Cuántos tuertos quedan en Punta do Bico?», se volvió a preguntar en silencio.

Fue de lo único de lo que su abuelo don Jerónimo no lo previno.

De los malos.

Cuando se quiso dar cuenta, eran las tantas de la noche. Los obreros se habían marchado.

Fermín ya no estaba.

Silencio en el aserradero.

Pensó en doña Inés y en la niña. La ausencia de noticias durante todo el día significaba que las cosas no habían ido a peor. Salió del despacho, recorrió las naves, aspiró el olor de la madera aún húmeda. Cerró la puerta de la fábrica y echó a andar entre sus tierras.

El camino hasta el pazo discurría por una sinuosa *corredoira* perfilada por castaños que ya debían de estar ahí en tiempos de su abuelo don Jerónimo. Eran robustos, sólidos, sinceros. Clementes con el caminante trasnochado. Corteses en sus sombras veraniegas. Cómplices de casi todo.

Aquella noche la vuelta se le hizo interminable. Oía sus pisadas en la tierra y, a cada paso, pensaba una cosa y su contraria. Valoró sincerarse con doña Inés, explicarle lo sucedido con la Renata, jurarle que nunca más volvería a ocurrir. Pero según la conversación iba cogiendo forma y las palabras brotaban con convicción y seguridad, cambiaba de opinión hasta que la imagen de la criada de San Lázaro, la criolla María Victoria, se hizo carne entre los árboles.

Empezó a temblar.

—Quítatela, Gustavo. ¡Quítatela de la cabeza! —gritó al aire, enajenado de miedo y de rabia por no poder controlar su pensamiento.

Había conseguido hacerlo al regresar de Cuba, pero ahora volvía a imponerse con ímpetu y arrogancia.

—María Victoria, la muy...

Se contuvo antes de maldecirla con insultos que no harían más que envenenarlo.

María Victoria, la muy...

—¡La muy puta! —rugió al fin entre lágrimas como si pronunciarlo fuera a sanar la herida.

Su educación, acaso lo que había visto y vivido, le impedían asumir responsabilidad alguna en los pecados de la carne. No iban con él ni con los suyos. A su entender, las ligeras habían sido siempre las mujeres que merodearon a los hombres de su familia como si ellos fueran meros hechizados.

De los años en Cuba, don Gustavo recordaba casi todo, pero si había algo que nunca podría olvidar serían las tres muertes consecutivas, una detrás de otra, que tiñeron de sangre el ingenio principal de sus abuelos, levantado de la nada en la provincia cubana de San Lázaro mediado el siglo XIX.

Se llamaba ingenio Diana. Tenía doscientas hectáreas de cultivo y otras tantas de tierras para el ganado. La caña de azúcar crecía sin descanso en las plantaciones que daba gusto admirar al caer el día, doradas por el sol. Y comoquiera que las cosas le fueron saliendo bien, don Jerónimo invirtió todos sus ahorros en máquinas de vapor para mover los molinos que multiplicaban la energía que generaban los bueyes. Recuperó con creces el dinero y, con las ganancias, mandó construir viviendas para sus hijos, Pedro y Venancio, que nació con tan pocas entendederas que no contaron con él para nada. Aun así, vivió en el ingenio a cuerpo de rey sin dar problemas ni palo al agua. Dejaron que se casara con una criollita a la que acostumbraba a tumbar entre los matorrales y a la que acabó preñando. Nació un mestizo del que el abuelo nunca se fio, pero del que tampoco renegó. Y al final, bien que lo lloró cuando unas descomposiciones sanguinolentas, que atribuyeron al agua de un río contaminado, se llevó a toda la familia por delante. Venancio Valdés estrenó el panteón del cementerio de San Lázaro que llevaba su apellido.

El listo de los hermanos fue don Pedro, el padre de Gustavo. Cuando llegó a La Habana ya leía con fruición y escribía sin faltas de ortografía. Don Jerónimo le enseñó a contar, restar y, sobre todo, a multiplicar. Hasta ahí, todo iba bien. En cuanto cumplió la mayoría de edad, se casó con doña Marta, una española de la colonia de emigrantes, hija de un militar de la quinta de los enviados a Cuba para mantener la disciplina entre los maleantes españoles condenados por delitos contra la patria.

A don Gustavo le dolía reconocerlo, pero su madre fue fea como un demonio. Siempre la recordaría decolorándose las patillas y el bigote con todo tipo de ungüentos. Valía más él que ella, pero el amor tiene estas cosas. Celebraron el casorio con abundancia de reses sacrificadas para la ocasión y bebieron licores hasta bien entrada la madrugada. Fue tal la melopea que ni oyeron los comentarios sobre la fealdad de ella y las buenas hechuras de él. En realidad, a don Pedro le daba igual lo que dijeran porque doña Marta era lista y entretenida. Tenía genio y ternura. Tocaba el piano y, además de español, hablaba inglés y francés, lo cual resultaba muy útil para los negocios de los Valdés.

Hasta ahí... todo seguía bien.

El matrimonio se instaló en una de las casas del ingenio. Nacieron Gustavo y Juan.

Con el triunfo de los abolicionistas en 1880, cambiaron las formas y los tratos, pero la fortuna no dejó de crecer. Llegaron a tener ciento cincuenta jornaleros a las órdenes de doña Marta. Ella se encargaba de elegirlos y de valorar sus cualidades. Los buscaba robustos de manos y brazos, ligeros de piernas y duros de mollera para que no salieran respondones. La mayoría eran negros y mulatos. Los prefería jamaicanos porque eran mejores cortadores de caña que los africanos o los propios cubanos. Creó un ejército al servicio del ingenio Diana, pero controlado por ella. Don Jerónimo se vanagloriaba ante su hijo del buen negocio que habían hecho con doña Marta. Sería más fea que un dolor de tripa, pero podían delegar en ella los sinsabores de los trabajadores para concentrarse en lo importante.

Además, doña Marta no desatendía ni su casa ni a sus hijos. Gustavo y Juan tuvieron los mejores profesores de matemáticas, lengua e idiomas. Se codeaban con los hijos de los Peñalver o de los López, futuros marqueses de Comillas. Su objetivo era formarlos para heredar y para casarse bien.

Nada se podía torcer hasta que se torció por un error de cálculo de doña Marta que le costó la misma vida.

El error fue María Victoria.

Doña Marta tenía por norma no contratar mujeres porque siempre acababan preñadas y dejaban de trabajar, pero no de comer. Así que, a saber qué mosca le picó para emplear a la jovencita. Quizá se dejó engatusar por una estúpida apreciación en la que ella no había reparado. El día que se conocieron, María Victoria quiso saber por qué no tenían postes en el patio.

—¿Postes? —preguntó doña Marta—. ¿Y para qué los iba a necesitar?

—Para azotar a los esclavos.

—Virgen santísima —se santiguó la señora—. Nunca he necesitado hacerlo. ¿Por qué tendría que azotarlos?

—Porque roban azúcar —dijo la criolla María Victoria.

—Yo sólo empleo a gente honrada —zanjó la señora.

María Victoria alzó las cejas y negó con la cabeza.

—En esta isla no queda gente honrada. Hágame caso. Sé de lo que hablo.

Se hizo el silencio entre las dos mujeres. A doña Marta no le gustaba desconfiar de sus empleados y, hasta entonces, su buen ojo nunca la había traicionado.

—Si cree que puedo serle útil, le entregaré mi vida entera. Además, conozco un sistema que le permitirá saber quién roba. Pero si no tiene trabajo para mí, no se preocupe. Seguiré buscando.

A punto estaba de marcharse cuando la curiosidad picó a doña Marta.

—¿En qué consiste ese sistema?

—Es muy sencillo: sólo tiene que atar un cordel a cada puerta de los almacenes. Esos cordeles irán amarrados a su vez a unas campanas. Si alguien abre a deshora, sonará la campana y usted sabrá que le están robando. Y como yo sé que ocurrirá, necesitará postes para azotarlos con las fustas de los caballos. También puedo hacerlos con estas manos. —Le mostró a modo de prueba las palmas agrietadas—. Sólo aprenden así. Nadie tiene derecho a robarle lo suyo.

Doña Marta no podía creer lo que estaba escuchando, pero al día siguiente María Victoria estaba trabajando en el ingenio. Y lo primero que hizo fue pelar madera para los postes y colocar los cordeles en las puertas de los almacenes.

Don Pedro, que lo vio, preguntó a doña Marta qué era todo aquello y su esposa se deshizo en elogios hacia la criada.

—No nos viene mal, mi amor —le dijo—. Esa criada sabe de lo que habla y a lo mejor he confiado demasiado en los trabajadores. La chica es cruel como ella sola, pero habla con una melodía suave, tiene música en el paladar y veneno en la mirada.

Y un cuerpo de niña que a doña Marta se le escapó apreciar como un peligro real, peor que el robo de unas cuantas jícaras de azúcar.

Así fue como don Pedro Valdés empezó a interesarse por la criollita. Hablaba con ella, intercambiaban más que un buenos días, buenas tardes, buenas noches. María Victoria, que también era chivata, iba y venía con chismes de otros ingenios y siempre resultaban ciertos. Además, jugaba con Gustavo y con Juan, les construía columpios, tostaba maíz al sol y les daba de su miel para las sobras del pan. Doña Marta la dejaba hacer, porque María Victoria cumplía con más eficacia que muchos de los hombres que trabajaban las mismas tierras. Lo que nunca supo es que a cambio pedía a sus hijos pastillas de jabón y toallas que sacaban de la casa grande de los abuelos sin que nadie se diera cuenta. También bragas de doña Marta y camisones para dormir.

A María Victoria nunca se le conoció negro con el que anduviera entretenida. Aunque, a decir verdad, de las intimidades de esa muchacha nadie sabía nada y mira que doña Marta preguntaba y preguntaba, pero ella no soltaba prenda. Alguna vez insinuó que su padre se cayó por un pozo de una mina de cobre de la Consolidated Copper y que nunca más se supo. De su madre jamás mencionó una sola palabra. Como si la hubiera engendrado el demonio.

Pasaron los años.

Aparecieron los trenes de capital privado. Se empezó a hablar de libertad.

Y de José Martí.

Y de la actualidad de España, que siempre llegaba trasnochada.

Los españoles de las colonias habían asistido al derrocamiento de Isabel II y la proclamación de Amadeo I de Saboya. Aún les quedaría por ver la Primera República y la vuelta de los Borbones.

A don Jerónimo le maltraían los encendidos debates y las tensiones revolucionarias que inundaron el ambiente de la isla y de la metrópoli gobernante. Pertenecía a la generación de poderosos hacendados del azúcar, el tabaco o el algodón que se enredaban en sesudas disquisiciones para concluir que ellos, los españoles, no necesitaban más reformas.

En comparación con los Güell, don Jerónimo sólo fue un pequeño terrateniente con suerte, pero le gustaba influir y sentar a su mesa a hombres con títulos de propiedad de cientos de miles de hectáreas fértiles en el norte del oriente cubano. Era habitual que se les fueran las horas siempre con un puro en la boca hasta el amanecer.

Entre todos ayudaron a fundar el Casino Español. Apoyaron las tesis de Cánovas del Castillo, revuelto en su escaño de las Cortes de Madrid contra los debates abolicionistas, y los más viejos añoraban a la reina María Cristina.

Pero al final, por mucho poder que tuvieran, por mucho que influyeran hasta en los precios del azúcar del mundo entero, sólo fueron un puñado de ricos.

Nadie los escuchó.

Los juzgó la historia. A veces, de manera injusta. Porque, otra cosa quizá no, pero don Jerónimo fue un buen patrón que construyó una enfermería para los empleados y una pequeña escuela para sus hijos. A todos los llamó por su nombre.

Una noche de agosto de 1888, por primera vez, sonó la campana de los robos de azúcar. Doña Marta se despertó malhumorada después de horas dando vueltas en la cama empapada en sudor por el calor asfixiante. Le había costado mucho conciliar el sueño. Alargó el brazo hacia don Pedro, palpó el colchón. No estaba. Saltó de la cama y bajó las escaleras sin importarle el ruido de sus pisadas. Pensó que seguiría enredado en la conversación posterior a una de las habituales y pantagruélicas cenas, pero al llegar al vestíbulo de la entrada comprobó que en el comedor no había nadie. Agarró varias fustas del paragüero y una pistola que su suegro don Jerónimo les había regalado y que nunca hasta esa noche habían necesitado, y salió al patio.

—¿Quién anda ahí? —gritó a la oscuridad.

Dos sombras salieron despavoridas en dirección a las plantaciones de azúcar. Corrían que se las pelaban, pero doña Marta también corría lo suyo con su camisón de seda y sus pies descalzos. De repente, las sombras desaparecieron.

—¡Desgraciados!

Aminoró el paso y guardó silencio unos minutos. La luz de la luna iluminó unos bultos que resultaron ser los cuerpos casi desnudos de su marido, don Pedro Valdés, y la criada, María Victoria. Doña Marta no pudo contener la rabia. La cogió del pelo y la llevó a rastras hasta el patio.

—Y tú —advirtió a su marido encañonándolo con la pistola de su padre— no te muevas porque te disparo hasta dejarte seco en tu propia tierra.

Don Pedro no pudo hacer nada por evitar lo que luego pasó. Ante su mirada, doña Marta ató a María Victoria a uno de los postes y la azotó hasta asegurarse de que la había matado. Sus dos hijos, Gustavo y Juan —con catorce y doce años—, lo vieron todo desde los balconcillos de sus habitaciones.

Una semana después se celebró el juicio en La Habana. Doña Marta no aceptó la defensa de un abogado y cuando la llamaron a declarar no negó nada.

—Sí, señor juez. La maté siguiendo sus propias indicaciones. Nadie tiene derecho a robarme lo mío. Si quieren libertad, tendrán que asumir sus límites.

El juez la miró como si estuviera enjuiciando al propio Satanás.

—Pero yo sé, señoría, que no podré volver a mirar a mis hijos a la cara ni podré vivir con el peso de la condena que usted me imponga. Así que...

Sacó del refajo la pistola de don Jerónimo y se pegó un tiro en la frente. Doña Marta cayó a plomo.

Varias semanas después don Pedro también murió de un infarto fulminante. Gustavo y su hermano Juan se habían quedado huérfanos.

El señor Valdés se retiró las lágrimas de los ojos. Le pesaba su historia. Lo que más le agrietaba el alma era que tiempo después tuvo que reconocerse a sí mismo que aquella criada, María Victoria, fue la primera a la que él mismo miró con deseo, tal era su belleza y la inteligencia que camuflaba su maldad.

Aun así, nunca pudo perdonar a su padre.

A lo lejos, vio iluminado el mirador de Cíes en el pazo de Espíritu Santo y, alzando la mirada hacia el cielo, acaso buscando redención, juró que no volvería a derramarse sangre ni en su nombre ni en sus tierras.

CAPÍTULO 4

Doña Inés estaba dormida cuando don Gustavo entró en la habitación, agitado e inquieto. Hubiera deseado verla despierta. La necesitaba viva para volver a escuchar el timbre de su voz e intercambiar unas palabras, aunque fueran escasas y estuvieran vacías. Se aproximó a la cama y la miró de cerca. Parecía una virgen descolgada de un altar. Transparente y quieta. Su gesto temblaba en la comisura de los labios con cada respiración. Le tocó la frente. No tenía fiebre.

—Es una mujer buena, muy buena —dijo balbuceando las palabras—. Merece vivir —repitió.

Nunca le había fallado. Doña Inés había cumplido siempre con sus obligaciones de esposa y asomaba a sus ojos el amor por don Gustavo. Además, era muy querida en Punta do Bico por lo que hacía por los pobres y por las señoras ricas. A todas las escuchaba cuando necesitaban hablar de sus males de amores, de los dimes y los diretes de las queridas, siempre deslenguadas e inoportunas, o de las desavenencias con las cuñadas y las suegras. Era comprensiva, consejera audaz y tan curtida en el mundo que despertaba la admiración, no siempre sincera, de quien se acercaba a sus faldas.

En Punta do Bico poca gente había oído hablar de Nueva York, y menos de Filadelfia. Así que cuando doña

Inés se ponía, se ponía de verdad y hablaba de la Quinta Avenida y de las orillas del río Hudson. Se recreaba en la Mama Pinta o en las criadas negras que secaban con algodón las copas de cristal de Murano en el ingenio de su familia. Todo lo que contaba había sido verdad. Y hasta las mentiras eran necesarias con tal de hacer olvidar las penas a aquellas mujeres. Las señoras se relamían de envidia, pero no lo decían porque doña Inés, además, se encargaba de adoctrinarlas en el arte de las virtudes morales.

—Señoras, ni envidias ni avaricias. La que aloja esos sentimientos en su cuerpo acaba carcomida por ellos. ¡Hacen lo mismo que las polillas! ¿A que no envidiáis a los hombres? —les preguntaba—. Pues a las mujeres, tampoco.

De repente, don Gustavo oyó la voz de Marta, su madre. Se hizo nítida en su memoria desde la tumba de San Lázaro.

—Yo no voy a amamantar a nadie. Ustedes tienen que casarse con mujeres que los ayuden a hacer más fortuna.

—Sí, mamá, sí —decía Gustavo para no enfadarla.

Un día, de buenas a primeras, su madre, la justiciera, le dijo que Inés, hija de los Lazariego, le parecía buena esposa y mejor nuera. Gustavo, aún joven y poco resuelto en las artes amatorias, se sacudió el entuerto de encima como si no fuera con él.

—No querrá vivir en Punta do Bico —contestó el muchacho.

En realidad, aquella sólo era una excusa, porque le daba miedo confesar a su madre que no tenía ni remota idea de cómo seducirla siendo Inés la niña más hermosa de San Lázaro y a la que se rifaban los hijos de los españoles acaudalados que buscaban emparentar con otros ricos para ser más ricos.

Doña Marta no pasó por alto el comentario y, a gritos, preguntó qué demonios se le había perdido a él en Punta do Bico. En ese momento, el abuelo Jerónimo, que escuchaba entretenido la conversación, la reprendió sin temer las consecuencias.

—Mi querida nuera, que alguno de tus hijos volverá a nuestra patria, a Galicia, es algo que ya tenía arreglado con mi hijo Pedro. Así que ve haciéndote a la idea de que uno de los dos, Gustavo o Juan, tendrá que volver. Y visto lo visto, parece que a Gustavito le apetece reconquistar las tierras españolas.

Doña Marta se torció y cortó por lo sano la conversación, pero al menos don Gustavo supo que, de todas, Inés Lazariego era la preferida de su madre. El tiempo diría si vivirían en el ingenio o en Punta do Bico o vaya usted a saber qué destino los aguardaba en la siguiente esquina.

Lo cierto es que de las hijas de los Lazariego se decía de todo y siempre exagerado. Que cada mechón de las niñas era un doblón de oro. Que sus miradas eran del color del Caribe. Que sus cuerpos eran inspiración escultórica.

Cosas así.

Doña Marta y la señora Lora, madre de doña Inés, siempre se entendieron bien, pero el incidente de María Victoria lo estropeó todo. Los lazos entre las familias se rompieron y tuvieron que pasar algunos años para que el apellido fuera rehabilitado por la justicia popular. Contaban que hasta las cotorras de los Lazariego —llegaron a tener veintitantas— repetían que doña Marta era una asesina, que mataba criados a latigazos; ¡qué mala era doña Marta!

Eso decían las cotorras.

Fue un tiempo oscuro de despiadadas murmuraciones que llegó a su fin cuando las cotorras se callaron. Entonces los Valdés recuperaron su reputación y Gustavo, ya huérfano de padre y madre, volvió a los bailes a los que acudían Inés y sus hermanas.

Se fijaron el uno en el otro. Se miraron a los ojos. Intercambiaron palabras y llegaron las citas. San Lázaro fue el refugio donde, con el recato de la época, tradujeron sus sentimientos en promesas de futuro. Si no hubiera sido porque don Jerónimo ya había decidido que Gustavo debía estudiar en Europa, se habrían casado en ese mismo instante. El abuelo, que era un poco afrancesado y siempre había admirado el Imperio, llegó a plantearse París como destino para su nieto pero, de nuevo, le pudo la necesidad de que Gustavo se empapara de sus raíces y Europa acabó siendo la universidad de Compostela, que tampoco atravesaba uno sus mejores momentos. No era sólo cuestión de que se fuera. La cosa era que se fuera para algo.

Por las mismas fechas, los Lazariego mandaron a Inés a estudiar a Nueva York. Nunca sabremos el motivo exacto por el que la familia eligió esa ciudad, aunque lo lógico sería pensar que lo hicieron porque eran dueños de una buena parte de la Quinta Avenida. Antes lo habían sido de medio Broadway y antes aún de unas finquitas donde se levantó Wall Street. Fueron vendiendo y comprando, vendiendo y comprando hasta construir un fortunón en edificios.

Inés se instaló en Riverside Drive, al lado del Hudson, con unos tíos que tenían una hija soltera y sin apetito que se encargó de pulir su educación cubana. Con el tiempo, Inés Lazariego entendió por qué su prima, a la que llamaban Tildita, se había quedado para vestir santos: pasaba todo el día mascando tabaco y escupiéndolo en una maceta que destilaba un olor nauseabundo. Sólo hablaba con Inés y con Mama Pinta, el ama de llaves. A todos los demás los despreciaba con su aliento. Y ellos lo agradecían.

Al año, doña Inés se mudó a Eden Hall, Filadelfia, donde empezó a estudiar en un colegio de la Orden del Sagrado Corazón.

Fue allí donde recuperó el contacto con Gustavo, que averiguó, con no pocas dificultades, el destino de la muchacha con la que su madre había querido casarlo y con la que se casó.

Se lo pidió por carta y ella dijo que sí, claro. Mañana mismo, si era preciso. Siempre había estado enamorada de Gustavo. Si no se lo dijo a nadie fue por la matraca que metieron las cotorras con lo de doña Marta.

Los jóvenes convinieron que en cuanto Gustavo acabara sus estudios viajaría a La Habana para pedir la mano a doña Lora, que era la que realmente mandaba.

Y así hicieron.

En el verano de 1896 don Gustavo volvió a Cuba en el vapor de La Bandera Española que salía cada quince días del puerto de La Coruña y llegaba directo a San Lázaro.

El mundo estaba a punto de romperse en mil pedazos. La guerra había sumido a la isla en la miseria. Las guerrillas locales no se andaban con miramientos y, un día sí y otro también, la prensa recogía las noticias de los asesinatos a machetazo limpio. Pero el desastre no impidió la boda, que se ofició en el ingenio de los Lazariego. Don Jerónimo vistió levita con chaleco, zapatos de charol, medias de seda blanca. Parecía un lord británico, pero era de Punta do Bico. Su abuela doña Sole llevó al nieto al altar, aunque cuentan que esa misma mañana, antes del amanecer, Gustavo fue al cementerio de San Lázaro donde su madre cumplía condena y pronunció las palabras que doña Marta necesitaba escuchar:

—Puedes estar tranquila. Nadie más que yo amamantará nuestra memoria. Y rescataré la tuya del averno si hace falta. A mí no me rozará la maldición de una criada.

Estaba equivocado. Pero entonces no lo sabía.

Gustavo e Inés nunca más se separaron. Y nunca se echaron de más. Siempre se echaron de menos.

Y así fue como los Valdés volvieron a Punta do Bico. Todos esperaban al hijo de don Jerónimo, pero llegó el nieto y en el pueblo pensaron que por algo sería, que los Valdés siempre fueron muy suyos y que si no contaban nada era porque escondían algún secreto inconfesable. Con el tiempo el pueblo se enteraría de lo de doña Marta. No la conocieron, no sabían quién era, pero se dieron por satisfechos.

A don Gustavo nunca le importó lo que dijeran los vecinos. Sólo quiso cumplir con el encargo de mantener el brillo de su apellido. No medió un juramento, pero tampoco hizo falta. En los arreglos con su abuelo estaba el compromiso de recuperar el pazo y habitarlo. El matrimonio tenía que alumbrar muchos hijos e instruirlos para que fueran personas de provecho y no vagos y maleantes. No debían ser marinos, para esquivar la mala suerte de la mar, ni seres contemplativos, es decir, hombres entregados al estudio y poco más. En eso don Jerónimo era muy práctico. Decía que era cierto que el saber no ocupaba lugar, pero de ahí a que ocupara todo el tiempo...

Don Gustavo fue cumpliendo con todo. Empezó por la restauración del pazo, que encontró en tan mal estado que ni se atrevió a comunicárselo a su abuelo. Lo único que la naturaleza había cuidado en esos años fueron los esplendorosos árboles que rodeaban la finca. El cedro del Atlas, el ciprés de Monterrey, altivo y exuberante, el árbol imperial japonés, la catalpa, los manzanos alfombrados de frutos picoteados por los pájaros, la buganvilla que trepaba por la fachada junto al quinquefolio, que se teñía de rojo en otoño. La visión de aquellas especies le permitió acariciar el milagro de la reconstrucción de Espíritu Santo.

Contrató personal, pasó revista a las tierras, las puso a pleno rendimiento y se lanzó a invertir en el negocio de la madera que, en aquella época, no estaba bien visto en Punta do Bico. Hasta don Castor, el cura, creyó ver en las sierras al mismísimo diablo. A don Gustavo le dio igual el guirigay que le montaron unos y otros. Y si alguna vez dudaba, doña Inés lo empujaba a seguir su instinto. Ella siempre interpretó las señales de las cotorras como un destino que se podía doblegar. Nada había escrito de antemano en este mundo de vivos y muertos.

Don Gustavo se sirvió un vaso de agua de la jarra de plata que Isabela había dejado sobre la mesilla de noche, al lado de las gasas, los algodones, el aceite y el rosario.

El agua lo serenó.

Se desnudó y dejó la ropa sobre el banco entelado, a los pies de la cama. Se vistió con el pijama y se tumbó al lado de la esposa. No tardó mucho en quedarse dormido, pero no consiguió dar profundidad al sueño. Cada poco tiempo se despertaba agitado y se volvía hacia doña Inés para comprobar si respiraba. Y así hasta que por fin la noche se lo tragó no sin antes levantarse medio aturdido a apagar el quinqué que iluminaba el mirador de Cíes.

La oscuridad se derramó sobre el pazo de los señores Valdés y Punta do Bico se convirtió en un mundo deshabitado, sin sombras en sus caminos ni en sus orillas, sin más reflejo que el del cuarto creciente sobre la marea amortiguada de la noche.

CAPÍTULO 5

Amaneció en Punta do Bico como cada día sin que nadie se percatara de lo que había sucedido en el pazo de Espíritu Santo.

Ni el ama de cría ciega, que nunca vio a las crías.

Ni Isabela, que no había vuelto a coger a la niña, entregada como estaba al pequeño Jaime y a la señora Valdés.

Ni don Gustavo, que sólo se había acercado a su hija unos segundos.

Y menos doña Inés, que ni siquiera la había visto.

Catalina, que no era Catalina, amaneció entre algodones y Mariña se la puso al pecho. La niña mamó hasta saciarse y, con la leche aún goteando en su boca, le sacó el aire del estómago. Eructó con ganas. Después la lavó, la roció con esencias naturales, la vistió con un faldón.

Desde la cocina llegó el olor de un cocido gallego y el rumor de Isabela, que daba órdenes a Domingo, el guardés y marido de la Renata.

—A ver, Domingo, necesitamos leña. ¿No ves que no queda? Y hay que salir a por pescado. ¿No permitirás que vaya la Renata recién parida? ¡Más te vale cuidarla!

—¿Qué pescado quieres? —preguntó con desdén.

—Lo que haya, Domingo. Pareces nuevo —le afeó.

—¿Qué hago primero? ¿La leña o el pescado?

Isabela lo miró con desprecio, se secó las manos en un trapo y le dijo que hiciera lo que le viniera en gana, que ya estaba bien de perder el tiempo y que se marchara cuanto antes.

—Oigo las botas de don Gustavo por las escaleras. ¡Arreando!

—¡Isabela! —exclamó el señor Valdés desde el distribuidor que conducía a la biblioteca—. ¿Cómo está mi hija?

—Está descansando con la nodriza.

—¿Esa mujer está en condiciones de...? —Dejó la pregunta a medias sin entrar en detalles que sólo servirían para generarle más angustia.

—Lo está, señor. No tema por la niña. Tendría que ver cómo se las apaña.

—Es la mejor noticia. Tráigame un café, por favor —pidió antes de perderse entre las estancias.

—Sí, señor. Enseguida —contestó la criada.

La biblioteca era el lugar preferido de don Gustavo. Un templo de libros ordenados según su criterio. Los muebles habían permanecido intactos desde tiempos de su abuelo don Jerónimo, que no se llevó más que una colección de literatura del siglo XVIII de la que siempre presumía. «Estos ejemplares vienen de la madre patria», decía a sus invitados, españoles la mayoría, que tocaban el lomo del libro como quien ponía un pie en España.

Isabela dejó la bandeja con el café y el tabaco de liar, y se dedicó a doña Inés. La señora había recuperado el tono. Ya tenía color de viva.

—Que me traigan a la niña —pidió nada más ver a su criada—. ¿Quién la tiene?

—La criada de los señores de la Sardina. Ha resultado ser una muchacha excelente, señora.

—¿Mariña? ¿La ciega? —preguntó doña Inés mientras se acariciaba los pechos.

Notó los pezones erguidos y duros, los apretó y la leche brotó como un volcán en erupción.

Isabela contestó que sí, que Mariña era tranquila y cariñosa y que daba gusto verla con la niña. La señora no mostró extrañeza alguna y eso alivió a la criada. No quería más disgustos.

—Quiero ponérmela ya al pecho, Isabela. Haga el favor de traerla para que la nodriza pueda volver a su casa.

—Eso está hecho, señora —contestó resuelta Isabela.

En pocos minutos Mariña entró en el dormitorio con Catalina en sus brazos. Doña Inés empezó a hipar de la emoción.

—¡La tila! Se me olvidó la tila. ¡Voy a por ella! —dijo Isabela.

Antes, acercó a Mariña hasta la cama, la ayudó a colocar a Catalina en el pecho de su señora y salió corriendo.

—¡Qué bonita es, Dios mío! —exclamó empapándola con sus lágrimas.

Era la primera vez que tenía a su hija en los brazos. Eso creía.

Catalina empezó a removerse como si estuviera rebelándose contra una piel desconocida. Tiesa, abrió los ojos como un búho de noche, pero no supo dónde fijar la mirada. Comenzó a llorar con furia.

—¿Qué te pasa, pequeñita? ¿Qué pasa, mi amor? —susurró doña Inés.

—Es normal, señora. Extraña mi olor —contestó Mariña—, pero enseguida se hará al suyo.

Catalina seguía llorando y peleando por despegarse de aquellos brazos que no reconocía, como si fueran tierra hostil.

—Acúnela, señora. Muévala un poquito —insistió la nodriza.

Cuando Isabela volvió con la tila para las penas, doña Inés tenía el gesto desencajado. Preguntó si el señor seguía en la casa y la criada contestó que sí, que estaba en la biblioteca.

—Dígale que suba.

—Sí, señora —respondió la mujer.

Mariña volvió a hablar, pero doña Inés se había sumergido en sus pensamientos.

—Es normal que extrañe, que Catalina se haya desubicado.

El comentario del ama de cría, deslizado sin mala intención, despertó en la señora Valdés un instinto de protección que no había sentido con su primer hijo.

—No sé qué pasa... —Dudó al seguir hablando—. Apenas le dio de su leche un par de días. ¡Debe hacerse a mí, que soy su madre!

Mariña no supo qué contestar. Ella siempre sentía que las crías que amamantaba también eran un poco suyas y, aunque se guardaba la pena de no poder verlas, nunca dejaba de interesarse por ellas.

—Mariña, le agradezco su ayuda, pero me gustaría quedarme sola.

—Siento si la he incomodado —dijo la nodriza—. No era mi intención.

—En absoluto —repuso doña Inés.

Doña Inés no volvió a abrir la boca. No podía dejar de mirar a Catalina. Morenita de piel, de pelo rizado en la coronilla, patillas largas que le recortaría en cuanto tuviera fuerzas. Alumbrada en febrero, con la bendición de los invernales vientos del sudoeste, como doña Inés, que nació un día de enero de 1877.

—Me gusta Catalina, ¿sabes? Sólo Dios sabe por qué la Virgen te recibió con ese nombre. Qué pequeñita eres —le susurró—. No llores más...

Don Gustavo entró en la habitación cuando Mariña estaba despidiéndose.

—Ya me marcho.

El padre reciente se deshizo en agradecimientos. Era lo único que podía hacer ante aquella mujer que había salvado la vida a su hija.

—No sé cómo pagarle. Estaremos en deuda con usted toda la vida.

—No se preocupe, por Dios, señor Valdés.

—Salude a sus señores con todo mi respeto. La acompaño.

El señor Valdés nunca imaginó que pronunciaría esas palabras ni que estaría en deuda con la familia que traicionó a su abuelo. La agarró por un codo y la guio hasta la puerta principal del pazo. Apoyada en la pared de piedra descansaba la garrota de la muchacha, que don Gustavo puso en sus manos.

—Vaya con Dios y siga haciendo el bien.

Ya en el dormitorio principal, don Gustavo se aproximó a doña Inés y la besó en la frente.

—Volverás a demostrar que eres la mejor madre del mundo.

Ella se recolocó sobre los almohadones luchando contra la fragilidad de su cuerpo. Se sentía tan débil que hasta las palabras tiritaban en los labios.

—La niña no quería quedarse conmigo.

—No, mi amor. No es eso...

—Sí, la niña quería irse con Mariña... —contestó con dolor en sus palabras.

—¿A qué viene eso ahora?

—No sé, Gustavo. No sé qué me pasa...

—¿Pasó algo?

—No pasó nada, pero la niña... —volvió a decir doña Inés—. Quería irse con ella...

—No digas tonterías.

—No lo son, Gustavo.

—¡Ya está contigo! Eso es lo importante.

—Sólo una madre lo puede saber: la niña no quería quedarse conmigo.

Don Gustavo no le llevó la contraria para que no le subiera la fiebre y le acarició el cabello aún sucio después de dos días encamada.

—Estás preciosa —musitó.

—¡Qué dolor más grande llevo aquí! —Se señaló el corazón, donde reposaba la cabeza de Catalina.

—Pero lo importante es que tú estás preciosa, mi amor —repitió él para sacarla de su ensimismamiento.

—¿Te has dado cuenta de que por fin llegó una niña a esta familia? La manda tu madre.

Don Gustavo se detuvo en la mirada de su hija. Siquiera mencionar a doña Marta le revolvía los intestinos y agitaba las sabandijas del estómago.

—No la nombres.

—¿Y por qué no iba a hacerlo, mi amor?

—Porque está muerta.

Catalina no dejaba de gimotear.

—Inés, debo ir al aserradero. Quizá hoy pueda volver antes de que anochezca. Descansa. Comunicaré con San Lázaro y en todos los ingenios sabrán que ha llegado al mundo la primera niña de apellido Valdés.

A doña Inés no le importaba lo más mínimo quién se enterara del alumbramiento. Había sido feliz allí, pero sólo un año después de que el matrimonio saliera de Cuba las desgracias rodaron en su familia. Sus padres murieron y sus hermanas emigraron. Ya nada la unía a aquella tierra.

—Ve sin prisa. Aquí estaremos esperándote —le dijo.

Se despidieron con un beso en la mejilla y doña Inés volvió sobre sus palabras.

—A esta niñita la mandó tu madre, mi amor —susurró.

Don Gustavo respiró profundo antes de cerrar la puerta de la alcoba, donde su mujer se quedó acunando a la pequeña entre los brazos.

—Te querré siempre —dijo mientras se destapaba y la colocaba en posición de mamar.

A Catalina le costó abrir la boca para engancharse al pecho hirviendo. Doña Inés nunca sabría ni cuánto ni hasta dónde tendría que defenderse de esa niña que no había parido ni cuánto le dolería quererla hasta la muerte.

CAPÍTULO 6

La historia del hombre es la historia de sus amores. Gustavo Valdés trajo la enseñanza de Cuba. Pero no aprendió que en los yerros del amor arden los dos: hombres y mujeres.

Aquella mañana, cuando salió del pazo, no sin antes cerciorarse de que la Renata no merodeaba por los jardines, decidió que no iría al aserradero. Necesitaba sentir el músculo de sus plantaciones de robles y castaños. Era un bosque de cuatro kilómetros de largo por tres de ancho, cercado en su perímetro desde que ocurrió lo del Tuerto. Nadie había sido capaz de tejer tantas tierras y en tan poco tiempo, comprando a unos y a otros, permutando a los vecinos, negociando con los extraños. Ahí estaba su obra maestra llena de vida. La tierra no tenía la magia del mar, pero sí sus reglas. No bramaba como la marea enfurecida, pero decía mucho desde su silencio.

Caminó a paso ligero con el paraguas aún cerrado en la mano, marcando con su punta la zancada. Llevaba días revuelto, con la duda de si estaba enfermando o era sólo la consecuencia del miedo que la Renata le había metido en el cuerpo. Como las mareas de Punta do Bico que devolvían a la orilla a los muertos de los naufragios, don Gustavo recibía ahora la memoria de doña Marta en las palabras de su mujer. Temía que esa niña volviera a contagiar a su familia como el tifus, como la peste.

Anduvo entre sus árboles, vio a sus obreros esmerarse en la poda, sintió el alivio de la fortuna. Sobre la marcha dio cuatro órdenes con la autoridad que le devolvió el hálito feudal. Les deseó buen jornal y se dirigió al aserradero esforzándose en caminar despacio para controlar los pensamientos, en los que serpentearon las formas de la Renata.

«Dios sabe que sólo fue un capricho».

Un calambre lo estremeció de la cabeza a los pies.

«¿Sólo un capricho?».

«Sólo un capricho», se contestó.

Un fantasma de piernas desnudas, al aire, sin muda. Una forma de mujer ante la que se rindió a saber por qué.

«¿Por qué?», se preguntó.

Tampoco tenía palabras para explicarlo. Por primera vez en su vida, al borde del abismo, don Gustavo pudo entender la felonía de su padre.

«Por lo mismo que pecó mi padre, pequé yo. Por eso lo hice», se contestó como si encontrar esa coartada lo eximiera de toda culpa.

«¿Y por qué lo hizo el padre?».

«Ay, porque los cuerpos son débiles, frágiles las voluntades. Porque pecar es humano. Porque el hombre no es santo».

Aunque no tuvo el tiempo de preguntárselo —el infarto sobrevino demasiado pronto—, tampoco lo habría hecho. Hay cosas que no se pueden preguntar a un padre.

Quizá la respuesta sólo estuvo en su débil voluntad, incapaz de contener el instinto, cualidad que le había dejado en herencia. Las mujeres despertaban su deseo.

Si María Victoria sabía caminar entre las cañas de azúcar contoneando la cadera, la Renata tenía en su mirada el imán de las gatas negras, amarilla al sol, verdosa en la noche, de labios carnosos y pechos que asomaban entre las telas. Era habilidosa para aparecer y desaparecer como si supiera cuándo el señor tenía la guardia baja. Parecía oler su deseo, esas ansias endemoniadas que lo acercaban al precipicio del pecado.

Y pecó.

Una noche de primavera perfumada, lo hizo. Si nunca pudo deshacerse del recuerdo fue porque hay algunos que nunca se ahogan en el olvido.

Las indomables ansias que hacen girar el mundo de los hombres le hicieron cometer un error que pagaría toda su vida.

La penetró con el furor del que se había desentendido su matrimonio y recuperó dentro de ella la pasión desteñida por los años. Saboreó el peligro en cada beso, en cada embestida, en cada jadeo silenciado con sus manos para no ser descubiertos. Nunca amó a la Renata, pero pudo haberlo hecho porque su sensualidad lo destrozaba cuando se cruzaba con ella.

La hubiera penetrado una y mil veces. Cuando se enteró de que estaba embarazada, el señor Valdés no dudó: sabía que el hijo era suyo porque la Renata se quejaba de que Domingo no servía ni para cumplir con las obligaciones del matrimonio. Aunque no necesitaba que la guardesa lo confirmara, don Gustavo se estremeció al oírla:

—Este hijo es nuestro —dijo la mujer mirándolo a los ojos como si buscara clemencia o un gesto de compasión.

—¡No lo será! Usted y yo no tendremos nada en común. ¡Nunca!

De la noche a la mañana, don Gustavo volvió a ser el patrón distante, el señor de la mano larga del que la Renata debió haber desconfiado.

—Haga lo que esté en su mano para que ese hijo no nazca. No le faltará para comer ni a su marido para beber.

Le ofreceré un buen acuerdo, pero ningún bastardo manchará esta familia.

—¿Cómo puedes decirme eso, Gustavo? ¿Por qué de repente...?

Él no la dejó terminar ni pudo soportar el tuteo de la criada con el que se trataban en la intimidad.

—Volvamos a la corrección, por favor. Todo lo que ha pasado ha sido un tremendo error. No se lo repetiré. Ese niño no puede nacer.

Aquellas frases dolieron a la criada más que cien latigazos de San Lázaro. Perturbada por la rabia, la Renata rumió las palabras que nunca pronunció por miedo a las consecuencias. «Muy poco he de valer yo para cometer ese crimen».

La mujer no sólo no interrumpió el embarazo, sino que lo protegió cuidándose de no cargar demasiado peso, leña, aperos del campo, lecheras llenas. Nadie pudo darse cuenta del esmero con el que se arrodillaba para limpiar los suelos o lo escrupulosa que empezó a ser con sus horas de descanso. No se la vio en la cantina, ni en el puerto, ni en las fiestas comarcales. Nadie se dio cuenta, ni su marido Domingo. Sólo el señor Valdés advirtió cómo le crecía la tripa.

Si en ese tiempo la Renata imaginó lo que llegaría a hacer por su hija, nadie lo supo.

Tampoco si lo planeó, perfeccionó y esperó paciente a que llegara el día de ejecutarlo.

Y en su descargo, la guardesa se lo advirtió a don Gustavo a las puertas del pazo cuando se encontraron la mañana siguiente al nacimiento de sus dos hijas.

—Tendrás que pagarlo, *filliño.* Y será en esta vida. No tengo otra.

La tierra se heló bajo sus pies. Si la Renata tenía una virtud era la perseverancia. Para lo bueno y para lo malo.

Sería capaz de cualquier cosa pero, en aquel momento, ni ella imaginaba hasta dónde podría llegar.

Al entrar en el aserradero, el grito de Fermín lo sacó de los pensamientos en los que se había sumido.

—¡Menos mal que vino, don Gustavo!

Estaba demudado.

—¿Qué pasa, Fermín?

—Llegó un telegrama de Cuba.

—¿Un telegrama?

A don Gustavo le sorprendió la noticia tanto como a su capataz. Los dos sabían que su hermano Juan, el único Valdés que quedaba con vida en la isla, sólo escribía para felicitar la Nochebuena y los cumpleaños. Poco después descubriría que el telegrama no llevaba su firma, pero sí su nombre.

CAPÍTULO 7

—Embarcaremos lo antes posible.

—Gustavo, por Dios, no podemos hacer eso. Aún no estoy recuperada y no sabemos qué vamos a encontrarnos allí. Cuba ya no es nuestra patria.

—No hay más discusión. Isabela tendrá tiempo suficiente para hacer los equipajes.

—Gustavo, por favor —volvió a suplicar ella—. ¿Y el pazo?

—El pazo se quedará al cuidado de la Renata y de Domingo.

—¿Y el aserradero?

—Fermín se hará cargo.

—¡Oh, Dios mío! —clamó doña Inés llevándose las manos al pecho.

—Inés, te pido que no me lo pongas más difícil. ¡Mi hermano ha muerto! —rugió—. Él estaba solo, nunca se casó. Se consagró al ingenio de nuestro abuelo. Ha llegado mi hora. ¡No podemos abandonar el negocio!

La noticia de la muerte de Juan Valdés corrió como la pólvora en el aserradero. ¿El señor se marcha? ¿Los Valdés emigran?, se preguntaban. Hasta las ratas se asustaron al ver a las obreras moquear entre las sierras y a los hombres llevarse las manos a la cabeza como si les hubieran anunciado el fin del mundo.

Todos esperaban la voz del patrón que les asegurara el pan de mañana, pero el señor Valdés se marchó de la fábrica sin abrir la boca. En ese momento, no supo cómo enfrentarse a sus empleados, cómo mirarlos a la cara para decirles la verdad que también había ocultado a doña Inés: no tenía ni la más remota idea de cuándo volverían, ni qué se encontrarían en el ingenio Diana, si ruina o prosperidad.

Después de hablar con su esposa, se encerró en la biblioteca del pazo. A veces, se lo oía carraspear. Era su única muestra de vida.

Doña Inés no podía dejar de llorar. Decía que la recién nacida estaba aún débil y dudaba del alimento de sus pechos, que mantenía a la cría inquieta. Isabela tampoco acertaba con el equipaje y sólo profería lamentos.

—Señora, ¿qué hago con los vestidos largos? ¿Los protejo con sábanas o los cargo en los baúles? ¿Y los trajes del señor? ¿Los necesitará allí?

—No sé qué decirle, Isabela. Todo ha ocurrido tan rápido..., ¡tan rápido! Y mis niños..., ¿qué será de ellos?

El pequeño Jaime, de un año, manoseaba a la hermana, ajeno al nuevo viaje.

—No se preocupe de los niños. Ellos serán felices en cualquier lado.

—Debería despedirme de las señoras de Punta do Bico. No podemos irnos así, de cualquier manera, como si fuéramos fugitivos que huyen de su tierra.

—Señora, céntrese ahora en el equipaje. Dígame, por Dios, qué hago con todo esto.

La criada señaló los armarios llenos de ropajes de las mejores casas de costura. Sombreros, guantes, zapatos, bolsos.

Doña Inés los miró con la desesperación de quien no podía dar una respuesta a una pregunta tan sencilla.

—Isabela, usted me ha vestido los últimos años de mi vida. Sabe lo que uso y lo que no. Lo que elija estará bien. Prometo no poner pega alguna cuando lleguemos a Cuba.

Doña Inés conservaba buenos recuerdos de su vida allí, pero ya se había acostumbrado a Punta do Bico. Lejos quedaban la pena de la distancia, la añoranza de los lametazos de sol o los paseos hasta la dársena del puerto desde la que veía partir los buques con rumbo al otro mundo. En alguna ocasión sintió la tentación de subirse a uno de ellos y escapar con los suyos, pero los suyos se murieron y entendió que su familia estaba en el pazo de Espíritu Santo. Ella era una Valdés.

Ahora, con los baúles desordenados sobre el suelo de su alcoba, sabía que no tenía más remedio que aceptar los acontecimientos con resignación de mujer. Doña Inés ya había llorado lo suyo leyendo las noticias que llegaban por telégrafo a los periódicos. Tras la guerra perdida, la renuncia a la soberanía sobre Cuba y las entregas de Puerto Rico y Filipinas, España había dejado de ser un imperio y doña Inés temía encontrarse con un país hostil en el que ya no fueran los señores del azúcar sino los perdedores de la historia. Sin embargo, no se atrevía a hablar con el señor Valdés de esos temores porque su opinión nunca le había importado a nadie. En realidad, la opinión de las mujeres importaba poco a los hombres, pero mucho al resto de las señoras. Por eso doña Inés saciaba sus intereses en la prensa que llegaba al pazo o en los libros con los que se entretenía cuando don Gustavo estaba en el aserradero. Se sentaba en la alfombra de la biblioteca y podía pasar horas leyendo a la Pardo Bazán o los poemarios de Rosalía de Castro. Lo que aprendía lo soltaba en las meriendas de las señoras y les indicaba lo que tenían que pedir a sus esposos: «Pídanles libros, que duran tanto como las joyas», les decía. Si calaba en alguna, eso que había ganado la humanidad. Lo mismo hacía con las obreras del aserradero, aunque el discurso era distinto. Les decía que, si ellas no querían, no se dejaran manosear por sus maridos. Que no permitieran que ningún hombre les levantara la mano. Que los insultos estaban prohibidos y que rebajaran el vino con agua para evitar borracheras. Todo aquello contradecía las homilías dominicales de don Castor, pero a doña Inés le daba igual. Si el cura decía que la mujer estaba al servicio del hombre, la señora Valdés se revolvía en el banco y miraba al Cristo de la cruz exigiéndole explicaciones.

Pero allí no contestaba nadie.

La voz imperante era la de don Castor, y punto.

Así que, al acabar la misa, doña Inés corría al pazo, escribía las palabras del sacerdote para que no se le olvidara ni una y aprovechaba las reuniones para hacer la réplica.

Mediado el día, sin haber comido y con un humor de perros, don Gustavo salió de su encierro y preguntó cómo iban los trabajos de embalaje. Doña Inés contestó que bien y a punto estuvo de interrogarlo por los planes venideros, cuándo saldrían, en qué buque, si tenían ya los billetes. Pero no se atrevió y lo dejó marchar con sus demonios. Sonó el portazo y un remolino de viento se coló por las ventanas abiertas para airear.

—¿Y adónde fue? —preguntó Isabela con cierta indiscreción.

—Me supongo que a la fábrica. Este hombre me preocupa. No nos dice nada, no sabemos cuándo partimos. —Miró hacia la ventana y hacia la criada—. ¿Llevaba mala cara o fue sólo mi impresión?

—Llevaba mala cara, señora.

Doña Inés enmudeció de repente. Comprendía el mal

trago que estaba pasando su marido, pero se sentía más sola que nunca.

Sobre la marcha decidió escribir una carta de despedida a todas las señoras de Punta do Bico. Apenas serían unas líneas que la Renata entregaría en mano en los pazos.

Se sentó a la mesa redonda del mirador de Cíes, desenfundó la pluma y cogió una cuartilla. No sabía bien qué decir. Las ideas, los sentimientos, los pensamientos atravesados se agolpaban en su cabeza como una corriente eléctrica que no la dejaba pensar. Hablaba para sí misma.

«Diles que las llevarás siempre contigo, que tu corazón se queda aquí, en Punta do Bico, que vuelves a la patria de tu infancia, pero que tus hijos son de esta tierra, que te llevas a Jaime y a tu niña querida, la linda Catalina, que crecerá con el sonido de otro mar. Que aquí dejas el pazo como señal inequívoca de que volveréis. Pase lo que pase».

Doña Inés fue escribiendo al hilo de aquellas palabras y, según las pasaba a tinta, se fue envenenando de incertidumbre y nostalgia.

«Pase lo que pase, volveremos».

Así rubricó cada uno de sus textos, estampó su firma y añadió una frase más: «En mi ausencia, no se olviden de leer».

Metió las cuartillas en los sobres, los cerró y bajó corriendo a buscar a la Renata, que andaba entretenida en la cocina.

—¡Ay, señora! —exclamó nada más verla—. ¡Qué buena cara tiene!

—¿Y cómo está su niña, Renata? Ni tiempo tuve de preguntarle —contestó doña Inés con una sonrisa franca—. ¿Le dieron la cunita para ella?

—Sí, señora. Y duerme como un ángel.

—¿Cómo se llama?

—Clara. Se llama Clara —repitió la Renata.

—Me gustaría verla antes de irnos.

—¿Y adónde van, pues?

—¿No habló el señor con ustedes?

—Conmigo, desde luego, no lo hizo. No sé si habló con Domingo.

La Renata se secó las manos en un trapo de cocina y con la mirada llena de inquietud volvió a preguntar:

—¿Y adónde van?

—No diga que yo se lo dije, pero nos vamos a Cuba. Murió el hermano del señor y debemos viajar para hacernos cargo del ingenio de azúcar.

La Renata se llevó las manos a la cabeza.

—¡Qué disgusto me da, señora!

De golpe volvió a ella la imagen de las dos niñas, el movimiento rápido, su hija Clara bajo el arrullo de Catalina. «¿Por qué lo hice, Dios mío?», gimió para sus adentros. El arrepentimiento se convirtió en dolor al ser consciente de que iba a perder a su hija. Si no para siempre, sí durante el tiempo que durara el viaje de sus señores.

—¿Está segura de la decisión? —preguntó la Renata conteniendo las lágrimas.

—Da igual lo que yo quiera... No llore, Renata. Volveremos.

Doña Inés se acercó a ella, la abrazó y acarició su pelo lacio, largo, negro.

—Ustedes se quedan. No les faltará el sustento para su hija —dijo doña Inés.

—¿Aquí en el pazo?

—Naturalmente, Renata.

La criada dejó el trapo sobre la piedra del lavadero, pero no fue capaz de corresponder al abrazo.

—Entiendo que esté sorprendida, pero todo irá bien —susurró la señora—. Usted cuide de su niña para que crezca sana. Y hágame un favor: guarde estos sobres y, cuando nos hayamos ido, los lleva a los pazos y se los entrega en mano a las señoras. ¿De acuerdo?

—Sí, señora. De acuerdo.

—Y ahora, ayúdeme a cubrir los muebles con sábanas. Isabela está ocupada con el equipaje. No tenemos tiempo que perder.

La despedida en el aserradero se produjo sin ceremonia. Don Gustavo llamó a Fermín y le comunicó sus planes. Le dijo que se quedaría al frente de la fábrica, que lo necesitaba más que nunca y que lo más importante era que se hiciera valer. Fermín estaba sumido en una congoja que le había achicado hasta los ojos.

—Y ahora —finalizó don Gustavo— voy a reunir a mis hombres.

Fermín no pudo controlar las lágrimas, que empaparon sus mejillas y las manos con las que se tapó para que los trabajadores no lo vieran llorar.

Todos tenían el frío en la mirada y el cansancio perfilaba las arrugas de sus rostros. Profundas en los más viejos, incipientes en las frentes de los jóvenes. Las barbas abandonadas y los callos en las palmas de las manos eran el síntoma común de quienes trataban la madera congelada en invierno, seca en verano. Dejaba en ellos un rastro que los igualaba.

Ocurría lo mismo con la indumentaria de las mujeres. Se cubrían el cabello con pañuelos negros. Negro era también el uniforme de faena sobre las gruesas medias tejidas a mano con lana de oveja. Los zuecos hacían sonoras sus zancadas.

—¿Y la señora Valdés también marcha para Cuba? —preguntó una de ellas.

Tan extraña resultó la pregunta, planteada así, de repente, en aquel momento de gravedad, que don Gustavo proyectó la mirada en la nave hasta identificar a la obrera y contestó sin titubear.

—En efecto. La señora se viene con su marido y sus dos hijos.

«Y no se hable más», le faltó decir.

En realidad, resultaba absurdo imaginar que doña Inés pudiera quedarse en el pazo, pero era tal la consideración que tenían por ella que lo que planteó la obrera era más un deseo que una pregunta. Y las que en realidad necesitaban respuesta se quedaron sin ella porque nadie más se atrevió a abrir la boca. Luego, las mujeres del aserradero Valdés se reunieron en los barracones del desayuno y engulleron las conjeturas de su imaginación. Que si la familia se había arruinado, que si una plaga había invadido las tierras de Cuba, que si don Juan, el hermano soltero de don Gustavo, había sido asesinado en extrañas circunstancias.

Que si...

Las cosas sucedieron así la víspera de la marcha de los señores Valdés a Cuba, y todo lo demás, habladurías.

Fue mucho peor despedirse del personal del pazo. Don Gustavo eligió las palabras en el camino de vuelta, pero cada vez que pensaba en la Renata le entraban ganas de vomitar.

Y vomitó.

Vomitó con la cabeza apoyada en los muros traseros del pazo, escondido entre matorrales para que nadie lo viera. De su boca salieron bilis amarillas y jugos llenos de sufrimiento, rabia y miedo.

Cuando se recuperó, llamó uno a uno al salón y habló

para ellos abstrayéndose de quiénes eran, como si nunca los hubiera visto, como si fueran extraños a los que se dirigía por primera vez. Le causó mucha impresión ver los muebles del salón cubiertos por sábanas, los cuadros descolgados, el retrato de don Jerónimo volteado contra la pared. Pero hizo de tripas corazón.

Lo que les dijo no distaba mucho de las explicaciones ofrecidas a los obreros del aserradero. Sólo se dirigió a Domingo. A la Renata no la miró ni un segundo.

Mandó al guardés a informar a don Castor, el cura, y al doctor Cubedo. También le pidió que pasara por casa de los señores de la Sardina para comunicarles la decisión, pero al instante se desdijo.

—No, mejor no. No vaya a ser que se alegren.

La Renata se retiró arrastrando los pies.

—Isabela —se dirigió don Gustavo a la criada—, he pensado que usted debe embarcarse con nosotros. La señora la necesita.

—Pero, señor... —balbuceó ella.

—¿Prefiere quedarse aquí, muerta de frío?

—No, señor.

—Pues no se hable más. Cierre el equipaje. Nos marcharemos a primera hora de la mañana.

Y así fue como los señores Valdés —don Gustavo y doña Inés—, su hijo Jaime, la niña Catalina y la criada Isabela salieron hacia el puerto un miércoles de febrero repartidos en varios carros cargados de bultos. En total, siete baúles que contenían los ropajes de todos ellos; la vajilla de la señora, que ya había viajado de ida y ahora volvía a Cuba; las sábanas de la noche de boda y las toallas de algodón que envolvieron las joyas junto a los sombreros de doña Inés y una talla de madera de Santiago Apóstol.

Los perros aullaron de pena y Domingo tuvo que amarrarlos a la verja de hierro para que no corrieran detrás de sus amos.

A las puertas del pazo quedó Renata con Clara entre los brazos, mamando de su pecho con las hambres de la pobreza. Fue la primera vez que doña Inés vio a su hija y, sin saber por qué, nunca olvidaría aquella imagen.

De los labios de la guardesa brotaron otra vez las palabras para don Gustavo:

—*Xa empezaches a pagar, filliño.*

Por el camino de hierba húmeda y hojas escarchadas, volvió a la casa en la que había parido a una niña a la que no sabía si volvería a ver.

En ese momento, Clara empezó a llorar. La Renata la miró a los ojos y se empapó con sus lágrimas ignorando si podría quererla como a una hija.

CAPÍTULO 8

Habían pasado algunas horas desde que el buque de la línea de vapores de Arrotegui había zarpado del puerto rumbo a la isla de Cuba. Doña Inés no se había movido del camarote de primera clase asignado a la familia. Llevaba el frío metido en los huesos.

No tuvo ganas ni de contemplar cómo se alejaban la tierra y el pazo en la colina de Espíritu Santo, con su tenue luz en la fachada de piedra. La sobrecogía no saber cuándo volverían, pero no se atrevía a preguntar a don Gustavo.

La despedida de la Renata y de Domingo y los adioses madrugadores de don Castor y el doctor Cubedo, que pasó a echar un ojo a la recién nacida, le habían dejado un sabor amargo entre las muelas. La criada con su hija en brazos le produjo envidia. A ella, que no tenía nada que envidiar, que lo tenía todo, que se sabía afortunada.

Y sin embargo...

Envidia porque se quedaba en España, mientras ella partía hacia lo desconocido con esa cría suya desconfiada y temerosa de su propia madre.

Mientras colocaba a Jaime en el camastro y hacía lo imposible por dormir a Catalina, el marido se entretuvo con los señores y con el capitán. Hablaban de la pérdida de las colonias, del desastre español, de la monarquía salvada. A doña Inés también le interesaban aquellas conversaciones, pero a ella nunca le daban vela en el entierro.

Isabela parecía inquieta, recostada sobre el respaldo de su asiento. Se miraba las manos como si hubiera empezado a contar los días hasta alcanzar el morro de La Habana. Le faltaban dedos para echar las cuentas.

Venían semanas difíciles. Doña Inés lo sabía. Conservaba el peor de los recuerdos del viaje de ida. Quizá porque navegaron el Atlántico en unos camarotes que olían a gallina y a puerro.

Deseaba que el sol estuviera bien alto para salir a pasear por la cubierta donde los hombres soplaban las gaitas y las mujeres cantaban muñeiras y rezaban el rosario. La idea de volver a Cuba no había estado ni en sus planes más remotos. Tampoco lo fue instalarse en España. Pero el amor por don Gustavo le permitió vencer las resistencias de abandonar la isla, dejar a su familia y las comodidades de aquel fabuloso ingenio en el que convivió con sus hermanas, las deseadas «lazariegas». Cada una de ellas, tres en total, había partido con rumbo a un destino marcado por la diáspora del amor. La pequeña se casó con un cafetero dominicano y la mayor con un comandante de la marina británica que la llevó a Liverpool. Ella, que era la del medio, fue la única que emparentó con sus orígenes, pero de poco valía ahora. Volvía a Cuba por tiempo impreciso y con el orvallo de la nostalgia calándola hasta los huesos.

Tenía la rabia congelada en las venas. Trató de disimularla con amor, pero no le salía. Miraba a Catalina y sentía por ella compasión. Miraba a Jaime y lo mismo. Dejó que sus ojos se perdieran en la inmensidad del océano y se quedó dormida sin preocuparse de nada más. Isabela también cayó rendida y los niños se amodorraron antes de que cuajara su llanto.

Al cabo de las horas, se despertó acalorada y con dolor de muelas por culpa de una pesadilla. Respiraba con agitación. Se había clavado las uñas en la palma de la mano. Estaba baldada.

Se recompuso como pudo. Se arregló el pelo, se estiró el vestido, se maquilló las mejillas con polvos. Arregló a sus hijos. Pidió a la criada Isabela que la acompañara a la cubierta. Necesitaba respirar aire fresco.

Almorzaron en uno de los salones, pese a que el hambre había desaparecido. Tampoco tenían sed, pero Isabela dijo que debían acumular reservas por lo que pudiera pasar.

—Tiene razón —admitió doña Inés—. Vaya a buscar a mi esposo, haga el favor.

—Sí, señora —contestó Isabela.

Don Gustavo se unió a ellas y comieron y bebieron ante la mirada de los pasajeros que se detenían a observar a la niña recién nacida y al pequeño Jaime.

La procesión de marineros era constante. El ajetreo resultaba entretenido para cualquier viajero, sobre todo en las horas estipuladas para los controles de los emigrantes que viajaban a Cuba en busca de futuro. Como si el futuro fuera oro. Azúcar. O café.

En la primera travesía hacia España, había oído que en los camarotes de tercera clase era costumbre beber aguardiente para soportar los mareos y que si se les iba la mano se liaba la de San Quintín, a voces entre ellos y contra todo. En ocasiones era por hambre. En otras, por sed. En otras, por el frío, pero la mayoría se rebelaba contra la humedad que los iba comiendo desde los pies hasta la coronilla.

Los días fueron cayendo sin que nadie fuera consciente de cuántos habían pasado.

Los había buenos.

Los había malos.

Algunos resultaron animados.

La mayoría, tediosos.

El mar mandaba y regulaba las vomitonas.

De buenas a primeras, Isabela, que tanto había penado porque su señora no comía, perdió el apetito y el habla. Se sumió en una especie de letargo, apoyada en el ojo de buey con vistas a la eternidad de un océano salvaje sin tierra que rompiera la monotonía. Y del letargo pasaba a una actividad frenética. Recolocaba ropas, entraba y salía del camarote, hablaba con los marineros.

El mejor entretenimiento era el paseo al caer la tarde. Los señores Valdés y sus dos hijos se arreglaban de domingo. Doña Inés se tocaba el cabello con algún ornamento que improvisaba y, bajo el abrigo de paño, siempre lucía vestidos holgados que le cubrían hasta los zapatos. Apenas se adivinaban signos del embarazo en su cuerpo. La enfermedad del parto la había dejado espigada como en sus años mozos.

Pese a los temores, sus pechos seguían suministrando el alimento necesario para Catalina. Los vaivenes del mar hacían que la niña y su hermano Jaime durmieran la noche entera, sin despertarse. A eso de las tres de la madrugada, doña Inés se levantaba para amamantar a Catalina.

Así, todos los días.

Cada uno con su marea.

Con el silencio pesado que caía sobre la familia cuando volvían del paseo o de los salones, donde los hijos de los Valdés eran la atracción de las señoras. Siempre tan bien vestidos. Tan blanquitos, tan suave la piel de la recién nacida que algún día podría contar que cumplió su primer mes de vida a bordo de un vapor rumbo a la isla perdida.

Don Gustavo sólo se esforzaba en público por disimular la zozobra infranqueable de su alma. El resto del tiempo era una sombra sin voz, un hombre absorto en el oleaje. Parecía buscar respuestas en el horizonte, en algún lugar impreciso que sólo él podía identificar con su mirada o con su cabeza llena de turbulencias.

—*Xa empezaches a pagar, filliño.*

«Qué demonios quiso decir la Renata, Dios mío. Qué más tengo que pagar si ya estoy pagando el sufrimiento de saber que esa hija que dejé en Galicia es mía, que esa niña lleva mi sangre y habitará este mismo mundo que habito yo».

Lo peor era que sus pensamientos, las reflexiones más íntimas que no podría compartir jamás con nadie, acabarían convirtiéndolo en un lobo de árida estepa, un ser solitario, tentado por el suicidio, consumido por un exilio personal que lo apartaría de los márgenes de su destino.

—*Filliño...*

La manera en la que la mujer se había dirigido a él, mitad guasona mitad perversa, medio insulto revestido de ternura, le llevaba a los demonios.

Empezó a repasar lo que había quedado en el pazo que pudiera ser mal utilizado por la guardesa. Facturas, correspondencia, cartas de los obreros que sabían escribir. Las cuentas del aserradero, de los arrendamientos de las tierras. La documentación de los pleitos con el Tuerto. Nada podía interesarle a aquella mujer.

Si le diera por rebuscar en la biblioteca, encontraría algunas fotografías de don Gustavo de niño. Podría robarlas, pero poco más. Podría robarlas, sí, repitió de nuevo, para comprobar el parecido de su hija. Para saber si tenía más del padre. O de ella.

Durante los últimos días de la travesía, sobrevinieron tormentas que parecían interminables. El océano embravecido golpeaba el casco del buque, el oleaje barría las cubiertas y, en cada embestida, los Valdés contenían el aliento.

Cinco días duró la furia.

Cinco días sin tregua en los que el pasaje se encomendó a la pericia del capitán, que ordenó que nadie saliera de los camarotes más que en las horas estipuladas. Sugirió ayunos, que los pasajeros de los camarotes de primera ni se plantearon, y quedaron prohibidos los paseos. Ante la insistencia de las señoras, el capitán se vio obligado a mantener abierto el salón de té.

Los rayos del horizonte iluminaban el camarote. Del miedo que tenía, Isabela se recogió entre los brazos con las rodillas pegadas al pecho.

Y contaba.

Diez.

Nueve.

Ocho.

Siete.

Así hasta llegar al cero.

Y vuelta a empezar.

—Ya, mi Catalina. Ya, mi niña bonita. Ya pasa la tormenta —susurraba doña Inés.

Cuando la cría paraba de llorar al pecho de la señora, era Jaime el que gemía aterrado. Entonces doña Inés lo rodeaba con el brazo que le quedaba libre.

—Ya, mi niño. Ya pasa. Sólo es una tormenta. Pronto, muy pronto llegaremos a Cuba.

Las horas se detuvieron.

Doña Inés observó a don Gustavo sin reclamarle una palabra de consuelo, una caricia de sus manos, una mirada que la protegiera. Desde que embarcaron, ella se percató de su ausencia. El viaje estaba alejándolo de sí mismo y sintió que algo había cambiado para siempre. Don Gustavo era divertido y hablador hasta en las circunstancias más adversas. Siempre veía el lado bueno de las peores situaciones. De hecho, sólo recordaba haberlo visto furioso cuando ocurrió lo del Tuerto. Ahora, aunque parecía un hombre empequeñecido, seguía enamorada de él como la primera vez que se reencontraron.

Recordó aquel día. ¿Cómo olvidarlo si fue el más feliz de su vida?

Veintidós años él; diecinueve ella.

Él vestía un traje de lino que parecía cosido a la medida de sus hombros.

Entonces, ya no contaba con volver a verlo, tal era la inquina de doña Lora contra los Valdés por el asesinato de la criada María Victoria. No podemos olvidar que se la contagió hasta a las cotorras, a las que la joven Inés pensó en asesinar con veneno para las plagas.

Al final, le dieron pena.

Sonrió al recordar lo ridículas que eran las reuniones familiares con el ruido de fondo de las pajarracas. Nunca se lo había confesado a su marido, por miedo a remover aquellos años oscuros de su vida. Tampoco contó que su familia retomó el contacto con los Valdés por puro interés comercial. El ingenio Diana era tan productivo que nadie podía tomarse a la ligera los negocios de don Jerónimo. Pero perdonar, lo que se dice perdonar, nunca perdonaron. Lora Lazariego se había tomado muy a pecho lo de los latigazos y siempre pensó que la familia estaba endemoniada y que alguien que azotaba a una criada, por muy criada que fuera, tenía que llevar dentro un espíritu maligno. Es decir, el demonio.

Doña Inés se apiadó de todos los muertos que había dejado en Cuba y con los que ahora se reencontraría. Sobre todo de don Jerónimo, que nunca hizo nada malo.

Al revés.

El viejo murió sin pena ni gloria.

Alzó la vista y se vio reflejada en el espejo con marco de latón que quedaba justo enfrente de su mirada. También ella seguía siendo hermosa. No era la niña de entonces, pero después de dos embarazos conservaba la piel tersa, la mirada luminosa y el pelo abundante. Desvió los ojos hacia los pechos consumidos por Catalina y, casi susurrando para no molestar, le habló:

—Yo te daré lo que no tuve: alas para volar.

La besó en las mejillas húmedas por la leche.

—Y algún día heredarás la tierra.

Sintió que se estremecía al pronunciar aquellas palabras en presencia de su hijo mayor, pero si algo había deseado en su vida había sido parir una hembra para rebelarse contra la pose de las señoritas. Una hembra que se sentara a la misma mesa que los varones. Que leyera libros para ser libre.

Que...

La imaginación de su porvenir la entretuvo toda la noche mientras el sueño fue consumiendo al resto de la familia.

Las descargas eléctricas acabaron pasando de largo.

La travesía tenía esa liturgia.

Atrás quedaban los días.

Las noches.

Las tormentas.

Las penas que escuchaban los unos de los otros.

Las primeras nostalgias.

Los últimos suspiros de un agotamiento indisimulado en los rostros de los pasajeros.

CAPÍTULO 9

Dorita, la criolla que había trabajado a las órdenes de doña Lora Lazariego, esperaba paciente en el atracadero del puerto de La Habana la llegada de un buque regular con inmigración de Jamaica para sus nuevos patrones, los señores Brighton. No era a doña Inés a quien tenía previsto recibir, pero fue verla y saltó de alegría como si se le hubiera aparecido la mismísima Virgen María. Se abrazaron y se besuquearon las mejillas.

—¡Qué haces aquí, Dorita! —exclamó la señora—. ¿Sabías que llegábamos?

Dorita negó con la cabeza y explicó a doña Inés que las cosas se habían torcido desde que ellos se marcharon y sus padres murieron de la peste que diezmó familias y cosechas enteras. También dijo que los británicos y los americanos eran ahora los que mandaban, que resultaron ser amables y considerados con los criados, pero que echaba de menos a los españoles.

Saludó a don Gustavo y le dio el pésame. Había tenido noticia de la muerte de su hermano Juan. En realidad, no había nadie en San Lázaro que no lo supiera.

—¿Vienen ustedes a reflotar el ingenio? —preguntó con curiosidad.

Ni doña Inés ni don Gustavo supieron qué contestar. El señor respiró profundo y sus pulmones se llenaron de angustia. No era el sitio ni el momento de dar explicaciones, en medio del ajetreo del puerto, ante la mirada de los marineros que se despedían desde la cubierta, de los emigrantes maltrechos que caían desvalidos sobre el polvo de la tierra por fin conquistada. Los parientes de cubanos y los que tenían dinero no encontraban problemas. Pero a los pobres los subían en botes tripulados por negros para llevarlos a Triscornia, en lo alto de una loma donde hacían cuarentena.

Dorita estrujó el moflete de Jaime, acarició la cabeza de la recién nacida antes de la despedida y, como un aguacero, le sobrevino la imagen de los señores Lazariego. Se murieron en sus brazos. Primero doña Lora y después don Daniel, que se marchó de este mundo sin restos de peste, pero con diagnóstico de pena crónica. Dorita dijo que para eso no había remedio porque de pena no sana nadie.

Ella misma los enterró en San Lázaro y mandó un telégrafo a la dirección de cada una de sus hijas, que, naturalmente, no pudieron hacer nada por llegar a tiempo de colocarles una flor blanca sobre el pecho.

Así pasaba la vida de entonces.

Y así empezó la nueva vida de los señores Valdés.

Dejaron atrás el control de la Comisión de Inmigración. Anduvieron unos metros hasta abandonar el puerto, y el ruido de las chimeneas de los buques se convirtió en un rumor lejano. Conocían al dedillo la ciudad de La Habana, pero ni don Gustavo ni doña Inés fueron capaces de reconocer las calles, la plaza de los mercaderes, los vendedores de semillas.

Nada.

Tampoco la bandera que ondeaba en el Morro desde el primero de enero de 1899, día en el que el general español Adolfo Jiménez Castellanos entregó Cuba al mayor del Ejército de Estados Unidos John R. Brooke.

Ahora ellos eran los emigrantes y de repente sintieron que de nada servía el origen ni los años de colonia. Dejaron las maletas en el suelo, se retiraron el sudor de la frente, Catalina empezó a llorar. El señor se dirigió a un grupo de hombres vestidos con elegantes trajes y les preguntó cómo viajar a San Lázaro.

—San Lázaro —repitió—. *We need to go to San Lázaro.*

Uno de ellos dijo «espere» con la mano.

—*Wait, sir.*

Pocos minutos después apareció un mulato con un carro tirado por un buey en el que cargaron los baúles y pusieron rumbo a San Lázaro.

—Al ingenio Diana —precisó don Gustavo.

El mulato no tenía ni remota idea de qué era el ingenio Diana, pero sí sabía dónde estaba San Lázaro.

—Nos llevará un día llegar, señor.

—Le pagaré lo que me pida.

Don Gustavo se sentó a su lado en aquel carromato que le recordaba a su infancia porque su abuelo trasladaba a los esclavos en uno igual de una punta a otra de la propiedad. También lo usaban los aguadores que llegaban hasta la misma puerta de la residencia familiar con enormes bidones de madera.

Recorrieron el malecón y atravesaron Vedado con sus imponentes mansiones. La misma bandera yanqui que ondeaba en la bahía saludaba al viajero desde balcones y ventanas. Salieron de la ciudad y el paisaje se tornó en una acuarela sombría de caminos de polvo. Las matas crecían en los márgenes y la vista era incapaz de adivinar tierras fértiles. El señor Valdés no lo recordaba así. Su mirada infantil estaba preñada de vergeles y plantaciones fecundas.

Pronto, el camino se convirtió en un sendero a prueba

del equilibrio de la bestia por el que recorrieron kilómetros y kilómetros en una línea recta interminable.

El mulato les preguntó quiénes eran y de dónde venían. Don Gustavo no tenía ganas de darle explicaciones, pero sabía que estaba en sus manos, así que decidió ser amable.

Le contó que era nieto de gallegos. Que estaban de vuelta en la isla porque su hermano había muerto y no podían abandonar sin ton ni son el negocio que fundó el primer Valdés que llegó a Cuba. Que de la isla conservaba hermosos recuerdos, pero que ahora era incapaz de reconocerlos. Que se sentía tan extraño que incluso tenía ganas de llorar. El mulato lo miró de reojo para ver si lloraba de verdad.

—Hemos sido muy felices en esta tierra —intervino doña Inés para aflojar las emociones.

Le faltó decir: «Si usted supiera... Yo soy *Lazariega*. El señor y yo nos enamoramos antes del desastre y nos casamos aquí, ya ve usted, qué cosas. Ahora volvemos con dos criaturas que aprenderán a leer y a escribir con este acento».

—¿Hasta cuándo se quedan, señora? —preguntó el hombre.

—¡Ay, es pronto para saberlo!

Tardaron menos en llegar a San Lázaro de lo que predijo el mulato, y eso que, a mitad de la noche, se vieron obligados a parar en un cobertizo de adobe que encontraron a mitad de camino. La impaciencia se apoderó de los hijos de los señores Valdés y tuvieron que organizar un descanso. Jaime tenía hambre y doña Inés necesitaba estirar las piernas para que no se le cortase la leche. Isabela llevaba envueltos en trapos pan y tortas de anís que el pequeño devoró en cuestión de segundos. Invitaron al mulato y también comió con ansia.

Cuando el sol despuntaba en el horizonte, llegaron a San Lázaro. El paso del buey era el único sonido que rompía el silencio No había nadie por las calles, pero don Gustavo reconoció la entrada al pueblo donde las casas de madera habían sustituido a los barracones con tejados de paja. El mulato dijo que habían sido invento de los estadounidenses.

Cuando divisaron la verja del ingenio, una especie de euforia se apoderó de los señores Valdés.

—Tire, tire recto hacia allí. ¿Ve aquella verja de hierro donde el camino tuerce a la izquierda?

El mulato azuzó al buey con una caña y chascó la lengua entre las muelas para avivar su paso. Tres gatos negros con pintas blancas en el lomo se cruzaron aullando. Uno de ellos iba malherido y cojo.

—Ahí murió mi familia. Y ahí volvemos —musitó don Gustavo para sí mismo con la voz arrasada de emociones y un nudo en el estómago que no lo dejaba respirar.

Al llegar a la cancela, saltó del carro. Nunca pensó que volvería a abrirla para hacer un inventario de miserias.

La casa principal aún quedaba lejos.

—Yo los llevo, señor. Esos niños y estas mujeres no pueden hacerlo a pie. Si hemos llegado hasta aquí...

Una manada de perros salvajes salió a recibirlos. Estaban escuálidos y tenían en la mirada la impronta del hambre. Enseñaron los colmillos y Jaime empezó a llorar de miedo. El mulato los apartó a golpes de vara y los animales salieron corriendo detrás de un conejo o de una culebra o a saber qué demonios llamó su atención.

La imagen resultó desoladora para don Gustavo y doña Inés, que habían conocido el ingenio Diana en su máximo esplendor, lleno de vida y de bullicio por los invitados a las fiestas, los hombres de negocios y los políticos de la época que metían las narices hasta la cocina en busca de comisiones.

Don Gustavo pagó al mulato con varios billetes que casi lo sonrojan, pero el señor le dijo que se fuera con la conciencia tranquila, el bolsillo lleno y el buey cansado.

La casa de los señores parecía una boca desdentada, sin ventanas y con el tejado hundido. El agua de las tormentas se había estancado en una de las habitaciones provocando una pequeña balsa que amenazaba el techo de la planta baja. El polvo cubría los muebles, los cuadros, las lámparas, los adornos, los fogones de la cocina.

También, la mesa grande del comedor.

Los respaldos entelados de las sillas.

Los sofás y las butacas.

Las alfombras.

El polvo lo cubría todo.

Lo peor fue descubrir un conejo muerto en el hueco de la chimenea, sobre una montaña de cenizas. Tenía los ojos abiertos y el vientre mordido.

Doña Inés no se atrevió a entrar y se entretuvo con Jaime en el patio donde doña Marta había matado a latigazos a la criada María Victoria. El poste de madera seguía allí.

A Isabela le dio por preguntar si esa era la casa donde vivirían, si había sido la residencia de don Juan y que ella la imaginaba de otra manera, tal era la fama del abuelo Valdés. Que qué chasco, decía la criada. Que, de saberlo, ni a rastras la sacan de Punta do Bico y que qué suerte había tenido la Renata, que se quedó en el pazo.

Doña Inés volvió a sentir la envidia, pero, como para los demás tenía sabios consejos, le pidió paciencia y consideración. Se concentró en Catalina y, tras amamantarla, la puso en los brazos de la criada y se fue a llorar.

Atravesó las cuadras de los bueyes, los gallineros y los barracones de los empleados. En el molino se advertían las huellas de los asaltantes, y las plagas habían arrasado las plantaciones. Estaban secas como la boca del pobre, como su propia boca, agrietada en las comisuras. Pasó la lengua y notó una lija en los labios. Se sentó sobre un pedrusco y, agarrándose las sienes, recordó a la santera que le leyó las dos manos cuando era una niña de catorce o quince años. Su madre, doña Lora, la llevó hasta ella para que le dijera si desposaría pronto o tarde y si pariría en la isla. La santera le dijo a todo que sí, que vería a su hija casada y que quedaría encinta.

Pero no precisó más.

Se llamaba Antonina Vargas.

«Era joven, aún seguirá viva», pensó doña Inés.

Y viva estaba, pero cuando la visitara no interpretaría las líneas que serpenteaban sus manos. Le diría la verdad que calló entonces.

CAPÍTULO 10

La familia Valdés pasó su primera noche en el ingenio en jergones sucios que rescataron de las habitaciones. Abrieron las ventanas para que entrara la brisa fresca, se sacudieron los bichos y cayeron rendidos uno detrás de otro. Todos, menos don Gustavo, que aprovechó la luz de la luna para prender fuego en medio del patio y conjurar a los malos espíritus. Arrastró una butaca de rejilla desvencijada y se sentó frente a las llamas. Pidió perdón por los pecados, propios y ajenos. Buscó la expiación divina y ofreció la miseria como moneda de pago, como deuda saldada. Sus tierras devastadas no podían ser más que una penitencia cumplida.

«¿Qué más, Dios mío, qué más tengo que pagar?», se preguntó.

Entrada la madrugada empezó a andar por la recta del ingenio que desembocaba en el cementerio de San Lázaro. Le pesaban los pies y le ardía la cabeza. Caminó, enloquecido de rabia. Palpitaban las venas de sus brazos, el cuello abultado, el miedo marcando cada paso.

«¿Adónde vas, Gustavo?», le inquirió su conciencia.

«¿Adónde vas, muchacho? —le preguntó el viejo don Jerónimo—. No te metas en ese cementerio que sólo trae mala suerte».

El abuelo lo odiaba. Y eso que el arquitecto que recibió el encargo de su construcción era amigo de la familia, el bueno de don Francisco Aguado, que ideó un sistema de campanadas para anunciar la llegada de un muerto. Cuatro toques de campana grande si el cadáver era de adulto y, si el difunto era un niño, los mismos cuatro más un quinto con la campana chica.

La muerte en San Lázaro era así.

Recreó las que arrastraban su apellido.

Venancio, el tío tonto, que murió el primero.

Su padre Pedro y su madre Marta, muertos en 1888, el año que cambió su vida con cien latigazos y una bala.

El abuelo Jerónimo y la abuela Sole, muertos en 1897, un año después de su boda y su partida a España.

Y el hermano Juan, el último de ultramar, el que parecía inmortal y acabó muriendo con sólo veinticuatro años.

La isla era el cementerio de los Valdés.

«¿Qué pasará cuando yo no esté?», se preguntó a media voz.

Solo, como un alma errante sin más asidero que su presente, vagó hasta la lápida de mármol, en la que leyó, uno a uno, los nombres de los caídos en San Lázaro.

Faltaban la criolla que se casó con Venancio y su hijito, pero recordó que su familia los reclamó y el abuelo no se negó a entregar sus cuerpos. También advirtió que no había lápida alguna con el nombre de su hermano.

Habló con cada uno de sus muertos. A don Jerónimo no tenía nada que reprocharle, ni a su abuela Sole, que había sido la mujer más santa de su familia. Habló con su padre y a él sí que le cantó las cuarenta. Escupió todo lo que llevaba dentro. Le confesó que tenía una hija en España, engendrada en el vientre de una criada, y lo culpó de ello. «Es la maldición de tu sangre la que me guía», le dijo como si fuera a aliviarle. También lo responsabilizó de su temprana orfandad y de que su madre acabara teñida de sangre y mala reputación.

—¡Por tu culpa! —gritó.

Las ánimas se revolvieron en las tumbas al oírlo.

A Venancio no le dijo nada, y a su madre le reservó la llantina final. Le contó que había sido padre de dos hijos.

—Y ya habrás oído que en España dejo otra niña —dijo aspirando las palabras hacia el corazón en un suspiro que precedió a la calma.

Cayó rendido y se golpeó la cabeza, sin haber conseguido una sola señal que le devolviera la fe.

Al amanecer, los guardianes del cementerio lo encontraron tirado sobre la lápida de sus antepasados. Trataron de despertarlo, lo abofetearon, lo empaparon con agua.

Y nada.

Don Gustavo era un pedazo de carne inerte.

Sobre la marcha decidieron cargarlo en un carro. Hicieron conjeturas. Nadie yace sobre muertos que no son suyos, así que supusieron que era un Valdés del ingenio Diana y hasta allí lo llevaron a una hora temprana que sólo había despertado a Isabela.

—¡Es mi señor! —gritó al verlo.

Entre los tres lo bajaron del carro y lo colocaron en uno de los sofás del salón.

—Yo me hago cargo —dijo la criada resoplando de miedo.

—Tiene pulso —confirmó uno de los hombres antes de marcharse.

Isabela limpió las heridas a don Gustavo y le dio unas palmadas en la cara para ver si despertaba. Nunca había visto a un hombre vivo que diera señales de muerto.

Le abrió el cuello de la camisa y le desabrochó los botones hasta la mitad del pecho. Las moscas volaron a chuparle la sangre de las manos. Isabela dio una palmada al aire y huyeron despavoridas del festín de aquel cuerpo que olía a rata y a sudor de días.

Doña Inés abrió los ojos cuando el sol se posó sobre sus párpados. Le impresionó ver a sus hijos despatarrados sobre el colchón, meados y sin derramar una lágrima pese a las horas sin alimento. Estaba desnuda, pero no recordaba haberse quitado la ropa. Se cubrió con una camisa y una falda, y bajó las escaleras entre la confusión y el miedo a no saber qué iba a encontrarse.

—¡Isabela! —gritó—. ¿Hay alguien aquí?

Por las ventanas abiertas se colaban las melodías de los pájaros recién desperezados. Recorrió la cocina y el vestíbulo de la entrada hasta llegar al salón, donde por poco cae redonda al ver a su marido en ese estado, propio de un bandolero cualquiera. Isabela la agarró al vuelo, la apoyó en el reposabrazos, se quitó el mandil y empezó a abanicarla hasta que recuperó el aliento.

—Lo trajeron unos hombres, pero no sé más, señora.

—¿Qué le ha pasado, con quién se ha pegado, qué furia ha contagiado a este hombre? ¡Maldita sea! —lloró.

Las dos mujeres se consumieron en un llanto que sólo de oírlo daba pena.

—No se preocupe, señora, que los hombres dijeron que aún tiene pulso.

Doña Inés se miró de arriba abajo y le importó tres rábanos parecer una pordiosera.

—¡Hasta aquí! —exclamó y, sin dar explicaciones, salió corriendo de la casa con la ropa vieja y sin arreglarse el pelo en busca de la santera Vargas.

»¡Ocúpese de los niños! —gritó al aire.

Notó los pechos rebosantes de leche, pero le dio igual que le chorreara y que su hija se despertara con hambre.

La santera ya no vivía en aquel refugio que doña Inés recordaba con fascinación infantil. El pasado tiende a endulzar hasta los restos de la cochambre. Antonina Vargas se había casado con un viejo rico y propietario de una fábrica de rapé, feo como un búfalo, gordo, renegrido de tanto fumar. Había pasado de ser una mujer odiosa y odiada a la mandamás de San Lázaro. Era la dueña de la fábrica y de una casa colosal con tres balcones en la planta superior.

En tiempos, sólo doña Lora la tenía en consideración y la defendía cuando la ponían a escurrir por sus exorcismos. La llamaban de todo: hija del diablo, satanita, endemoniada, bruja.

A doña Inés no le costó mucho confirmar dónde vivía. El primer vecino con el que se cruzó señaló con el dedo la casona colonial.

La puerta era de madera robusta y tenía un llamador de hierro en el medio. Lo agarró con la mano y lo golpeó hasta que un criado abrió una rendija, sorprendido por las horas tempranas de la visita.

—Deseo ver a la señora Vargas —contestó doña Inés cuando le preguntaron qué se le ofrecía.

—¿Quién la manda?

—Yo me mando.

El criado, vestido de blanco desde la camisa hasta los zapatos, la dejó pasar a un patio interior decorado con hermosas plantas de flores rojas y violáceas. Doña Inés miró hacia la balaustrada superior, en la que correteaban unos niños blanquitos como la leche. Una mucama también vestida de blanco con mandil bordado reprendía su mal comportamiento. Y una cotorra amarilla y verde canturreaba en una pajarera que doña Inés descubrió al fondo del patio, entre las enredaderas que escalaban las paredes. No necesitó más que mirarla de cerca para saber que era una hembra, como aquellas que tuvo su madre, doña Lora. Se dio media vuelta, se recolocó el ropaje sucio y esperó a Antonina Vargas.

Los minutos se hicieron interminables hasta que la santera hizo acto de presencia, precedida por el criado. No parecía la misma que doña Inés había conocido. Cojeaba del pie derecho y un parche cubría uno de sus ojos.

Contrariada por el vocerío de los niños, Antonina Vargas se detuvo en medio del patio y gritó a la mucama que no eran horas de andar con ese jaleo, que el señor estaba durmiendo y ella tenía visita.

Extendió la mano a doña Inés y le pidió disculpas por el mal comportamiento de quienes dijo que eran sus nietos.

—¿Qué le pasó ahí? —preguntó la señora Valdés señalando el parche con el único propósito de ser amable.

—Un mal de ojo.

Doña Inés se asustó, pero la santera Vargas contestó sin miramientos:

—No se preocupe. Lo pagó. ¡Bien que lo pagó!

De su cuello colgaba una imagen del tamaño de una castaña pilonga de Yemanyá, diosa orisha del mar y símbolo de maternidad. Doña Inés lo reconoció enseguida y podría jurar sobre una Biblia que también lo llevaba cuando la vio por primera vez.

—¿Y bien? —preguntó la santera—. ¿Qué la trae por aquí?

—Necesito que me lea las manos, señora Vargas.

—Ya no me dedico a eso.

—¡Oh, no puede ser! —se lamentó doña Inés—. Le ruego que lo haga por mí. Lo necesito más que nunca. Usted me las leyó cuando yo era una niña —dijo mostrándoselas boca arriba—. ¡Mírelas!

Antonina Vargas le hizo una señal con el dedo para

que la siguiera hasta un cuarto oscuro como boca de lobo. Los grandes ventanales estaban cerrados a cal y canto y protegidos de la luz por unos cortinones gruesos que descansaban sobre la baldosa. Olía a incienso. La santera encendió una vela y se sentó a una mesa cubierta por un pedazo de tela del mismo tejido de las cortinas. Invitó a doña Inés a ocupar una silla frente a ella y, mirándola a los ojos, le advirtió:

—No tengo tiempo que perder, *mijita*. Debo atender a mi marido en cuanto se despierte.

Doña Inés notó la sed en la boca y pidió permiso para servirse agua de una jarra en la que flotaban gajos de limón.

—No le robaré mucho tiempo...

La señora empezó por el principio tratando de agitar la memoria de la santera que, sin mover una pestaña del ojo descubierto, escuchaba con atención. Le contó quién era ella y quién fue su familia. Insistió en que recordara a doña Lora, casada con Lazariego.

—¿No nos recuerda? —preguntó.

Antonina Vargas siguió sin inmutarse.

—Siga. Usted siga, *mijita* —ordenó.

Doña Inés continuó hablando sin orden ni concierto, mezclando fechas, familias y desgracias. Le habló del destino de sus hermanas, cada una casada con un hombre de patria distinta. Le habló de su padre, que Dios le tuviera en su gloria, y hasta le habló de las cotorras, que eran portadoras de malas noticias. Habló también de doña Marta y que si esto, que si lo otro.

—¿Ha mencionado usted a doña Marta?

—Sí, señora.

—¿La asesina de criados?

—Bueno, en realidad...

—Ha pronunciado un nombre prohibido en esta casa. Me voy haciendo una idea de quién es usted.

—¿A qué se refiere, Antonina? ¿Dije algo inoportuno?

—¡Sigue! —ordenó, tuteándola por primera vez.

Doña Inés le habló de su boda con don Gustavo, de su viaje a España, de su vida en Punta do Bico, del negocio del aserradero, del pazo reconstruido, de la belleza de aquella tierra a la que invitó a conocer. Le habló de su hijo Jaime, y de que por fin había llegado la niña.

—Gustavo, ¿qué más?

—¿Qué más quiere saber? —preguntó doña Inés.

—Su apellido —contestó rotunda.

—Valdés. Gustavo Valdés. ¿Cómo es que no se lo dije, señora Vargas, si le he contado mi vida entera?

En eso la santera dio un respingo que hizo tambalear la vela.

—¡Márchate! ¡Márchate de aquí!

—¡Antonina, por Dios!

Doña Inés, asustada, se puso en pie.

—¡No quiero verte en mi casa! —gritó la santera fuera de sí.

Se levantó de su silla profiriendo gritos como si el alma se le hubiera endemoniado.

—¡Márchate! Y dile a tu marido que se guarde de la ruina en los años venideros.

—¡Qué está diciendo, mujer!

Doña Inés empezó a temblar.

—Gustavo Valdés va a pagar lo que su familia hizo con mi hija María Victoria. Por fin me llegó la hora de quitarme esta espina que llevo dentro.

Doña Inés no podía creer lo que estaba escuchando.

—Mi hija se avergonzaba de mí por culpa de ustedes, los ricos de los ingenios, que me llamaban bruja y endemoniada.

—Mi madre nunca la llamó así, señora Vargas. La tenía en alta estima.

—Tu madre fue la única que me respetó. Fue una buena mujer. ¡Nada tengo contra ella! Por eso no le dije lo que llevas escrito en las palmas de tus manos, pero a ti sí te lo voy a decir.

—No me lo diga, se lo ruego. ¡No quiero saber! —contestó doña Inés entre lágrimas.

—Tienes una hija, pero tardarás en conocerla.

—¡Cállate, maldita! —rugió doña Inés.

—Ya la has parido, pero aún no sabes quién es.

Doña Inés huyó despavorida de la casa de Antonina Vargas, envuelta en el llanto y sosteniendo el temblor de todo su cuerpo. Corrió hasta el ingenio Diana con un dolor en el pecho que bien podría haberle parado el corazón. Corrió levantando el polvo del camino, manchándose hasta las rodillas, sorteando los arbustos del sendero. Y cuando llegó al ingenio, sucia y despeinada, don Gustavo la estaba esperando con la mirada fúnebre.

En su ausencia, un criado negro se había presentado en la casa principal, sin pedir permiso a nadie, para contarle al señor Valdés por qué la lápida del cementerio de San Lázaro no llevaba el nombre de su hermano. Se lo explicó todo de corrido, sin puntos ni comas.

Habló con precipitación y sin pausa.

Y dijo:

Que don Juan quiso morir después de ver cómo había quedado el ingenio tras el huracán Malpico que zarandeó la provincia durante tres días con sus noches a oscuras.

Que los vientos lo remataron, pero ya llevaba meses sumido en la tristeza por culpa de una plaga que había secado la hacienda entera.

Que el bicho empezó por la tapia del cementerio, siguió por la linde del oeste, tiró por la línea del medio y acabó con todo.

Y que no sabía cómo decírselo, pero que don Juan se colgó de ahí.

—De ese poste que aún tiene el cordel deshilachado —dijo señalándolo con el dedo—. Lo bajaron entre tres mulatos. Y no se crea nada de lo que le digan en San Lázaro, que los suyos lo dejaron solo, que si esto o que si lo otro. Todo es mentira, señor Valdés. Los únicos que lo abandonaron fueron sus animales, que se esfumaron en fila, uno detrás de otro, hacia el río y nunca más se supo.

Y como si las palabras no fueran suficientes para explicar lo ocurrido, el negro le entregó dos cartas.

—Esta —dijo al darle uno de los sobres— estaba dirigida a nosotros. La escribió don Juan de su puño y letra con las indicaciones de su entierro: en una caja de madera, vestido con su ropa de campo, con una foto de su difunto abuelo y el rosario de madera de olivo que llevaba entrelazado en las manos cuando se quitó la vida.

Hizo una pausa.

—También dejó este otro sobre a su nombre. No lo hemos abierto. Su hermano sabía que usted volvería a Diana y lo leería.

El criado se lo dio a don Gustavo y ahí paró de hablar ante la mirada de Isabela, que no dejó de llorar ni un segundo y eso que no conocía a don Juan, nunca lo había visto y había renegado de la porquería de su última morada.

—¿Dónde está enterrado mi hermano? —pudo preguntar al fin.

—Yo le llevo.

Anduvieron en dirección norte hasta un promontorio de arena donde alguien había clavado una cruz de madera construida con estacas y con el nombre de Juan Valdés escrito a mano.

—Eligió su tierra y en su tierra está.

CAPÍTULO 11

Doña Inés pasó semanas enteras envuelta en el delirio de una fiebre altísima que no había manera de bajar. A nadie le contó lo que había sucedido con la santera Vargas ni nadie le contó a ella la conversación de su marido con el criado negro. Así hasta que recuperó el pulso de los días. Y cuando lo hizo, le dolía tanto la cabeza que no se creyó nada del relato.

Durante esos días, el esposo se ocupó de desenterrar a su hermano y trasladarlo al panteón de la familia. Encargó las letras con su nombre y rezó por su alma en la soledad más absoluta. Ni Isabela hizo por acompañar al señor. Bastante tenía ella con ocuparse del niño y de la recién nacida. Los mismos guardianes del cementerio que lo rescataron medio muerto le hicieron el servicio de vuelta al ingenio Diana con mejor cara, eso sí, y mediando una generosa propina.

El sobre que le entregó el criado contenía varios papeles escritos por don Juan llenos de detalles de dónde estaba el dinero, en qué lo había invertido y qué debían hacer para recuperarlo. También indicaba dónde había guardado las joyas de doña Marta y la abuela Sole. Además, dejó los nombres de varios hacendados que, en su momento, se interesaron por el ingenio por si tuviera a bien venderlo. De forma muy somera, escribió sobre el huracán y sobre la plaga. No quiso concederles ninguna importancia para no despertar el desasosiego en Gustavo. En cambio, a él sí le dedicó unas líneas, como si algún espíritu le hubiera soplado que volvería a la isla a echar el cierre al imperio.

Las palabras de su hermano pequeño estaban cargadas de tanto amor que lo removieron hasta ese límite impreciso de las emociones que nadie sabe dónde está. Nunca se casó, nunca conoció mujer ni más inspiración que la tierra y los libros que coleccionó con dedicación y esmero, y que el viento del huracán y las lluvias acabaron arrasando como si nunca hubieran existido.

A partir de entonces, don Gustavo hizo lo que tenía que hacer sin importarle nada más. Echó las cuentas cubanas y las españolas, y se entregó en cuerpo y alma al ingenio Diana. Doña Inés dudaba de que invertir todo el dinero que les llegaba de España fuera la mejor solución, pero su marido nunca le pidió opinión. No volvió a sentarse a la mesa con ella ni con sus hijos. Desayunaba, almorzaba y cenaba solo, sobre la piedra de la cocina, con las ventanas siempre abiertas porque decía que no había que dar calor a los malos espíritus.

Se afanó en reconstruir hasta el último conducto de agua. Contrató a trabajadores de San Lázaro, los recibía antes del amanecer, se corrió la voz de que el último Valdés pagaba bien. Trabajó de igual a igual con la cuadrilla, paraba sólo para beber agua, le creció la barba, las arrugas surcaron su cara. Arrancó con sus manos las malas hierbas y dejó las tierras en barbecho con la esperanza de que algún día quedaran preñadas de nuevo.

A un océano de distancia, como cada día, en Punta do Bico empezaba a anochecer. La Renata encerró el ganado en las cuadras, candó la *palleira* y ató a los perros.

Domingo llevaba varios días sin dar señales de vida. Se fue a la bodega y no volvió. A saber si de la borrachera se había quedado medio moribundo en alguna playa o en la cama de una mujer. A la Renata no le importaba demasiado lo que pasara con su marido. En realidad, no le importaba nada. Es más, pedía a los santos en los que ella creía que le trajeran su cadáver hasta la puerta del pazo. Lloraría y haría aspavientos de pena. Luego lo enterraría y ya.

Una vez a la semana, Fermín, el capataz del aserradero, pasaba a saludar. La Renata sabía que quería fisgar, así que le dejaba ver a la pequeña Clara, que crecía entre mugre, orines de perros y lluvia gallega. «Dios da hijos a quien no debe», pensaba el hombre mientras se apiadaba de la criatura y rezaba para que no enfermara.

Además de Fermín, Mariña se dejaba caer por el pazo con huesos para los perros, y el doctor Cubedo, de cuando en cuando, también asomaba la nariz. Había cogido cariño a la cría.

Las noches de luna llena, la Renata la sacaba en un canasto de mimbre y la dejaba en medio de la finca, siempre mirando al escudo de la familia, para que se fuera acostumbrando al viento del norte y al paso del tiempo.

—Te corresponde pasar frío, *filla.* Tienes que hacerte a estos temporales. Lo hago por ti.

La niña lloraba, pero nadie la oía a esas horas vacías.

La Renata salía poco, pero cuando lo hacía paseaba por las ferias de ganado y compraba patatas y castañas para asar. Saludaba con la cabeza al vecindario para que supieran que estaba viva y la dejaran en paz hasta más ver.

Se abandonó a la suerte del porvenir. Desapareció el brillo de sus ojos y su mirada se hizo oscura, como si ella también hubiera empezado a pagar en esta vida, no tenía otra, lo que había hecho. A veces bajaba a la playa y esperaba a que alguno de los barcos que regresaban del otro mundo le devolviera a su hija. Cerraba los párpados y, al abrirlos, creía verla en la cubierta, crecida por los años, aunque idéntica a como la recordaba.

Pero no ocurrió.

Y poco a poco, su cordura empezó a menguar. Era un malestar que tenía el nombre de su fechoría sin remedio ni solución.

Un buen día recibió una carta, en cuyo reverso la criada, que leía a duras penas, identificó el nombre de doña Inés. Le temblaron las dos manos, le sudaron las palmas y sintió que se encogía por dentro.

Rasgó el sobre, sacó el folio escrito a mano y buscó el nombre de Catalina. Pasó los ojos por las líneas y lo encontró mediada la página. También leyó el de Clara.

«Clarita», escribió la señora.

La criada salió de la casa. Llovía como siempre, el cielo estaba gris y encapotado, apenas asomaba la luz del sol. Echó a correr en dirección a la parroquia. Sólo don Castor podría descifrar el enigma de aquellas letras. Sus pasos eran trancos de yegua bajo el barro de los caminos. Le faltaba el aire y el corazón empujaba contra el pecho. El cura, que la vio llegar en ese estado, pensó que corría porque llegaba tarde a misa y se apresuró a calmarla con palabras que nada importaban a la Renata.

—No, don Castor, vengo a que me lea esta carta de doña Inés.

El cura se colocó las gafas de ver de cerca, se sentó en el banco de piedra que quedaba al fondo de la nave central y empezó a leer con su voz de sermón:

Queridos Renata y Domingo, aquí los señores Valdés desde San Lázaro, provincia del oriente cubano.

Llegamos a la isla en perfectas condiciones, después de una travesía plagada de tormentas y sacudidas del mar. Por suerte, el viaje se completó con éxito y ya estamos instalados en el ingenio Diana.

La pequeña Catalina se cría con fuerza. Jaime sigue siendo el niño amoroso que ustedes conocieron e Isabela se ha adaptado al clima húmedo y caluroso.

Deseamos establecer una comunicación estable con ustedes para que nos informen de las nuevas del pazo y, sobre todo, Renata, hágame saber cómo está su linda hija Clarita.

Recuerden que Fermín, el capataz del aserradero, les ofrecerá toda la ayuda que precisen en caso de necesidad.

Reciban un cordial saludo,

Doña Inés

El cura terminó de leer la carta, dobló el folio por dos mitades, lo introdujo en el sobre y se lo devolvió a la criada.

—¡Qué suerte tenéis de haber dado con unos señores que se preocupan por vosotros! —dijo rematando la conversación—. Tu marido ya podría tenerlo más presente.

—Pues sí —admitió la criada.

—¿Quieres que te escriba la carta de vuelta?

—Sí —repitió la criada—. Ya veremos cuándo —añadió.

CAPÍTULO 12

Pasaron los primeros dos años con sus estaciones. El verano, la primavera.

Pasaron los otoños y los inviernos.

Y nada.

La tierra del ingenio no daba de sí. Don Gustavo se descubrió luchando contra gigantes norteamericanos que, ganada la guerra del noventa y ocho y consumado el desastre español que tanto había traumatizado a su pueblo ilustrado, empezaron a fundar enormes centrales azucareras contra las que Diana nunca podría competir. Doña Inés tenía razón. Los españoles ya no pintaban nada en la Cuba de la United Fruit Company.

Un día de mayo de 1902 se firmó la independencia definitiva de España. Las salvas se oyeron en toda la isla, las fiestas populares detuvieron el país durante varios días y, salvo para los españoles y los descreídos, todo fue una fiesta.

Quedaba inaugurada la República de Cuba.

—Ya no hay nada que hacer aquí —dijo doña Inés.

—¿Y qué quieres que hagamos? —preguntó el marido.

—Volver a España.

—Aún no.

—Nos haremos viejos y pobres.

—Aquí están nuestros muertos, Inés.

—Pero ningún vivo —concluyó la señora con un nudo en la garganta.

No se volvió a hablar del asunto.

Cada noche, doña Inés se sentaba en el porche a ver anochecer con sus hijos Jaime y Catalina. Recostados sobre su regazo, con una mano acariciaba al niño, con la otra alisaba el pelo de la niña, negro como el tizón. Catalina ya había cumplido dos años. Andaba sola y corría que se las pelaba entre el polvo y la hojarasca de Diana. De pocas caricias, se limpiaba la mejilla con la mano cuando alguien le daba un beso y doña Inés no se quitaba de la cabeza los malos ratos que le había hecho pasar. Entonces se aparecía el espíritu de Antonina Vargas y empezaba a hablar. La señora Valdés se tapaba los oídos para no oírla, pero la santera subía el tono hasta repetir las malditas palabras.

—Tienes una hija, pero tardarás en conocerla.

También le recordaba que don Gustavo tendría que pagar lo que doña Marta había hecho con María Victoria, y ella se encogía de miedo sólo de pensarlo. Doña Inés seguía al marido a escondidas, lo escuchaba detrás de la puerta, rebuscaba en los bolsillos de sus chaquetas evidencias de un mal de ojo. A veces encontraba tarjetas de visita de señores americanos. Anotaciones que no daban pistas fiables. Monedas que quedaban flotando en los bolsillos. Interrogaba a los trabajadores con preguntas sibilinas, pero los hombres contestaban con monosílabos. Sí, no, bien, mal. Cuando don Gustavo se acercaba, todos callaban.

«¿Por qué demonios tuvimos que embarcarnos? —se preguntaba—. Habría sido más sencillo establecer comunicación con la isla para certificar el desastre y plegar velas sin conceder al pasado demasiadas contemplaciones».

Miraba al cielo con descrédito y rogaba al santo de guardia que le concediera el deseo de volver a España, más pronto que tarde, con un marido cuerdo y dos hijos sanos.

Noche y día esperaba noticias de la Renata que le hablaran de Galicia, de Punta do Bico, del pazo de Espíritu Santo. También quería saber de Clarita, quería saberlo todo de ella, como si así fuera a apaciguar la envidia que nunca dejó de latir.

La primera respuesta de la guardesa tardó tanto en llegar que doña Inés ya no contaba con ella. A decir verdad, fueron unas líneas en las que sólo se interesaba por Catalina y en las que contaba algunos detalles de Clara, pero sin demasiado detenimiento.

Clara come como una lima y el doctor Cubedo la viene a ver de cuando en cuando. ¿Cómo está Catalina? Me acuerdo mucho de ella y desearía volver a verla algún día cuando los señores vuelvan a su casa de Punta do Bico.

Cuide de su familia.

Así acababa el escrito. Tampoco hizo mención alguna a las señoras de Punta do Bico, que poco a poco se fueron olvidando de doña Inés. Algunas se hicieron envidiosas, otras dejaron de leer.

Pese a todo, aquella carta fue la primera de una costumbre que se mantendría durante años sin que don Gustavo tuviera conocimiento alguno de lo cerca que volvía a estar la guardesa.

Doña Inés se concentró en la educación de sus dos hijos y decidió buscar una maestra que pudiera formarlos en el propio ingenio. En vez de una, encontró a dos maestras de Luisiana que se habían instalado en La Habana siguiendo a sus maridos, también profesores. Se llamaban Kate y Sarah. Eran licenciadas en Historia. Jaime y Catalina no tardaron en dominar el inglés.

Además de a las maestras, contrataron a una nueva mujer de servicio llamada María Elena. Llegó de la mano de Dorita cuando doña Inés ya no esperaba volver a verla. Y eso que pensaba en ella cada día y se lamentaba de que estuviera empleada en otra casa de la que no tenía más información que aquella que le dio el día que se encontraron de manera fortuita en el puerto de La Habana.

Dorita se presentó un buen día a la hora de la siesta, mientras doña Inés reposaba la comida. La vio llegar a lo lejos y creyó que era efecto de la comilona y la pesada digestión. Pero no, la criada, de cuerpo menudo y edad considerable, había caminado hasta el ingenio Diana con María Elena. La muchacha buscaba casa para trabajar y patrones buenos a los que servir. Ofrecía su experiencia en una residencia de españoles. Sabía cocinar, planchar y lustrar baldosas, pero para doña Inés lo importante era el aval de Dorita.

Las tres mujeres pasaron unas horas deliciosas hablando de los cambios de la isla, de los nuevos acentos, de los norteamericanos que habían engatusado a los cubanos con sus promesas de modernidad. Bebieron limonada con azúcar y comieron galletas de cereales hasta que Jaime y Catalina se despertaron de su sueño vespertino. La niña se encaprichó con María Elena nada más verla, para disgusto de Isabela, que la miraba desde el quicio de la puerta con cara de pocos amigos. El gesto enterneció a doña Inés: la niña por fin daba muestras de cariño.

—¡Pero qué morena es! Se parece al padre. ¡Y qué grande! ¡Ya alcanza al niño! Sí que creció en estos años, sí... —dijo Dorita sin saber cómo continuar. Tenía tan poco de doña Inés que prefirió callarse.

—Es una Valdés pura —dijo la señora para quitar hierro al asunto—. Siempre he creído que esta niña la mandó mi suegra para resarcir el sufrimiento de mi esposo. Es la primera mujer que llevará su apellido.

Isabela pensó que vaya lástima no haber conocido a más Valdés para confirmar que Catalina había salido a ellos.

Así quedaron las cosas.

María Elena pasó a encargarse de las labores domésticas para las que Isabela no tenía tiempo porque siempre estaba enfrascada en algún quehacer de los niños. Era mulata, hija de esclavos, nieta de esclavos.

Entrada en carnes, doña Inés se fijó en sus enormes muñecas, sus caderas redondas, sus muslos oscilantes y sus rodillas almohadilladas. En cambio, era de tobillos y dedos finos. María Elena tenía un pelo largo que se cepillaba al amanecer y recogía en un moño que despejaba su nuca siempre perfumada con agua de pétalos de rosa que ella misma preparaba con un gajo de limón y unas gotitas de alcohol. Avisaba de su presencia y se excusaba para ausentarse. Vestía de impecable uniforme y jamás se le ocurría meterse en conversación ajena. Era tan cuidadosa que cuando anidaban los pajarillos en el techo del porche, descolgaba los nidos sin que se cayera ni una hoja. Tenía remedios para todos los males. Para los herpes, para las escrófulas que precedían a la tuberculosis, para la tos que no se quitaba con nada más que con los milagros que María Elena preparaba en frasquitos y que suministraba en gotas tres veces al día. Enseguida comprobaron su buen hacer en la cocina. Asaba reses, hervía sopas, freía frijoles con banana y hacía deliciosas compotas para los desayunos. Escrupulosa con los olores, en cuanto cogió confianza, tiró las especias de Isabela. Aquello no pudo enfurecer más a la criada española. Tanto que, a partir de entonces, se le torció el gesto y se enfadó con la vida, aunque, en realidad, lo que pasó es que se le encendieron los celos, como ya le había ocurrido con la Renata, y ponía pegas a todo lo que hacía María Elena.

Tan es así que no perdió oportunidad de criticarla cuando descubrieron su único defecto: María Elena bebía una media de doce tacitas de café para no quedarse dormida durante las horas de sol. El sueño podía cazarla en cualquier lugar: sobre la encimera de la cocina, en el lavabo mientras hacía sus cosas y hasta de pie con el trapo de limpiar en una mano y la pastilla de jabón en la otra. Un día, a solas con su señora y los niños, Isabela aprovechó para bombardear sin piedad: que si se ha dormido en una silla del comedor, que si se ha quedado frita en el balancín de mimbre, que si cualquier día nos incendia la casa como le arree el sueño con el fuego encendido.

Doña Inés hizo oídos sordos, pero Jaime tomó nota de todo y esa misma noche preguntó a la pobre mujer por qué se dormía a todas horas. María Elena se ruborizó tanto que se escondió debajo de la mesa de la cocina con el miedo a verse de patitas en la calle por su narcolepsia no diagnosticada. El miedo del esclavo no se había abolido ni entendía de leyes ni supo de normas. María Elena lo llevaba en la sangre y, si presenciaba alguna reprimenda de don Gustavo a los jornaleros, escapaba a su habitación y se encerraba con llave, con el trasero contra la puerta. A veces se la oía llorar y no se le pasaba hasta que doña Inés hablaba con ella como lo hacía con sus hijos cuando les daba una pataleta.

Pasados los meses, María Elena dejó de tener miedo a don Gustavo, pero ya era demasiado tarde. La decisión de vender Diana estaba tomada, cerrada y pendiente sólo de estampar la firma en los documentos.

CAPÍTULO 13

—No es una rendición, Inés —dijo don Gustavo cuando le comunicó que el ingenio estaba vendido—. Las tierras siguen sin dar ni un matojo verde y el acuerdo es bueno.

—¿Con quién has arreglado la venta? —preguntó la esposa.

—Diana se incorpora a La Matojilla. El señor Abadía Biscay necesita crecer hacia el río. Nosotros tenemos el mejor acceso al agua para sus reses y para su explotación.

Don Gustavo explicó a su esposa las inversiones de su hermano Juan y que confiaba en sus contactos con la burguesía de La Habana.

—Surgirán nuevas oportunidades de negocio —añadió.

—No pareces un Valdés —dijo doña Inés en voz baja mirando sus labios en el espejo del tocador.

La noche había caído sobre el ingenio. La señora se desanudó el moño recogido a la altura del cuello y el pelo osciló hasta sus hombros.

—¿Qué has dicho?

—Nada, tonterías —contestó—. ¿Y dónde viviremos?

—Juan compró una casa en un bonito edificio del centro de La Habana. Lleva vacía algunos años. Fui a verla. Tiene cuatro habitaciones más el dormitorio del servicio, dos salones, otros tantos baños y la cocina es amplia. Te gustará. ¿Sigues creyendo que la decisión no es meditada, que me precipito? —preguntó.

Doña Inés asistía en silencio a la perorata de su marido.

—¡Fuiste tú quien insistió hasta el hartazgo en que nos marcháramos de aquí!

En eso, el marido tenía razón. Doña Inés asintió con el gesto, se desnudó y se vistió con el camisón de dormir.

—Pero yo quiero irme a España —musitó ahogando el llanto—. Quiero irme de este país. No quiero mudarme a la ciudad, no quiero empezar de cero. No quiero que ahora te obsesione otro negocio, que te olvides de nosotros, que tus hijos crezcan sin su padre. Apenas los conoces y, desde que llegamos a Cuba, yo tampoco te reconozco.

—¿En qué te he fallado? —preguntó él.

Doña Inés no le contestó. Se deslizó entre las sábanas de esa cama de matrimonio en la que había perdido la cuenta de las lunas sin sentir el cuerpo de su marido y se preguntó en silencio cuándo fue la última vez. ¿Acaso cuando se quedó embarazada de Catalina?

El señor Valdés parecía devorado por su propia derrota.

—Inés —dijo—, el paso del tiempo también habla. Nos está echando de aquí. ¡No lo ves! Cuando no falla el agua, falla la calidad de la semilla y cuando no, se rompe la acequia o se troncha el conducto que viene del río. Pero hay algo peor que no puedo arreglar con mis manos.

—¿Qué es, Gustavo?

—Alguien me echó mal de ojo.

—¿Qué estás diciendo? —preguntó la esposa con inquietud recordando a Antonina Vargas.

—Mal de ojo de mujer.

—¡No digas sandeces! —exclamó ella.

—No son sandeces —insistió él sin atreverse a pronunciar el nombre de la Renata.

La señora Valdés, en cambio, concluyó sobre la marcha que el destino le estaba dando una oportunidad de ponerle distancia a la santera. Había llorado esas tierras, había conseguido que la suciedad no se quedara pegada hasta en los bajos de los vestidos, había creado un hogar para sus hijos, pero la santera vivía demasiado cerca de su familia como para dormir tranquila.

—Está bien, Gustavo. Nos iremos de aquí.

No tardaron en mudarse a la capital. La cuadrilla de trabajadores recibió su jornal y un adiós con abrazo. Don Gustavo quiso que tuvieran su último almuerzo, así que mandó a María Elena servirles agua fresca y cocinar tortas de harina de arroz y judías en revuelto de huevos. Ellos fueron los últimos de Diana, los desconsolados que se marcharon por el camino de polvo rumbo a San Lázaro a buscar nuevo patrón, cafetal o plantación de azúcar que les quitara el hambre.

Las mujeres de la casa hicieron las maletas, empacaron los ropajes, los muebles que la señora deseaba llevarse a la ciudad y los pocos recuerdos que quería conservar del ingenio.

CAPÍTULO 14

Los señores Valdés, sus dos hijos, Isabela y la nueva criada María Elena se instalaron en la residencia de don Juan bien entrada la noche de aquel día que doblaba la semana en dos, miércoles, del mes de marzo del año 1904.

Llegaron sucios, sedientos, con hambre. Y eso que hicieron la segunda parte del viaje en uno de los nuevos trenes que unían el oriente cubano con la capital. La niña Catalina se pasó todo el viaje berreando, peleando con su hermano Jaime y molestando a Isabela, que no dejó de santiguarse ni un solo minuto de las seis horas que duró el trayecto.

La casa de La Habana estaba situada en la calle Aguiar, a una cuadra del parque Cervantes. Nada más llegar, abrieron las ventanas y el aire dulzón de la noche se pegó a sus cuerpos.

Doña Inés empezó a dar órdenes a diestro y siniestro. A Isabela la puso a fregar suelos y a María Elena a hacer camas. Arañó las sobras de la cesta que habían preparado para el viaje, alimentó a sus hijos y, como una más del servicio, comenzó a organizar las habitaciones.

—Aquí dormirá mi hija. Aquí, mi hijo. Aireen el dormitorio principal y dispongan las ropas en los armarios —dijo a las mujeres, que trabajaban a destajo para no dar pesar a su señora ante la mirada atónita del marido que, como un saco de grano, se abandonó en un rincón del salón y en las tribulaciones de su alma.

La señora Valdés no quería perder ni un segundo. Tenía la amarga sensación de que desde que salió del ingenio de sus padres para casarse con Gustavo Valdés había corrido contra el tiempo, contra sí misma y contra su felicidad. En realidad, nunca había sido feliz del todo. Ni siquiera cuando nació Jaime porque enseguida quedó preñada otra vez.

Y llegó esa niña.

—Esa niña —repitió recordando el parto y la dureza de su gesto el primer día que se la puso al pecho.

Su llanto desconsolado, su mirada desconfiada y el rechazo la recorrían cada vez que la criatura respondía con desdén ante sus besos. Se guardaría para siempre aquellas escenas.

Como no se fiaba de nada ni de nadie, doña Inés también mandó colocar cristos por toda la casa y vírgenes negras, blancas, con Jesús en los brazos o con las manos abiertas.

Y ajos. Racimos enteros que Isabela, que era la única que no les hacía ascos, pinchó con un clavo encima de las puertas y debajo de las camas. El olor tardaría poco en hacerse insoportable.

Doña Inés abrió el grifo de la cocina y antes de dar un sorbo largo para humedecer la boca seca, derramó un poco en la palma de la mano y la tocó con la punta de la lengua, no fuera a ser que tuviera veneno.

Despuntaba el alba en el horizonte habanero cuando la señora se dejó llevar por el agotamiento. La casa por fin estaba en orden.

Las calles se desperezaban.

Los gatos recorrían las basuras.

Los perros callejeros transitaban sobre los adoquines marcando con las uñas la cadencia de sus pasos.

La Habana era una arruga en el alma.

Un aguacero de nostalgia.

Banderas que ondeaban la pena.

La Habana ya no era ni la sombra de lo que fue durante los años de la colonia. Sólo algunas familias se habían resistido a hacer las maletas cuando los capitanes generales y el resto de los militares plegaron las velas de la rendición. Si algunos se quedaron, fue porque Cuba era tan patria como España. La isla dejó viudas, hijos ricos y otros arruinados. Viejos nostálgicos que no se irían, que no claudicarían, que no aceptarían una derrota como conclusión de toda una vida.

Doña Inés dio vueltas por la casa hasta agotarse de sí misma.

«¿Qué futuro nos espera si este hombre es otra forma de derrota?», pensó al mirar a don Gustavo.

Allí estaba, entregado a la suerte de su destino, en ese sillón del que no se movió en toda la noche y donde el sol de la mañana lo descubriría empapado en sudor de pesadillas y atormentado por las cavilaciones.

Cumplieron el primer mes en La Habana.

Don Gustavo nunca se dio cuenta de que su casa parecía un santuario. A los ajos y las vírgenes sumaron lacitos de tela roja en los pomos de las puertas, trozos de azabache bajo las almohadas y herraduras en los alféizares de las ventanas. A él le daba lo mismo porque durante todo este tiempo se dedicó a gestionar las desgracias, envuelto en un gesto taciturno que tardaría en borrarse. Daba tanto que hacer a Isabela y a María Elena que tuvieron que contratar a una nueva muchacha. Se llamaba Limita y entre sus atributos estaba depurar los malos espíritus con cascarillas.

«No hay dos sin tres, no hay dos sin tres», acertaba a decir el señor Valdés.

Doña Inés, en cambio, decidió que había llegado el momento de buscar su felicidad. De hacer de tripas corazón y capear con la vida. O lo correcto sería decir que se dispuso a desafiar a su destino.

Como si eso fuera posible.

En sus paseos por las calles empezó a apreciar la belleza. Le pareció delicioso el murmullo incesante de la metrópoli, tan caprichosa como los gerifaltes que la habían gobernado. A ratos, unos. A ratos, otros. Reino de reyes de ultramar. Territorio de guerrillas. La urbe de acento azucarero que quería ser libre aunque las guarachas cantaran las verdades.

El extranjero nos acaricia,
barre las calles que es un primor;
pero se lleva todo el dinero
de las aduanas a Nueva York.

Doña Inés actualizó las señas de la nueva residencia de la familia Valdés en una carta que remitió al pazo de Punta do Bico. No contó detalles de su nueva vida. Fue escueta, pero volvió a dedicar unas líneas a la hija de la criada en las que le deseaba ventura. Era su manera de exorcizar la envidia de imaginarlas en Espíritu Santo, disfrutando de sus propiedades sin más obligación que la de sobrevivir.

Estalló la primavera.

Don Gustavo ató algunos flecos por si las cosas seguían

torciéndose. Confirmó que las reservas de oro estaban en el banco, tal y como había indicado su hermano. Sacó una parte y lo colocó a buen precio en el mercado. Además, seguían llegando suculentas mesadas y pocas noticias de Fermín, lo cual sólo podía ser buena señal. Echó cuentas: aunque todo saliera mal, tendrían dinero hasta que Jaime y Catalina aprendieran las tablas de multiplicar. Poco le importaba lo que pasara con la hija de España porque se concentró en olvidarla.

Los niños empezaron a ir al colegio. La casa se quedó vacía durante las horas de sol. El silencio era lo que peor llevaba doña Inés, así que se introdujo en los círculos de las señoras que fue conociendo, todas esposas de empresarios españoles, cubanos y yanquis que aprendieron español leyendo *El Fígaro*. Se entregó a ellas y a sus causas. Ayudaba a los pobres y atendía a las mujeres desahuciadas por sus pecados de carne. A todas las comprendía. Por todas sentía compasión y para todas tenía un remedio que apaciguaba su espíritu. Doña Inés nunca se detuvo a pensar de dónde brotaba esa vena benefactora que ni vio en su madre ni aplaudía su marido. Es más, el señor prohibió la entrada en la casa a cualquier persona que no fuera de la familia o del servicio. Doña Inés no puso pegas a la prohibición. Discutir era la peor de las soluciones porque, en realidad, no solucionaba nada y, al final, ella se tragaba el disgusto con el riesgo de acabar padeciendo acidez de estómago.

Se reunían en la trastienda de una librería de la calle O'Reilly donde estuvo la primera Agencia de Periódicos Extranjeros que recibía cabeceras de medio mundo. Sobre todo, las de Pulitzer y Hearst, que encontraron un filón con la guerra española y no dejaron de colorear de amarillo la isla. Se les hacía de noche hablando de lo humano y lo divino, materia que, hasta que se murió, siempre interesó a la señora Valdés. Hablaban de milagros y de literatura. También de la crianza de los hijos. Ella nunca tuvo la valentía de confesar que su hija Catalina se había convertido en un tormento que no sabía cómo encauzar. La niña no aprendía ni a tiros. Se rebelaba contra todo. No le gustaban ni sus ropas ni sus amistades. Contestaba mal. Dos veces la expulsaron del colegio por arrojar por la ventana los juguetes de otras niñas. Vomitaba sin motivo de enfermedad y hasta Isabela acabó tirando la toalla.

—Esta niña no es de aquí —sentenció.

Doña Inés, que lo oyó, casi le suelta un bofetón, pero se contuvo porque se acordaba de los latigazos de doña Marta y no estaban las cosas para andar tentando al pasado.

Sin embargo, la sentencia de la criada no iba desencaminada. Aunque no pudiera ponerle palabras, Catalina sentía *que no era de allí*, que aquella no era su familia, que la habían colocado a la fuerza. Una extraña en su propio cuerpo, desubicada en el mundo.

Con ella no había día pacífico, pero don Gustavo se hacía el sordo cuando su hija entraba en cólera o le daba por patalear contra las paredes. Su hermano Jaime, que era tranquilo y amable, refinado en las formas y estudiante aplicado, hacía cuanto estaba en su mano por calmar a la hermana, pero un día, con voz clara y pausada, como en él era habitual, le dijo a su madre que esa niña no podía llevar su sangre. Doña Inés, que ni podía imaginar el suceso de Punta do Bico, lo cogió por los pelos y le sacudió cuatro azotes que le quitaron para siempre las ganas de volver a abrir la boca.

Escondida bajo los faldones de la mesa camilla del salón, Catalina escuchó toda la conversación.

—No me queréis —se la oyó decir entre lágrimas.

Doña Inés la abrazó con todas sus fuerzas. Pero no fue

suficiente. Catalina, abstraída en su tristeza, apretó las muelas para contener su sufrimiento.

Ni en todos los días de su vida esa madre habría imaginado semejante tormento. Y dudaba de si algún día conseguiría saber quién era su hija, por qué se sentía de esa manera, qué demonio se había alojado dentro de ella.

La santera de San Lázaro tenía razón.

CAPÍTULO 15

Las hijas de don Gustavo cumplieron siete años en febrero de 1907. Antonio Maura gobernaba España, reinaba Alfonso XIII y el himno gallego de Pondal se oyó en La Habana. La isla recién estrenaba una nueva intervención de Estados Unidos tras las revueltas contra el gobierno de Estrada Palma. Incapaz de contenerlas y preso de su carácter y poco acierto político, se vio obligado a dimitir en septiembre de 1906. Al día siguiente, dos mil hombres de Roosevelt desembarcaron en la ciudad. Estaban en juego doscientos millones de dólares americanos invertidos en propiedades.

Las guarachas habían acertado.

No eran tiempos pacíficos, pero la vida ordinaria siguió su curso y los cumpleaños de las hijas de don Gustavo se celebraron, ajenos al devenir de la historia.

Catalina lo celebró con tartas de manzanas, dulces de coco y refrescos de limón y chirimoya que María Elena, Isabela y Limita cargaron en cestas de mimbre hasta la plaza de Albear, donde, a la sombra de los árboles centenarios, la niña abrió sus regalos.

Al otro lado del Atlántico, Clarita sopló sus velas sin tarta. Sólo ella se acordó de que era su cumpleaños. La Renata había perdido la cuenta de los días, los meses, los años, consumida en una locura que nunca podría explicar. Clara prendió la punta de siete astillas, las clavó en la tierra mojada y pidió un deseo: aprender a leer y poder escribir.

Aquella noche, después de la celebración, el señor Valdés entró en la habitación del matrimonio a la hora en la que doña Inés se preparaba la piel y el cabello para dormir.

—Te sigo queriendo —dijo acercándose a ella.

Doña Inés no supo qué contestar.

Se había acostumbrado a vivir sin escuchar esas palabras.

Sin que asomaran sus labios para besarla.

Sin sentir el calor de sus manos.

La ausencia de cariño durante tiempo prolongado provoca modorra en los cuerpos y araña el alma, abre heridas que cicatrizan mal.

Pero se dejó hacer.

Se recuperaron en la cama, empapados en su sudor y en sus caricias.

A partir de entonces, todos los gestos de don Gustavo fueron los de un hombre entregado de nuevo a su esposa y a sus hijos y dispuesto a volver a sus cabales desde ese lugar recóndito al que lo habían condenado los avatares de su vida y los sucesos incontrolables del destino.

Retomaron la hermosa rutina de desayunar juntos y, de cuando en cuando, don Gustavo aparecía por la casa sin avisar para robarle un beso. A veces cogía una flor de los jardines de la ciudad y se la prendía en el cuello del vestido. La señora Valdés nunca le preguntó a qué se había debido ese cambio de humor. Entendió que aguantar las veleidades del varón formaba parte del compromiso del matrimonio. Para ella, fue suficiente con detectar las demostraciones de amor y el vientre fecundado que empezó a moldear su figura.

La noticia del embarazo se recibió con ilusión por parte de don Gustavo, alborozo en las criadas, inocente desconocimiento en Jaime y nulo interés en Catalina, que nunca preguntó a su madre por qué sus pechos se abultaban, sus caderas se redondeaban y su tripa crecía y crecía.

La madre se afanaba en explicarle que los recién nacidos sólo traían felicidad a las familias, pero que ella siempre sería única porque había sido la primera niña y eso le daba categoría.

—A ti te voy a querer más que a nadie porque eres mi primera niña —le decía doña Inés.

Catalina fingía que no escuchaba o, si lo hacía, las palabras seguían sin surtir el efecto que perseguía doña Inés.

La criatura en ciernes no dio ni una patada. Ni provocó una mala náusea. Ni acidez de estómago. Doña Inés pasó el embarazo sin apenas darse cuenta. Embelleció como en los tiempos lozanos de la juventud, que recordaba feliz y algo lejana, por más que acabara de superar los treinta años. Y, en efecto, recuperó la felicidad. Se olvidó de la santera mentirosa hasta convertirla en un recuerdo trasnochado que rara vez asomaba a la penumbra de su pensamiento.

—Señora, tiene cara de traer un niño —le decía Limita—. Está guapa a rabiar.

Doña Inés sabía que la criada acertaba y rezó y mandó rezar para que no fuera una niña que pudiera despertar los celos de Catalina.

—Se llamará Leopoldo —dijo una mañana a la hora del desayuno.

Los niños ya se habían marchado al colegio. Don Gustavo y ella estaban solos.

—¿Como el rey? —preguntó él.

—Como el escritor —replicó rotunda ella.

La Regenta había sido el último libro que había llegado a la isla en una edición de dos volúmenes editados en Barcelona en el año 1884. Las señoras de la trastienda de O'Reilly lo devoraron y se lo pasaron de mano en mano.

—¿Y si es una niña? —preguntó don Gustavo.

—Será un varón.

Fue la primera vez que ella se atrevió a aseverar lo que entonces sólo era un deseo.

Don Gustavo no abrió la boca, así que doña Inés entendió que era una aceptación del bautismo bajo ese nombre. En realidad, el señor Valdés había dejado de poner pegas a todo. Su cambio de humor siguió siendo una extrañeza porque no hubo ningún acontecimiento reseñable en ese tiempo. Al revés, doña Inés sabía que el fracaso del ingenio Diana lo había devastado hasta hacer de él un hombre timorato para los nuevos negocios. Iba y venía a reuniones y volvía con las manos vacías. Iba a banquetes y volvía pasado de ron. Así hasta que ella, pese a su avanzado estado de gestación, decidió asistir a las cenas para ver si su marido se había convertido en un fantoche o, por el contrario, mantenía intactas sus visiones de negocio.

Solían celebrarse en las mejores casas de La Habana. Las mujeres siempre estaban a lo suyo, pero doña Inés tenía una oreja en la conversación de las señoras y otra en la de los hombres. Por suerte, comprobó que don Gustavo seguía siendo un hombre espabilado. Aun así, tuvo que ser ella quien lo empujara a invertir algo de dinero en el negocio del alabastro que promovía el heredero de los Aguirre y Pombo, oriundos de Santoña, y de quienes recuperaron la pista en una de esas comilonas.

Tenía tantas opciones de ser una ruina como de convertirse en un nuevo maná para recuperar el dineral que se había quedado Diana.

Si doña Inés insistió no fue porque las finanzas de su marido dieran muestras de escasez; al revés, nunca le faltó un peso para sus vestidos, sombreros, zapatos, libros, polvos, cremas y otros ungüentos. Lo hizo para terminar de vengarse de los presagios de la santera.

Así que las cosas empezaron de nuevo a marchar en línea recta.

En el último tramo del embarazo, la tripa le pesaba tanto que, con todo el dolor de su corazón, no tuvo más remedio que suspender temporalmente los encuentros con las señoras. Le costaba Dios y ayuda salir de casa. Cuando no era el calor, era el agotamiento lo que le impedía moverse de la mecedora de mimbre.

Las horas se le iban cosiendo el ajuar de su nuevo hijo. Baberos, patucos, pañales de algodón. Temía que en vez de un niño viniera una niña y que de nada sirvieran las iniciales bordadas a mano con hilo azul. Para sacudirse el pensamiento, tocaba los ajos, besaba las vírgenes y pedía a cualquiera de sus criadas que le pasara una herradura por la espalda.

La habitación del recién nacido no iba a ser la mejor. Sus vistas daban a un patio interior donde, de cuando en cuando, se armaba la marimorena. Pero era la única que quedaba libre. Doña Inés colocó la cuna, un silloncito bajo para amamantar al bebé y la cuba del baño. No necesitaba más que esperar el parto. La vida aflojaba haciendo bueno el dicho de «Dios aprieta, pero no ahoga». O eso creía doña Inés en los días previos al parto. Sin embargo, la paz de la casa de Aguiar se vio alterada por un hecho absolutamente imprevisto.

Todo empezó cuando doña Inés percibió ruidos extraños en el techo del salón. No les concedió importancia. Pensó que serían pajarillos que habrían anidado, inocentes criaturas vivas que buscaban protegerse. Pero pasaron los días y esos ruidos se convirtieron en auténticas carreras que, descartados los pájaros, bien podían ser de felinos recién nacidos o de ratas que hubieran entrado por alguno de los conductos que utilizaban para desaguar. Nadie parecía haberse percatado. Ni las criadas ni don Gustavo, que, caído el ocaso, seguía buscando a doña Inés para saciar su ímpetu amatorio.

—¿No oyes? —preguntó a su marido una noche.

—¿A quién? —contestó él distraído.

—¡Son ratas, Gustavo!

Al día siguiente, las ratas rasgaron los falsos techos y tomaron la vivienda como los guerrilleros tomaban selvas enteras. Eran ratas blancas, grises, pardas. También las había negras como el carbón. Doña Inés las vio correr por el salón, mear las alfombras, escalar los muebles de la cocina, husmear en los platos, chupar los restos, mordisquear las servilletas. Emitían un gritito agudo que tardaría tiempo en olvidar porque lo último que recordó, antes de caer desmayada y empapada en los líquidos de sus entrañas, fue la imagen de la invasión de los roedores.

Así nació Leopoldo.

El mismo día del alumbramiento la familia desalojó la residencia de la calle Aguiar y se alojó en el hotel Inglaterra, en el paseo del Prado, esquina San Rafael.

Las sirvientas intentaron convencer a su señora de que no había sido más que una visión, un delirio, que nunca hubo ratas y que los despertares en el hotel eran un regalo de don Gustavo para que se repusiera de los esfuerzos del parto. Naturalmente, doña Inés no las creyó y, tan pronto como abandonaron la lujosa habitación del Inglaterra, con agua corriente, teléfono y sábanas de hilo, confirmó que el olor que desprendían las paredes de Aguiar era el del veneno.

Una cuadrilla de mulatos había desinfectado la vivienda, empezando por los tejados y acabando por las tuberías. Se llevaron por delante todo cuanto encontraron a su paso. También el ajuar de Leopoldito, que nadie cayó en la cuenta de recoger a tiempo.

El episodio fue la comidilla habanera durante algunas semanas, tantas como doña Inés tardó en reponerse del disgusto. Cuando lo hizo, esperó a que don Gustavo entrara por la puerta del dormitorio, para decirle:

—Me voy de aquí. Vuelvo a España. Tú decides: ¿me acompañas o no?

SEGUNDA PARTE

—

PUNTA DO BICO, 1915

CAPÍTULO 16

«Si no puedes soportar la respuesta, no hagas la pregunta». Doña Inés se lo escuchó tantas veces a su madre, doña Lora, que nunca olvidaría que fue ella la primera que lo dijo. Se quedó con ganas de preguntarle: «¿Por qué dices eso, madre? ¿Acaso hay respuestas que no podrías soportar?».

Pero doña Lora murió.

No hubo tiempo.

Se quedó sin vida.

Doña Inés entrelazó los dedos para engañar a las manos vacías cuando Zacarías, el cartero, le confirmó que no había sobre con sello de Cuba.

—Estará al caer —dijo la señora.

Impostó la sonrisa para no dar ni una sola señal de desespero, preocupación o angustia que pudiera difundirse en Punta do Bico.

El cartero era un hombre prudente y discreto. Tenía la mejor de las opiniones de doña Inés porque en cada víspera de fiesta de guardar lo invitaba a un chato de vino y el hombre, que rara vez se entretenía con los vecinos, lo aceptaba con agrado.

Ese día se alejó compungido por la pena de la señora Valdés. Aunque la disimulara, él mejor que nadie sabía que el tiempo pasaba sin carta ni nada.

Hasta que la correspondencia se interrumpió de manera abrupta en 1915, don Gustavo acostumbraba a escribir una carta al mes a su esposa y a sus hijos. Se preocupaba por ellos, preguntaba por el negocio del aserradero y los informaba de la marcha de la isla, siempre envuelta en algún lío político o militar. Pero las cosas dejaron de ser así y doña Inés llevaba cinco meses sin noticias del marido, salvo por las conferencias que establecía con Fermín y que la mujer oía de lejos, desde el despacho que siempre había ocupado don Gustavo y que ahora era territorio conquistado por el capataz. Los oía hablar de ella. Fermín contó a su patrón que la señora había empezado a interesarse por el negocio y que, siempre que se lo permitían sus obligaciones, acudía a supervisar los trabajos de la fábrica. También le oyó decir que las obreras sentían devoción por ella porque les regalaba libros.

Lo que contestaba el señor Valdés nunca lo sabría.

—¿Por qué no me escribe? —volvió a preguntarse.

Cerró la verja de hierro y las peores suposiciones alteraron su paz. Lo imaginó agarrado del talle de otra mujer. Lo vio besándola en alguna de las plazas tantas veces recorridas de su mano. Lo vio en la cama que había sido la de su matrimonio, enredado en brazos ajenos. Sintió la cuchillada de la infidelidad sin tener siquiera la posibilidad de confirmarla.

Respiró profundo. Se retiró las lágrimas de los ojos. Se obligó a levantar la cara, bien alta, Inés, para seguir viviendo en aquel pazo que ya era más suyo que de la familia de su marido.

También sentía como propio el aserradero. No mentía Fermín cuando hablaba de su interés por el negocio que sería la herencia de sus hijos. Poco después de que estallara la guerra de 1914 —esa que todos llamaban la Gran Guerra—, empezó a dejarse ver por allí y a asumir algunas atribuciones sin pedir permiso a nadie. Naturalmente se encontró con las reticencias del capataz, que se había erigido en amo y señor de la fábrica y ejercía de don Gustavo sin serlo. Con el tiempo, Fermín no tuvo más remedio que asumir que la señora Valdés tenía derecho a hacer y a deshacer a su antojo. La historia se puede escribir del derecho y del revés, pero lo cierto y verdad es que doña Inés tenía ojo para los negocios.

Sin carta con la que consolarse, doña Inés volvió a sus quehaceres. La puerta principal del pazo estaba cerrada. La maltraía que se incumpliera la orden que había dado a las criadas.

—¡Quiero la puerta siempre abierta! Aunque entre la lluvia, el frío o el viento. ¿Cuántas veces tengo que repetirlo, Isabela?

—Es que los perros lo ensucian todo... —trató de justificarse la mujer.

—Ni perros ni pamplinas.

Doña Inés quería que sus hijos entraran y salieran y que los perros corrieran removiendo con sus patas las alfombras.

Quería vida.

Pero, sobre todo, quería que la hija de la criada no tuviera que llamar para entrar y así se lo había transmitido a Isabela.

—Me gusta que esa niña entre en mi casa —le dijo.

—Es una pordiosera. ¿No la ve siempre zarrapastrosa y sucia?

—¡En absoluto! —la reprendió doña Inés—. Esa mocita es bien inteligente.

—Si usted lo dice... —masculló la criada.

—Lo digo yo, efectivamente, Isabela. No se hable más.

Isabela, la primera criada del pazo, se había ajado y su carácter, ocho años después del regreso a España, había empeorado tanto que nadie quería hablar con ella. Ni Limita ni María Elena le dirigían la palabra porque se habían hartado de llevarse de vuelta un grito, un insulto, una mala cara. Isabela las llamaba las negras, las culpaba de las cosas mal hechas y malmetía contra ellas a la mínima oportunidad que se presentaba. Pero doña Inés, que lo sabía, nunca las reprendía porque, pese a todo, necesitaba oír el acento de Cuba para apaciguar el profundo dolor de haber dejado de hacerlo.

Ese no fue el único cambio que introdujo al poco de volver. También quiso que el pazo se llenara de música y compró un gramófono. Resultó milagroso para calmar el llanto nocturno de Leopoldito, a quien le costó horrores adaptarse a aquella tierra de tormentas que lo despertaban por las noches. Le asustaban los vientos y los rayos que iluminaban la habitación que la madre decoró con primor, sabedora ella de que nunca más volvería a engendrar un hijo.

Jamás pensó en si don Gustavo estaría o no de acuerdo con alguna de sus decisiones. Doña Inés las ejecutó porque, a esas alturas de su vida, ya sólo le interesaba que sus hijos tuvieran estudios.

Y que no emigraran a Cuba.

Aquello también le preocupaba y, por eso, hizo lo imposible por no despertar en ellos la nostalgia por la isla lejana. Prohibió a las criadas que hablaran de las leyendas de los ingenios y rara vez les recordaba al padre ausente. A lo sumo, contestaba las preguntas que le hacía Jaime, el más apegado a don Gustavo y el que conservaba recuerdos de la ciudad de La Habana.

Algún día quizá le contara a su hijo toda la verdad de lo que pasó la noche en la que decidió marcharse de Cuba y en la que su padre resolvió el asunto con tres contestaciones a tres preguntas de la esposa.

—Me quedo —le dijo a su mujer—. Yo no puedo ir a Galicia.

—¿Por qué? —preguntó ella.

—Porque me reclaman mis obligaciones.

—¿Es por el alabastro? —volvió a preguntar.

—Sí, no puedo abandonarlo todo otra vez —contestó él.

—¿Y tus hijos?

—¿Con quién estarán mejor que contigo? —concluyó don Gustavo.

No volvieron a hablar del asunto.

Aquella madrugada del 8 al 9 de diciembre de 1907, después de asumir que volvería sola a España, la señora Valdés marchó hacia el malecón de La Habana, se sentó frente a la bahía y empezó a llorar.

Ante ella, observando los barcos que zarpaban y los que arribaban a la isla, comprobó que la felicidad sólo había sido un espejismo.

«Para qué tanto», se preguntó.

Tanto esperar, tanto rezar, tanto darse a aquel hombre que, por ley, siempre sería su marido y padre de sus hijos, según las partidas de nacimiento.

«Para qué, Dios mío», clamó al horizonte negro de la noche.

Las ratas volvieron a su cabeza, la sed del ingenio, el polvo del camino. Cada suceso había sido una señal.

«Y ahora... —dijo retirándose las lágrimas que recorrían sus mejillas— ha llegado el momento de comprender».

Apenas hicieron falta unas cuantas órdenes precisas a las sirvientas para poner en marcha la vuelta a España. Se fueron con lo puesto. No necesitaban más.

Pocos días antes de que atracara en el puerto de Vigo el buque en el que viajaron la señora Valdés, sus hijos y sus criadas, la Renata se enteró del alumbramiento de Leopoldito. La noticia la llevó Fermín, que se lo contó al doctor Cubedo y este a don Castor, el cura, y el cura lo comentó a la salida de misa y algún correveidile que lo escuchó fue con el cuento a la guardesa.

—¿Sabes qué *din*? Que tu señora vuelve a España y trae una nueva criatura. ¿Te enteraste?

—Sabía de su embarazo, no de su parto —contestó.

—Pues ya parió. Eso van *dicindo*.

—¿Y qué trajo?

—Un niño.

—¿Y vuelve a Punta do Bico? —preguntó con curiosidad—. ¿Estás segura?

—Eso *din* —respondió la cotilla.

A la Renata se le cortó la respiración. Habían pasado siete años desde que entregó a su hija a un destino distinto al suyo.

Siete años sin verla, sin saber nada más que las líneas escasas que había escrito doña Inés.

Siete años. Uno detrás de otro.

No añadió ni una palabra más y la cotilla, tampoco. Para ella se quedó la rabia de imaginar a don Gustavo yaciendo sobre la señora y engendrándola de vida.

Por supuesto, nadie contó y Punta do Bico nunca sabría que doña Inés parió entre ratas.

Faltaban dos días para la Nochebuena de 1907. La oscuridad había caído sobre la comarca cuando doña Inés y sus hijos atravesaron la colina y bordearon las fincas de don Gustavo. Habían cambiado los vallados, pero eso no le impidió reconocer los límites de las propiedades. Las sombras de los árboles se abalanzaron sobre ellos. Doña Inés sintió la congoja en medio del pecho.

—¿Qué te pasa, madre? —preguntó Jaime.

—Nada, hijo mío. Es la alegría de volver a casa. ¡Que me conmueve! —mintió.

—¿Estamos cerca? —volvió a preguntar.

—Muy cerca, hijo. Muy cerca —repitió cuando enfilaron la cuesta empinada que desembocaba en el pazo del lugar de Espíritu Santo.

Llevaba el corazón hecho pedazos cuando el coche paró en seco en el portón de entrada.

—¡La familia ha llegado! —gritó el conductor al bajarse.

Catalina y Jaime saltaron del vehículo como potros desbocados.

—¡Niños, esperad a vuestra madre! —ordenó doña Inés con el pequeño Leopoldo entre los brazos, envuelto en mantas para protegerlo del frío.

La señora esperaba que la Renata saliera a recibirlos, pero un silencio helador imperaba en la noche. De repente, las preguntas que había sorteado durante la travesía desde La Habana volvieron a su cabeza:

«¿Qué has hecho, mujer? Mírate ahora, sola y sin tu marido. Tendrás que soportarlo todo sin más ayuda que la de estas mujeres que te acompañan».

La conciencia rugió como una bestia ante su presa indefensa. Miró a María Elena y a Limita y se apiadó de ellas al verlas temblar como velas encendidas. Miró a Isabela y le suplicó con la mirada que abriera la verja, que entrara en el pazo, que pusiera un pie sobre la tierra. Doña Inés sintió que no era capaz de hacerlo y que inauguraba un luto que no sabía cuándo acabaría.

A lo lejos, como el eco de un ahogado, se oyó a la Renata.

—¿Quién viene? ¿Quién anda ahí? —se la oyó decir.

Salió con un palo en la mano.

—¡Renata! —exclamó la señora.

Doña Inés apenas pudo reconocerla, tal era el abandono de su piel, de su cuerpo, de sus vestimentas negras. La Renata no era ni una pincelada de lo que había sido. Despeinada, había ganado peso y había perdido toda su belleza. Hasta su voz era distinta. Sólo la criada sabía qué sufrimientos la habían convertido en otra mujer.

—¿Renata?

La criada tiró el palo al suelo y se plantó ante la familia impostando la sorpresa de volver a verla.

—Pero, ¿y luego? ¡Qué alegría!

Doña Inés no se atrevió ni a abrazarla.

—Volvimos de Cuba, Renata. ¿Nadie la avisó? —preguntó la señora para sacudirse la impresión.

—Nadie me dijo nada —mintió la criada—. De haberlo sabido habría prendido unos leños y preparado las camas. Traiga aquí esas maletas, que yo me encargo. ¿Y ese *neno* que lleva en los brazos?

—Es Leopoldo —contestó Jaime, escondido junto a Catalina en las faldas de su madre.

—¿Y la niña? —preguntó la criada.

—Catalina, sal de ahí, hija mía.

La niña se deshizo de la tela y se plantó frente a su madre con los brazos caídos, los dedos encogidos de frío, la mirada fija en la tierra húmeda, los labios apretados, de los que no salió palabra alguna, ni devolvieron el beso de la criada.

—¡Qué *riquiña*! —dijo la Renata pasándole la mano congelada por el pelo.

Se agachó para mirarla a los ojos, iluminados por el resplandor de la luna, y no pudo contener las lágrimas en los suyos. Se las retiró de un manotazo para no ser descubierta e irguió su cuerpo mientras el aire se le atravesaba en el pecho.

—Es muy bonita, señora —susurró—. Muy bonita.

—¿Y su hija, Renata?

—Duerme ya —contestó tajante.

—¿Y Domingo? Me gustaría saludarlo.

—No cambió —dijo sin dar más explicaciones para no tener que contar que andaba de taberna en taberna.

Aquella primera noche, doña Inés no durmió. No hubo manera de calentar las habitaciones después de tantos años vacías, los colchones sin sábanas, las baldosas heladas. Rezó en silencio, lloró contra la almohada y, cada vez que Leopoldito gemía, lo abrazaba contra ella y buscaba el olor del salitre habanero en su piel. Oyó las pisadas de las criadas a tientas sobre la madera del suelo. Se despertaron tantas veces a por agua, a por pan, a por mantas, que perdió la cuenta. Desvelada, prendió el quinqué, descorrió las cortinas del mirador de Cíes y vio que el faro encendido centelleaba a lo lejos tal y como lo recordaba, iluminando los perfiles de la tierra. Sólo entonces se sintió a salvo.

El día siguiente amaneció hermoso y lleno de luz. El extraño sol de diciembre iluminó el cielo despejado y las mujeres del pazo de Espíritu Santo movieron muebles, retiraron las sábanas de los sofás, airearon los salones y la biblioteca. Prendieron leña en el fogón de la cocina y en la chimenea principal. Caldearon el hogar y los primeros olores se fueron tamizando hasta desaparecer. Doña Inés se arregló con la ropa que había dejado colgada en los armarios antes de partir a Cuba y, cuando se disponía a salir a la plaza Mayor de Punta do Bico para informar con su presencia de la llegada de la familia, divisó a una niña que colgaba la colada en un tendedero levantado con alambres y palos de madera.

Se acercó a ella.

—¿Eres Clara? —preguntó la señora.

—Sí, señora. Y usted es doña Inés —contestó sin dudar.

—¿Cómo lo sabes?

—Porque oí muchas veces hablar de usted.

—¿Y quién te habló de mí?

—Las mujeres del aserradero.

—¿Conoces el aserradero? —se sorprendió.

—Todo el mundo lo conoce, doña Inés.

—No me llames doña Inés. No es necesario —añadió.

La niña Clara nunca dejaría de hacerlo.

—Tenía ganas de conocerte.

—Y yo —dijo la niña.

—Desde que te vi en brazos de tu madre cuando nos marchamos a Cuba... —continuó diciéndole—. Nunca he dejado de preocuparme por ti.

—¿Por qué? —preguntó Clara.

—Eso quisiera yo saber... —Doña Inés no tenía respuesta para esa pregunta—. Tienes unos ojos preciosos —añadió para desviar la conversación.

—Son azules.

—Azules como el cielo. Mi madre tenía los ojos azules. ¡Era una mujer hermosa! —exclamó doña Inés.

—Como usted —contestó la niña.

Clara se desenredó el pelo con los dedos y se lo recogió en una cola de caballo que descubrió su piel de porcelana y esos ojos azules, idénticos a los de doña Lora, que en paz descansaba en San Lázaro y que desde el cielo estaría señalando con el dedo la escena de Punta do Bico.

Así fue como sucedió el primer encuentro de doña Inés y su hija. No hizo falta nada más para que en ella se despertara un sentimiento de protección que no había sentido ni por Catalina, ni por Jaime, ni por Leopoldo. Por ellos sintió algo distinto. Pero no lo mismo.

Le sorprendió que supiese leer, siendo tan pequeña y sin haber pisado jamás la escuela de Punta do Bico. Que escribiera, con algunas faltas de ortografía, pero con impecable letra. Que identificara países europeos con rapidez y sin la más mínima duda. Se anduvo con mucho ojo de no despertar los celos de la Renata, aunque, para el caso que le hacía, bien pudo ahorrarse la preocupación.

Las mismas mujeres que hablaron de la señora Valdés a Clara le contaron a ella que, desde bien pequeña, Clara deambulaba por las calles. Iba y venía. Por ellas también supo que visitaba el aserradero y que le gustaba escuchar a las obreras. Sentía predilección por las mayores porque eran como las abuelas que no tuvo. También le contaron que una de ellas, Paulina se llamaba, le enseñó a leer. Murió de fiebre alta y dolor de tripa. Una pena porque a doña Inés le hubiera gustado conocerla. Clarita bajaba al puerto y practicaba lo aprendido leyendo los nombres de los barcos. Así hasta que aquellas letras se le hicieron escasas. Entonces descubrió la ventana de la biblioteca que los señores dejaron abierta por un error evidente y nadie cerró. Clara se colaba y se sentaba a leer en los atardeceres del pazo hasta que las noches devoraban a los días. De ahí el desorden que a nadie sorprendió porque don Gustavo siempre fue de dejar todo manga por hombro, los libros abiertos sobre las alfombras o en el reposabrazos del sofá.

Las mujeres de la fábrica recrearon para doña Inés un episodio que ella nunca pudo confirmar por miedo a que la Renata se revolviera de rabia. Al parecer, cuando Clara tenía cinco años, Domingo desapareció un año entero. Nadie sabe adónde fue. Unos decían que llegó a Madrid caminando. Otros, que cruzó a Portugal. Incluso hubo quien aseguró con rotundidad que lo vieron embarcarse en un buque que hacía ruta hasta las costas británicas. El caso es que trescientos sesenta y cinco días después, sin previo aviso, apareció en la cama de la Renata, que, del susto, casi se muere.

—¿Padre? —preguntó la pequeña Clara.

—No es tu padre —dijo tajante la guardesa.

—¡Manda *carallo*! A ver quién te la puso dentro —contestó Domingo volteándose en el jergón.

La niña no lo conocía más que de verlo de cuando en cuando por el pazo, siempre vagueando, tomando el sol sobre la hierba en verano o bebiendo vino en las fogatas que prendía en los jardines. Así que Clarita creció medio huérfana y entre suciedad, y acabó mendigando el cariño de Punta do Bico, que nadie le negó porque todos quedaban prendados de sus hermosos ojos azules. Tanto que la invitaban a helados o a pasteles de merengue sólo por verlos de cerca.

En su mirada llevaba prendido un imán que la salvó del desamparo. El mismo que sintió doña Inés el día que la conoció y que nunca las separaría.

Ocho años después del primer encuentro con su hija, la señora Valdés seguía sin atreverse a preguntarle «quién eres tú». De la misma manera que no se atrevía a preguntar a don Gustavo «cuándo vuelves, amor».

CAPÍTULO 17

—¿Quieres trabajar conmigo? —deslizó doña Inés a Clarita sin darle demasiada importancia—. Ya tienes quince años. Sabes leer y escribir.

—Y también sé hacer cuentas, doña Inés.

Volvían paseando desde el colegio de Punta do Bico donde estudiaban Jaime, Catalina y Leopoldo.

—¡Eso sí que es un avance importante! Entonces, ¿te apetece?

La joven no titubeó al contestar.

—Nada me haría más feliz.

—¡Qué ilusión escucharte! —exclamó la señora Valdés.

—¿Cree usted que mis padres me darán permiso?

—Déjalo en mis manos. Pero tienes que prometerme que no te olvidarás de aprender cosas nuevas y que todo lo que ganes se lo darás a tus padres.

—Se lo prometo —dijo la muchacha.

Esa misma noche, doña Inés habló con la Renata. La guardesa andaba barriendo su casa cuando la señora llamó a la puerta. Domingo y Clara estaban cenando las sobras del pazo. Nada más verla, la niña no disimuló su alegría, pero doña Inés retiró la mirada enseguida y apenas le dirigió la palabra para no incomodar a los padres. Saludó con educación al guardés y se llevó a la Renata para consultar los planes que tenía para su hija.

—Dada su inteligencia natural, tendrá un futuro prometedor.

—¿Y cómo sabe que tiene esa inteligencia? —preguntó la Renata.

—Se la ve, mujer. ¿No me diga que usted no lo advirtió? Es lista como el hambre.

—Como el hambre, sí —repitió la criada—. Como el hambre.

—Piénsenlo. Si quiere, háblelo con su esposo —sugirió doña Inés.

—¡Ese qué va a saber!

—Renata, no sea usted así. Es el padre de la niña.

La Renata clavó sus ojos en la fachada del pazo y todas las mareas del océano se revolvieron en su vientre. Las fuerzas de la naturaleza sacudieron sus entrañas.

—Llévesela —dijo súbitamente.

—¿Sí? —preguntó sorprendida la señora Valdés.

—Sí —contestó—. No se hable más.

Se dio media vuelta y desapareció como un alma negra.

Doña Inés sintió el vaivén de las emociones dentro de ella. Sonrió sin llegar a enseñar los dientes, saboreando la satisfacción de sacar a esa niña de una casa donde sólo encontraría la mala vida de las botellas de vino vacías y los ronquidos de las resacas.

Ninguno de los hijos de doña Inés se inmutó cuando su madre les contó la noticia. Sólo Jaime, pasados los días, preguntó si es que la niña necesitaba dinero.

—No ha tenido la suerte de nacer en una familia como la nuestra, hijo mío. A vosotros no os faltará nunca de nada y hay que ayudar al prójimo. Si esa niña no trabaja, acabará siendo criada como su madre.

—Catalina tiene celos —dijo Jaime como sin darle importancia.

—¿De quién?

—De Clara. Dice que te ocupas de ella más que de nosotros.

—¡Menuda tontería! ¿Tú piensas igual?

—Yo no, madre.

Doña Inés sintió que ese comentario no había sido pronunciado porque sí y que contenía detalles que a ella se le habían escapado de manera inconsciente. Tenía amor para cada uno de sus hijos aunque en sus momentos de intimidad llevara años pensando que Catalina no se lo devolvía. Su comportamiento había ido a peor. Contestaba mal a sus hermanos, a las criadas y a ella misma. Los años en Punta do Bico, el colegio de recta educación y el tiempo dedicado a ella no habían servido de nada. El último desplante fue, precisamente, por su quince cumpleaños, cuando doña Inés le entregó un vestido para su puesta de largo y la niña se lo tiró con desprecio, al tiempo que le gritaba «¡Yo no me visto con esto!».

Doña Inés lo achacó a los cambios de la pubertad. Incluso pensó que podía haberse enamorado de algún chico que la hubiera plantado y que por eso despreciaba a los demás como moneda de cambio.

Aquel domingo, a la hora de la siesta, después de la misa y la comida que los reunía a todos en la mesa del salón, a los pies de la chimenea, intentó sonsacarle por dónde le apretaba la vida, pero Catalina levantó el dedo índice:

—¡Tú, a lo tuyo! ¡No te metas en mi vida!

—Catalina...

La muchacha salió del salón dejando a doña Inés con el regusto amargo del lazo deshecho con su hija, un sabor a rabia en el paladar y las ganas de escribir al padre ausente para quejarse de la orfandad a la que los había condenado. También tuvo ganas de llorar, de abofetear y abrazar al mismo tiempo a su hija.

De todo eso tuvo ganas, pero se lo tragó en un suspiro y buscó a Catalina por todas las estancias del pazo hasta dar con ella en el torreón de la última planta en el que nadie entraba. Don Gustavo conservaba allí la vida empaquetada de sus abuelos. Los enseres personales que habían dejado cuando se embarcaron rumbo a Cuba y que prometió conservar como parte de la memoria de su familia. La mayoría eran trastos cubiertos con sábanas llenas de polvo, maletas cerradas, vacías la mayoría, pero también otras con ropajes, zapatos, abrigos para el frío, toquillas de lana. Apenas había luz. Sólo los rayos del sol de las primeras horas de la tarde asomaban por el ventanuco desde el que se divisaba la frondosa vegetación de los jardines del pazo.

—Catalina, no te escondas.

—Vete.

—Catalina, quiero hablar contigo.

Silencio.

—Catalina —repitió—, quiero que sepas...

—No voy a escucharte.

La oyó llorar, acurrucada en un rincón polvoriento, con las rodillas recogidas entre los brazos.

—Estás llorando.

—A ti eso te da igual.

—¿Cómo me va a dar igual? —se indignó ella.

—Sólo te importa la hija de la criada.

—¡En absoluto, Catalina!

Doña Inés se sentó a su lado y le acarició el pelo con las manos. Pasó los dedos por sus mejillas empapadas de lágrimas y le dijo todo eso que brota de las entrañas de una madre. Se vació de palabras para convencerla de que lo primero en su vida siempre serían sus hijos y que no había condena más cruel que sentir indiferencia, desamor y distancia. Le dijo que nada la haría más feliz que tenerla también a ella en el aserradero los fines de semana, porque ella y sólo ella heredaría el negocio familiar.

Aquel ofrecimiento terminó de agitar los demonios de la chiquilla. Se puso en pie y, mirando a doña Inés con los ojos de la rabia, le dijo:

—Yo no quiero trabajar. Eso es de pobres.

Salió del torreón llevándose con ella la insolencia de sus palabras.

En ese momento, doña Inés sintió que se había levantado un muro invisible que las separaría para siempre y comenzó a remendar los dolores que dejan en el alma los hijos ingratos.

Cuando Clara empezó a trabajar en el aserradero, ya había terminado de perfilar su belleza. Era alta y espigada. Los pechos recién brotados se apreciaban bajo la camisa o el suéter a la caja que combinaba con faldas por debajo de la rodilla de color marrón o verde oscuro. Sus ojos azules compensaban la humildad de su indumentaria. Cuando doña Inés la veía con aquellos atuendos tan pobretones, tenía la tentación de regalarle las ropas que Catalina despreciaba. Si se contuvo, fue para no herir ni a su hija ni a la Renata, a quien se le iba avinagrando más y más el blanco de los ojos. Quizá también fue por celos: a ella nunca le ofrecieron trabajar de obrera en el aserradero con sueldo, horario y días libres.

Desde que doña Inés estaba encima del negocio, las condiciones de los trabajadores habían cambiado. No es que antes fueran malas, pero Fermín, el capataz, no se detenía en las necesidades de las mujeres. La señora Valdés fue la primera en la comarca que estableció horas de descanso para las madres recién paridas. Organizó una especie de guardería donde los niños dormitaban en unos sacos cosidos con lana bajo la supervisión y el cuidado de las jubiladas que no querían quedarse en sus casas. Se obsesionó con la limpieza y peleó en el ayuntamiento hasta que consiguió que los residuos no acabaran en el mar. Ideó un sistema de recogida de basura que al poco copiaron otras industrias de la zona donde siempre habían mandado hombres. Desde el principio, fue consciente de las resistencias que encontraría, pero venía de Cuba, así que en Punta do Bico no podría perder más de lo que ya había perdido España.

A los señores de las empresas vecinas les costó asimilar los cambios. Y más si venían de una mujer. Ellos sólo querían hablar de la guerra europea y el resto les importaba lo justo. España no contaba bajas en la contienda, pero su neutralidad no acalló el murmullo de la escasez. Las obreras hacían milagros en la cocina. Con una docena de huevos, que costaba tres pesetas, comían las familias que no tenían gallinas, engañando el plato con los grelos que cultivaban en las traseras de las casas.

La verdad sea dicha: en el pazo nadie pasaba hambre y eso se notaba en el lustre de las criadas y en la propia Clara, que el primer día de faena llegó vestida con sus ropas sin brillo, pero limpia de cara, manos y pelo recogido detrás de las orejas con unas horquillas negras.

Fermín salió a recibirlas. Todos sabían que era la hija de la criada de los Valdés, pero nunca la habían visto de la mano de la señora y eso la sacó de cuajo de su escala. El capataz debió ahorrarse la deferencia. El gesto cayó mal. Empezaron a decir que más que la hija de una criada parecía la ahijada de la señora. Que venía limpia y se notaba que había desayunado caliente, detalle que sólo advierte el que pasa hambre. De una a otra fue corriendo el bulo de que Clara no venía a cortar maderas con sus manos, sino a poner la oreja entre las obreras para saber qué maquinaban.

—¡Anda que la señora trae a su hija! —decían.

Clara quedó bajo la guardia de una tal Regina Gans, una mujer de muñecas anchas y dedos deformados por la artrosis prematura. La cogió del brazo y la paseó por el aserradero. Atravesaron naves de secado de madera y depósitos con enormes chimeneas y maquinaria que nunca antes había visto porque las viejas obreras que le enseñaron a leer sólo le habían mostrado el comedor, donde se sentaban a almorzar pan envuelto en papeles de periódicos, que Clarita recogía de la basura para practicar la lectura y aprender ortografía.

Descubrió que las mujeres trabajaban en un ala de la fábrica y los hombres en otra, pero no se atrevió a preguntar por qué. Tampoco se percató de cómo la miraron los obreros, con esa curiosidad que despierta el deseo. Ella estaba concentrada en su porvenir y en que no lo podía dejar escapar. Pensaba que bendita su suerte de haber nacido en el pazo de los Valdés con una señora como doña Inés. Conocía otras casas y a otras señoras, conocía a otras hijas de criadas que acabaron vendiéndose en los puertos por un poco de pescado y, a veces, una moneda.

—Y ahora que conoces todo el aserradero, dime, ¿dónde te gustaría trabajar? —le preguntó Regina Gans sacándola de sus pensamientos.

Clara, como es natural, no supo qué contestar y repitió lo que había escuchado a su señora: que tenía que ayudar a sus padres, pero que en realidad ella no sabía hacer nada, que sólo sabía leer y hacer cuentas de dos pisos. La obrera no entendió qué era eso de las cuentas de dos pisos, así que corrió a buscar a Fermín para que decidiera por ellas. El capataz, que de tonto no tenía un pelo, lo vio claro y, de inmediato, la puso a medir maderas y a sumar tablones hasta hacer lotes de cien kilos. A Clara todo le pareció bien.

La primera enseñanza en el aserradero fue saber quién mandaba. Descontados Fermín y doña Inés, pronto descubrió que la que llevaba la voz cantante era la Santiaguiña. La llamaban así porque parecía que perdonaba la vida a los débiles. Llevaba la melena recogida en un moño por encima de las orejas y bigotes de hombre, era viuda del mar, madre de cuatro hijos varones. Una justiciera de tomo y lomo que tardó pocas semanas en intimar con Clara para sonsacarle la verdad de don Gustavo, de cuya ausencia nadie había dado una explicación convincente. Enseguida descubrió que la niña no tenía idea de nada. Ni siquiera lo había conocido ni había oído hablar de él ni sabía por qué se había quedado en Cuba ni cuándo volvería.

—De todo esto que te he preguntado, ni palabra a la señora, ¿eh? —le advirtió la Santiaguiña con esa mirada de gata que intimidaba con el simple pestañeo.

Clara nunca falló y la Santiaguiña dejó que se sentara en el banco corrido en el que todas almorzaban rozándose los codos y discutiendo de los males de la guerra. Los estómagos vacíos rugían en los talleres, en las fábricas, en las dársenas. Clara grababa a fuego todo lo que escuchaba y, de vuelta al pazo, remoloneaba en el puerto para poner oreja y confirmar que lo que contaban aquellas mujeres era verdad.

España se había convertido en la despensa de Europa. Allí donde había alimento, las mujeres de las fábricas ponían el ojo y se organizaban para hacer robos de legumbres, carbón, azúcar y harina, que estaba por las nubes. Nunca las habían pillado.

Lo que Clara no reveló nunca fue que la Santiaguiña y otras cuatro obreras del aserradero asaltarían el local de uno de los acaparadores más poderosos de la comarca, un tipo sin escrúpulos que hacía acopio de todo lo que escaseaba y lo colocaba en los trenes que viajaban a Madrid para que la capital comiera mientras en Punta do Bico y sus alrededores se morían de hambre. La muchacha conoció de primera mano los planes de las trabajadoras, pero los bendijo en silencio. Le pareció que era de justicia y comprendió que no debía decir ni mu.

El plan se perpetró en la madrugada del 6 de mayo de 1917. El grupo se dirigió a un almacén de ultramarinos, descerrajaron la puerta y se llevaron todo lo que les cabía en las manos y en las carretillas. Iban armadas con palos y sachos. Por suerte no tuvieron que usarlos porque si no las consecuencias habrían sido peores.

Las cinco del comando acabaron detenidas y esposadas con el cinturón del comisario. La noticia salió hasta en el periódico porque ese mismo día las revueltas se habían multiplicado en distintas provincias. En Orense, los asaltantes pararon la ciudad y la dejaron sin comercio, sin transporte y sin periódicos. A doña Inés la despertaron en cuanto asomó la luz de Cíes y ya en comisaría les echó una buena reprimenda.

De regreso a casa desde la comisaría, doña Inés fue dándole vueltas al asunto y a si Clarita lo sabía o no y, si lo sabía, por qué no se lo había dicho. Al llegar a Espíritu Santo, la sentó hasta que la criatura confesó. Para sorpresa de su señora, la niña estaba cargada de argumentos. Llevaba tanto tiempo escuchándolos que los soltó de principio a fin sin coger aire siquiera para hacer las debidas pausas. Y debió de resultar tan convincente que, ese mismo día, la señora Valdés dio una orden al capataz que no pudo ser rebatida.

—Hasta que acabe la guerra, ganaremos menos para que estas mujeres coman más.

Y así fue como los obreros del aserradero de Punta do Bico empezaron a ganar cinco pesetas a la hora. Doña Inés se dirigió a ellos a viva voz para que no perdieran detalle de cuanto quería decirles, enfatizando su discurso cuando se refirió a los hombres.

—A vosotros os pido que no os bebáis este aumento de salario en la cantina. Y a vosotras, mujeres, que no dejéis que se lo beban. Si descubro a alguno pasado de vino, quedará congelada la subida del jornal.

Con el tiempo, doña Inés descubrió que los maridos hacían lo que les venía en gana y que las mujeres no podían con ellos, así que se hacía la sorda cuando alguien iba a contarle que a tal esposo o tal otro lo habían visto de madrugada ebrio como una cuba.

Al chivato de turno siempre le decía lo mismo:

—Dígale de mi parte que si lo pillo, lo mato.

Bien sabía ella que no mataría ni una mosca, pero daba miedo verla enfurecida.

La Santiaguiña y el resto de las asaltantes nunca volvieron al aserradero. Cumplieron un tiempo de cárcel que las dejó hundidas de vientre y arrugadas de cara.

La Gran Guerra terminaría porque no hay guerra que cien años dure, pero sí hay amores que atraviesan toda una vida.

Los años no pasaron en balde en La Habana.

La ciudad seguía resoplando ese aire dulzón tan distinto a la brisa de Punta do Bico que acariciaba a don Gustavo a la hora del desayuno.

Aquel día tenía en sus manos el montón de cartas de doña Inés. Todas las había contestado a su debido tiempo.

Pidió a la criada Mercedes que le trajera los papeles en blanco y la pluma de firmar documentos.

Mi querida esposa:

En este momento que me siento a escribir, he recibido tu nueva carta con alborozo para mi corazón. Cada día pienso en que nos encontraremos de nuevo.

La Habana cambia al ritmo de los acontecimientos políticos. El presidente Menocal ha traído al país algunas cosas buenas, como un sistema que coloca el dólar y el peso cubano al mismo nivel.

Seguimos recibiendo inmigrantes, muchos peones haitianos que emplea la United Fruit Company. También llegan gallegos, flacos y encorvados, que se protegen del sol cubano con sombreros de pajilla. Cuentan por aquí que las compañías norteamericanas pagan a contratistas, ganchos los llaman, para convencer a nuestros compatriotas de que emigren. Está claro que la falta de pan hace al emigrante.

Mi querida Inés, he de informarte de algo importante. El negocio del alabastro se ha ido al traste por motivos demasiado habituales entre los hombres. No fue mi culpa. La culpa fue de una administración desleal del gerente. Sus vicios de juego, alcohol y mulatas arrasaron las cuentas comunes. Gastaba de donde no debía, pagaba a las mujeres con la plata de la caja equivocada, bebía a deshora. Cuando se desveló el pastel ya era demasiado tarde. Nos habíamos arruinado.

Sé que no te gustará saberlo, pero he vuelto a invertir en el negocio del azúcar con unos hacendados de Oviedo a los que acaricia la prosperidad.

La fertilidad de estas tierras no tiene límites. Lo dice la prensa: «Si las cosas siguen así, sembraremos caña hasta en los patios de nuestras casas».

Son años de buenas zafras porque la guerra europea ha arrasado las siembras de remolacha allá en el continente imperial y los campesinos han abandonado las tierras para servir a sus ejércitos. Dependen del azúcar cubano. Un año después del estallido, el negocio ha generado más de doscientos mil dólares y seguirá creciendo.

Quiero volver a intentarlo. Espero que puedas entenderme.

Siempre tuyo,

GUSTAVO

Sabía que doña Inés pondría el grito en el cielo o que incluso enfermaría de fatiga de sólo imaginarlo en una central azucarera, pero la guerra le había dado una nueva oportunidad. Y no podía desaprovecharla.

Cerró el sobre y pidió a Mercedes más café.

CAPÍTULO 18

A finales de agosto del año 1918, una corriente de toses y estornudos sacudió Punta do Bico. De la noche a la mañana, según acabaron las romerías del Buen Jesús de la Paciencia, un puñado de vecinos cayó enfermo sin explicación alguna. En sólo una semana, familias enteras se contagiaron de un virus que el doctor Cubedo bautizó como catarro ruso. En Madrid lo llamaban el Soldado de Nápoles y la gran sorpresa fue descubrir que para el mundo entero se trataba de la gripe española.

—Siempre nos llevamos las culpas —decía don Castor.

—Eso nos pasa por reconocer tanto muerto, padre —replicaba el doctor Cubedo, que casi siempre tenía razón.

España, neutral en la Gran Guerra, cometió el error de informar de sus muertes, mientras que en el campo de batalla se camuflaron en las bajas de los ejércitos. Nadie cayó en la cuenta de que no morían con metralla en los huesos sino de gripe.

El alcalde de Punta do Bico, ante la impotencia de todo el pueblo, decía que lo traían los marineros que habían estado en el frente y el gobernador civil prohibió el paso en la frontera de Portugal porque *El Correo* de Galicia había acusado a los obreros portugueses de ser los causantes de la epidemia.

Las culpas.

La prensa se llenó de las noticias de la calamidad que recorría España. Las esquelas ocupaban páginas y páginas. Los anuncios por palabras promocionaban colutorios, pastillas, sueros y otros remedios que había que comprar en las farmacias de Vigo o de Pontevedra porque a Punta do Bico no llegaban. Se prohibieron fiestas, reuniones y aglomeraciones públicas, y el alcalde dictó un bando que ordenaba aislar a cerdos y gallinas, y confiscar los vehículos para facilitar los desplazamientos de los enfermos a los hospitales. La señora Valdés puso el suyo a disposición sin chistar.

La gripe dejó cadáveres por el puerto como raspas de pescado después del festín de los gatos callejeros. No entendía de clases sociales. Los pobres no salían en el periódico, pero tenían el consuelo de leer que los ricos también enfermaban. El rey Alfonso XIII y el jefe del gobierno, el liberal y muy accidentado Manuel García Prieto, cayeron malos.

Y murió el hijo de los marqueses de Riestra, Santiago, sin remedio, pena ni gloria. Aquello sobrecogió tanto a doña Inés que todas las noches se arrodillaba en la capilla del pazo y pedía a la Virgen que ninguno de los suyos se infectara. Pero la santa tenía mucho que hacer y se olvidó de la señora porque ya la había salvado de una.

Enfermó Isabela.

Al principio, la mujer sólo se quejó del frío que le recorría la espalda como una corriente eléctrica que no era capaz de sacudirse por más que se abrigara con pañuelos, toquillas y mantas. Del frío pasó a una tos venenosa que le hacía esputar flemas verdes en la escupidera de la cocina para espanto de las criadas, que se tapaban la boca con la mano para no vomitar. Y, por último, tuvo fiebres altísimas que no bajaban ni con friegas de agua helada.

El pánico ocupó todos los rincones del pazo. La señora, que estaba al tanto de los síntomas porque leía varios periódicos al día, mandó desinfectar la casa con Zotal y tomar quince gotas de tintura de yodo en un vaso de leche después de cada comida.

Aislaron a Isabela en su habitación tantos días como le alcanzó la vida. Limita y María Elena, que de epidemias sabían mucho y no se creían que matara tanto como decía la prensa, quedaron encargadas de atenderla mañana, tarde y noche. Doña Inés sólo se acercaba a la puerta de la habitación y hablaba con ella a voces porque la gripe también había dejado a Isabela sorda de otitis. Le dijo que no entraba porque ella era la única que no se podía morir, que tenía a su cargo a tres hijos, cincuenta y dos obreros, cuatro criados y su descendencia.

—Y un marido en Cuba, Isabela, que a saber si tendré que ir a buscar vivo o muerto.

Isabela sólo se quedó con el detalle de los criados. Los nombró en voz baja, «Limita, María Elena, Renata y Domingo», y, al darse cuenta de que ya no contaba con ella, se dejó morir lentamente, restando los minutos de la despedida entre tos y tos y pinchazos en el pecho que ella entendió que era como dolía el corazón cuando se acerca la muerte.

—Para que luego digan que el corazón no duele.

Fue lo último que dijo porque a Isabela se le cayeron los dientes de tanto apretarlos y dejó de hablar. No volvió a dar señales de vida. Limita y María Elena abrían las ventanas de par en par para que entrara el aire de la mañana, le cantaban cancioncillas cubanas y le acariciaban los pies. Volvieron a quererla pese a los malos ratos que les había hecho pasar. Las criadas cubanas reportaban a doña Inés sin que los niños lo oyeran para no preocuparlos.

Isabela murió una noche del verano tardío de Punta do Bico. Limita la encontró de madrugada, tiesa como un ancla, girada hacia la ventana. Olía a currucho y a tierra, como si la muerte hubiera querido recordarle de dónde venía. La sacaron con los pies por delante envuelta en unas sábanas viejas y con la cara tapada porque el doctor Cubedo decía que los muertos también contagiaban el virus.

Doña Inés arregló los trámites del entierro después de horas esperando en la ventanilla específica que el ayuntamiento habilitó para expedir los partes de defunción. No daban abasto con tanto muerto por aquí y por allá.

—Se me murió la criada —le dijo al cura con cara de pena y voz de compungida.

No impostó el sentimiento. Lo sintió en lo más profundo de su corazón.

La señora Valdés pensó que Isabela debía reposar en el panteón que llevaba el apellido de don Gustavo esculpido en la piedra. Tenía capacidad para diez cuerpos. Ellos nunca lo llenarían e Isabela también era familia.

En realidad, Isabela había muerto dos veces.

La primera ocurrió cuando salió de su aldea y nadie más se acordó de ella. La mujer nunca habló de sus padres ni mencionó hermanos, tíos, primos. Y bien que doña Inés le preguntó. «A alguien dejarías en el pueblo, mujer», le decía. «A nadie, señora», contestaba la pobre sin ninguna pena. Con el tiempo, doña Inés concluyó que esa fue la razón fundamental de su entrega a los señores Valdés. Nunca reclamó ni fue reclamada por familia alguna que quisiera saber de ella. Y ahora, en la muerte definitiva, su señora no tenía ni unas tristes señas adonde enviar la esquelita desteñida que mandó publicar en todos los periódicos gallegos por si alguien tenía a bien darse por enterado. No ocurrió nada. Al revés, había muerto la ya olvidada.

Todos los del pazo acudieron al sepelio, menos la Renata, Domingo y Clara, a la que su madre no dejó salir de casa en todo el día con la excusa de que podía infectarse.

El féretro llegó al cementerio en el carro funerario del ayuntamiento, tirado por dos caballos cansados de hacer el mismo viaje tantas veces al día. La señora Valdés y sus hijos iban de negro de la cabeza a los pies. Llovía fino, pero calaba hasta los huesos.

Desde que empezó la sucesión de entierros, las campanas no tocaban a muerto para no asustar a los vecinos, y los vecinos no acompañaban a las familias porque estaba prohibido en todo el país, salvo en Zamora, donde su obispo desafió a la epidemia y siguió celebrando misas en la catedral como si nada.

El entierro apenas duró media hora. Los mozos del cementerio abrieron y cerraron la piedra con una rapidez que apretó el estómago de los presentes.

—¡Vive para esto! —suspiró doña Inés.

Para sus tres hijos, la de Isabela fue la primera muerte a la que asistieron.

—¡Qué tristeza, hijos míos!

—Depende —susurró Catalina en el camino de vuelta a casa, con el cuerpo de la pobre criada aún caliente.

—¿De qué depende, Catalina?

—No todas las muertes dan tristeza. Hay quienes merecen morir con alfileres en el estómago.

—¿Qué estás diciendo, hija mía?

Jaime le pegó una colleja en la nuca.

—¡Llevas el demonio dentro!

—Hijos, hijos, por favor. No es el día. Catalina, haz el

favor de guardar una mínima compostura —la regañó doña Inés.

—¡En esta familia no tenemos enemigos a los que deseamos esa muerte tan horrible! —gritó Jaime.

—Eso lo dirás por ti —contestó Catalina con desprecio y arrogancia—. Si Clara se muere, viviremos más tranquilos. Y si me muero yo, os alegraréis...

Doña Inés se santiguó y miró al cielo con los ojos llenos de lágrimas.

—¿Cómo eres... cómo eres capaz de decir eso? —se preguntó sin poder siquiera reprender a su hija, porque el demonio se quedaba corto para explicar los sentimientos de aquella criatura a la que había querido tanto.

Se secó las mejillas con un pañuelo de hilo que sacó del bolsillo del abrigo e hizo como que no lo había oído. No tenía respuesta, ni correctivo, ni ganas de corregirla.

Esa noche, cuando las almas se cobijaron en el silencio de los sueños, Jaime, ejerciendo el papel de hombre de la casa que le correspondía a sus diecinueve años, buscó a su madre para decirle que debían encontrar una solución, que Catalina nunca se enmendaría porque tenía veneno en la sangre y que quizá fuera el momento de que se marchara de casa a algún internado para jovencitas. Que él mismo había intentado que se apiadara de la pobre Clara, pero que no había manera de que entrara en razón. Y que la odiaba. Eso también lo dijo.

—La odia con toda su alma.

—¿Y tú, hijo?

—Yo no, madre. Ella no tiene la culpa. Clara es buena y hermosa. Por eso mi hermana la odia... con toda su alma —repitió.

La madre volvió a llorar sin consuelo. Las palabras de Jaime no cayeron en saco roto y años después habría de recordar esta conversación.

En las semanas posteriores a que todo esto ocurriera, doña Inés se embebía en sus pensamientos y nada lograba sacarla de ahí.

El luto se impuso en el pazo. En realidad, se había impuesto en todo Punta do Bico. Nadie salía de sus casas. Se oía a las gaviotas y los perros callejeros andaban escuálidos como la vida en aquellos años de fiebres.

El aserradero, como otros negocios, cerró; las farmacias se quedaron sin aspirinas y Barcelona sin ataúdes.

Por segunda vez desde que volvió de Cuba, doña Inés sintió la intransigencia de la vida. Intentaba arrancarse el puñal de la soledad recurriendo a los recuerdos, pero el vacío de los ausentes era demasiado profundo. El de Isabela se notaba cada mañana. Ya nadie daba la voz del desayuno.

Doña Inés se guarecía en la biblioteca del pazo para huir de las constantes discusiones con su hija. Cuando Clara veía luz, corría a encontrarse con ella como si entre las dos existiera un imán que las atraía y que ninguna podía explicar con palabras. La señora Valdés buscaba en la joven el cariño no correspondido de Catalina y quizá Clara sintiera en ella a la madre que le hubiera gustado tener. Así que, a última hora del día, después de las cenas, las dos se sentaban a hablar o a leer un libro. Doña Inés nunca le preguntó cómo conseguía entrar o si su madre sabía que no estaba en casa. No lo hizo porque, en realidad, deseaba tanto como ella encontrarla allí.

A veces se quedaban en silencio, se miraban de reojo, se buscaban como si en ellas habitara el consuelo mutuo que necesitaban para seguir viviendo.

—Me hubiera gustado despedir a Isabela —le dijo Clara una de esas noches.

—En realidad, nadie pudo despedirse.

—Habría ido al cementerio, pero mi madre no me dejó. Dijo cosas horribles de ella...

—¿Qué dijo?

—Que Isabela siempre la envidió porque ella fue hermosa de joven.

—Lo fue —contestó doña Inés.

—Yo siempre la he visto triste, abandonada y enfadada con el mundo. —Se encogió de hombros en un gesto leve, como disculpándola—. Sus razones tendrá...

—Las tendrá, claro —suspiró doña Inés sin saber qué decirle.

—Los pobres somos estúpidos. Por eso somos pobres.

—¿Por qué dices eso? —Frunció el ceño.

—Nos matamos entre nosotros, en vez de ayudarnos a vivir mejor. Usted...

Doña Inés volvió a reprenderla, como siempre hacía, cuando la niña la llamaba de usted.

—Usted —insistió Clara— es una buena mujer que ayuda a sus obreros. Yo lo he visto en el aserradero. Nadie me lo tiene que contar. Y sin embargo...

—Sin embargo, ¿qué?

—Cuando arrestaron a las santiaguiñas, las mujeres anduvieron metiendo cizaña. Que si usted pudo hacer más para evitarles la cárcel, que si esto, que si lo otro... A mí me dolió mucho porque sé que ha ido a visitarlas al penal más que sus propias familias. Ellas no saben qué es que nadie te quiera. Yo sí.

—Ven aquí, *filla* mía.

Doña Inés la recogió entre los brazos y la apretó contra su pecho, mientras se revolvía de pena. Nunca había oído a nadie expresar de esa manera la falta de amor.

—Yo te quiero —susurró doña Inés.

—Gracias, señora.

—Nunca des las gracias a quien te quiera porque entonces no merecerá que lo haga.

Las mujeres desenlazaron sus brazos y cuando Clara

recuperó el aliento, doña Inés volvió sobre las quejas de las obreras. Las sintió como una puñalada en la carne porque, en efecto, no había hecho más que querer a todos y cada uno de sus trabajadores. Los conocía por su nombre, sabía de sus familias, se interesaba por los viejos a los que cuidaban en sus casas. Los visitó enfermos, les dio consuelo, calor y comida cuando los vio pasar hambre.

—¡No he hecho otra cosa más que cuidar de ellos!

—Doña Inés, doña Inés... —suplicó Clara—. Me he explicado mal... A usted no hay quien la quiera mal. ¡Al revés! Sólo dijeron eso de las santiaguiñas.

—No te preocupes, que sé bien lo que dices. En mi conciencia está que hice cuanto estuvo en mi mano, pero no tengo poderes sobre el juez que dictó sentencia.

—Doña Inés... —dijo la joven de repente.

—Dime.

—Nada, nada —se arrepintió la joven.

—Dime, *filliña.* ¿Hay algo más que tengas que decirme?

—¿Usted ha pensado alguna vez en invertir en el negocio del mar?

—¿Por qué dices eso?

—Porque deja mucho dinero en Punta do Bico.

—¿Cómo sabes tú eso?

—Se lo oigo a las obreras. Algunas tienen maridos trabajando en las conserveras y ganan buenos cuartos.

—El mar es muy duro, Clara.

—Eso dicen también, pero ¿ha visto usted los barcos de los marineros? Llegan todos los días cargados de sardinas. Las fábricas de la conserva no paran. Ahora le toca a usted.

—No es mala idea —rumió pensativa la señora Valdés.

—Yo la ayudaré en todo lo que me encargue.

Doña Inés sonrió y se levantó de su sofacito.

—La llamaremos La Deslumbrante —dijo a media voz con la mirada perdida.

Clara ignoraba que aquellas palabras cambiarían para siempre el signo de la historia de la familia Valdés.

Doña Inés se despidió de Clara y se marchó envuelta en un mar de pensamientos cruzados. Lo que dijo esa niña, que ya no era una niña, era algo que ella ya había empezado a pensar cuando los giros bancarios disminuyeron al ritmo del tráfico marítimo. Muchas familias que vivían de los negocios de ultramar vieron sus cuentas en los huesos mientras que los conserveros multiplicaban sus ingresos casi en idéntica proporción. Fue el caso de los señores de la segunda generación de la Sardina. O los Ruiseñor Montero. O los Barba Peláez, que poseían fábrica y barcos.

Doña Inés los admiraba, no por lo que tenían, sino porque habían conseguido perpetuar los negocios y dejarlos en herencia. Eso la obsesionaba aunque nunca se lo hubiera confesado a nadie porque a nadie tenía de confesor y no terminaba de fiarse de don Castor, por si iba con el chisme a don Gustavo. Llegados a este punto, le hubiera gustado tener cerca a su esposo, que era el que sabía de esas cosas. A fin de cuentas, la primera fortuna de la familia había venido del mar. Ahora, pensó, ese mar volvía a ofrecerle claves importantes y don Gustavo reapareció en su memoria con el ímpetu propio de los amores retorcidos.

Su único consuelo era que seguía vivo. No había tenido noticia de que la gripe mortal hubiera llegado a Cuba en un carguero o en un buque de emigrantes, así que su marido estaba a salvo de morir de neumonía solo y abandonado, si es que estaba solo y abandonado.

Con frecuencia, doña Inés hacía su particular acto de contrición por haberse marchado dejándolo allí. Se sentía culpable. Amar en silencio no era forma de querer, pero estaba dispuesta a seguir haciéndolo porque no había querido a nadie más que a aquel hombre al que escuchaba en el mirador de Cíes cada noche desierta, a quien esperaba por si llegaba de madrugada, a quien veía aparecer por las escaleras de madera con una rosa en la mano y un beso en los labios.

Aquella noche en la que por primera vez doña Inés valoró en serio cerrar el aserradero, Clara se quedó sola en la biblioteca. Sola e inquieta por lo que le había chivado a su señora, pero feliz de compartir aquellos momentos con ella. Eran los más hermosos de su vida. Deseaba colarse en el pazo, casi siempre con la aquiescencia de María Elena y Limita, que hacían la vista gorda porque sabían cuánto disfrutaba Clarita entre los libros. Ellas no podían entenderlo, pero les gustaba ver que la hija de una criada podía leer, escribir y echar las cuentas de los jornales.

La joven se acercó a la estantería y cogió un libro de Eduardo Pondal.

El libro era una hermosa edición de *Queixumes dos Pinos*, editada por Latorre y Martínez en 1886. De repente un trozo de papel descolorido por el tiempo, doblado en varias mitades y ocultado a conciencia en las solapas de ese libro, cayó al suelo zigzagueando en el aire como un pétalo de amapola.

Clara lo recogió del suelo, lo desdobló con cuidado y leyó el nombre de la mujer a la que estaban dirigidas aquellas letras con forma de carta.

Renata.

Clara sintió cómo el estómago le daba la vuelta al cuerpo y salió corriendo del pazo hasta la casucha de sus padres. Escondió el papel bien escondido sin saber que algún día necesitaría volver a leerlo con la mirada que deja la vida al recorrer los años.

CAPÍTULO 19

Nadie sabía cuándo acabaría la gripe española, pero antes acabó la guerra. La firma del armisticio en un tren en el bosque de Compiègne el 11 de noviembre de 1918 trajo la paz a todo el continente y, con el nuevo año, Punta do Bico recuperó algo de su vida ordinaria.

Aún quedaban muchos meses de epidemia, pero el signo más evidente del fin de las desgracias fue la llegada de unos hojalateros que vendían milagros a voz en grito. También canastos, candelas, sartenes y todo tipo de artilugios muy apreciados en la zona y entre los conserveros. Decían que eran andaluces, pero por el acento supieron que de andaluces, nada. Eran portugueses o extremeños de la frontera.

Ya fueran de un sitio o de otro, lo cierto es que trajeron algo de alegría a Punta do Bico y la mala sombra del doctor Cubedo, a quien la epidemia había hecho envejecer cien años. Tardó poco en advertir de los peligros de alojar a aquellas gentes de malvivir que podían portar cualquier enfermedad.

—¡Mienten! ¡Vienen de Rumanía! ¡Van a traer lo peor! Y bastante tenemos con lo nuestro —decía Cubedo.

Pero en las calles de Punta do Bico ya los habían recibido como a la Virgen en romería.

—Hagan lo que les venga en gana. Luego vendrán las

madres mías —refunfuñó el médico—. Y ándense con ojo, no vaya a ser que les birlen el bolso —concluyó dando por perdida la batalla.

No se hablaba de otra cosa. Los hojalateros eran negruzcos de piel, tenían las uñas largas y miraban para dentro a las señoras que se acercaban desafiando todas las recomendaciones de Cubedo. Además, eran simpáticos y divertidos como pocas veces habían visto en Punta do Bico. Y eso que a su puerto llegaban hombres de todo pelaje.

Las mujeres que los acompañaban eran exóticas y danzarinas. A nada que se animara el ambiente, sacaban un cajón de madera y ponían las palmas a bailar.

Los recién llegados se quedaron en Punta do Bico seducidos por el dinero que manejaban los vecinos. En el interior del carromato escondían telas de Portugal y sedas de Oriente. Las señoras caían rendidas ante las piezas que cortaban a navaja y que sólo dejaban tocar si antes soltaban las perras en la hojalata.

Y así, toqueteando el género de los hojalateros, fue como Clara conoció a un muchacho de veintiún años recién cumplidos, que acompañaba a uno de los señores del mar, interesado en contratar a aquellos hombres para hacer latas en su fábrica.

Siempre recordaría su mirada, clavada como un alfiler, diría pasado el tiempo. Era la manera de mirar de los hombres del mar.

—¿Tú sabes qué hay después de la tierra? —preguntó a Clara mientras se entretenía en las herramientas que colgaban del tenderete.

Ella se sorprendió con la pregunta y a punto estuvo de no contestarle, pero cambió de opinión.

—El mar.

—Y ¿después del amor? —volvió a preguntar el joven.

—Eso quisiera yo saber —contestó Clara desviando la

mirada hacia las señoras que, como doña Inés, rebuscaban entre las baratijas.

Aquel día, Catalina había acompañado a su madre. Tenía el día de buen humor y la señora Valdés se deshizo en caprichos en un intento vano por recuperar la confianza de su hija.

A una distancia prudente, el chico siguió a lo suyo, erre que erre.

—Me llamo Celso. Soy marinero de la conserva. Y yo sí sé qué hay después del amor —le dijo a Clara al oído.

Doña Inés terminó de pagar las cuatro cosas que había comprado para ella y para su hija y, cuando ya estaban a punto de irse, las mujeres insistieron en que viera las telas. La señora Valdés no tenía ganas, pero Catalina se empeñó y dejó que les enseñaran un par de metros de lino que lo mismo servían para hacer manteles que cintas para los sombreros de primavera.

Apenas fueron unos minutos, que Celso aprovechó para llevarse a Clara detrás del carromato.

—No soy de aquí. Vine a trabajar y sueño con embarcarme en un buque grande que cruce el océano, pero no me iré hasta que te dé un beso.

Clara buscó a doña Inés y a Catalina con la premura del apuro que a punto estuvo de sonrojarla.

—¿Quién es? —le preguntó doña Inés cuando ya se despedían.

—Nadie, señora. Vámonos. Mi madre me estará esperando para comer.

Doña Inés miró el reloj de pulsera y comprobó que aún estaban en hora.

—*Filliña,* te vi hablando con él.

—Te miraba mucho —añadió Catalina.

—Sólo me preguntó si yo sabía qué hay después de la tierra.

—¿Eso te preguntó? ¡Menuda tontería! —exclamó Catalina.

—Sí —contestó Clara.

Hacía tiempo que las dos jóvenes no coincidían ni intercambiaban palabra. Doña Inés procuraba que así fuera para no encender los celos de su hija.

—¿Y qué le dijiste?

—Que después de la tierra está el mar. Y más allá del horizonte de Punta do Bico está Cuba, ¿no, doña Inés?

—Así es.

—Eres una repipi —dijo Catalina de mala gana.

—No empecemos, por favor —rogó doña Inés.

—¿Cómo se llama ese chico? —preguntó Catalina con interés.

—Creo que me dijo que se llama Celso.

—¿Lo crees o lo sabes?

—Lo sé. Se llama Celso —afirmó rotunda.

—Es guapo —concluyó Catalina.

Y así quedó la cosa.

La señora Valdés y las dos jóvenes volvieron al pazo casi en silencio. Apenas abrieron la boca salvo para saludar a los vecinos con los que se cruzaron por la *corredoira* de Leza. Al llegar a la casa, Clara se apresuró para ayudar a la Renata. Pesaba sobre su conciencia haber salido al pueblo más tiempo del permitido. Se preparaba ya para una buena reprimenda cuando oyó la voz de Catalina.

—¡Eh, Clara!

Se dio la vuelta con miedo a que la hija de la señora le gritara un improperio.

—Lo vi todo. ¿Qué te crees?

—¿Qué viste?

—Cómo te miraba ese tal Celso y, sobre todo, cómo lo mirabas tú. No soy tonta.

—No sé a qué te refieres.

—Te tocó la mano y tú no se la retiraste. Se lo diré a mi madre para que sepa de verdad quién eres. Una cualquiera.

Clara le dio la espalda y echó a correr sin mirar atrás. Cada vez que se cruzaban sus miradas, se le revolvían las tripas, pero ese día lo que se le revolvió fue la sangre en las venas.

Clara no durmió aquella noche. No consiguió pegar ojo más que en intervalos de quince o veinte minutos. Se despertaba acalorada, llena de miedos, azotada por las pesadillas en las que personajes desconocidos se la llevaban del pazo de Espíritu Santo y la zarandeaban contra las paredes de piedra hasta matarla. Cuando confirmaba que todo había sido un mal sueño intentaba volver a conciliarlo.

Pero no era posible.

Las horas pasaron lentas.

Se concentró en controlar el pulso de su corazón ahogando la respiración contra la almohada para no despertar a la Renata.

Pensó en su madre.

En realidad, lo desconocía todo de su vida. Nunca se habían detenido a hablar de su infancia, de su adolescencia, de cómo conoció a Domingo, de por qué se enamoró de él, si es que lo hizo. Dónde se casaron, cuándo y por qué empezaron a trabajar para el señor Valdés. Fue pronunciar su nombre y los ojos chorrearon un reguero de lágrimas al recordar la carta que don Gustavo había dirigido a su madre. Buscó el papel con la mano bajo el jergón para comprobar que seguía allí. No quiso volver a leerlo.

Oyó a los animales corretear por los jardines, a las ratas, a los conejos despistados y el ulular agudo de los búhos. Y, ya de madrugada, oyó a su padre abrir la puerta de la casa. Lo oyó entrar y oyó cómo se caía en la inconsciencia del vino sobre el suelo de la cocina donde, a la mañana siguiente, la Renata lo molería a palos por vago y maleante.

Clara se mordió hasta los huesos de los nudillos, temblorosa y llena de impulsos. En enero de ese año acababa de cumplir diecinueve años, pero no eran los suficientes para tomar decisiones. Alguna vez había pensado viajar a Madrid o a Santiago de Compostela para buscar un trabajo bien remunerado que le permitiera estudiar en la Escuela de Artes y Oficios. Enseguida desechaba la idea porque no podía abandonar a su madre, por quien no sentía amor, sólo miedo. Reconocerlo le dolía más que cien latigazos, pero aceptarlo, aunque le costó lo suyo, la hacía libre. Por su padre, Domingo, no sentía nada.

A última hora y antes de que la luz naciente se colara por los ventanucos de la casa, Clara consiguió apaciguar los pensamientos en una secuencia en la que aparecía doña Inés, como una sombra en la noche, vestida con una bata de seda blanca. Se sentaba a su vera y le preguntaba por lo sucedido con aquel chico del que sólo sabía tres cosas: que se llamaba Celso, que quería ser marinero de barcos grandes y que decía saber lo que había después del amor.

—Nunca hasta entonces me lo he preguntado porque nunca hasta ahora he sido amada —dijo Clara.

—Deja que él lo haga —contestó doña Inés en el sueño.

La señora se evaporó como un fantasma, pero aquella visión fue suficiente para agitar más aún la urgencia del amor que Clara había empezado a sentir.

Ese ímpetu fue suficiente para que, al día siguiente, agotada como si hubiera trabajado tres jornadas sin descanso en el aserradero, la joven se ofreciera a la Renata para hacer recados. La criada se frotó las manos por no tener que hacerlos ella. Al contrario que otros días, Clara ni pasó por el pazo a saludar a María Elena y a Limita. Tampoco a la señora Valdés. Ni a Jaime ni a Leopoldito, que a sus doce años para trece correteaba por el jardín detrás de los perros. La única razón fue no encontrarse con Catalina o con el eco de su voz. Feliz como pocas veces, bordeó el sendero habitual para llegar al puerto.

Aunque la epidemia aún no se había dado por extinguida, lo peor había pasado y la mañana soleada había invitado a los vecinos a sentarse en los muros del muelle, donde adivinó la presencia de algunas obreras de la fábrica de doña Inés que apuraban los últimos días de asueto antes de la reapertura tras la gripe. A todas las saludó y entabló una conversación ligera, pese al empeño de las mujeres por sonsacarle información sobre la señora Valdés y sus planes de futuro.

Vio zarpar un buque y a los marineros que regresaban de faenar con sus pescados frescos.

Vio cómo los niños ayudaban a los padres con las redes y los remos.

Y a los abuelos que contemplaban el último galeón barrigudo de los industriales de la sardina y el atún.

Clara se entretuvo con cada uno de ellos sin quitar ojo a los barcos del señor para el que Celso trabajaba.

Sentía la impaciencia dentro del pecho.

Los minutos se le hicieron eternos hasta que, consciente de que no tenía nada que hacer ni nadie más con quien hablar, decidió reemprender el camino de sus mandados, sin esconderse, pero sin que su presencia resultara un reclamo excesivo. Tan discretos fueron sus andares que Celso apenas la distinguió entre la gente cuando estaba a punto de doblar el muelle en dirección a la carnicería y a la botica de Remedios. Al identificar su figura, confió en verla de vuelta.

Pero la joven no volvió.

No por falta de interés sino por la íntima convicción de que las cosas debían salir a la primera. Con la casquería envuelta en papel y los colutorios que recogió donde Remedios, Clara regresó al pazo sabiendo que volvería a intentarlo, pero inquieta por no tener ni remota idea de cuándo surgiría la nueva oportunidad.

Sus ganas de que fuera esa misma tarde o al día siguiente a más tardar saltaron por los aires cuando doña Inés la llamó a la biblioteca poco antes de la hora del almuerzo. Sentadas en sus sillones habituales, le comunicó que la actividad volvía al aserradero.

—Reabrimos la fábrica de madera. No podemos seguir con el negocio empantanado.

Clara asintió con la cabeza. La señora tenía razón. Su fábrica era la única de Punta do Bico que seguía cerrada, y cada día que pasaba acumulaba pérdidas.

—Y estoy madurando la idea de la conservera. Lo tengo todo aquí —dijo en voz baja, acercándose a ella y señalándose la frente—. Pero tú ni mu, que luego todo se sabe.

—No lo dude, señora. No diré nada a nadie. Tampoco tengo a quién.

Esa misma tarde, los obreros recibieron la noticia de que volvían al trabajo. La mayoría, de mala gana. Clara, en cambio, no le concedió ni un segundo porque lo único que le importaba de verdad era saber cómo y dónde se encontraría con Celso. Y para no dejar que el tiempo pasara en balde, esa misma noche, cuando las luces se apagaron y sólo se oía regurgitar al mar, la joven salió de la casa sin hacer ruido, rumbo a ninguna parte porque no sabía dónde vivía el chico.

Llegó al puerto en menos tiempo que un perro con

hambre, se escondió entre las barcazas del muelle y esperó. Un grupo de marineros cenaba alrededor de una fogata.

Aguzó la vista y le dio la impresión de que Celso era uno de ellos. Parecía ausente, tendido en el suelo, mirando el cielo negro. No había ni una estrella, sólo la luna de cuarto creciente allá, lejos de la tierra. En ese momento, Clara sintió que era entonces o no sería nunca y, con la voz cogida por los nervios, intentó gritar su nombre, pero sólo le salió un chasquido de lengua contra el paladar que se oyó en todo Punta do Bico.

—¿Qué ha sido eso? —preguntó uno de los marineros.

—Habrá sido un gato —contestó otro.

—A ver si va a ser el alcalde —sugirió un tercero.

Todos rieron y siguieron a lo suyo.

Clara salió de su escondite y se dejó ver sin disimulo. Se sentó en la popa de la barcaza como una sirena en tierra. La oscuridad disimulaba sus temblores.

—Si está de Dios, está de Dios —susurró.

De repente vio cómo Celso se levantaba y desaparecía. Clara lo siguió con la mirada hasta perderlo de vista.

Guiada por el presentimiento de que volvería al calor de la fogata de los marineros, esperó, contrariada y de mal humor, eso sí. Rogó a Dios que la tuviera en sus rezos para que Celso apareciera otra vez.

Se acomodó en la barca.

Pensó en el amor.

Pensó en el de sus padres, pero enseguida apartó el pensamiento de un manotazo.

Pensó en el amor de don Gustavo hacia doña Inés e imaginó que la habría querido sin límites, toda vez que ella seguía esperándolo.

Pensó qué habría pasado si Renata hubiera encontrado un hombre como el señor Valdés. Lo recreó en su imaginación con tanta intensidad que incluso sintió que ya se habían encontrado. Se acordó de la carta dirigida a ella y se le revolvieron los líquidos del estómago. Aún era demasiado pronto y Clara demasiado joven para saber que la verdad siempre vence a la mentira, aunque haya quien empeñe su vida en ocultarla.

Siguió pensando y pensó en si Limita y María Elena, a las que nunca había oído hablar de hombres, habían conocido el amor. Supuso que por su condición de criadas sólo podrían dar con hombres como su padre Domingo. Era lo que les tocaba sin remedio ni posibilidad de torcer al destino. Las desgraciadas llamaban a las desgracias como el dinero llamaba al dinero.

Al final, cansada de tanto pensar, concluyó que ninguna de ellas tendría respuesta para la pregunta de Celso. Acaso los jóvenes Valdés: Jaime, Catalina y Leopoldo. Jaime era un mozo de buen ver, ya con veinte años. De hecho, alguna vez lo había estudiado de arriba abajo y había admirado su elegancia, pero lo achacó a las buenas telas con las que confeccionaban sus trajes a medida y no le dio más importancia.

En esos pensamientos se entretuvo mientras pasaron los minutos o quizá fueron horas enteras. Agotada por el sueño y cuando ya sólo tenía ganas de mandar todo al carajo, Celso reapareció entre las sombras del alumbrado municipal del brazo de una señoritinga con aspecto de profesional. Clara empezó a temblar. Maldijo su suerte y a la damita y recordó la primera vez que se vieron y las veces que ella había imaginado un encuentro en la playa de Las Barcas y un beso en una de las gamelas que aguardaban el turno de pesca.

No tuvo ni fuerzas para moverse de allí hasta que despuntó el sol en Cíes. Entonces, se puso en pie y, creyendo que no podría querer a nadie en todos los días de su vida, volvió al pazo, sacudida por la pena. Aquel día aprendió que los hombres tienen la carne débil y que el amor nunca puede ejercerse como un oficio.

La luz del amanecer que guio sus pasos también iluminó la vomitona del mar que dejó la orilla llena de algas marrones y verdes, que impregnaron el aire de un olor amargo parecido al sabor de su boca.

La pila de cartas que conservaba don Gustavo ocupaba todo el escritorio. Una a una, las fue colocando por fechas para ordenarlas. Aquí estas, aquí las otras.

No todas se habían escrito en la casa de Aguiar. Recordaba haber tenido brotes de nostalgia, haber pedido papel y pluma y haber escrito en la cafetería del hotel Alcázar o en la Plaza de Armas o en la de la Catedral, donde los cafés de sus terrazas invitaban a templar la nostalgia con letras.

Sacó del sobre las más recientes y empezó a leer.

¿Cómo ha sido posible, Inés? Leo en los periódicos las cifras de muertos por la gripe española y se me hiela la sangre. Cuidaos mucho, cuida de los niños, protégelos y si las cosas se complican en exceso, veníos a La Habana. Siempre seréis bienvenidos.

Sacó otra.

Tantas veces pienso en volver... pero aquí estoy yo y allí estás tú, guardiana de la herencia de nuestros hijos. No tendré vida para agradecer tu entrega y la educación esmerada que sé que están recibiendo.

Aún queda mucho por hacer en Cuba. Pese a la crisis bancaria que se avecina, las zafras siguen siendo consi-

derables y las inversiones no dejan de llegar a la isla. Esto no para, Inés, como bien podrás comprobar en los giros. Sé que no necesitas dinero, pero es mi obligación de padre y esposo cumplir con vosotros.

Don Gustavo no mentía. Seis nuevos ingenios, entre ellos el enorme de Vertientes, en la provincia de Camagüey, inaugurarían la década moliendo caña cubana por primera vez.

La noche me consumió en otros brazos, Inés. Brazos lacios, inconsistentes. Brazos que sólo buscaban apaciguar la soledad, apartar de mí la dentellada constante de la distancia. Fue un descuido. No más...

—No más que un descuido, Inés. Ni siquiera se consumó el abrazo.

Don Gustavo, que no era hombre de dejarse vencer por las emociones, se retorció como un ciempiés. Entre la confusión, asomó el arrepentimiento y la Renata con las faldas en la cadera.

—¡Sólo soy un hombre! —rugió aspirando las palabras en una bocanada de humo.

Un hombre que vivía ahora en La Habana del gaitero José Posada, la ciudad de los jardines, de los banquetes excesivos, la del teatro Tacón, la de los bailes de domingo en las sociedades gallegas.

—¡Sólo un hombre! —se repitió como si su condición de mortal justificara la infidelidad de hacía ya dos décadas que no tuvo valor de confesar a su esposa.

CAPÍTULO 20

Pasaron las semanas sin Celso.

Clara no dejó de pensar en él ni un solo día, pero no tuvo tiempo de llorarle porque, hasta que el aserradero recuperó la normalidad, la actividad fue frenética. Hicieron mucho daño las bajas de la epidemia de gripe, en cuyo recuerdo se ofreció una misa. Nunca se cubrieron sus puestos.

El capataz tenía candidatos para sustituirlos a todos, pero la señora Valdés se negó en redondo sin dar más explicaciones porque, en realidad, aún no podía dárselas. Las cuentas de la fábrica estaban bajo mínimos, pero ya no reflotaría el negocio. La madera dejó de interesarle de manera súbita y sólo pensaba en la conservera. Pero no se lo dijo ni a Fermín ni a nadie. Lo consultó con la Virgen de la capilla y ya.

En aquel batiburrillo de planes y proyectos que no sabía cómo llevar a cabo, doña Inés encontró el ánimo para organizar una de las pomposas cenas que reunían a los pudientes de Punta do Bico en torno a los manjares de la tierra y el mar. Sería la primera fiesta después de los peores estragos de la gripe y de la guerra. Ella misma se ocupó de cursar la invitación en persona a todos sus invitados. No faltó nadie. Todos tenían ganas de recuperar las viejas costumbres.

El día señalado, primavera del año 1919, el pazo amaneció con la agitación propia y ya olvidada de los tiempos en los que este tipo de fiestas eran rutina. Doña Inés agradeció al cielo la tregua de sol que acariciaba los tejados y los jardines. Sacó los mejores manteles, las vajillas de loza fina, la cristalería, los candelabros de plata. Aquellos menesteres los delegaba en Isabela, pero como Isabela ya no estaba, ella misma se encargó de todo y sólo ordenó a María Elena y a Limita que no perdieran detalle de cómo montar las mesas, decorarlas con flores naturales, colocar los cubiertos, las copas, los vasos, las botellas de vino, las jarras con agua. A media tarde, la Renata y Domingo trajeron el marisco de la lonja, percebes, cigalas, navajas, centollos que hirvieron en enormes ollas con sal y laurel.

Todo estaba listo cuando llegaron los invitados. Algunos lo hicieron a pie, otros en coches de última generación que despertaron la curiosidad de Jaime y de Leopoldito, vestidos ambos con las mejores ropas para recibir junto a doña Inés en la puerta principal del pazo.

—¿Y Catalina? —preguntó la señora.

Nadie contestó y era tal el murmullo de las conversaciones y las atenciones que debía dispensar a unos y a otros que pronto se olvidó de la joven.

Las señoras de los conserveros, enfajadas para disimular los vientres redondeados, hicieron gala de sus vestidos de talle alto y sus zapatos con adornos que asomaban bajo los remates de las telas. Punta do Bico tenía la solera de sus gentes. No es que fuera el lugar más distinguido de la comarca, pero con el tiempo se había convertido en un pueblo respetado por la burguesía de la ciudad que en verano se dejaba ver en sus playas.

Doña Inés tenía tanto de que ocuparse que no se sentía observada por las esposas de los señores, que cuchicheaban cómo era posible que mantuviera el aserradero en pie, si no se le conocía práctica previa en los negocios. Las más enrevesadas eran Adelina e Isabel, las que tenían edad de dolor de huesos.

Adelina se creía la reina María Cristina sólo porque su padre había fundado el Banco Español de La Habana, que luego sería el Banco Hispano Colonial de la isla de Cuba, y porque era esposa de Barba Peláez, uno de los principales empresarios de la zona. Por su parte, Isabel siempre tenía la última palabra hablara con quien hablara, ya fuera la panadera, el pescadero o el lechero de Monteferro. Así era con todos menos con su marido.

Habían adoptado a María Teresa, la última en llegar, casada con don Agustín, único hijo varón de los señores de la Sardina. Era la más joven y aún no había aprendido a criticar.

Aquella noche las señoras tenían mucho que contarse. Habían pasado demasiado tiempo en sus casonas sin intercambiar bulos. Miraban a doña Inés con malos ojos porque ellas no departían con sus maridos y menos hablaban de negocios.

—Fijaos cómo Inés guarda la compostura, pero seguro que echa de menos a don Gustavo —dijo Adelina.

—A lo mejor se buscó un amante y le llora las penas —replicó Isabel.

—¡A saber! ¿Ya no os da a leer libros? —preguntó Adelina.

María Teresa se interesó por eso de las lecturas.

—¿Inés os hablaba de libros?

—Antes de irse a Cuba, sí, pero desde que volvió, ¡se acabó! —contestó Adelina mientras se adentraban en los jardines donde las criadas servían el aperitivo.

En efecto, doña Inés nunca retomó la costumbre de reunir a las señoras de Punta do Bico en torno a la última novedad literaria. Le faltaban tiempo y ganas después de haber descubierto el poco efecto que sus enseñanzas tuvieron en aquellas mujeres. Se habían dejado consumir por las envidias y las que más tenían más querían.

—Inés siempre tuvo aires de grandeza porque estuvo en América —continuó hablando Adelaida—. Nos hacía creer que todas éramos estúpidas, que ella era la más lista... Y fíjate ahora, sola con tres hijos...

—A mí me parece una buena mujer —repuso María Teresa.

—A ratos... —contestó la otra antes de dar un sorbo de vino.

De repente Catalina apareció en el salón, se acercó a su madre y algo le dijo al oído que cambió el gesto de la señora Valdés. La joven, desairada por la contestación, desapareció con malos modos sin saludar siquiera a los invitados.

—¡Queridas, queridas! —exclamó Adelina dirigiéndose a las señoras que se arremolinaban en torno a una de las mesas—. Venid aquí...

Las mujeres se aproximaron.

—¿Habéis visto a la hija de Inés?

Todas asintieron.

—Bien, ahora decidme si conocéis a la hija de la Renata, la guardesa del pazo.

—¿La de los ojos azules? —preguntó Isabel.

—¡Esa misma! —contestó Adelina—. ¿Sabéis a quién se me parecen las dos?

Las señoras se relamieron de curiosidad.

—¡Con matices, eh! Con matices... porque Catalina salió grandona.

—Tú dirás, Adelina. ¡Siempre aciertas! —la halagó Isabel.

—Las dos tienen el corte de la cara de Gustavo Valdés —sentenció rotunda.

El rumorcillo de su voz tornó en una exclamación que incluso llamó la atención de los señores que conversaban entre ellos.

—¡Señoras!, ¿qué estarán tramando? —preguntó don Pedro.

Las mujeres revolotearon entretenidas.

—Cosas nuestras, querido —contestó Adelina.

Los señores volvieron al vino de sus copas y al marisco de las bandejas. A doña Inés sólo le preocupaba que no les faltara de nada. Iba y venía de una estancia a otra del pazo cruzando los dedos para que nadie le preguntara por don Gustavo, pero, si alguien lo hacía, pronunciaría la respuesta que llevaba años ensayando. La esposa sin esposo lucía hermosa con su traje anudado a la nuca y hablaba con los señores de los asuntos que más les preocupaban. La epidemia seguía ocupando el primer lugar, pero también lo que había traído consigo el fin de la guerra.

—Se nos acabó el negocio con los franceses, Inés. Pero ¡bendita paz! —exclamó el señor Barba Peláez.

—Sin duda, no hay mejor negocio que la paz. Hicisteis dinero con la guerra, ¿verdad? —se interesó ella.

—En grandes cantidades —contestó el señor con petulancia.

—Quisiera hacerte una pregunta...

—Por supuesto, querida Inés.

—He tenido noticia de que se vende el almacén de sal que fue del abuelo de mi marido, don Jerónimo. ¿Es cierto?

—Es cierto, sí. ¿Por qué? ¿Te interesa?

—Mucho.

—Llegas tarde.

—¿Lo quieres tú? —Trató de no sonar decepcionada por la noticia.

—¡No, mujer! Yo tengo mi fábrica y mis barcos.

—¿Entonces?

—El negocio se acabó. Ya te lo he dicho. El ejército francés se ha alimentado de sardinas gallegas. Pero, como sabes, la guerra ha terminado para todos.

Antonio Barba Peláez era el dueño de la mayor conservera de Punta do Bico, socio de unos franceses que se instalaron en Galicia cuando las costas de Francia se quedaron sin sardina a finales del siglo XIX. Nadie supo con precisión qué pasó, pero lo cierto es que el mar francés se vació de pesca y las fábricas se fueron al traste. Aquella circunstancia motivó varios viajes del príncipe Alberto I de Mónaco a las aguas gallegas de Vigo, Pontevedra y Coruña. Siempre que podía, Barba Peláez alardeaba de que su padre, amigo del monarca desde los diecisiete años, cuando coincidieron en la Escuela Naval de Cádiz, lo recibió en el puerto de Punta do Bico a bordo del Hirondelle, el vapor que el monarca utilizaba en sus expediciones científicas. En aquellos años de finales del XIX, Galicia vendió a Francia millones de kilos de sardinas y no fueron pocos los industriales de la zona que se asociaron con empresarios franceses que conocían al dedillo la técnica de la conservación en aceite de oliva y la producción en latas.

Doña Inés se incomodó ante el comentario de Barba Peláez, pero no estaba dispuesta a dar por zanjada la conversación.

—Yo no creo que el negocio se haya acabado. Al revés.

—Ay, la inocencia de las mujeres. Si Gustavo estuviera aquí... —contestó Barba Peláez con media sonrisa.

Ella hizo como que no había oído el comentario, pronunciado con la peor de las intenciones y un desprecio manifiesto.

—Insisto, querido, veo clara la oportunidad de negocio en una nueva conservera... Es más, estoy pensando en invertir mi fortuna.

Él rio de una manera tan sonora que todos los invitados se giraron hacia ellos. Las señoras sisearon maldades y los hombres aguzaron el oído para no perder detalle de la conversación.

—¿Qué estás diciendo, mujer? ¿No tuviste bastante con la ruina de los Valdés? —preguntó el empresario inclinándose hacia su cuello, como si fuese a compartirle un secreto.

Doña Inés se alejó de él sin importarle que todos la oyeran.

—Don Jerónimo, que Dios lo tenga en su gloria, no se arruinó.

Barba Peláez volvió a reírse a carcajada limpia.

—Me temo que ya sé lo que está pasando esta noche. Te manda tu marido, ¿no es así? El muy cobarde querrá saber cómo hemos multiplicado nuestra fortuna mientras que él sigue en Cuba vendiendo ingenios de azúcar... después de arruinarlos, naturalmente.

—¿Has llamado cobarde a mi marido? —le preguntó doña Inés con gesto serio.

Don Antonio tenía un bigote largo, de puntas finas que se tocaba de forma compulsiva con la mano izquierda, mientras que con la derecha sujetaba la copa de vino que ordenó rellenar a una de las criadas.

—Eso he dicho, sí —afirmó sin pudor.

Un silencio insoportable invadió el salón del pazo.

—¡Fuera de mi casa! —exclamó doña Inés sin calibrar las consecuencias de esas palabras.

En ese momento, la buena de Adelina intervino para socorrer a su marido.

—¿Estás echándonos de tu casa, Inés?

—A tu esposo, sí.

—Si lo echas a él, nos echas a todos.

La anfitriona repasó las miradas de cada uno de sus invitados buscando complicidad en alguna, acaso un gesto de compasión que nunca había reclamado a nadie. De repente descubrió que Jaime estaba allí, escuchándolo todo, sin apenas pestañear por la afrenta que estaba sufriendo su propia madre y ante la que ella no podía permanecer impasible. A conciencia, desvió sus ojos de los del hijo.

—No puedo consentir que se difame a mi esposo en su propia casa —dijo con solemnidad—. Y menos...

Adelina no la dejó terminar y con su voz de flauta siguió emponzoñando el ambiente.

—Mi marido ha hablado por todos. ¿O crees que es el único que piensa así?

—¿Qué quieres decir?

—Que todos en Punta do Bico sabemos que tu marido es un cobarde. Que te abandonó y que por eso no volvió de Cuba. Es más, creemos que tú deberías vestir de negro. A lo mejor eres viuda y ni lo sabes —añadió con una rabia despiadada.

—Señoras, señoras, por favor —interrumpió don Agustín—. ¿No os dais cuenta del espectáculo tan bochornoso que estáis dando?

—¿Yo? —Doña Inés se llevó la mano al pecho—. ¿Vas a culparme a mí?

—Por favor, Inés, te lo ruego. No hagamos de un comentario sin importancia un cisma entre nosotros.

—No tendrá importancia para ti, querido. ¡Para mí sí la tiene! —exclamó doña Inés fuera de sí—. Habéis acusado a mi marido de cobarde y de abandonar a su familia. Y no puedo tolerarlo. Os ruego que os marchéis de esta casa que es la suya y siempre lo será.

Los señores se revolvieron incómodos. Barba Peláez agarró a su esposa Adelina por el codo.

—¡Vámonos! —dijo con voz grave.

El resto de las señoras siguieron a sus maridos, murmurando para el cuello de sus vestidos. En fila, un matrimonio detrás de otro abandonó el pazo sin saber si alegrarse o lamentar que la señora Valdés hubiera perdido la cabeza para siempre. Eso fue lo que la llamaron: loca, rabiosa, desnortada.

Los últimos en marcharse fueron don Agustín y María Teresa, que se hicieron los remolones, pese a la insistencia de Adelina.

A doña Inés le entró una llorera que no hubo forma de consolar. Se cerró en banda y resultó imposible que entrara en razón. La ofensa a don Gustavo, delante de su hijo, no tenía cura ni tendría perdón. Y así se lo dijo al joven matrimonio que, a regañadientes, se llevó a la anfitriona a los jardines para ver si así se serenaba. Llovía fino, pero a ninguno le importó mojarse. Hacía frío y doña Inés recibió sobre los hombros el abrigo de don Agustín en un gesto que aún la hizo llorar más.

—Sé que don Jerónimo tuvo lo suyo con tu familia cuando el negocio de la sal, querido Agustín. Me lo contó Gustavo, pero agua pasada no mueve molinos, y ten por seguro que yo no olvidaré que sois los únicos que me estáis acompañando.

—Inés... —musitó María Teresa.

—Déjame terminar. Barba Peláez sí tiene razón en una cosa: el ser humano es cobarde. —Alzó el dedo índice hacia el cielo—. Por eso es tan difícil encontrar a alguien que se plante ante el enemigo. Vosotros lo habéis hecho.

Los terceros señores de la Sardina abandonaron el pazo con una zozobra que tardaron tiempo en sacudirse, tanto como llovió sobre Punta do Bico, como si el pueblo entero necesitara el diluvio universal para limpiar la herida de sus vecinos, inundar los caminos, desbordar los mares y hundir los dolores de doña Inés, señora de Gustavo Valdés.

En los días posteriores una voz llevó a todos los vecinos la noticia de lo ocurrido en el pazo de Espíritu Santo. A nadie le importó si la voz mentía o contaba la verdad, ni si la realidad se ajustaba a aquel relato que, entre murmullos, traían y llevaban de un lado a otro hasta no dejar rincón sin eco de lo sucedido. Entre medias, Adelina se encargó de difundir que el brote de doña Inés tenía un motivo bien justificado.

—*Din* que la hija de la Renata es también hija de su marido y ha enloquecido. *Xa dixemos* que aquel parto era *cousa de meigas*...

Sólo don Castor dio algo de credibilidad al chisme. Él también tenía la mosca detrás de la oreja pero, como era muy pío, no se había atrevido a verbalizarlo más que ante el Cristo del altar mayor de la parroquia y de rodillas. Aun así, no quiso darle más pábulo y llamó a capítulo a Adelina para reprenderla.

—No vaya con ese cuento por el pueblo, no sea que en Punta do Bico haya más hijos que no son de su padre.

La señora se marchó de la parroquia muy airada y con penitencia de un padrenuestro por chismosa y por sembrar con falsas sospechas la honra de los Valdés.

El párroco dejó que las cosas se enfriaran y, cuando constató que el rumor había quedado del todo disuelto, decidió visitar a doña Inés, más interesado en saber si había enloquecido, como decían las malas lenguas, que en conocer la verdad.

Ella lo invitó a tomar una infusión de raíces con miel y culantrillo. Se sentaron en el salón principal, presidido por el retrato de don Jerónimo Valdés, que siempre miraba a los ojos. Dialogaron sobre cuestiones insustanciales, sobre la marcha del aserradero, sobre los planes de doña Inés para sus hijos, bendecidos por el cura, que siempre decía que la mejor herencia era la educación y no los cuartos. Hablaron también de los últimos muertos de la gripe y los últimos oficios de don Castor, que en realidad no terminaban de serlo porque él se resistía a pasar el testigo al joven sacerdote recién consagrado en Roma que lo ayudaba en la parroquia. Y cuando habían pasado revista a todos los asuntos divinos y humanos, el hombre se armó de valor:

—¿Sabe lo que andan diciendo de usted, Inés? —preguntó con cautela.

—Que me volví loca, supongo —contestó ella sin darle importancia.

El cura sorbió de la taza y cogió uno de los dulces que preparaba Limita siguiendo una receta cubana. Lo paladeó dentro de la boca e hizo el tiempo necesario para resolver la duda entre decirle la verdad o callársela para siempre.

—Por ahí van los tiros.

—Ya sabía yo...

—Yo la aprecio, Inés. La aprecio mucho. Usted siempre ha sido *boa xente.* Nunca recibí queja de sus trabajadores, sus obreros la valoran, las *mulleres* de su fábrica la estiman...

—Don Castor, no se ande por las ramas. ¿Qué vino a decirme?

—Que debe arreglar las cosas con el señor Barba Peláez —contestó sin atreverse a mencionar los rumores sobre su hija y la hija de la criada.

—¿Qué le contó?

—Todo el mundo sabe lo que pasó y no le trae a cuenta esa enemistad.

—¿Y por qué no?

—Porque quiere usted abrir una conservera, ¿no es así?

—¿Eso también se lo dijeron?

—¿No es cierto que se interesó por el almacén de sal del abuelo de su marido?

—Cierto es.

—¿Y que se interesó por el negocio de la conserva?

—Me interesé, sí.

—Pues entonces yo tengo razón. No le interesa una enemistad con don Antonio. Hágame caso.

—Aquí hay mar para todos.

—No le quito ni esto de razón —dijo el cura colocando el dedo gordo de su mano sobre el dedo índice.

—Es más, hay cientos de mujeres a las que yo emplearé. ¡A las que daré la vida que merecen! —exclamó—. ¡Mis obreras del aserradero son felices! Busque usted a un patrón que les dé lo mismo y venga a contármelo.

Se levantó del sillón con un ímpetu que asustó a don Castor.

—Los señores del mar tendrán que aceptar que si la conserva es obra de las mujeres, ya es hora de que tengan a su patrona —sentenció mientras paseaba por el salón, arrebujándose el faldón de lino.

El cura no fue capaz de articular palabra.

La señora Valdés hablaba y hablaba sin apenas coger aire, recordando sus orígenes, a su madre, doña Lora, a esa abuela que no conoció, pero a quien siempre tenía en sus oraciones, a su padre, respetado militar, a sus hijos criados con esfuerzo y soledad.

—Por eso, Inés, es por eso que usted acaba de decir... ¡No quisiera verla más sola de lo que ya está! —insistió el sacerdote.

Doña Inés dejó la taza con la infusión sobre la mesa.

—¿Por qué cree que estoy sola? —preguntó ella.

—No hay más que verla... —dijo el cura con la voz temerosa por si soliviantaba los ánimos de la señora.

—Se equivoca, padre. Tengo una familia maravillosa que me acompañará siempre. Mis hijos estudiarán en Compostela como me llamo Inés, pero, Dios mediante, volverán para heredar los negocios de su familia y hacerlos crecer.

—Pero su marido... —intervino el cura.

—De mi marido sólo hablo yo. ¿Oído? Y callaré todas las bocas que andan diciendo que me abandonó.

Contuvo el llanto y tragó saliva antes de continuar hablando.

—Y además, tengo de mi lado a la rapaza más lista de la comarca. Nadie lo podría haber apreciado. Creen que descienden de la pata del Cid y por eso jamás se acercarían a la hija de una criada. Pero yo la adopté como si fuera mía.

El cura abrió mucho los ojos y dejó de pestañear.

—No me mire así, padre. La hija de la Renata tiene una inteligencia fuera de lo normal.

—¿Se refiere a Clara?

—A Clara me refiero, sí. Ahora es una mujer hecha y derecha. Yo la he visto crecer. Devora los libros de esa biblioteca. —Señaló las baldas con un gesto de barbilla—. Es una lástima que no pueda enviarla a la universidad como a mis hijos.

—¿Y por qué no lo hace?

—Su madre no lo permitiría y su padre prefiere beberse los cuartos que la muchacha gana en la fábrica. Pero Clara sabe más que todos nosotros. ¿Y sabe por qué?

—¿Por qué? —preguntó atónito el cura.

—Porque no ha tenido infancia y ha comido mierda toda su vida. —Doña Inés se arrepintió de haber pronunciado esa palabra malsonante—. Perdone, don Castor.

El cura ni se había alterado, esperando que llegara la revelación que buscaba.

—Quiero decir que esa jovencita ha pasado mucha hambre. Y sólo por eso hará lo que esté en su mano para luchar contra su destino. No quiere ser como su madre, ni siquiera querrá ser una obrera más. Ha crecido buscando el mejor modo de aprender. ¡Lo hizo sola! —continuó diciendo—. ¿Y sabe otra cosa?

—Dígame, dígame, señora.

—Clara está conmigo, trabajará para mí y nunca me fallará.

Don Castor no se atrevió a abrir la boca para no echar más leña al fuego. Por descontado que no dijo nada de lo que decían de Clara, ni siquiera para atribuirse haber cortado de cuajo el rumor antes de que llegara a oídos de sus hijos o de la propia Clara.

Acabadas las infusiones, la perorata y hasta la última miga de los pastelitos de Limita, doña Inés acompañó al cura a la puerta del pazo y besó el falso anillo de oro que el sacerdote siempre llevaba puesto y que, según decía, venía de Roma por sus buenas obras y mejores oficios. Cuando lo vio alejarse por el camino de las despedidas, la señora Valdés gritó:

—Padre, ¡que hablen! ¡Déjelos que hablen!

El cura de Punta do Bico rumió entre las muelas un avemaría rápido y aceleró el paso.

Así fue como el asunto quedó zanjado, si no para siempre, sí mientras tanto. En un arrebato de valentía, doña Inés cogió las cuartillas del cajón de la mesita redonda del mirador de Cíes y, esa misma noche, cuando el pazo se quedó a oscuras, sin hijos despiertos ni criadas con frío, de su puño y letra empezó a escribir a don Gustavo una carta que, a diferencia de otras veces, envió a la ciudad de La Habana sin miedo a no tener respuesta.

CAPÍTULO 21

Lo que doña Inés escribió bien pudo entenderse como un testamento en vida del que ella disponía porque se sentía tan dueña como su marido de todas y cada una de las propiedades de Punta do Bico que había heredado de don Jerónimo. Las enumeró y fue explicando a don Gustavo lo que haría con ellas.

Venderé la finca de árboles, las dos fincas de hierba y el aserradero.

Si no invertimos en maquinaria, el negocio se irá a pique, mientras que el mar sigue siendo inagotable. Sardina, pulpo, mejillón... Compraré el almacén de sal de tu abuelo y montaré una fábrica de conservas. La llamaré La Deslumbrante.

No había un ápice de pena en la narración de sus planes de futuro ni en los que había diseñado para los hijos mayores, que, como bien adelantó a don Castor, pasaban por la universidad de Compostela. No tenía ninguna duda de que era lo mejor para ellos. Bastante tiempo habían perdido. El incidente con Barba Peláez y el resto de los vecinos fue determinante para tomar la decisión de apartarlos durante un tiempo de Punta do Bico. Evitó contarle que Catalina se había convertido en una impertinente porque no quería preocupar al padre y además no sabía si le interesaba lo más mínimo. Ensalzó en cambio al pequeño Leopoldito y, aunque dudó lo suyo, acabó refiriéndose a Clara.

Se ha convertido en una rapaciña llena de vida e inteligencia. ¡Si la vieras, Gustavo! Trabaja con eficacia en el aserradero y es ella la que más me anima a reconvertir el negocio. Es una lástima que no tenga las mismas oportunidades que nuestros hijos. Si Clara pudiera estudiar...

Es hermosa y esbelta. Sus ojos azules me recuerdan tanto a los de mi madre... Cuando regreses a España, donde te seguimos esperando, tendrás la oportunidad de confirmar que lo que digo es verdad.

Doña Inés nunca sabría lo que su esposo sintió al leer aquellas líneas, allende el océano inmenso, en la tierra de los ingenios arruinados, en la ciudad de la despedida. Pero don Gustavo se llevaría hasta el precipicio de su muerte el escalofrío que le rajó el corazón en dos mitades al saber de su hija Clara.

La señora Valdés se quedó con ganas de preguntarle por Cuba y por sus negocios, y de contarle cómo pasaron la gripe, cómo contaron sus muertos, cómo enterraron a Isabela. No lo hizo porque cualquier lamento podría entenderse como una muestra de debilidad y, si algo había aprendido doña Inés desde que volvió de Cuba, era que podía ser más fuerte que una legión de gigantes y que por sus venas corría sangre con el ancestral coraje de las mujeres de su familia que la habían precedido en el sacrificio de la vida. Lástima que no hubiera conocido a su abuela. Sólo podía recurrir a ella a través de los recuerdos de su madre, que siempre la nombraba y a ella atribuía las enseñanzas que doña Lora nunca dejó de susurrar al oído de su hija. Muerta y enterrada, quizá convertida en barro, la vieja guiaba a doña Inés por el camino del acierto, que siempre es el del corazón.

Y su corazón dictó sentencia el día que oyó a la hija de la criada hablar del negocio del mar como si lo conociera.

Como si supiera cómo manejarse en él.

Como si lo hubiera mamado.

Aquella noche, con las islas de testigo, juró que no flaquearía.

Al revés.

—Conservas La Deslumbrante —musitó al meterse bajo las sábanas de la cama primorosamente preparada por una de sus criadas cubanas con flores frescas sobre la almohada.

Antes de abandonarse al sueño y, agitada por la fuerza extraña que removía sus entrañas, juró también que nunca abandonaría a la hija de la criada porque en ella sentía colmados todos sus afectos maternales.

A la mañana siguiente madrugó más que nunca. Se echó al bolso una brújula náutica que, en tiempos había sido de don Jerónimo, y, antes de que sus hijos se despertaran, metió la carta en el sobre, pasó la lengua por su perfil, lo cerró y lo llevó a la oficina postal en un giro urgente para que llegara cuanto antes a la ciudad de La Habana.

Por primera vez en su vida, doña Inés tenía prisa.

Después se personó en el almacén de sal e hizo una oferta de compra que corrió como la pólvora en Punta do Bico y que desencadenó una tormenta de embustes que ya ni siquiera se preocupó de desmentir.

Todo cambió aquel verano de 1919.

Doña Inés arregló los estudios de Jaime y Catalina en

la universidad de Compostela y no permitió a la joven ni chistar.

—Catalina, no se hable más. No te quedarás en Punta do Bico sin estudiar. Da gracias a Dios de que tienes una madre que se preocupa por tu formación —le dijo sin miedo a la furia de la joven.

Jaime había perdido varios años entre la guerra y la epidemia, pero al final resultó una suerte que los hermanos pudieran estudiar juntos en la misma ciudad.

En las semanas previas a la marcha, antes de inaugurar septiembre, comunicó con Eugenio de Sousiña, un fotógrafo portugués con tienda en la calle del Príncipe de Vigo y la mejor fama como retratista, para que la inmortalizara con sus tres hijos en el salón principal del pazo, bajo el retrato de don Jerónimo.

También sacó tiempo para sermonear a Catalina sobre los riesgos de enamorarse de los charlatanes que sólo la engatusarían para heredar su fortuna, pero la joven no prestaba la mínima atención porque estaba harta de escuchar siempre lo mismo y porque ya había tratado con hombres de toda casta y condición. Hijos de ricos, marineros pobres, obreritos jóvenes del aserradero. Sabía que nunca abrirían la boca porque se jugaban el pellejo y mientras tanto ella, a quien no le interesaba la matraca del amor, disfrutaba engañándolos con promesas que no cumpliría. Doña Inés nunca se enteró de la debilidad de su hija con los hombres. De haberlo sabido, la habría encerrado en el pazo hasta más ver.

Escuchando el rumor de las peroratas de doña Inés, Clara sintió por primera vez en su vida que a ella nunca la engañarían por los *cuartiños.* Y sólo por eso pensó que quizá algún día podría volver a darle una oportunidad al amor de Celso.

O al amor a secas.

El domingo previo a la partida, doña Inés organizó la ceremonia de despedida con un oficio corto en la capilla del pazo. Asistieron todos los que estaban, menos la Renata. A Domingo nadie lo esperaba, así que nadie le dedicó siquiera el reproche de la ausencia.

Al terminar, don Castor volvió a anunciar que aquel sería su último sermón, esperando que los presentes le dijeran que buena gana tenía de dejar el ministerio, que no hubo cura mejor que él, que si esto, que si lo otro. El hombre se prestaba a los elogios, sobre todo de las criadas cubanas a las que invitaba a recitar las oraciones.

Antes de salir de la capilla, el sacerdote dibujó con el dedo la señal de la cruz sobre las frentes de Catalina y Jaime.

—Que Dios os proteja y os aguarde la prosperidad en esta tierra.

Los jóvenes no supieron bien qué decir, pero no se les notó demasiado, sobre todo a Catalina, que no quitaba el ojo a Clara, situada en un prudente segundo plano.

Las criadas volvieron a sus labores, doña Inés partió del brazo del cura hacia la puerta principal del pazo, Jaime se entretuvo con los perros y Catalina llamó a Clara con un «ven, que quiero hablar contigo».

Las hermanas que no sabían que lo eran se miraron con desconfianza, temor en las pupilas de Clara, arrogancia en las de Catalina. La agarró por el hombro y le dijo: «Ten cuidado con el marinerito, que no es de fiar». Clara se deshizo de la mano de la joven y, bajando la mirada a la hierba, contestó en voz baja que no sabía nada de él desde hacía mucho tiempo.

—Desde que lo viste con una ramera, ¿no? —continuó Catalina.

—No sé de qué hablas.

—Te vi en el puerto, ¿qué te crees?

—¿Y qué hacías tú en el puerto?

—Ver cómo te engañaba.

—Yo no lo vi con nadie —insistió Clara.

—Además de mendigarle a mi madre los cuartos, eres una mentirosa.

Clara no pudo seguir escuchando. De mala gana se marchó con la respiración agitada y las lágrimas contenidas para no darle el gusto a la señorita Valdés. Entró en su casa y cerró de un portazo que zarandeó los ajos colgados en las paredes y las sartenes de latón.

—¿Qué hablabas con la hija de los señores? —le preguntó la Renata.

Clara se asustó al oír la voz de su madre. Ni siquiera se había percatado de su presencia.

—¡Qué importa! —contestó Clara.

—Te vi ponerle mala cara.

—No le puse mala cara.

—Por mucho que la señora se emperre contigo, no te olvides de que nunca serás como ella.

—¿Por qué dices eso? —preguntó la joven.

—Por si acaso.

—Sé de dónde vengo, *nai.*

—Grábatelo a fuego, rapaza —contestó la Renata golpeando con el nudillo la frente de Clara.

La joven sintió que la lengua se hacía pegajosa, pesada y espesa dentro de la boca, y esa fue la suerte que evitó que aquel día Clara y la Renata se enzarzaran en una discusión sin límites llena de reproches y rabias acumuladas durante años.

Las dos se dieron media vuelta y el aire removió el olor a podrido del pescado del día anterior abandonado en cajas de madera en un rincón de la cocina. También olía a leña quemada y a troncos húmedos. Al fondo aguardaba una pila de ropa de cama.

—Esta tarde harás la colada.

Clara no contestó.

—¿Oíste?

—Te oí.

La Renata se frotó las manos en el mandil y observó a doña Inés hasta que desapareció tras los muros del pazo. Las hijas de don Gustavo no volverían a cruzar palabra durante los años que medió la universidad.

El día que Jaime y Catalina partieron hacia Compostela tronaba sobre Punta do Bico. Las olas se rompían entre ellas. Llovía con furia y un viento despiadado azotaba los árboles y los tejados.

Doña Inés estaba convencida de que la decisión era la mejor para sus hijos y que su marido, aunque no se hubiera manifestado, estaría de acuerdo con ella. Reunió a los tres.

—Cuando volváis de Santiago, la conservera ya será una realidad.

—Vuelta la burra al trigo —refunfuñó la hija.

—Catalina, hija, sólo trato de compartir con vosotros...

—No sé por qué lo vas a hacer... —la interrumpió ella.

—Por vosotros —contestó la madre.

—Nosotros tenemos suficiente —zanjó Catalina.

La madre no se detuvo y, dirigiéndose sólo a Jaime, volvió a explicar los beneficios de la industria del mar. No era la primera vez que lo hacía, pero quiso refrendar sus intenciones mientras la muchacha seguía replicándole y echándole en cara el tiempo que había dedicado a la fábrica de madera.

—Siempre has estado ocupada —le dijo— salvo para la hija de esa guardesa, que no deja de ser nuestra criada.

Para ella sí has tenido tiempo. Todo el mundo lo sabe. Que ella es tu ojito derecho.

Leopoldo, el pequeño, no entendía ni una palabra y Jaime naufragó en la pelea de sus pensamientos.

—¡Catalina! ¡Se acabó! En realidad, es una decisión que no te concierne —exclamó doña Inés cansada de discutir. «Siento haberla compartido con vosotros», rumió para sus adentros.

No volvieron a hablar del asunto.

Jaime y Catalina se despidieron con sus maletas de cuero y hebillas de bronce en la puerta del pazo de Espíritu Santo. Doña Inés sintió un desgarro similar al de La Habana. Que por Jaime sintió algo que no se despertó al despedir a Catalina sólo sería capaz de reconocerlo con el tiempo. Jaime se fue y ella supo que estaba entregándoselo al futuro, como quien abre la jaula a un pájaro.

Debía dejarlo ir como quien deja ir a un amor.

Llevaba toda su vida preparándose para ese momento como el que se arrodilla ante lo inevitable de la vida.

En la misma puerta despidió a Catalina. La besó en las mejillas, suavemente maquilladas con polvos de arroz, descubrió el frío de su piel y sonó dentro de ella la maldición de la bruja de San Lázaro.

—Parirás una hija a la que tardarás en conocer.

El alma helada azotó su corazón.

En ese momento, Catalina giró la cara hacia la casa de los caseros e identificó la silueta de la Renata tras el visillo de una de las ventanas.

—¡Renata, adiós! —gritó Catalina levantando la mano al aire.

La Renata enseguida corrió la cortina para no ver a su hija.

Por segunda vez iba a separarse de ella.

Durante todos esos años, se había conformado con saber que estaba allí, que habitaban el mismo pazo, con darle las buenas noches mirando hacia las piedras de la fachada. Su único consuelo había sido comprobar que todo el sufrimiento que acarreó la decisión de intercambiar a su hija por la hija de la señora mereció la pena.

—Nunca te vi llorar —dijo Clarita bordeando la escena.

La Renata no contestó, pero Clara también vio que además estaba temblando.

Esa noche, mientras las criadas recogían la cena de doña Inés y del pequeño Leopoldo, que no dejó de hacer preguntas sobre sus hermanos, la Renata se coló en el salón del pazo, se acercó a doña Inés y le dijo algo que la señora Valdés nunca olvidaría.

—Una madre no debe dejar ir a su hija.

—¿Qué ha dicho, Renata?

—Que no debió dejar *á súa filla.*

—¿Cómo se atreve a decirme esto?

—Sólo le di mi opinión.

—Nadie se la pidió.

A partir de entonces, la relación entre ellas se torció para siempre. Doña Inés sintió la ingratitud de la guardesa, por quien se había desvivido y a cuya hija Clara había adoptado sin llegar a adoptarla sólo para que tuviera mejor vida que ella.

La marcha de Jaime y Catalina y la determinación de doña Inés para llevar a cabo sus planes cambiaron su mirada. Sólo lo advirtieron los que antes se habían detenido a observarla de cerca. Pese a todo, enrolló la pena de las ausencias y venció todas las resistencias imaginables. Desde las de Fermín, el capataz, a quien le prometió un puesto de responsabilidad en la conservera para que remara a favor, hasta las del alcalde de Punta do Bico o el notario de

Vigo. Tal fue su obstinación que perdió las ganas de comer y el doctor Cubedo le diagnosticó neurosis, angustia y a saber cuántas cosas más.

—Tiene usted la palidez del abandono —le dijo.

—Qué tendrá que ver —replicó doña Inés.

Le recetó píldoras Pink, que la señora compró donde Remedios, a cuatro pesetas la caja, por si al médico se le ocurría preguntar. Pero según salió de la farmacia las tiró al monte y se arrepintió de haberle consultado sus males.

Con todo, lo peor fue recordar durante muchas noches la voz de su hijo mayor que, en el beso de despedida, le metió en los huesos el miedo a la ruina.

—Confío en ti, madre, haz lo que tengas que hacer, pero no lo estropees.

Aquellas palabras bien pudieron detener a doña Inés. Pero no lo hicieron. Bastante tenía con las malas lenguas de los señores del mar, que sólo callaron el día que inauguró la conservera bajo el nombre prometido de Conservas La Deslumbrante entre fuegos artificiales y salvas de cañón.

Empezó a trabajar sin descanso. En el almacén de sal, todo estaba patas arriba. Durante la epidemia de gripe se usó para estabular el ganado que podía estar contagiado, y olía a mil diablos juntos. Puso a Clara a barrer y a limpiar las boñigas acumuladas durante tanto tiempo que ni las moscas se acercaban, y a Fermín le encargó la liquidación del aserradero. No tardaría en venderlo a don Benito de Aquilán, un armador de la zona interesado en tener su propia madera para los barcos. La señora Valdés tuvo el buen ojo de quedarse con el sobrante para construir las primeras mesas corridas que ocuparon la nave de punta a punta. Aún sobraron miles de kilos de troncos que se aprovecharon para los fogones en los que hervirían el mejillón y librarían a los marineros de subir al monte a por leña y bajar deslomados por las *corredoiras.*

En cuestión de semanas, la planta quedó limpia como la patena y doña Inés publicó en el periódico un anuncio donde ofrecía trabajo femenino con conocimientos en la conserva. Pronto se personaron decenas de mujeres. Sabían más que ella, pero no le importó. Al revés, de todas aprendió algo. También llegaron niñas, algunas sin la edad de trabajar, pero no les puso pega porque aquellas *meniñas* necesitaban llevar el jornal a casa. Las empleó de auxiliares, pinches, barredoras y limpiadoras de mesas y suelos. Con la seca, las mandaba a por almejas y berberechos y ellas subían con los cubos a rebosar. A veces los marineros se ofrecían para tender el pulpo en unos cordeles atados a la fachada de la fábrica.

Había tarea para todos.

Fermín pasó a ser don Fermín porque las obreras que venían de otras fábricas tenían la costumbre de ponerle el don al encargado, así que las del antiguo aserradero las imitaron y ya no hubo quien le quitara el título. Clara bromeaba con él, pero enseguida se puso a sus órdenes. Trabajaba más que el resto. Era la primera en llegar a la fábrica y la última en irse. Ayudaba con las cuentas, observaba cómo faenaban los marinos de otras conserveras, se lo contaba todo a doña Inés.

Don Castor, pese a todo y contra todos, se puso de su lado y cada mañana se dejaba caer por La Deslumbrante para echar un vistazo a sus progresos.

—¿*Vai ben,* señora Valdés?

—*Vai,* padre, *vai* —contestaba doña Inés.

Un buen día, el cura le preguntó si tenía arreglado el pescado y a quién pensaba comprárselo. Doña Inés le contestó que había recibido varias ofertas de marineros de Punta do Bico, pero que aún no lo tenía decidido.

—No me deben de tener por loca cuando quieren trabajar para mí. Se lo dije, déjelos ladrar.

El sacerdote tosió incómodo porque no quería volver sobre las cuitas de la señora.

—Me dijo Padín que arregló con él la almeja, el berberecho y el mejillón.

—Así es, don Castor. Veo que sabe usted más que yo.

—¿Y la sardina?

—Pregunta usted mucho, padre.

—Su buen amigo Barba Peláez no se lo va a poner fácil. Anduvo malmetiendo con los armadores de la zona.

—Lo suponía, pero no me importa.

—Yo tengo la solución.

Doña Inés dejó el quehacer de ese momento y lo escuchó con atención.

—Verá, la semana pasada enterramos en Mondoñedo al señor Castro de Mínguez. ¿Sabe quién le digo?

—¿El armador? —preguntó doña Inés—. Vi la esquela en el periódico.

El sacerdote asintió con la cabeza.

—Ese mismo —añadió—. Nadie faltó al sepelio, ni el alcalde ni el obispo, Solís Fernández.

—El señor obispo, querido Castor, no se pierde una —intervino doña Inés.

—Señora —la corrigió el cura—, a las fiestas vamos, pero a los entierros nos llaman.

Los dos rieron y siguieron hablando de la desgracia de la muerte, que dejaba una flota de cuatro barcos de pesca en manos de tres viudas y hermanas. Las conocían como las hermanas de Pontevedra y, en efecto, habían quedado viudas, una detrás de otra, en los últimos tres años.

—Total, que ahora ellas tendrán que encargarse de los

barcos. Están pez, nunca mejor dicho, y andan buscando conservera para colocar su sardina.

—¿Cómo llego a ellas? —preguntó doña Inés sin detenerse en más detalles.

—Mañana quedaron en pasar por la parroquia a dejar la voluntad por mis servicios de auxiliar en el entierro del difunto. Si quiere, yo las traigo aquí y ustedes hablan.

Así hicieron.

Al día siguiente las tres viudas de Pontevedra, Moncha, Emilia y Asunción, se personaron de riguroso luto en La Deslumbrante y arreglaron el acuerdo sin mendigarse ni un cuarto. Sus marineros traerían sardinas, *xoubas* y parrocha.

—No se hable más, doña Inés. Las sardinas de San Juan serán para usted —dijo Moncha, la menos afectada por el dolor de la muerte, ya que había sido la primera en enviudar.

No hizo falta que mediara papel alguno ni documento que lo certificara. Se apretaron las manos y se marcharon por donde vinieron, guiadas por el sacerdote.

Y así fue como para San Juan de 1920 La Deslumbrante ya estaba funcionando a pleno pulmón. Faltaban cosas aquí y allá, pero aquel verano salieron de la fábrica las primeras latas. No tenían adornos, pero sabían a gloria, a decir de las obreras, que recibieron como regalo una cada una y abrieron otras tantas para celebrar aquella primera vez que doña Inés siempre recordaría. Corrieron las tazas de vino, los panes de maíz y la alegría, y la patrona se olvidó por unos segundos de su tenaz soledad, del dolor del abandono, del ronroneo de los cotilleos y de las moscas negras.

—*Por San Xoán, a sardiña molla o pan!* —gritaban las obreras.

—¡Por la señora Valdés! —exclamó don Fermín con la lengua pasada de vino.

—¡Viva! —respaldaron las mujeres a una sola voz.

Fue el día más feliz de su vida.

A media tarde, las criadas llevaron a Leopoldito a La Deslumbrante. El niño, que de aquella estaba a punto de cumplir trece años, siempre recordaría el consejo que su madre le susurró al oído.

—No te acostumbres a la felicidad, hijo mío, porque es una rareza en esta vida.

La temporada de aquel año y el arranque de la siguiente fueron buenas. Quizá no tan boyantes como las anteriores, pero nunca faltaron peces. Los barcos llegaban hasta La Deslumbrante, las avisadoras llamaban a la faena y, en cuestión de minutos, las mujeres estaban en sus puestos, con las manos limpias y el pelo recogido bajo sus pañoletas negras. Doña Inés sólo les impuso la obligación de vestir unos mandiles enteros que anudaban al cuello sobre sus ropas, casi siempre raspadas por la pobreza. A pie de playa, el ejército de La Deslumbrante llenaba cestos de sardinas que cargaban sobre sus cabezas.

A la mayoría las organizaron según la escala laboral que la señora Valdés quiso cumplir a rajatabla. Las maestras enseñaban y supervisaban el trabajo, mientras que las oficialas se encargaban del resto: limpieza del pescado, empaque, aceitado y último revisado antes del *pechado* final que, en aquellos inicios, era la única parte del proceso que se hacía con una máquina específica en la que doña Inés invirtió una parte del dinero de la venta del aserradero. El resto se hacía a mano o en otras fábricas de la zona con las que cerró tratos puntuales hasta que La Deslumbrante creció tanto que dejaron de hacerle falta. Fue previsora y no derrochó ni una peseta por miedo a que se cumpliera la advertencia de su hijo Jaime.

Después de la sardina, llegó la temporada de la anchoa, que era muy laboriosa porque había que quitarle la piel y la espina. Llegó también el primer invierno a La Deslumbrante y hacía tanto frío que doña Inés mandaba a Clara a hervir grelos en enormes *caldeiros* y dejaba que las obreras descansaran quince minutos para que se entonaran el cuerpo y se calentaran las manos.

Todas trabajaron a destajo sin decir esta boca es mía porque sentían que su patrona se dejaba la piel como ellas. Pronto se difundió entre las parroquias que la señora Valdés tenía fortaleza de hombre, sensibilidad de abuela y no estaba loca.

Durante aquellos primeros meses de actividad frenética en La Deslumbrante, Clarita se convirtió en una mujer solitaria, encerrada en sí misma, agotada por los cuatro costados, deslomada como el resto. Aunque todas las mujeres sabían de su estrecha relación con doña Inés, nunca la utilizó para librarse de las tareas más duras. Allí donde faltaba una mano, estaba la suya: limpiando, cargando tinas de sal, carbón o bidones de aceite. De cuando en cuando pillaba a alguna oficiala llevándose a la boca una sardina, pero no decía nada porque ella sabía lo que era el hambre.

El recuerdo de Celso se fue diluyendo, pero nunca desapareció. Lo había idealizado tanto, con esa necesidad suya de querer y de que la quisieran, que acabó convirtiéndose en un dolor de pecho que iba y venía. Lo consultó con el doctor Cubedo, pero el hombre no le dio importancia. Le preguntó si estaba enamorada y ella dijo que no.

—¿Seguro? —insistió el médico.

—Seguro no, doctor. Pero el amor no duele —replicó la joven.

—Duele y mata, hija mía. —En un gesto cariñoso, le pasó la mano por el pelo—. ¿Has conocido a algún mozo?

A Clara se le subieron los colores y se le abrieron mucho las pupilas hasta ocupar casi todo su iris azul. No le contó ni palabra por si iba con el cuento a la Renata o a la señora Valdés, que enseguida sabría quién era el muchacho. Daba por descontado que se lo desaconsejaría y, aunque tenía curiosidad por saber qué tipo de amor le recomendaría a la hija de una criada, prefirió tragársela.

Se propuso no volver a pensar en Celso ni conceder un solo segundo a la imagen que le devolvían las mareas y las noches de luna llena. Si rompía la promesa, se castigaba a sí misma con abstinencias de comida y agua durante doce horas.

CAPÍTULO 22

Las mujeres caminaban entre las *leiras* embarradas por las lluvias, de vuelta al pazo, cargadas de latas para la *mesa da fame.*

Ya desde lejos vieron la fila de mendigos de todas las parroquias que aguardaban la llegada de doña Inés. Cada primer lunes de mes entregaba conservas a los más necesitados. Colocaba las latas encima de una mesa rectangular de piedra a las puertas de Espíritu Santo y cada uno cogía una o dos. Dependiendo de las necesidades.

Como muestra de agradecimiento, los hombres prometían rezar por la señora.

—¡Venga, venga! No me vengáis con cuentos chinos. Si pedís, pedid para que el de ahí arriba —les decía dirigiendo la mirada al cielo— me reserve los aciertos.

—Sí, señora, sí —contestaban los mugrientos con las latas de sardinas en las manos.

—¡Vuelvan en cuatro lunes!

Y así cada mes.

Les hubiera pedido un rezo por el carácter de Catalina, otro por el futuro de Jaime y un tercero para que Leopoldito siguiera creciendo sano y manso. Y, si no fuera abusar de los pobres, también les habría pedido una señal de don Gustavo en forma de carta o telegrama o lo que les viniera en gana.

Doña Inés quería ser paciente consigo misma, pero cada día que pasaba sentía que estaba perdiendo esa paciencia. Con tanto trabajo, tantas preocupaciones, tantas bocas que alimentar, tanto papeleo a fin de mes, con tanto, no podría precisar la fecha exacta, pero hubo un día en el que al despertar sintió que la ausencia del esposo se había hecho liviana. O crónica, como una enfermedad sin cura. A nada que se lo propusiera podría olvidarse de él. Si no lo hacía era porque, en el fondo, quería darse el gusto de recibirlo en Punta do Bico, henchida de orgullo por haberse convertido en la primera señora del mar de toda la provincia.

Por aquella época, doña Inés se quitó la faja y fue la primera en vestir trajes de chaqueta y vestidos de cintura baja, comprados en las boutiques de la ciudad de Vigo. Empezó a beber licor de hierbas después del almuerzo y, de cuando en cuando, se fumaba un pitillo con una boquilla muy sofisticada.

No era mujer de pretensiones ni entregada a la ostentación, pero se dio varios caprichos para compensar el agotamiento. Uno fue un abrigo largo de piel que estrenó para ir a misa y que lució en Compostela en una de las visitas que hizo a sus hijos. El segundo era un placer compartido con Leopoldo: los domingos que no había previsión de pesca, se vestían de punta en blanco y se iban a comer a La Fama, en la calle Velázquez Moreno de Vigo, y a merendar al café Colón. Alguna vez, incluso, fueron al cine Royalty y concedió a su hijo el placer de ver al Real Club Celta de Vigo en el campo de Coya. Clara siempre estaba invitada, pero nunca fue con ellos con la excusa de quedarse de guardia por si pasaba algo en La Deslumbrante.

Doña Inés y Leopoldo paseaban juntos por el puerto de arriba abajo y tuvieron la fortuna de ver de cerca el Siboney, el trasatlántico estadounidense embarrancado en punta Borneira, a ciento cincuenta metros de la costa. No hubo que lamentar muertos, pero fue tal la fascinación que el naufragio despertó en la ciudad que llegaron incluso a organizar excursiones.

Aquella circunstancia permitió a doña Inés explicar a Leopoldo algunas historias de su familia que se habían quedado a medias. Le contó que ellos también emigraron en un buque parecido. Que Catalina acababa de nacer y que Jaime tenía sólo un año. Le contó también que la familia de su padre, Gustavo, tuvo ingenios de azúcar.

—Nunca he sabido qué es un ingenio.

—Una plantación muy grande. Tu padre heredó de su abuelo don Jerónimo el ingenio de San Lázaro, que se llamaba Diana.

—Es el señor del cuadro del salón... —deslizó el niño.

—El mismo —contestó la madre—. Murió en Cuba.

—¿Padre volverá algún día para que yo lo conozca?

—Seguro... —dijo doña Inés con poca convicción—. Pero no es bueno poner fecha a los hechos que no controlamos.

Leopoldo pidió a su madre que siguiera contándole historias y doña Inés le fue narrando aquellas de las que se acordaba. Sin adornar demasiado el relato, le habló de los milagros cubanos, del sol perpetuo, de la colonia española y de su padre militar. También le habló de doña Lora, de sus cotorras y de alguna cosa más.

—Madre, ¿por qué hacemos conservas? —preguntó el niño de repente.

—Porque fue el mejor acierto de Napoleón.

Madre e hijo rieron.

—Algún día, Jaime, Catalina y tú heredaréis el negocio. Por eso es importante estudiar, leer y saber mucho.

—Como Clara, que se lo sabe todo y nunca ha ido al colegio. ¿Ella también podrá heredar?

—No. Ella no...

—¿Por qué? —volvió a preguntar el niño.

—Porque sólo hereda la sangre.

En ese momento, doña Inés pensó en la injusticia del destino.

Durante aquellos largos paseos por la ciudad de Vigo, doña Inés descubrió las inquietudes de Leopoldo. Todo le interesaba y, como leía el periódico cada día, sabía de las consecuencias de la Gran Guerra, del hambre de Europa y del estallido de la década que llegaba cargada de promesas de libertad y prosperidad. Seguía las noticias del rey Alfonso XIII y decía que él quería estudiar en Madrid para conocer a escritores, dramaturgos, pintores. Como en su momento le ocurrió con Clarita, a doña Inés le fascinaba que supiera dónde estaba Nueva York, Roma o París, que manejara los nombres de las personalidades que se asomaban a las páginas del diario en blanco y negro. Según avanzaran los años, preguntaría con asombro quién era Primo de Rivera, Mussolini o Hitler.

Gozaron cada tarde de domingo. La madre nunca había disfrutado así de Jaime y Catalina. Quizá por eso sus hijos mayores le afeaban las ausencias, aunque para echar en falta ya estaba su padre, a quien jamás se las reprocharían. Hizo cuentas: ya habían pasado la friolera de trece años desde que ella volvió de Cuba, la vida entera de Leopoldito. Había volado, y sólo entonces fue consciente de todo lo que había bregado y de cuánto había conseguido sin su esposo cerca, sin conocimientos, sin más aliada que la hija de una guardesa.

Así que mientras el calendario hacía el trabajo del olvido, Conservas La Deslumbrante seguía creciendo con el empeño de convertirse en una de las industrias más prósperas del sur de Europa, en competencia con las fábricas de los señores del mar.

Y todo sin ofender a nadie, empezando por sus obreros, a los que nunca les faltó qué llevarse a la boca.

Ni una medicina.

Ni un anticipo sobre el jornal si venían mal dadas.

Cobraban regularmente, y si enfermaban, los atendía en la fábrica el pupilo del doctor Cubedo, un joven médico con carrera universitaria de nombre Celestino. Si el que enfermaba era un pariente, también.

Con el tiempo construiría unos galpones para las recién paridas que no querían volver a casa porque allí sólo les esperaba más tajo y más frío.

Nada ocurrió de repente.

Al revés.

Tardaría años en levantar el imperio y sólo con su capital no habría bastado. La Deslumbrante se iba a llevar sus días enteros, sus noches en vela, sus veranos sin tregua. Nadie lo supo mejor que las criadas del pazo, que la veían llegar a medianoche, y Clara, que aprendió tres cosas:

Que no hay gloria sin dolor.

Que no hay fortuna sin sufrimiento.

Ni tiempo para el amor.

Esta última enseñanza quedaría desmentida en diciembre de 1920, la víspera de Nuestra Señora de la Inmaculada Concepción.

En el muelle de descarga, a la hora de la llegada del pescado, sucedió algo extraordinario que Clara ya había dejado de imaginar.

Pasó como pasan las cosas que uno nunca espera.

El destino quiso que ella estuviera haciendo el turno de la avisadora que, aquel día, había cogido frío en la garganta, estaba afónica y no podía gritar. De repente, desde la cubierta del primer barco que empezó la descarga, uno de los hombres gritó:

—¡Si yo oyera esa voz, también acudiría a la velocidad de un rayo!

Clara se dio la vuelta con el corazón revuelto bajo el mandil.

—¿Ya te has olvidado de mí? —preguntó Celso con una amplia sonrisa—. Soy Celso —precisó, por si no era capaz de reconocerlo bajo las ropas de marinero, empapado hasta el pelo que cubría con un gorro de lana.

—¿Qué haces aquí? —preguntó la joven con sorpresa y conteniendo la emoción.

—Me empleé de marinero en la flota de las hermanas.

—Tengo trabajo, Celso. —Clara señaló a las mujeres que, sin pausa, cargaban los cestos de peces.

En efecto, la actividad era frenética y debía hacerse con rapidez, diligencia y sin cometer errores que dieran al traste con el género recién pescado.

—Yo te miro —contestó Celso sin darle importancia al rubor de la joven.

Saltó del barco, prendió un fósforo contra la piedra y encendió un pitillo.

Sin apenas mirarlo a la cara, y mientras ordenaba la descarga, Clara le dijo que ya era casualidad que se hubiera empleado en esa flota y no en otra.

—¡Con la de conserveras que hay! —exclamó.

—Las casualidades no existen, Clara.

A Clara se le revolvieron las emociones del estómago al comprobar que se acordaba de su nombre y confirmó que el dolor del pecho que el doctor Cubedo no había querido diagnosticar como mal de amores no tenía otra razón de ser.

—Te dejo trabajar, mujer.

—No, espera —añadió ella disimulando para que las trabajadoras del muelle no se dieran cuenta de lo que estaba sucediendo.

—¿A qué hora acabas? —le preguntó Celso.

—Aquí no hay horas.

—¿Duermes en la fábrica o qué?

Clara sonrió con la mirada.

—Depende.

El capitán del barco tocó la sirena para que los marineros volvieran a bordo.

—Ahora, sí. Me tengo que ir.

Clara se acercó a él y con un hilo de voz le dijo:

—Te espero en la playa de Las Barcas cuando la luna asome por los Cinco Pinicos.

Celso no tenía ni idea de qué era Cinco Pinicos ni a qué hora asomaba la luna por allí, pero supo que no faltaría a la cita porque, a pesar de los caprichos que le había dado a su cuerpo, no había dejado de pensar en aquella muchacha de ojos azules y cuerpo de bailarina.

Clara no pudo concentrarse en las horas que fue descontando del reloj de pared que presidía la nave principal y que servía para saber si era de día o de noche. Si la pesca era abundante y llegaba por la mañana, podían pasar el día entero dentro de la fábrica sin ver la luz ni respirar el aire más que por las ventanas que doña Inés mandó abrir en la fachada. Sentía un hormigueo en el estómago, un nudo en la garganta y llevaba una expresión en la cara que le contagió hasta los andares. Iba ligera entre las mesas de limpieza y colocaba con tanto brío las parrillas que las obreras tuvieron que rogarle que fuera más despacio. Clara no hizo caso, creyendo que cuanto antes acabaran antes saldría la luna.

El día había amanecido oscuro y así se mantuvo hasta la noche. El Atlántico gruñía bravo cuando Clara cerró la compuerta de la nave principal.

—¿A qué huelo? —preguntó a la última obrera rezagada que colgaba el mandil después de barrer los suelos.

Le contestó que a lo de siempre y se quedó tan pancha, como si el olor a pez fuera un signo irremediable de sus vidas.

Clara volvió al grifo de la pila y con lo que quedaba de una pastilla de jabón se frotó el cuello, las mejillas y las muñecas.

—¿Ahora mejor? —dijo arrimándose de nuevo a ella.

—Ahora hueles a La Deslumbrante.

Clara salió corriendo de la fábrica en dirección a la playa de Las Barcas, temblorosa a partes iguales por la urgencia del encuentro y porque, por primera vez en su vida, no llegaría a casa a la hora prevista. No le importó ni la reprimenda de la Renata ni que pudiera alertar a doña Inés, que, de enterarse, movería Roma con Santiago hasta dar con ella.

La playa estaba desierta a la hora concertada por los enamorados. La luna de los Cinco Pinicos asomaba sin brillo entre las nubes espesas.

—¡Ssh! —chistó una voz a lo lejos.

—¿Eres tú? —susurró Clara.

—¿Quién si no?

La joven se acercó con las manos entrelazadas a la altura del vientre, en el que sintió las mismas turbulencias que agitaban el mar.

—Acompáñame.

Clara siguió sus pasos hasta una barca aún mojada por la faena. Celso se quitó el jersey y secó la madera.

—¿Sabes una cosa? —le preguntó.

—No... —contestó Clara con timidez, temiendo que volviera a preguntarle por el amor y sus reglas.

—Te conozco desde el día que te vi por primera vez y ya entonces supe quién eras.

—No sabes quién soy —dijo la joven.

—Te equivocas, Clara.

No se atrevió a darle la réplica porque tendría que contarle que ella también sabía quién era él, que lo vio con aquella mujer de alterne, una desconocida en Punta do Bico sin fama ni honra, sin sustento. Y, por supuesto, si usaba las palabras más sinceras, tendría que confesarle sus ayunos, sus penitencias por el pecado del recuerdo, sus lágrimas y sus desvelos.

Prefirió callarse y en el silencio de la noche sólo se oyó el roce de sus ropas cuando Celso cogió su mano helada y se la llevó a los labios con una ternura desconocida para la joven. Después, sin que ella se diera cuenta de cómo sucedió, la besó en los labios y la marea atlántica se llevó el suspiro de Clara con la emoción de saberse amada por primera vez en su vida.

La oscuridad ocultó sus miradas, pero a nada que las nubes hubieran dado una tregua, la luna habría descubierto los ojos húmedos de ella y el brillo de los de aquel hombre que, recostado sobre su regazo, dejó que el amanecer devorara a la noche.

Los enamorados se despidieron cuando el sol despuntaba por el este de la montaña, allá a lo lejos donde sus miradas no alcanzaban a ver más que el destello de un nuevo día y la promesa del reencuentro.

CAPÍTULO 23

Los encuentros se repitieron todos los días a la misma hora y en la misma playa. Cuando acababa la faena, Clara se enjabonaba en la pila y salía escopetada de la fábrica. Siempre se le hacía tarde y la Renata no tardó en afearle que hubiera descuidado las tareas de la casa. Clara mintió cuando le dijo que La Deslumbrante requería su presencia más horas de las previstas y que no podía dejar sola a la señora Valdés.

—Alguna vez debes pensar en ti —contestó la guardesa con ese gesto de amargura que los años le habían tatuado en la cara.

—Pienso en mí, madre.

—No, sólo en la señora Valdés.

—No nos hizo nada malo.

La Renata se quedó en silencio meditando la respuesta. En realidad, doña Inés no había hecho nada malo. Al revés, siempre la cuidó, cuidó de su hija, la protegió de Domingo.

Y sin embargo...

Desde que había mandado a Catalina a estudiar a Compostela, la Renata la había colocado en el centro de la diana de su rabia como si la señora tuviera alguna responsabilidad en su error.

—Ya me gustaría que tú me hubieras cuidado igual

que ella. —Después de tantos años esquivándose, la hija de la criada se enfrentaba por primera vez a esa mujer que sólo era una madre impuesta por la fatalidad del destino.

—¡Ven aquí! —gritó la Renata.

Una furia desconocida agitó la comisura de sus labios.

Clara se acercó sin miedo. La Renata levantó la mano derecha y le pegó una bofetada que le marcó la mejilla. La joven no hizo nada. Se quedó allí, frente a ella, sosteniéndole la mirada como haría un condenado a muerte con su verdugo en el pelotón de fusilamiento.

—Pégame otra vez —la retó.

La Renata se agarró la mano del guantazo con la otra para contenerse.

—Eres tan terca como tu padre —escupió al fin por esa boca agotada de la que habían desaparecido un par de muelas y algunos dientes.

Clara se encerró en su habitación y le entró una llantina tan abundante como las lluvias que traía el viento del sur cuando soplaba desde la trasera de la colina de Espíritu Santo. Hundió la cara contra el jergón. Su cabeza era un ir y venir de pensamientos sin sentido, de insultos contra nadie y contra todos, de presagios fúnebres, de deseos que lamentó alojar dentro de ella.

—¡Maldita sea mi vida! —gritó contra la lana—. ¡Maldito mi horizonte!

En ese momento, se acordó de la carta que encontró en el libro de Eduardo Pondal. Había hecho lo imposible por olvidarla y lo había conseguido, pero invadida por los nervios, levantó el colchón y la buscó entre los alambres. La había escondido en una de las esquinas de la cama, doblada en muchas mitades y convertida en un trozo de papel del tamaño de una piedra de río.

La desdobló con las manos hirviendo de urgencia y

volvió a leerla como si la grafía temblorosa de aquel hombre que no firmó la carta, pero sí dejó, a modo de rúbrica, las iniciales de su nombre y su apellido, contuviera una verdad que le pertenecía.

Punta do Bico, septiembre de 1899

Renata

Si procede según lo acordado, les dejaré en propiedad las tierras que trabaja Domingo.

No volveré a repetírselo.

No me haga forzar las cosas.

Haga lo que le he dicho y todo saldrá bien.

Empeñaré mi vida para que no ensucie mi honra.

G. V.

La leyó una y mil veces.

En voz alta.

Y al tono del susurro.

La leyó hasta empaparla de lágrimas.

Volvió sobre cada línea tratando de entender por qué le había hecho esa propuesta.

Qué habían hablado entre ellos.

¿Por qué conservó la carta?

¿Por qué no la rompió en mil pedazos?

En un arrebato impropio de su prudencia natural, salió de su habitación como un alma endemoniada y corrió hacia la escalinata principal del pazo.

—¡Doña Inés! —gritó.

Limita abrió la puerta sorprendida por los gritos de Clara, que nunca tenía una palabra más alta que la otra.

—¿Qué le pasó, mi niña? —preguntó.

—Busco a doña Inés. Tengo que hablar con ella.

—Anda arreglándose para volver a la fábrica. Espérela aquí y váyanse juntas —contestó la criadita.

—Dame agua, anda —pidió la joven.

—Claro, mi niña. Pase *pa* dentro —dijo Limita con su dulce acento.

Le dio de beber mientras observaba el gesto cruzado de la muchacha.

—Algo le sucedió —insistió.

—No es nada, Limita. Sólo que discutí en casa y ahora tengo ganas de llorar.

La criada, que nunca la había visto en ese aprieto, la abrazó contra su pecho.

—¡Ay, mi niña! No será por un hombre por lo que discutió con su madre.

Clarita no pudo ni contestar y sólo acertó a balbucear palabras incomprensibles.

—¿Qué pasa aquí?

La voz de doña Inés inundó el espacio de la cocina.

—¿Puedo hablar con usted? —preguntó Clara secándose las lágrimas.

—Hablaremos de camino a la fábrica.

La señora dio las órdenes precisas para organizar la recogida de Leopoldo del colegio y su cena.

—Dígale que sea obediente y que no me espere despierto. Llegaré tarde. Tengo que cuadrar cuentas.

—Así será, señora —repuso Limita agachando levemente la cabeza como gesto de respeto.

Las mujeres marcharon por el camino a paso ligero. Clara seguía hipando por el disgusto, y doña Inés dejó que se tranquilizara.

—¿Debo preocuparme, Clara? —preguntó.

—No, señora. Yo nunca le daría un disgusto.

—Llegado el caso —dijo la señora Valdés—, espero de ti que también me lo cuentes. ¡Aunque me cueste un berrinche!

—Doña Inés, he discutido con mi madre. Me ha abofeteado.

—¡Cómo que te ha abofeteado! —exclamó con preocupación—. ¡Déjame verte!

Se detuvo en seco, echó la mano a la barbilla de la muchacha y giró la cara hacia ella.

—No me hizo mucho daño. No se preocupe por eso.

—¿Por qué discutisteis?

—Dice que llego tarde y que tengo desatendida la casa.

—¿Y por qué llegas tarde?

Clara respiró hondo antes de contarle que se veía con Celso cuando acababa en la fábrica. En vez de contrariarse, doña Inés se alegró tanto por la joven que empezó a hacerle preguntas, una detrás de otra, hasta arrancarle una sonrisa.

—Así que andas con el marinero. Lo recuerdo. Sé quién es. Se le ve buen muchacho...

—Sí, señora, y ya tiene veintidós años.

—¡Una edad perfecta, *filla*! ¿Te besó?

—Sólo aquí. —Se señaló la mejilla con un dedo.

—Cuéntame más.

Doña Inés parecía entusiasmada, así que Clara, eludiendo los besos que ya se habían dado, repasó los encuentros que habían tenido, de lo que hablaban, de sus sueños de enrolarse en un buque grande que hiciera travesías largas; hablaron también de su manera de quererla, suave y entregada, del abrazo que le dio en la gamela de Las Barcas y de sus miedos por ignorar las convenciones básicas del amor.

—El amor no tiene normas. Al amor hay que dejarlo crecer. Y cuidarlo como una porcelana.

Doña Inés se emocionó al pronunciar aquellas palabras que la situaron en los años felices al lado de don

Gustavo Valdés. Clara escuchó atenta el relato de su señora mientras las iniciales del esposo volvían una y otra vez a su cabeza.

—No hubo estrategia en nuestro enamoramiento, ni cálculo, ni previsión. Caímos rendidos el uno por el otro sin saber qué destino nos había reservado la vida.

—Siga, señora, me gusta escucharla.

—No hay más, *filla.* Mi matrimonio fue muy feliz.

—¿Aún quiere a don Gustavo?

—Aún lo quiero —asintió—. Quizá no como el primer día, pero sí de la manera en la que lo he recreado durante todos estos años de distancia. Lo llevo en mi corazón y espero que la vida se encargue de todo lo demás.

«La vida es rígida como el hierro, no se deja torcer con facilidad y rara vez podemos cambiar nuestro destino, salvo contumaz obstinación». Aquel último pensamiento no lo pronunció porque Clarita no iba a entenderlo.

—Pero te diré algo. Eres una joven con el futuro a tus pies. Podrás ser lo que te propongas. No encontrarás más obstáculos que los que conlleva la propia existencia. Deja que el amor crezca. Hazme caso. Nunca te arrepentirás de haber amado.

Las mujeres siguieron caminando por la *corredoira* de Leza, suspendidas de un silencio que acalló las palabras. En el fondo del bolsillo de la zamarra, Clara tocó con la yema de los dedos el papelujo que don Gustavo había escrito a su madre y decidió no enseñárselo a la señora. Doña Inés no se lo merecía, como tampoco se merecía el tormento de querer saber por qué su esposo había dirigido esas líneas a una criada, cuándo, dónde se sentó a escribirlas, qué demonio se alojó en su cabeza. Sobre la marcha tomó la decisión de no hacer más daño a doña

Inés. La salvaría de su pira, pero buscaría la manera de establecer contacto con don Gustavo.

Las lágrimas se vertieron de sus ojos azules teñidos de repente del color del mar en sus horas plateadas, antes del atardecer. Grises y oscurecidos como si quisieran hablar.

—Ya se me pasa, señora —dijo Clara—. Vamos a trabajar.

Algún día, Clara comprendería que, aunque haya quien se empeñe en ocultarla, la verdad siempre vence a la mentira. Y ella haría todo cuanto estuviera en su mano por averiguarla.

Esa noche, a la hora convenida, Clara y Celso se reencontraron en Las Barcas. La marea baja había desnudado la playa, dejando al aire las rocas cubiertas de algas de invierno. Olía a salitre y a almeja, y las ranas croaban a lo lejos.

Se vieron, se fundieron en un abrazo largo y se besuquearon con intensidad. Agarrados el uno al otro, pasearon por la orilla desabrigada y hablaron largo y tendido sobre su día en el mar y su jornada de fábrica.

—Mira lo que traje —dijo Clara con una amplia sonrisa.

—¿Qué es?

—Una lata de La Deslumbrante. ¡No creas que la robé, eh! Pechó mal y quedó de sobrante para las oficialas. Pero yo estuve más rápida que ninguna.

Se sentaron en la arena, abrieron la lata de mejillones y se los llevaron a la boca. Clara le advirtió de que debía volver pronto a casa, obviando el incidente con la Renata porque no merecía la pena perder ni un segundo del poco tiempo que tenían para estar juntos. Celso era curioso por naturaleza, preguntaba por todo y se interesaba por los detalles más insignificantes.

—Cuéntame dónde vives, cómo es el pazo de la señora Valdés; cuéntame quién es tu madre, tu padre, ¿por qué no tuviste hermanos?

Así se podían pasar horas. Él preguntaba; ella contestaba lo que estaba dispuesta a compartir, que no era todo. Era, en realidad, muy poco.

La señora Valdés despertaba en él fascinación. Había oído todo tipo de rumores que Clara desmentía a renglón seguido, deshaciéndose en elogios hasta que, aquella noche, Celso la interrumpió:

—¡Menos flores! Si un día se cansa de ti, te mandará pa'l carajo. Así son los patrones.

Clara negó con la cabeza, le cogió la mano.

—Es más que una patrona. Ojalá algún día puedas conocerla.

—Nada me gustaría más —contestó él.

—¡En Año Nuevo! —exclamó ella—. En La Deslumbrante lo celebramos con vino y latas, y también invitamos a los marineros que trabajan para nosotros. ¡Este año podrás venir!

—De eso quería hablarte, Clara.

—¿De qué?

—No estaré aquí en Año Nuevo.

—¿Por qué? —se dolió ella.

—Me llamaron para trabajar en el Santa Isabel. Uno de los *fogueiros* de las calderas tendrá que desembarcar en La Coruña y yo lo voy a sustituir.

Clara se quedó paralizada. Clavó la mirada en la arena húmeda y un nudo ató su garganta.

—¿No dices nada? —le preguntó Celso.

—¿Qué quieres que diga?

—*Rapaciña*, no tengas pena, que volveré y nos casaremos. Nada deseo más que tus besos y tu piel.

A Clara se le revolvió el estómago. Se acordó de todo lo

que habían vivido, que era poco pero intenso, y se acordó también de la ramera del puerto. Creyó que Celso necesitaba pronunciar aquellas palabras para sacudirse la responsabilidad de dejarla sola en esa tierra que ya era de los dos.

—Seguro que se lo dices a todas...

—Te confundes. Sólo a ti.

El Santa Isabel era un vapor de la Compañía Trasatlántica Española, presidida por el marqués de Comillas, construido en los astilleros gaditanos de Matagorda. Había empezado a navegar el 21 de octubre de 1916. Llevaba cuatro años surcando el Atlántico hasta Fernando Poo, con parada en Cádiz y en las Canarias, y, como destino final, Argentina. Entre los hombres del mar, el Santa Isabel era un buque admirado. Tenía casi noventa metros de eslora, doce de manga y una capacidad para cuatrocientos pasajeros y ochenta marineros de tripulación. Podía navegar a más de diez nudos. Había costado seis millones de pesetas y eso lo convertía en uno de los vapores más caros del momento, con dos hélices, cuatro palas, ocho botes salvavidas, camarotes de primera clase, de segunda y de tercera, y lujosos salones en los que se servían comidas y cenas en manteles de hilo y vajilla fina.

—Es un sueño trabajar con esa tripulación, Clarita.

Se acercó a ella y la besó con ternura en el cuello.

—¿Quién sabe qué pasará mañana? Lo que es seguro es que volveré con buenos *cuartiños* para ti y para mí.

—Qué importa eso ahora.

Clara se levantó, se sacudió la arena y se marchó sin decir nada. Las palabras de doña Inés retumbaron dentro de su cabeza: «Deja que el amor crezca. Hazme caso. Nunca te arrepentirás de haber amado».

Empezó a correr en dirección a la colina de Espíritu Santo, trastabillando por el camino y sin mirar atrás.

Y, a voz en grito, Clara exclamó:

—¿Y qué hacemos con este amor?

Sólo el viento oyó las palabras de Celso.

CAPÍTULO 24

El cartero Zacarías llegó a Espíritu Santo jadeando por la fatiga, a lomos de aquel caballo brioso sobre cuyos flancos colgaban las sacas de cartas que repartía una vez por semana, generalmente los martes.

La verja de hierro del pazo estaba cerrada. Los perros corrieron a recibirlo con los dientes al aire y las babas chorreando.

—¡Socorro! ¡Auxilio! —gritó al comprobar que no había nadie a la vista.

El hombre estaba apurado porque había encontrado un muerto tirado en la *corredoira* de la trasera del pazo. La primera que se percató de su presencia fue doña Inés, que a esa hora temprana, como cada martes, esperaba en el mirador de Cíes la llegada de la correspondencia. Estaba haciendo algo de tiempo cuando lo vio tan desesperado que corrió escaleras abajo con la esperanza de que trajera noticias de Cuba.

Doña Inés llegó asfixiada por la carrera y sólo pudo fijarse en los ojos desencajados del cartero.

—¿Y qué pasó, pues, Zacarías?

—¡Un muerto, señora! Hay un muerto detrás del muro y para mí que es de esta casa.

—¿Qué está diciendo, por Dios? ¿Se ha vuelto loco?

—No, señora. ¡Venga conmigo!

Doña Inés abrió la verja con la enorme llave hueca que siempre escondían en una de las llagas de la piedra. Los perros salieron corriendo a husmear al caballo que, de un golpe seco de cola, se los quitó de encima. La señora y el cartero, a paso ligero, recorrieron los doscientos metros de muro de piedra tosca que delimitaba el terreno del pazo hasta llegar al camino donde, en efecto, había un muerto entre los castaños deshojados. El cuerpo estaba boca abajo con la cara en un montón ortigas. Ella lo identificó nada más verlo.

—Es Domingo.

—Se lo dije, señora. Ya sabía yo que el muerto era de esta casa.

—¡No sabemos si está muerto! —lo reprendió doña Inés.

Se agachó para tocarlo y comprobó que aún estaba caliente.

—Ay, Domingo, ay, Domingo, las malas costumbres —se lamentó mientras se santiguaba.

Por si acaso.

—Vaya a la consulta del doctor Cubedo y avíselo. ¡Corra! ¡No hay tiempo que perder!

El cartero volvió sobre sus pasos, saltó sobre la montura y a un galope que levantó una polvareda de padre y muy señor mío, voló hasta el consultorio de Cubedo, donde sólo encontró a su pupilo Celestino entretenido con unos bichitos en el microscopio. Apartó los ojos de las lentes y escuchó el relato con tanto susto que incluso le dio miedo asistir la urgencia.

—Nunca vi un cadáver.

—Pues ya va siendo hora —replicó el cartero.

Mientras tanto, doña Inés había hecho de tripas corazón, había volteado el cuerpo y había confirmado que Domingo ya no respiraba. En ese momento, concluyó que, como no había nada que hacer por él, lo mejor era avisar a la Renata y a Clara. Se armó de valor y llamó a la puerta de la casa con tres toques de nudillo.

Y esperó.

Lamentaba tener que ser ella la que les diera la noticia.

—Murió Domingo —dijo a bocajarro cuando las dos mujeres asomaron por la puerta.

Fue la primera vez que doña Inés comunicaba una muerte. Y la segunda que se producía en ese pazo después de la de Isabela, la pobre.

Con los ojos muy abiertos y las muelas apretadas, ninguna abrió la boca.

Las tres salieron del pazo, una detrás de otra, la Renata, Clara y doña Inés. Al llegar al lugar del cuerpo, Clara por fin lloró. Nunca sabría si lo hizo por pena o por la impresión de ver a Domingo con la cara arañada y llena de habones. Los ojos en blanco. Olía a lo de siempre: aguardiente, vino, tabaco.

—*Morreu* —dijo la muchacha.

—*Fai tempo que o busca* —dijo la Renata rozándolo con la punta del zapato.

El cartero y el ayudante de Cubedo no tardaron en llegar, como tampoco tardaron en enterarse los vecinos y don Castor, que no terminaba de retirarse de los oficios y, tan pronto como confirmó que era vecino de su parroquia, tocó a muerto.

A Domingo lo enterraron en el cementerio de Punta do Bico, en un nicho a ras de hierba, ni cerca ni lejos del panteón de los señores Valdés, en una hilera que quedaba justo en el medio. Doña Inés se ocupó de todo. Hasta de publicar una esquela en el periódico, donde quedaría para siempre el nombre de Clara, la hija que no era suya, y el ruego de una oración por el alma del guardés del pazo de Espíritu Santo, al que todos siguieron sin echar de menos.

Clara sólo habló una vez más de Domingo y fue para contárselo a Celso sin abandonarse a los lamentos. Enseguida cambió de asunto e hizo como si no quisiera volver sobre lo vivido porque «me trae penas que no quisiera recordar», dijo.

—Sólo me interesa saber cuándo partirás, qué día, a qué hora —añadió Clara—. Cuántos días tenemos por delante para estar juntos... Y, sobre todo, cuándo volveré a verte.

Al calor de una fogata que prendieron en la playa con unos leños y un montón de hojas, Celso le explicó que el Santa Isabel estaba a punto de iniciar su navegación en el puerto de Cádiz con destino a Pasajes. En su ruta de vuelta pararía en La Coruña. La fecha prevista para que se sumara a la tripulación era el día 1 de enero del nuevo año, 1921.

—Pero tengo que estar un día antes, el 31 de diciembre, y antes...

—Antes, ¿qué?

—Quiero visitar a mis padres.

Celso era de Tomiño, un pueblo a orillas del río y frente a Portugal. Allí vivían sus padres, sus tres hermanas, sus cuatro abuelos y una tía soltera. Rara vez hablaba de su familia, pero cuando lo hacía siempre había nostalgia en sus palabras. Era el pequeño de los cuatro hijos, el consentido, el *guapiño* que se marchó porque sólo quería navegar.

—Mi madre sufrió mucho y ahora puedo darle el gusto de que sepa que me han empleado en un buque como el Santa Isabel.

Clara aceptó que tenía que ser así; tan irremediable como la muerte de Domingo, pero más dolorosa.

Para tamizar esa pena que oscurecía el azul de sus ojos, Celso insistió en lo de la boda y en que ganaría más dinero que en toda una temporada de la sardina. Lo decía con entusiasmo, pero Clara no quería hacerse ilusiones porque disparaba su imaginación y el deseo, cada vez más intenso, de marcharse del lado de la Renata, a quien la muerte de Domingo, lejos de apaciguar, la había amargado más. Y eso que para todos fue un descanso. Madre e hija no volvieron a hablar de él ni para preguntarse qué debían hacer con las cuatro cosas que había dejado. Clara dejó de ver sus pantalones raídos, sus dos jerséis de quita y pon, sus botas. Supuso que la Renata lo quemó todo o lo arrojó al vertedero de Punta do Bico sin miramiento alguno y, por supuesto, sin consultar.

Cada una lo enterró a su manera.

Clara lo hizo en cuanto el sepulturero encajonó el ataúd en el nicho. En ese momento se evaporó la rabia que había sentido por ese señor al que durante veinte años tomó por padre y del que jamás recibió un gesto de cariño que compensara las malas noches y las borracheras. Naturalmente, la Renata también se había llevado lo suyo en vida: palos, desplantes, gritos de madrugada, aliento aguardentoso en su cuello cuando volvía de la cantina con ganas. Esa mujer nunca sabría lo que era querer y, sólo por eso, Clara la había justificado todos estos años, hasta que le propinó la bofetada.

Ahora, en los brazos de Celso, ella se consentía acariciar la posibilidad del matrimonio.

Aunque sólo fuera a ratos.

Se entregó a los sueños que de niña había descuidado porque desconfiaba de la felicidad y porque no podía siquiera imaginar que hasta los pobres también tenían derecho a ella.

Aquella noche y las noches siguientes, Celso y Clara convirtieron sus encuentros en un ritual de despedida. Los enamorados sabían que cada día era un día menos y que no había modo de detener el tiempo. Las horas se les escapaban de las manos como un puñado de arena. Restaban besos y caricias mientras jugueteaban con el futuro haciendo planes en el aire y soñando que algún día ellos dos surcarían ese mar que los contemplaba. Invocaban a la luna y se abrazaban a los árboles para que la fortuna se pusiera de su lado. No les importó mojarse bajo la lluvia, ni helarse del frío preñado de sal que se pegaba a sus cuerpos. La pasión obraba el milagro del calor en la sangre que oían en sus corazones bajo las ropas de Clara, que Celso nunca se atrevió a desabrochar.

Aunque jamás se lo dijo por miedo a que ese amor tan frágil se evaporara para siempre, Clara lo estaba despidiendo como a un marido. Tenía muy vistas a las mujeres de los marineros que no sabían si sus hombres volverían de las largas travesías a América. Punta do Bico estaba lleno de viudas de muertos y de vivos que un día partieron de un muelle como el que se identificaba a lo lejos, a los pies de la colina y frente a las fábricas de conservas. Las que no pudieron hacer entierro, acabaron locas de tristeza. O de atar.

Clara se sacudía esos pensamientos y lamentaba el tiempo que había perdido en su empeño de olvidarse de Celso. De otro modo, pensaba, quizá ya se hubieran desposado en una ceremonia sencilla que ella imaginaba en la capilla de Espíritu Santo, decorada con hortensias blancas y con la presencia reducida de los del pazo. Se veía con su traje de novia a estrenar para la ocasión cosido por Limita, que para eso sabía coser, y con un ramo de flores frescas. En esas escenas doña Inés aparecía engalanada como si estuviera casando a una hija más que a la hija de una criada.

Clara y Celso se dijeron tantas cosas que, cada noche, ella necesitaba pasarlas a limpio para no olvidarse de ninguna. Las escribía en un papel y las dejaba reposar para leerlas al día siguiente. No perdió ni uno de aquellos escritos a mina que acabaron convertidos en un diario de amor que conservó toda su vida junto a la carta de G. V. y el resto de las vicisitudes de las que también necesitaría dejar constancia.

Escribía con la urgencia de saber que pronto amanecería y tendría que volver a la fábrica. Era tan exigente con ella misma que nunca se habría perdonado quedarse dormida. Doña Inés le preguntaba regularmente por Celso y, aunque ella le contaba de la misa la mitad, no tardó en confesarle la decisión del joven.

—Doña Inés, va a embarcarse.

—¿Dónde? ¿No tiene suficiente con los barcos en los que navega?

—No. Él, no. Embarcará en el Santa Isabel de la Compañía Trasatlántica.

—¡Qué tontería es esa! —exclamó doña Inés.

—Su sueño es navegar, señora. No pescar.

—Hablaré yo misma con él.

—¡Pero si no se conocen! Déjelo estar, se lo ruego —imploró Clara.

Doña Inés montó en cólera. Si no hubiera sido por el empeño de Clara en que no lo hiciera, lo habría cogido por las solapas hasta convencerlo de que debía quedarse en Punta do Bico.

—¿Y cuándo vuelve?

—Cuando Dios quiera. Pero en cuanto vuelva nos casaremos.

—¿Eso te dijo?

—Sí, señora. Y yo lo creo porque Celso no miente.

—¿Te ha pedido que te cases con él? —insistió doña Inés.

—Sí, señora.

Ni Clara ni la señora Valdés ocultaron la emoción. Doña Inés la abrazó con fuerza y le dijo que tendría la boda más bonita del mundo, que sería la primera del pazo de Espíritu Santo y que la llevaría a Vigo para arreglar el vestido.

—Nada me hace más ilusión, Clara. Tienes razón. Las deudas y los sacrificios, tarde o temprano, salen a flote.

—Así es, señora. No puedo pedirle que se quede. Es su decisión. Debo apoyarlo aunque me agarre una pena aquí —dijo apretando la mano contra su pecho.

Así se quedaron las cosas hasta que llegó el día señalado para la partida de Celso a Tomiño, primero, y a La Coruña, después, donde embarcaría por fin en el Santa Isabel. Doña Inés había sido puntualmente informada para que no se preocupara cuando no viera a Clara en La Deslumbrante a primera hora de la mañana.

Clara pasó la noche despierta escribiendo en el diario de amor todos los pensamientos que asaltaron su cabeza en vela. Quería que quedaran en el papel para siempre, como un secreto íntimo que no compartiría con nadie. Fue entonces cuando descubrió que ya estaba en disposición de dar respuesta a la pregunta que Celso le había hecho el día que se conocieron:

«Después del amor —escribió— sólo hay palabras».

Y sin embargo...

Resultaban suficientes porque no tenía nada más.

Quedaron en verse al amanecer en el cruce de caminos que se encontraba entre Espíritu Santo y La Deslumbrante, en el lugar de la fuente de piedra donde el ganado sorbía a lametazos el agua que venía del riachuelo. Celso lo organizó como quiso y Clara no puso pegas porque sólo deseaba darle gusto, que se fuera complacido y con ganas de volver.

Apenas hablaron.

Todo lo que tenían que decirse ya se lo habían dicho.

Cualquier añadido sólo podría empeorar el dolor de pecho que Clara volvió a sentir como algo irremediable que ya no necesitaría consultar con ningún médico porque no tenía curación.

—Marcho —dijo Celso.

Clara se había propuesto no llorar porque no quería que él la recordara con lágrimas, así que lo dejó marchar, camino arriba, con su saco de marinero en el que Clarita metió un par de latas de La Deslumbrante para que no pasara hambre.

No se llevó nada más que pudiera recordarle a ella. Sólo su memoria. Clara, en cambio, tenía el diario de amor, que siguió escribiendo cada día con letras que dolían lo suyo.

Y cuando estaba a punto de doblar la esquina en la que lo perdería de vista, se dio la vuelta y gritó:

—Recuerda que volveré para hacerte el amor cuando ya seas mi mujer.

Clara sonrió.

Soplaba viento del noroeste que dejaría sol y un mar de fondo negro.

CAPÍTULO 25

En la ciudad de La Coruña, acababa de celebrarse la misa que bendecía la entrada en el año 1921. Pasaban quince minutos de las diez de la mañana, y el capellán del Santa Isabel, Antonio Pescador, sacerdote joven, saludaba al pasaje en las horas previas a que zarpara del puerto rumbo a Cádiz. Antes, haría una parada en Villagarcía de Arosa.

Imponente, amarrado en el dique de viajeros, el cielo plomizo deslucía el brillo de su casco. Celso lo vio de lejos como una tierra prometida en la que deseaba arrodillarse. Había llegado a la ciudad la noche anterior con la resaca del adiós de Clara y de los abrazos de la familia. En Tomiño, a orillas del río, quedaron su madre, envuelta en lágrimas, sus hermanas, ya crecidas, sus abuelos, viejos, y el padre, escéptico, que lo miró por última vez con esos ojos pálidos de quien nunca se ha permitido soñar.

—Buena mar, hijo —le deseó.

Celso se acercó para observar las maniobras de carga. Vio cómo embarcaban tres cajas de gran tamaño que contenían las piezas de un altar que un feligrés mandaba a los reverendos de Santa Isabel de Fernando Poo. Después llegó el turno de los pasajeros. Esperó paciente a que el oficial concluyera la revisión de los billetes y los documentos. Había de todo. Hombres y mujeres, ancianos, que viajaban a saber adónde a esa edad que ya debía sortear el ansia del emigrante, niños que contagiaban la alegría, un joven que acariciaba su acordeón. Todos, salvo cuatro viajeros de cámara, iban en tercera clase. Oyó que algunos trasbordarían en Cádiz al trasatlántico Reina Victoria Eugenia con rumbo a Argentina.

—¿El fogonero?

—El mismo —contestó Celso con indisimulado entusiasmo cuando llegó su momento.

—¡Bienvenido! —El marinero desplegó una amplia sonrisa.

—Gracias.

—Me llamo Balbino Sierra.

—Celso Domínguez —contestó él.

—¡No hay tiempo que perder! Si se nos da todo bien, el capitán quiere adelantar la salida.

—Está prevista a las cuatro, ¿no? —preguntó Celso.

—Pero hay previsión de tormentas y quiere zarpar a la una. El pasaje ya está a bordo.

Celso se sintió dichoso al lado de aquel marinero de impecable uniforme de la Compañía Trasatlántica, de paño azul con cuello a la caja y doble botonadura dorada.

—¡Qué suerte tuve! —susurró para sus adentros.

—¿Tienes experiencia en calderas?

—Alguna —contestó con miedo a confesar que, en realidad, no había visto una sala de máquinas de un buque en su vida. Que sabía lo que sabía por lo que había escuchado a Valentín, uno de los marineros de los barcos de las hermanas viudas que estuvo enrolado diez años hasta que se cansó de pasar tantos meses fuera de casa.

Recorrieron las cubiertas a paso ligero. Apenas le dio tiempo a regodearse en el lujo del interior. Era cierto todo lo que decían: la Compañía había invertido muchas pesetas en maderas caras, en mobiliario de lujo para los salones que él nunca pisaría, pero que pudo observar desde las ventanas de primera clase. Piano, vajillas de plata colocadas en las alacenas, mesas ya vestidas con manteles y sillas grabadas con las iniciales de la Trasatlántica.

El marinero Balbino Sierra iba saludando a tripulantes y pasajeros.

—Sebastián, ¿tiene resaca? —preguntó entre risas al mayordomo que, como un pincel, esperaba a sus viajeros en la puerta del comedor.

—¡Alguna tengo!

—Ayer celebramos el Año Nuevo y la tripulación ha trasnochado —le explicó a Celso.

—¡Balbino! —interrumpió una voz de mujer.

—Dígame, Carmen.

—¿Zarparemos antes?

—Si Dios quiere.

—¡Dios y el capitán! —sonrió ella.

—En efecto —contestó Balbino—. Carmen, mire de ayudar a aquella mujer —añadió señalando con el dedo a una señora que, acurrucada en un rincón de la cubierta, trataba de calmar a cuatro niños mientras amamantaba al quinto.

—¡Ya mismo! —Y allá que fue.

—Carmen es una bendición —dijo Balbino—. Es la única mujer tripulante. Camarera del comedor de primera.

Las zonas de descanso de la tripulación estaban situadas en la popa y la proa. Nada más llegar, el marinero Balbino hizo las presentaciones y Celso saludó con la mirada y un hola tímido. Allí conviviría con los cabos y los mozos, los camareros, despenseros, carniceros, marmitones, maquinistas, electricistas, pañoleros... Había andaluces, cántabros, asturianos, vascos, gallegos y algún sudamericano.

Llamó su atención el radiotelegrafista, cubano de la isla de Pinos, según le contó en cuanto los presentaron.

—Me llamo Ángel Lozano. Toda la vida embarcado —añadió.

En la gorra del uniforme lucía un distintivo con la *eme* de Marconi. Ángel Lozano cogió el saco de Celso y lo empotró en uno de los armarios.

—Aguárdeme aquí un segundo. Ahora vuelvo —le pidió Balbino antes de dirigir a Celso a las calderas.

—No se preocupe, Balbino —contestó el telegrafista.

Los hombres se quedaron allí y enseguida entablaron una conversación amena.

—¿Yo llevaré uniforme también? —preguntó Celso con curiosidad.

—¿Palero?

—No, fogonero.

—Cierto, Rivero se ha bajado —dijo el telegrafista recordando al fogonero que había desembarcado en puerto.

—¿Por qué no quiso continuar? ¿Lo sabe usted? —volvió a preguntar Celso.

—Su mujer está para parir y no quería arriesgarse.

—¿Arriesgarse?

—Del mar nunca hay que fiarse, amigo —contestó Ángel Lozano con una sonrisa que de inmediato se desdibujó en su cara—. De mi promoción soy el único superviviente. Nueve se murieron ya en los mares.

Celso no supo reaccionar pese a que estaba acostumbrado a escuchar historias de naufragios.

—¡Son cosas que pasan, Celso! —dijo con la naturalidad de quien se había codeado tantas veces con la muerte que ya le había perdido el miedo—. Y del uniforme, olvídate —añadió.

—Mi gozo en un pozo —se lamentó Celso.

—Ahí abajo, lo de menos es el uniforme. —Señaló las escaleras que descendían a las bodegas y a la sala de máquinas.

Mientras volvía Balbino, Ángel Lozano le dio algunos detalles del banquete con el que despidieron el año viejo y dieron la bienvenida al nuevo.

—Durante todo el día nos pusimos hasta aquí de pastas de Italia —dijo pasándose los dedos por la nuez del cuello—. Y en la cena hubo cinco platos a elegir. Postres variados, dulces, vino en las mesas, champán en las copas, puros y licores.

Le contó que en el Santa Isabel viajaban nobles muy nobles como el conde de Figueras, el hijo del general Lazaga o los del alcalde de Miño, Pedro y Juana. Los dos se rieron de la suerte de compartir mar con ellos y de su desgracia de no tener alcurnia en las venas para disfrutar de los salones.

—¡Pero sí de la cena, amigo! ¡Acabamos rendidos de comer!

—¿Toda la tripulación?

—Toda la tripulación. Por turnos, eso sí, cada uno en su comedor y sin gota de alcohol.

—¿Los de ahí abajo, también?

—También.

Celso lamentó no haberse embarcado en Santander o en Pasajes para haber despedido el año a bordo, pero al instante sintió remordimientos por desear ese festín antes que el lacón, los grelos, los cachelos con chorizos de la cena anticipada de su madre.

—¿Dejas amores en tierra, amigo? —preguntó Lozano con mirada pícara.

—A mi Clara, sí —contestó—. Dejo a mi Clarita. Pero en cuanto vuelva, me caso con ella.

—No pierdas ni un minuto. Yo me casé hace trece meses y la dejé encinta. ¡Pero no es momento para penas! Si quieres comunicarte con ella, búscame en la cabina del radiotelegrafista.

Celso registró la cara de aquel hombre, con su gorra y su uniforme de pajarita, y envidió que estuviera esperando un hijo de la mujer a la que había desposado. Él quería cumplir todas sus promesas. No dudaba de ellas ni las pronunció a la ligera para consolar a Clara. A veces había pensado que estaba escrito en sus cartas que sería su esposa y haría cuanto estuviera en su mano para que no les faltara de nada. Imaginaba una familia con hijos y una casa decente en la que, juntos, esquivarían el frío y el hambre. Le sacudió un extraño latigazo en el vientre. Fue un calambre desconocido que, en ese instante, no supo identificar. No era miedo porque rara vez lo había sentido. Tampoco nostalgia porque la nostalgia se manifestaba de otra manera, más cerca del corazón. Pensó que quizá fueran los nervios que lo arrojaban a lo desconocido y entre desconocidos, pero sintió cerca la amistad de Ángel Lozano. Cuando por fin vio llegar a Balbino, respiró hondo. De lejos apreció sus andares de espalda tiesa y pies ligeramente extraviados hacia fuera.

—¡Vamos, que se hace tarde!

Celso siguió al marinero con disciplina y sin abrir la boca. Anduvieron por un pasillo angosto a cuyos lados se organizaba cada estancia: la bodega, las cocinas, las despensas, los camarotes de los pobres. Al fondo colgaba un retrato de un caballero engalanado.

—¿Es el capitán? —preguntó Celso con ignorancia.

—¡Oh, no, no! —rio Balbino—. ¡Es nuestro marqués! Don Antonio López, fundador de la Compañía Trasatlántica y marqués de Comillas. Una eminencia de los negocios. Un sabio entre los sabios —enfatizó—. Estaría muy orgulloso de este barco. ¡Y no es para menos en alguien que lo consiguió todo a fuerza de trabajo y tesón! ¿Sabes algo de él?

—Lamento decirle que no —contestó Celso con vergüenza.

—Pues ya te contaré su vida, que no tiene desperdicio desde que llegó a Cuba a vender paños.

Celso deseó que Balbino le contara su historia completa para soñar con datos. Pero aun desconociéndolos todos, soñó por un segundo con llegar a marqués. Y de Comillas. Y de haberlo sabido, habría soñado con tener un palacio como el de Sobrellano y minas y ferrocarriles.

Balbino lo agarró por el codo antes de abrir la puerta de la sala de máquinas. Un golpe de calor seco los azotó en la cara.

—¡El nuevo fogonero! —anunció.

Un hombre de manos negras que dijo llamarse Manuel Paz se acercó a recibirlos.

—¡Bienvenido, muchacho! Y vete acostumbrando —añadió refiriéndose al aire denso.

Celso ni siquiera se había quejado, pero enseguida entendió que debía hacerse a ese ambiente cargado y a tener las manos sucias de carbón como el resto de los obreros.

—¿Hay contraorden de salida? —preguntó Manuel Paz a Balbino.

—Al revés: el capitán me acaba de confirmar que saldremos a la una.

—¡Pues no hay tiempo que perder! —exclamó.

Balbino se despidió de Celso y, alzando la mirada sobre aquellos hombres sucios, sudorosos y despeinados, les deseó buena travesía.

Todos contestaron al unísono «Que así sea, marinero Balbino» y volvieron a lo suyo.

—Esos de allí —dijo Manuel Paz— son Antonio Muñoz y Francisco Blanco. Lo llamamos Paquito. Y esos otros son los paleros: José, Eduardo, Juan Lijo, Manolo, Collazo y Julio.

Los fogoneros, sus aprendices y el nuevo tripulante empezaron a palear el carbón para alimentar las tripas de la caldera del Santa Isabel.

Celso sonrió al horizonte negro de tormenta que se adivinaba a través de la escotilla y se santiguó antes de emplearse a fondo en aquella sala de máquinas de la que sólo saldría una vez, mediada la noche.

Durante las primeras horas de navegación, el Santa Isabel avanzó por las rías del norte, dejando atrás La Coruña, con su perfil difuminado por la niebla.

En el comedor de primera, los camareros ofrecieron el almuerzo de Año Nuevo: sopa de castaña y rosbif en salsa de frambuesas. Daba miedo mirar la bandeja de postres con milhojas de nata, cañas de crema, bocaditos de limón y merengue. Las señoras se contuvieron. El desayuno también había sido abundante y antes de zarpar se ofreció chocolate caliente y bollos de harina con azúcar glas.

—¡No me entra ni un café! —se oyó decir a la señora Margarita cuando Ortega, el camarero de Medina Sidonia, procedió a servirle.

—No me haga el feo, mujer —contestó Ortega con su acento andaluz.

—¡No es un feo, hijo! Es que estoy saturadita de comer.

—Está bien, como usted quiera.

—Me voy a retirar porque esta humedad de hoy es malísima para los huesos —se lamentó la señora apartando con la mano la cafetera.

—Parece que enfrió, sí. Abríguese, no vaya a coger frío —dijo el camarero antes de seguir con su tarea.

La señora Margarita viajaba sola a Cádiz a reunirse con sus tres hijas. Había embarcado en Pasajes y aún no había tenido tiempo de estrechar amistad con ninguno de los matrimonios de su clase, así que los camareros solían buscarle compañeros de mesa para que no hablara sola porque hablaba por los codos. A cualquiera le contaba su vida en verso y le recitaba la cantidad de regalos que llevaba en sus cuatro maletas. Un tren eléctrico desmontado para el más pequeño de sus nietos, un abrigo de piel de La Siberia, enviado desde Barcelona, libros y joyitas.

—Lo de las joyitas —le decían— no lo cuente. No tiente al demonio.

Pero a la señora Margarita le daba igual y seguía a lo suyo. Era una mujer hermosa, de pelo blanco que siempre llevaba recogido en un moño que dejaba a la vista los diamantes de las orejas. Viajaba en uno de los mejores camarotes.

En efecto, el día estaba desapacible, así que la señora Margarita y otras tantas de su condición se recogieron a reposar y a cobijarse del frío.

Los hombres se entretuvieron en el salón de fumadores, en el que bebieron coñac y hablaron de España, de Dato y del rey Alfonso. La década de 1920 era para ellos el verdadero comienzo del siglo, que llegaba como una estación retardada, como una primavera tardía. Sentían que por fin llegaba el orden tras la crisis económica, el caos de la Gran Guerra, los estragos de la gripe y la pérdida de las colonias, que había dejado en ellos un poso amargo.

Nada más abandonar La Coruña, el capitán indicó a los suyos que el viento del sudoeste marcaría la singladura. Don Esteban García Muñiz, asturiano de Gijón, era un veterano del mar. Había demostrado su pericia desde los quince años. Hombre de nervios de acero, nadie recordaba haberlo visto fuera de sí y, si concedía algún capricho a la presunción, lo hacía para recordar sus condecoraciones oficiales como la cruz de Beneficencia o la del Mérito Naval, y las dos medallas de Salvamento de Náufragos, una de ellas por su proeza a nado en la bahía de Santander.

Cumplieron con la ruta prevista, siguieron navegando, pero, antes de la cena, don Esteban pidió a sus sobrecargos y a los primeros oficiales que aminorasen la marcha. Los cuatro asintieron convencidos de que la situación estaba controlada, pero, a la altura de Finisterre, el mar comenzó a enfurecerse y don Esteban, que era de manga ancha y rara vez daba órdenes que pudieran contrariar a los pasajeros de primera, se acercó a su cubierta.

—Señores, navegamos envueltos en niebla. Nos ceñimos a tierra.

Las miradas de los pasajeros se contagiaron de la inquietud del capitán. Los camareros empezaron a recoger las mesas con la premura de saber que don Esteban no daba órdenes en balde.

—Ocupen pronto sus camarotes. No quiero a nadie fuera —dijo con voz grave y rotunda.

Los camareros ofrecieron la cena al capitán, pero don Esteban dijo que no tenía hambre y que prefería fondear en Villagarcía.

Todos los viajeros se encerraron en sus camarotes, asustados por el temporal y rezando para que pasara pronto. Los comedores se cerraron en cuestión de minutos y, en los salones, echaron las cortinas para que las luces no se reflejaran en el mar.

Al volver al puente de mando, el capitán García Muñiz, a solas con sus más estrechos colaboradores, confesó que no se sentía cómodo con la marcha que había tomado el vapor, que ese mar endiablado les iba a dar mala noche, que esa lluvia no le gustaba un pelo ni esa niebla, que apenas les dejaba distinguir la luz de los faros de Corrubedo y de la isla de Ons.

—Naveguemos a un cuarto de máquina. ¡No se ve ni a un palmo!

En cuestión de minutos, el Santa Isabel empezó a tiritar.

Abajo, cerca del mar, en los camarotes de los desamparados, el temblor del oleaje se hizo insoportable. Envueltos en un olor nauseabundo, se oyeron las primeras vomitonas.

El barco se contoneaba con violencia, oscilando en el agua.

La lluvia se convirtió en una furiosa tormenta.

—¡No veo nada! —gritó el capitán.

Las dentelladas de las olas de siete metros devoraban el vapor.

—Mi capitán, nos estamos escorando. ¡Nos vamos a pique! —dijo el sobrecargo.

De repente, se oyó un golpe seco, un estruendo en la noche. Habían chocado por babor contra una de las puntas de las restingas de la isla de Sálvora. El impacto los sumió en un silencio que apenas duró unos segundos.

—¡Dios mío! —exclamó impotente el capitán.

—Recen a la Virgen del Carmen y de San Rafael para que no se haya abierto una boca de agua —se oyó decir a uno de los oficiales con la voz arañada de miedo.

El acero del barco contra la piedra terminó de asaltar al pasaje. Algunos cayeron de las literas contra el suelo, otros salieron despedidos de sus camarotes sin saber qué había pasado, dónde resguardarse o quién los pondría a salvo.

—¡Corran a los botes, a los botes! —gritaba la tripulación—. ¡No podemos perder ni un minuto!

—¿Hacia dónde? ¡Díganos, por favor! —rogaban los pasajeros.

Los gritos se mezclaban con las arremetidas del oleaje y en la memoria de muchos se abría paso el recuerdo del Titanic, que había ocupado todas las portadas nueve años antes.

Los marineros desenrollaron los cabos que sostenían los botes para echarlos al mar, pero los tumbos hacían imposible mantenerse en pie. Las olas barrieron a muchos viajeros antes siquiera de haberse colocado el salvavidas.

Las escaleras que conducían a las cubiertas estaban llenas de hombres y mujeres, de niños y ancianos. A empujones entre ellos pedían auxilio, sin dar crédito a lo inevitable de la catástrofe, a ratos en penumbra, a ratos iluminados por las luces parpadeantes.

Los peores pronósticos se cumplieron: tres enormes boquetes a la altura de la línea de flotación habían empezado a inundar el Santa Isabel, tocado ya de una muerte irremediable.

En la sala de máquinas, Manuel Paz miró a Celso.

—¡Apaguemos las calderas! ¡Si el agua nos alcanza, el barco explotará!

—¡Santo cielo! —exclamó el joven al descubrir su zozobra amarrada al cuello.

Celso oyó cómo las cuadernas, esas costillas preparadas para soportarlo todo, empezaron a crujir. El Santa Isabel se quedó a oscuras.

Salió corriendo de la sala tras los pasos torpes de Manuel Paz, intuyendo su cuerpo vapuleado sin control contra las paredes. El resto de los fogoneros había salido en estampida en dirección contraria a la suya.

—¿Adónde carajo vais? —preguntó angustiado Manuel Paz.

Ninguno de ellos contestó.

—¡Manuel! ¡Manuel! —gritó Celso—. Nos estamos hundiendo.

—¡Tenemos que llegar a la cubierta!

Intentaban avanzar mientras el pasaje corría sin control, algunos vestidos, otros en paños menores, ateridos de frío, empapados de agua.

—¡A los botes! ¡A los botes! —seguían gritando los marineros sin saber que el barco se había partido en dos, como una naranja despiezada en medio del mar.

Celso y Manuel Paz atravesaron los pasillos sin fuerza en las piernas. El agua sobrepasaba su cintura, se acercaba al cuello.

—¡Me ahogo, Manuel! —gritó Celso.

Un golpe de agua, como un bofetón seco, le sacudió el cuerpo y lo zarandeó escaleras abajo.

Silencio.

Intentó bracear para emerger a la superficie, pero un dolor le oprimía en la zona del vientre.

Abrió los ojos y, a su alrededor, vio cuerpos sin vida como peces muertos. Otros movían los brazos a la desesperada.

Como él.

El agua deformaba los gestos de dolor de sus rostros.

De nuevo, silencio.

Otra sacudida de agua lo arrojó contra una pared o lo que quiera que fuera aquello contra lo que se golpeó la cabeza hasta que, de verdad, se impuso el silencio y Celso sintió el alma encharcada.

Pasaban unos minutos de la una y media de la madrugada. El capitán García Muñiz, rendido ante la inevitable tragedia, abandonó el puente de mando. Todo estaba perdido.

—¡Al mar! —gritó.

Se quitó el reloj de oro de la muñeca y se lo entregó a su paje, un mozo de no más de catorce años.

—Si te salvas, es para ti —le dijo antes de tirarse.

Encerrado en su cuartucho, con la mano sudorosa sobre el transmisor, el telegrafista Ángel Lozano sólo pudo emitir una llamada de auxilio que quedó interrumpida: «Nos hundimos».

No tuvo tiempo de ubicar la situación del buque.

Hasta la costa de Ribeira y la isla de Sálvora llegaron los destellos de las explosiones. Embarcados en pequeños pesqueros, los vecinos se echaron al agua. Las mujeres de Sálvora remaron hasta el Santa Isabel, siguiendo la estela de muertos y maletas.

El mar no tardó en engullir al pasaje y a la tripulación. La ría de Arosa se convirtió en una vomitona de cuerpos sin vida, cadáveres deformados por los golpes, algunos sin cabeza, sin brazos, sin piernas.

Así sería durante días, pero aún pasarían meses hasta que ese mismo mar devolviera al último hombre.

El periódico del martes 4 de enero se fue escurriendo por las piernas de doña Inés hasta quedar en el suelo, con la portada en la que el escritor de la crónica narraba lo ocurrido boca arriba.

UN HORRIBLE SINIESTRO
EN LA RÍA DE AROSA
El vapor "Santa Isabel" naufragó
cerca de la isla de Sálvora
MÁS DE DOSCIENTOS AHOGADOS

Hasta la ciudad de La Habana también llegaron los relatos periodísticos, que don Gustavo leyó con la angustia de imaginar el drama, pero aliviado porque la tragedia no lo hubiera siquiera rozado.

Ni a él ni a ninguno de los suyos.

No podía estar más equivocado, pero en aquellos días don Gustavo Valdés sólo tenía una cosa en la cabeza: la última carta de Punta do Bico. No llevaba la firma de su esposa, doña Inés, sino la grafía de su hija Clara, que le preguntaba por la Renata.

Estrujó el papel en las manos. Esa mujer lo arrojaba al precipicio. Su nombre explicaba los años de ausencia.

CAPÍTULO 26

—¡María Elena! —gritó doña Inés—. ¡María Elena!

—Dígame, señora —contestó la criada desde la cocina—. ¿Qué pasó? —preguntó al entrar en el comedor.

La encontró demudada, como si le hubiera bajado la tensión hasta amarillearle la cara.

—Vaya adonde la Renata y dígame si está Clarita.

Fue pronunciar su nombre y a doña Inés la invadió el drama.

—¡Qué desgracia, Dios mío! —balbuceó—. ¡Qué desgracia más grande!

Alertada por los lamentos, la otra criada no tardó ni un segundo en aparecer.

—Limita —dijo doña Inés al verla—. Tráigame una tila, por favor.

La señora Valdés no podía dejar de llorar. Tampoco era capaz de dar explicación alguna.

—María Elena, ¿sigue usted ahí? —preguntó al aire.

—Sí, señora —se oyó a la criada.

—Mejor no vaya a la casa —rectificó—. ¡No sabré qué decirle a Clara!

—Lo que usted mande, señora.

El llanto también alertó a Leopoldo, que corrió escaleras abajo vestido aún con el pijama.

—¡Madre! ¿Le pasó algo a Catalina? ¿A Jaime?

Nunca la había visto así, en ese estado. Leopoldo se fijó en el periódico del suelo, lo cogió y leyó lo que ya había leído su madre. Después, lo dejó sobre la mesa y, agarrándole las manos, volvió a preguntar:

—¿Qué es, madre? ¿Qué pasó?

Doña Inés se retiró la moquera de la cara, sorbió la tila que acababa de servirle Limita y empezó a contarles lo que había sucedido desde el principio, desde la primera línea de la historia que arrancaba con el amor de Clara y Celso. Las criadas tenían alguna sospecha porque a la joven, según dijeron, se la veía feliz en los últimos tiempos, pero estaban seguras de que la Renata no sabía nada de nada de los amores de su hija porque, de haberlo sabido, la habría encerrado para siempre.

Después, doña Inés reveló que el chico en cuestión iba en el vapor naufragado, que acababa de embarcar, que no llevaba ni un día de travesía en el Santa Isabel, que se le había metido en la mollera subirse a ese maldito buque porque su sueño era navegar «y miren ahora»...

—¡A saber si está muerto!

También les contó que Celso le había prometido a Clara casarse con ella en cuanto volviera y que iban a hacer una preciosa boda en el pazo.

—Pero a esta gloriosa hora —repitió— no sabemos si está vivo.

Cuando doña Inés terminó el relato, María Elena y Limita también estaban llorando.

—¡Ay, señora! Igual no está muerto —dijo una de ellas.

Leopoldo volvió a coger el periódico y trató de buscar datos que les permitieran albergar alguna esperanza, pero las primeras informaciones eran confusas. Aun así, leyó que el capitán, don Esteban García Muñiz, había sobrevivido a la tragedia.

—El capitán se salvó, madre. Aquí lo pone... —dijo el joven.

Doña Inés no prestó atención porque estaba convencida de que los pobres se mueren en los naufragios antes que los capitanes, pero se mordió la lengua porque no quería recrearse en la mala suerte. Así que, encogida como estaba, se levantó de la silla, terminó la infusión, se secó las lágrimas con la servilleta y dijo:

—Y ahora, díganme qué le digo a Clara...

Los tres guardaron silencio sin saber qué contestar. Leopoldo era el que menos entendía porque aún era joven para saber lo que duele el amor y lo que impone una muerte.

Limita se ofreció a ir a buscar a Clara, pero doña Inés dijo que no.

—Prefiero hablar con ella a solas.

Las criadas se retiraron con la bandeja del desayuno para seguir llorando a gusto en la cocina y Leopoldo se quedó con su madre hasta que doña Inés decidió que había llegado el momento de enfrentarse a la situación.

—Nadie se muere de pena. Bien lo sé yo —murmuró para sus adentros.

La Renata no estaba cuando doña Inés tocó con los nudillos a la puerta.

—Clara, sal.

—Buenos días, señora —dijo al abrir la puerta—. No la esperaba. Salgo ya para la fábrica.

—Te acompaño y damos un paseo —contestó doña Inés.

La muchacha terminó de recogerse el pelo, cerró la puerta y ambas echaron a andar hacia la entrada principal de Espíritu Santo. El día estaba frío. Las hojas de los árboles sudaban la escarcha de la noche y el camino estaba estampado de charcos y barro que sortearon para no mancharse.

—¿Tienes noticias de Celso? —preguntó la señora.

—No. Aún es pronto.

—Aún es pronto, sí —recogió doña Inés.

—Pregunté a los marineros y me dijeron que en los barcos grandes hay telegrafistas. Yo le dije a Celso que si se podía comunicar, lo hiciera con la fábrica. Él sabe que paso ahí todo el día.

—Entiendo.

—Doña Inés, he pensado que el domingo 15 de mayo sería buena fecha para la boda. ¿Cómo lo ve usted? El pazo es suyo, claro. Tendría que hablar con don Castor. En el entierro de mi padre lo vi demasiado mayor... ¿Usted cree que llegará a casarme? ¡A ver cómo pasa el invierno!

Clara cogió aire y siguió hablando.

—No me importaría que la misa la oficiara el nuevo sacerdote, pero me gustaría que don Castor estuviera porque es como de la familia. Bueno, de su familia. ¡Es del pazo, en realidad! Y fíjese, doña Inés, ayer estuve leyendo periódicos viejos, esos que acaban en la lumbre, y vi fotos de Barcelona. Me gustaría viajar a Barcelona de luna de miel. ¿Usted cree que yo tendré luna de miel? Se llama así, ¿no? Luna de miel. Una obrera me dijo que ella fue a Zamora, pero a mí en Zamora no se me perdió nada. A lo mejor podemos ir a Portugal y así pasamos por Tomiño a ver a la familia de Celso... Aunque, pensándolo bien, sus padres vendrán a la boda. Y sus hermanas. Tiene tres hermanas, doña Inés. Tengo ganas de conocerlas. Y aún tiene abuelos. Yo no tuve abuelos. ¡Que yo sepa, claro! Mi madre nunca me contó nada de sus padres. Ni mi padre. Y no se crea que no les pregunté... ¡Claro que les pregunté! Pero ellos como si nada.

Doña Inés no pudo corresponder a Clara con réplicas a sus comentarios, pero en ese momento la joven no percibió la angustia de la señora, clavada como una puñalada en las costillas. De modo que, hasta que llegaron a La Deslumbrante, no intercambiaron impresiones sobre la boda de Clara porque la señora intuía que no habría boda ni habría nada. Contuvo como pudo las lágrimas para no hacer un drama antes de tiempo, pero contó los minutos en la cabeza hasta que, por fin, decidió que no podía alargar más la agonía.

—Escúchame, *filliña* —dijo.

—Dígame, doña Inés.

La señora Valdés tragó saliva, guiñó los ojos, apretó las muelas.

—El Santa Isabel naufragó de madrugada.

Clara se detuvo en seco y se llevó las manos al pecho.

—¡Qué está diciendo!

—El mar es traidor.

—¿Quién se lo dijo? ¿Dónde lo vio?

Doña Inés le cogió las manos, la obligó a escucharla:

—Lo leí en el periódico.

—¡No es verdad, señora! Se habrán equivocado...

—No, *filla*, no. Naufragó en Sálvora.

Clara abrió los párpados hasta rozar las pestañas con las cejas y vio en los de su señora los ojos de los búhos de mal agüero que anunciaban las muertes antes de que acontecieran. Con la respiración agitada, cayó al suelo de rodillas contra la piedra del dique de descarga de La Deslumbrante. Agarrada a las faldas de doña Inés, con la cara escondida en las telas, rompió a llorar en silencio.

—¿Sabe si está vivo, señora? ¿Sabe si Celso se ha ahogado?

—No sé nada, Clara.

—No ha podido morirse, doña Inés. Él no. Acompáñeme a buscarlo. —Se puso en pie, tiró de ella—. Él no está muerto —repitió—. Él no, señora.

—Clara, mi vida... —acertó a decir la señora, frenándola—. Apenas han sobrevivido unos cuantos.

—¡Él es uno de ellos, doña Inés! ¡Seguro!

A doña Inés le hubiera gustado decirle cuántos supervivientes hubo en total, pero ni en el periódico lo sabían. Esa imprecisión, en cambio, fue la esperanza de Clara.

—Entre ellos está Celso. Lo sé. Acompáñeme a Vigo o adonde sea —imploró Clara—. Alguien tendrá noticias. No podemos quedarnos aquí. Se lo pido de corazón...

Doña Inés no pudo negarse a acompañarla, sin saber bien adónde ni para qué ni qué dirían al preguntar por ese hombre al que nada unía a Clara más que un amor informal que se había quedado a medias, sin papel de por medio que certificara que había existido.

Pese a todo, en un arrebato precipitado de coraje, la señora Valdés pidió a Fermín que las condujera a la ciudad en el Renault de La Deslumbrante que utilizaban para las gestiones de la fábrica. Se montaron en la parte de atrás y, sin darle razones de por qué las prisas, doña Inés abrazó a Clara, que seguía llorando sin parar.

Fermín se comió las ganas de preguntar qué había pasado, pero supuso que nada bueno.

Las oficinas de la Compañía Trasatlántica de toda España se habían llenado de familiares que reclamaban noticias de los suyos. Los trabajadores iban informando en pizarras que, cada poco tiempo, sacaban a la calle. El Santa Isabel llevaba viajeros de todo el país: Teruel, Sevilla, Zaragoza, Soria, Vizcaya, Badajoz, Lugo.

Al llegar al pequeño local del puerto, doña Inés mandó a Fermín a hacer las gestiones pertinentes. El luto aparecía dibujado en las caras de todos los que pasaban por delante.

—Vaya, Fermín, vaya usted —señaló doña Inés mientras sujetaba a la joven por los hombros.

—¿Qué debo hacer? Díganme al menos por quién pregunto...

—Por Celso Domínguez —contestó Clara.

Acertó a pronunciar su nombre seguido de un «natural de Tomiño», que le salió de la boca entre suspiros.

Fermín sacó una libreta del bolsillo de su chaqueta y apuntó los datos.

En aquella oficina de la Trasatlántica se respiraba un ambiente fúnebre y la desgracia había tatuado hasta las miradas de los trabajadores.

—No podemos confirmar si ese hombre es uno de los supervivientes —dijo uno de ellos a Fermín—. Las autoridades aún están procediendo a la identificación de los cientos de cadáveres.

—¿Cientos? —preguntó Fermín alarmado.

—Y porque no iban más, caballero. Ha muerto el ochenta por ciento del pasaje.

—¡Dios mío! —Le recorrió un escalofrío de pies a cabeza—. ¿Cuándo podrán confirmarme si ha sobrevivido el hombre al que buscamos?

—En cuanto sea posible les daremos información —contestó el trabajador mientras anotaba el nombre de Celso Domínguez, natural de Tomiño, y la referencia de La Deslumbrante—. Les pido paciencia y confianza. La lista de supervivientes se conocerá antes que la de fallecidos, que llevará más tiempo.

Fermín salió de la oficina de brazos cruzados y gesto parco para no transmitir ni preocupación ni esperanza. No tenía motivos para albergar ninguna de las dos.

—Hay que esperar —fue cuanto dijo a las dos mujeres,

y añadió—: Volvamos a Punta do Bico. Aquí no hacemos nada.

—Yo no me voy sin Celso, don Fermín. Aunque tenga que hacer noche aquí.

Entre Fermín y doña Inés intentaron convencerla de que las noticias, tarde o temprano, llegarían a la fábrica o al ayuntamiento o a la parroquia.

—Don Castor se entera de todo antes que nadie —dijo la señora—. Le informaremos de lo que ha sucedido y pronto, muy pronto sabremos dónde está Celso...

—No, no, no —repitió Clara—. Váyanse ustedes. Yo me quedo.

Aún pasarían algunas horas hasta que consiguieran que entrara en razón y entendiera que abandonar la ciudad no significaba abandonar a Celso y que a Punta do Bico, aunque estaba lejos, llegaban las mismas informaciones que a Vigo. Que como mucho se demoraban un día, pero no más, y que necesitaba descansar porque se la veía agotada. Y en efecto, lo estaba. Llevaba todo el día sin probar bocado. Las ojeras subrayaban el azul de sus ojos. Clara había empezado a enfermar de pena por mucho que su señora doña Inés creyera que de pena no se moría nadie.

Fue en ese tiempo breve que pasaron en la ciudad cuando Clara se dio cuenta de lo poco que sabía del hombre del que se había enamorado. Si alguien le preguntara por él, podría aportar tan pocos datos que dudaría de su relato. Tampoco sabía nada de Tomiño ni de su familia. La promesa del matrimonio nunca sería suficiente, como tampoco lo serían los recuerdos de la playa de Las Barcas con sus anocheceres de besos.

La única verdad era el diario de amor escrito a mano.

—Hágame un favor, señora Valdés —dijo Clara antes de subirse al coche de vuelta—. Prométame que hablará con las hermanas viudas de La Coruña. Quizá ellas sepan algo.

Doña Inés dijo que sí.

—Prometido.

Media luna asomaba por Cinco Pinicos cuando el Renault de La Deslumbrante entró en Punta do Bico. Fermín preguntó a la señora si debían parar en la parroquia y doña Inés asintió con la cabeza.

Don Castor estaba supervisando los preparativos de la misa de las ocho junto al joven sacerdote, al que seguía adoctrinando con tal de no colgar la sotana, cuando oyó a las mujeres entrar en la sacristía con ese gesto de tragedia que no se habían sacado en todo el día.

—¿Qué las trae por aquí?

Doña Inés habló por Clara, que seguía muda desde que salieron de Vigo.

El sacerdote entrelazó las manos a la altura del pecho y escuchó a la señora Valdés sin interrumpirla una sola vez. En algunos momentos negaba el horror con la cabeza como si así negara la realidad.

—Ya es mala suerte, hija mía —le dijo a Clara—. Cuando uno se desvía del camino...

—¿De qué camino, padre? —preguntó la joven sin fuerza en la voz.

—Del camino del Señor. Quién le mandaría subirse a ese barco. ¡Quién! —clamó con los brazos hacia el cielo.

Clara decidió sobre la marcha no hablar de los sueños ni de las ilusiones que Celso había amasado desde niño. No habría servido de nada.

—Comunicaré con la parroquia de Ribeira y las tendré informadas —concluyó don Castor.

Antes de despedirse, las mujeres se arrodillaron ante la

imagen del altar y rezaron en silencio lo primero que les vino a la cabeza. Clara se reservó para la Virgen del Carmen de la capilla de Espíritu Santo donde, poco después, pediría permiso a su señora para guarecerse de la noche.

Aquel día a Clara la atravesaron los años hasta convertir su mirada en la de una viuda sin marido al que llorar en los aniversarios que recordarían que ese amor fue cierto.

CAPÍTULO 27

Durante más de una semana, Clara no pudo salir del cuartucho en el que dormía, encerrada en los escritos del diario de amor que releía una y otra vez sin importarle comer ni beber. Apenas vio la luz durante aquellos días, pero al menos sí atendía las llamadas de doña Inés, que se acercaba con cautela a la casa de la Renata. Tenía dudas de que la criada supiera lo que había pasado, así que ni siquiera llamaba a la puerta. Doña Inés bordeaba la fachada hasta llegar al ventanuco, que tocaba con las uñas de los dedos para no hacer más ruido del debido.

—Debes hablar con tu madre. Está preocupada —le dijo un día.

—No.

—¿Quieres que yo hable con ella?

—No —repitió Clara.

—¿Por qué?

—Porque ella no sabe nada del amor...

Doña Inés quedó en manejar la situación a su manera porque la voz de la desgracia ya se había corrido en La Deslumbrante y día sí y día también las obreras preguntaban por Clara. Más pronto que tarde, la Renata se enteraría de lo sucedido y, aunque no supiera nada del amor, tenía derecho a saber qué le pasaba a su hija.

Desde que ocurrió lo que ocurrió y Clara se encerró en

su habitación, doña Inés, antes de ir a la fábrica, pasaba por la parroquia, por el ayuntamiento y por el puerto para interrogar a los marineros, que siempre estaban al tanto de los rumores del mar.

Volvía con las manos vacías y ninguna respuesta para Clara.

—¿Don Castor trajo noticias? —preguntaba la joven.

—No —contestaba doña Inés.

—¿Y el alcalde?

—Tampoco.

—¿Y don Fermín?

—Tampoco.

—¿Y sabe algo de sus jefas de Pontevedra?

—Quedaron en avisar y no avisaron.

—Y entonces...

—Entonces, nada, *filla*...

Clara no quería vivir sin Celso, sin saber de Celso y sabiendo, en cambio, que nunca más volvería a verlo ni por una remota carambola del destino como aquella que los hizo reencontrarse en el muelle de descarga de La Deslumbrante. La vida así, dejó escrito en el diario de amor, no merece ser vivida.

Todos los días pedía a la señora que hiciera el favor de llevarle *El Faro de Vigo.*

—Siempre cuentan algo que no sé —decía la joven.

Leía desde la primera hasta la última página. Los testimonios de aquellas semanas arrancaban el alma a cualquiera. Resultaban tan estremecedores que doña Inés dudaba de que Clara debiera leerlos, pero era cabezota como ella sola.

Luego comentaba las noticias con quien viniera a visitarla. Limita, María Elena, la señora. Le daba igual quién fuera con tal de seguir dándole vueltas al hilo de esperanza que sólo ella mantenía.

—Al capitán lo salvaron en medio del mar —dijo un día a las criadas a través de la ventana—. ¿Quién me dice a mí que no han podido salvar a Celso?

—Lo sabríamos —contestó una de ellas.

—¡Qué vamos a saber, mujer! —le afeó Clara.

La joven hacía conjeturas.

—Fíjate en el caso de Carolina Zamanillo, lo leí en el periódico: la identificaron por unas cartas que llevaba en un bolsillo del corsé. En los sobres aparecía el membrete del abogado Benito Díaz Canosa con despacho en Madrid. ¿Qué me dices, Limita?

—¿Y está viva o muerta? —preguntó ella.

—No lo pone.

«Muy viva no estaría, si no pudo ni decir de viva voz quién era», pensó Limita sin abrir la boca.

Las criadas empezaron a comentar entre ellas que Clara desvariaba, que decía cosas sin fundamento y que tantas horas sola acabarían con su cordura. No se lo decían a doña Inés porque la señora bastante tenía con echarla de menos en la fábrica. De hecho, fue durante aquellas semanas cuando doña Inés se dio cuenta de lo valiosa y diligente que era. No se le escapaba una y las mujeres la obedecían como si las órdenes las diera ella misma. Clara se había ganado el respeto. La Deslumbrante la necesitaba. Siempre andaba ideando y probando, cambiando de un puesto a otro a las obreras: «Hoy tú aquí y mañana allí, y vemos dónde somos más útiles». Usaba el plural cuando en realidad quería decir «yo», pero era su manera de que no se le notara que mandaba más que el resto.

Leopoldito, que había oído aquellos rumorcillos de las criadas, aprovechaba cuando su madre no estaba para visitar a Clara. Tiraba piedras pequeñas contra el cristal para llamar su atención y, cuando ella aparecía, le entregaba onzas de chocolate, pastelitos de la merienda y caramelos de miel. El joven escuchaba las fabulaciones de Clara y luego iba con el cuento a doña Inés como si fueran de su cosecha.

Hablaban de todo y, cuando no sabían de qué hablar, Clara le contaba historias de la fábrica y de las sardinas. De los berberechos, las almejas y los mejillones.

—Las *rapaciñas* de tu edad ya trabajan —le decía ella entre suspiros—. Las echo de menos...

Leopoldo pasó a ser Polo para Clara. Polo era más corto y no sonaba a señor mayor aunque él lo pareciera por cómo hablaba y por las palabras que utilizaba, más propias de un adulto. Polo tenía el pelo castaño claro y era alto como Jaime. Se parecía a don Gustavo en la forma de mirar, directa e incisiva, pero ese dato no lo tenía ninguno de los dos. Polo era paciente y sabía escuchar. Con sólo catorce años ya decía que quería ser escritor de libros o de periódicos. Lo mismo le daba. Escritor de algo. Clara le dijo que ella ya lo era.

—Escribo un diario de amor. Cuando seas mayor te dejaré que lo leas. Ahora, vete, que quiero llorar.

Un día, al alejarse, el ruido de sus pisadas sobre las hojas secas alarmó a la Renata.

Estaba anocheciendo.

—¡Quién anda ahí!

—Soy yo, Leopoldo. Vine a ver a Clara.

—¿Y por qué vienes a verla? —contestó la guardesa con mala cara.

En eso, Clara oyó las voces, salió del cuartucho y descubrió a la mujer bajo el umbral de la puerta más fuera de sí que dentro de ella.

—¡Porque es mi amigo! —gritó rabiosa.

La Renata cerró de un golpe seco, se dio la vuelta hacia la joven y empezó a vociferar una perorata interminable y plagada de exabruptos contra su hija e impropios de una madre. Por su boca salió de todo y de todo culpó a Clara: de su mala suerte, de la muerte del esposo, al que nunca quiso, y de la indiferencia de la señora Valdés.

Con el dedo índice tieso y amenazante, señaló a la joven.

—Y ahora llevas semanas lloriqueando por un hombre. Me lo contaron todo. ¡Si no anduvieras con cualquiera!

Clara se quedó paralizada y fría. Agarró con las manos la pañoleta que cubría sus hombros y le pidió que siguiera.

—Quiero saber qué sabes.

—Lo que sabe todo el mundo. Que se ahogó el marinero con el que andabas. ¿O crees que yo no sabía adónde ibas cada noche?

—No se ahogó.

—Sí se ahogó, sí.

—¿Por qué lo sabes?

—Porque los vivos ya están en sus casas.

Clara se dio la vuelta y sostuvo el llanto con las manos, mordiéndose las yemas de los dedos para que la mujer no la viera consumida en un dolor que la Renata reconoció enseguida porque podía parecerse al que ella sintió por don Gustavo. Quiso abrazarla, pero sus manos se congelaron antes de alcanzarla.

Leopoldo escuchó todo cuanto se dijo detrás de aquellos muros de piedra. Le salió llorar por Clara y correr hacia el pazo, donde se escondió hasta que doña Inés volvió de La Deslumbrante.

Debían de ser las seis de la tarde del día 11 de enero de 1921 cuando Fermín llamó a la señora Valdés, enfrascada en ese momento en los pedidos de latas de La Deslumbrante.

—Es urgente, doña Inés. Ha llegado esto. —Le entregó un papel breve y escueto que no concedía ni una línea al lamento.

Ni un «lo sentimos mucho», ni un «reciban nuestro pésame». A la señora Valdés se le desencajó la mirada mientras lo leía.

En la mañana de ayer fue rescatado el cuerpo sin vida de Celso Domínguez Louzarán, víctima del naufragio del vapor Santa Isabel. Siguiendo el protocolo de actuación de las autoridades provinciales, se ha procedido a la entrega del cadáver a sus familiares.

Estaba firmado por la Compañía Trasatlántica, que cumplió con su compromiso de informar a la fábrica.

La señora no pudo articular palabra. Por un segundo, se sintió en la piel de Clara y se le revolvieron los intestinos. Fermín se ofreció a acompañarla hasta Espíritu Santo, pero ella se negó.

—Yo me encargo.

El hombre no insistió, aunque pidió permiso para compartir el desenlace con las obreras.

—No dejan de preguntar —dijo.

Doña Inés se lo concedió, pero le rogó que esperara una hora o así, «no vaya a ser que alguna se presente en el pazo a darle las condolencias», añadió.

—¿Qué le va a decir, señora? —preguntó Fermín.

—Lo que dice aquí.

Los jardines del pazo empezaban a esconderse bajo el manto de la noche, incipiente a esas horas en las que el invierno se tragaba la luz de Punta do Bico.

Doña Inés se acercó a la casa de la Renata y llamó a la puerta. Notó un intenso olor a animal muerto.

—Estoy cociendo una gallina, señora —se excusó la criada al abrir.

—¿La mató dentro de la casa?

—Aún no está en el agua —respondió sin contestar a la pregunta de la señora.

Doña Inés decidió no profundizar, se alejó unos pasos de la puerta y preguntó por Clara.

—Está llorando —dijo la Renata.

—Necesito hablar con ella.

—¿Hizo algo malo?

—No, mujer, no.

—¡Clara! —le gritó la Renata—. Sal, que la señora te busca.

Doña Inés sacó a Clara de la casa con un camisón que en tiempos debió de ser blanco y el abrigo de trabajar, la llevó hasta el pazo, la guio hacia la biblioteca de las conversaciones importantes y pidió dos tilas dobles a Limita, que ya sabía el desenlace, igual que lo sabían Leopoldo y María Elena. Todos se retiraron para dejar que doña Inés se concentrara en las palabras.

En realidad, no había mucho que decir. Doña Inés ya había pensado que lo mejor sería que Clara leyera el papel para ahorrarse las preguntas que no podía contestar, así que lo sacó del bolsillo de la falda con la mano temblorosa y se lo entregó.

—Siéntate —le dijo.

Clara se sentó y empezó a leer en voz alta.

—«En la mañana de ayer fue rescatado el cuerpo sin vida de Celso»...

Comenzó a llorar de rabia. No era sólo de pena. Era de rabia por la injusticia de la muerte tan temprana y a destiempo. Era de impotencia porque, en el primer segundo, entendió que ya no había nada que hacer.

Ni siquiera esperar noticias.

—Mi madre Renata tenía razón. Los vivos ya están en sus casas.

La esperanza se esfumó como un soplido de aire y dejó a la intemperie la realidad tozuda, áspera y transparente.

—¿Qué debo hacer ahora? —preguntó con una repentina serenidad que asustó a la señora Valdés.

—Quererlo en tu recuerdo.

Muy pronto, Clara se daría cuenta de que querer en el recuerdo es lo mismo que no olvidar.

—Lo querré siempre —dijo pensando en él como si aún estuviera vivo en la gamela desteñida por el salitre.

El olor a brea de sus noches furtivas inundó la biblioteca y sus ojos azules se tiñeron del color que tenía el mar la mañana en la que los enamorados se despidieron reservándose para ellos el resto de la vida.

A partir de entonces, Clara se concentró sólo en trabajar, en leer los periódicos y en escribir el diario de amor.

Recibió las condolencias de todos los vecinos de Punta do Bico como si, en efecto, fuera una viuda de mar, y don Castor se empeñó en oficiar una misa por el recuerdo de Celso.

—Ha sido vecino de esta parroquia, señora Valdés, aunque fuera poco tiempo. No estaría de más... —le dijo a doña Inés, y doña Inés le contestó que sí, que se hiciera.

Lo que peor llevaba Clara era no saber dónde estaba enterrado Celso ni tener el mínimo contacto con su familia, pero la señora Valdés le dijo que algún día irían a Tomiño y buscarían la lápida. A Clara le pareció bien porque se agarraba a cualquier consuelo, por pequeño que fuera, para que el tiempo sin Celso se hiciera más liviano y la vida menos desapacible.

Se cortó el pelo como un chico con una tijera de limpiar pescado, sin flequillo ni patillas. Bordeaba los caminos hasta La Deslumbrante como en los tiempos en los que sorteaba el puerto para no cruzarse con Celso. Sólo lo buscaba en su memoria.

Las obreras de la fábrica le decían: «No pienses en Celsiño. Cuanto más pienses en él, peor», pero ella no quería olvidarlo porque los olvidados, como bien le había dicho doña Inés, acaban muertos de verdad.

Así pasaron dos años.

Las únicas satisfacciones estaban en La Deslumbrante y llegaban desde Santiago de Compostela, donde los hijos de doña Inés estudiaban y aprobaban sin dar problemas a la madre. Como cada verano, Jaime y Catalina volvieron al pazo. Sin embargo, en el de 1923 ocurrió algo inesperado.

Doña Inés tenía todo preparado para recibir a sus hijos. Las habitaciones aireadas, las sábanas impecables y el almuerzo de bienvenida. Era media mañana cuando la verja de Espíritu Santo se abrió y la señora Valdés vio entrar a su hija del brazo de un desconocido.

—Voy a casarme con él, madre —le dijo nada más verla.

A doña Inés le entraron hipo y temblores al escuchar la noticia de su ignorado enamoramiento y la decisión firme de casarse con aquel hombre del que enseguida supo que era argentino por su marcado acento sureño. Por lo visto, tenía mucha prisa por volver a su país, de donde había salido para estudiar en España y adonde quería regresar cuanto antes para continuar con los negocios de su familia. Tenían haciendas de vacas angus, una raza que, según dijo, había introducido en el país su difunto abuelo.

—La conoce, ¿verdad, señora? Hasta la reina Victoria tenía estas vacas en sus castillos.

—Nosotros hacemos conservas con peces sin pedigrí,

pero hemos alimentado a los reyes de toda Europa —balbuceó doña Inés conteniendo el mal humor que iba calentándole la sangre.

—Lo sé todo, doña Inés. Y sé que usted es una mujer valiente que, como dicen los españoles, se puso el mundo por montera y sacó adelante los negocios de su marido. Me lo contó Cata —dijo llamándola de ese modo que manifestaba la confianza del tiempo compartido.

La señora Valdés volvió a enmudecer.

—¿No tiene nada que decir? Soy licenciado, señora Valdés. No hay nada que una madre desee más que un buen matrimonio para su hija.

—Santo cielo de mi corazón. ¿Y cómo ocurrió?

—Cómo ocurrió ¿qué?

—Que le propusiera matrimonio a mi hija..., sin pedir antes su mano —recalcó la señora Valdés.

Al argentino, Héctor Grassi Fernández, como se llamaba y apellidaba, no debió de parecerle importante ese detalle y pasó a relatar a doña Inés cómo se conocieron, cómo se enamoraron y cómo él, por su cuenta y riesgo, había organizado el enlace que tendría lugar a dos meses vista.

—Nos casaremos en octubre y en la Argentina, señora.

—Eso está por ver —dijo doña Inés.

Que la joven tenía edad de casarse resultaba innegable, pero si doña Inés había fabulado alguna vez con este momento, nunca se le pasó por la cabeza que la boda se iba a celebrar fuera del pazo, de Galicia y hasta de España.

—¿Qué quieres decir, madre?

—Que prefiero que el enlace tenga lugar en nuestra casa —contestó.

—Señora Valdés —intervino Héctor—, déjeme que la convenza y déjeme invitarla a viajar a la Argentina. Es un país...

—No siga, por favor.

—... es un país espléndido —remató el novio.

La noticia enseguida fue de dominio público. Del pazo pasó a La Deslumbrante y desde la fábrica voló hasta la iglesia, el ayuntamiento, la cantina, la consulta del médico y la botica de Remedios, que mandó con el mozo tónico Oriental para reforzar el pelo de la novia antes del enlace.

Esa noche, doña Inés llamó a Jaime a capítulo, lo sentó en la biblioteca y le preguntó por qué no se lo había contado. El hijo le contestó que porque no lo sabía, que se enteró en el viaje hacia Punta do Bico, que alguna vez los había visto juntos, pero nunca acaramelados.

—No tiene mala fama, madre. No creo que nos dé problemas.

—Pero tu hermana se va a casar en Argentina. ¿No lo entiendes?

—¿Y qué quieres que hagamos, que impidamos la boda?

—Lo haré si es preciso.

Jaime sabía que doña Inés no lo haría porque nunca dejó de procurar la felicidad de sus hijos. Por muchos quebraderos de cabeza que le hubieran provocado los berrinches de Catalina o sus accesos de ira en los peores momentos de su incipiente madurez.

CAPÍTULO 28

Catalina y Héctor Grassi no volvieron a Santiago. Los estudios de Catalina se quedaron sin terminar para nuevo disgusto de la madre, que, al menos, recuperaba a una hija más moderada en sus accesos de mal genio. Fue lo único bueno que se trajo de Compostela. Se instalaron en el pazo, en habitaciones separadas, eso sí. No salieron más que para visitar la ciudad de Vigo en compañía de doña Inés, que se empeñó en pagar de su bolsillo el traje de novia con la esperanza de que su hija reconsiderara su decisión de casarse en Argentina. Cada vez que lo pensaba, se le erizaba el vello de los brazos y una corriente de mal genio circulaba por su cuerpo.

—Quién la vestirá, quién la va a llevar al altar, dónde vivirá...

Las preguntas abotargaron su cabeza en aquellos últimos días de julio y siguieron martilleándola durante el caluroso agosto hasta que llegó septiembre y el verano se despidió más frío de lo habitual, con aires del norte que azotarían Punta do Bico antes de que entrara el mes de octubre.

Los acontecimientos se precipitaron en España a la misma velocidad que los sucesos en el pazo de Espíritu Santo. La Renata cayó enferma poco después del golpe de Primo de Rivera. Al argentino, que no tenía nada que hacer, sólo le interesaban los artículos que leía en la prensa, siempre a favor del nuevo presidente del Directorio, y que luego cacareaba en las comidas y en las cenas. La enfermedad de la guardesa le importaba poco tirando a nada porque no era más que eso, personal de servicio. Sin embargo, doña Inés tuvo el presentimiento de que aquella tos no traería nada bueno.

La criada Limita fue la primera que alertó de la gravedad de la neumonía de la Renata. Andaba limpiando sardinas para el almuerzo cuando vio a la mujer escupiendo flemas sobre la hierba. A través de la ventana de la cocina, observó cómo la mujer se doblaba como si le hubieran clavado un puñal y caía al suelo de rodillas. Salió corriendo a socorrerla.

—¡Qué mala estoy, Limita! —exclamó la Renata—. ¡Qué mala estoy!

—¿Desde cuándo estás así?

—Llevo días.

—¡Estás hirviendo, mujer! —contestó la criada sujetándole la frente con la mano—. Voy a avisar a la señora para que llame al médico.

—No, espera a ver si se me pasa.

Llevaba la colada a lavar al arroyo, pero no tuvo fuerzas para seguir.

—Deja eso y acuéstate, anda.

—¿A qué hora llega la señora?

—Dijo que almorzaría en casa.

—¿Y Clara?

—Estará también en la fábrica —replicó mientras la ayudaba a incorporarse.

—Esperaré a que todos vuelvan. No quiero molestar al médico sin consentimiento de doña Inés —dijo la Renata con una voz distinta a la habitual, menos ronca y áspera, más suave.

La Renata se retiró a su casa dejando allí la colada. De camino, empezó a sentir unos escalofríos que le congelaron el cuerpo por dentro. Los escalofríos se convirtieron en temblores y espasmos que no cesaron ni cuando se tumbó en la cama y se cubrió con todas las mantas que tenía a mano.

—Qué mala estoy, santo cielo —siguió lamentándose con lágrimas imprevistas, como si la muerte nunca hubiera entrado en sus planes.

Cerró los ojos y se vio de niña, de joven, de adulta y de vieja. Se vio de hija y de madre, y vio a su madre, tan ajada como ella, del brazo de su padre en aquella carretera donde la despidieron hasta más ver. Ya estaba casada con Domingo, al que nunca quiso, y con el que partió de la parroquia de Iglesiafeita, en el municipio coruñés de San Saturnino, en un carro tirado por un buey cansado y rumbo incierto. Sólo tenían la obligación de buscar un trabajo que les quitara el hambre.

Recordaba con absoluta nitidez el día que llegaron al mar de Punta do Bico y los señores Valdés, entonces jóvenes, contrataron sus servicios como guardeses del pazo de Espíritu Santo.

Su alegría y las pocas ganas de Domingo.

La elegancia de doña Inés, que enseguida se prestó a ayudarla en los manejos básicos del pazo.

Y la cortesía de don Gustavo.

Mantenía intacta la primera imagen que retuvo de él, tan educado y distinto a la leyenda de los patrones. Los años no hicieron más que engordar la ficción de la Renata hasta consumar el pecado entre sus piernas y empaparse de él.

Se enamoró.

—También tenía mi derecho a hacerlo... —dijo envuelta en aquel estado de confusión—. Me equivoqué, Dios mío... ¡Cuánto me equivoqué!

Se equivocó una vez al confundir los deseos con una realidad que nunca estaría a su alcance porque ella siempre sería una criada. Ni siquiera llegaba a señora de servicio, ni a doncella.

Y se equivocó una segunda cuando, en aquel arrebato inexplicable, intercambió a las niñas recién nacidas.

«¿Por qué lo hiciste, Renata? —se preguntó—. ¿Cuántas veces te has arrepentido?»

Eso era lo peor: haber vivido con ese arrepentimiento sin solución. La Renata sólo quiso dar buena vida a su verdadera hija, pero no calibró las consecuencias. Ni siquiera para ella misma, que sufrió lo suyo cuando los señores emigraron a Cuba.

«Sólo quería que mi hijita tuviera buena vida... Sólo eso...», admitió sin fuerzas.

En aquellas horas imprecisas que preceden a la muerte, la Renata no sabía si el acto de contrición serviría de algo, aunque necesitaba sacarse la culpa que no había dejado de sentir ni un solo día desde el 3 de febrero de 1900.

Trató de serenarse.

Pero su cuerpo no respondía.

En el delirio contumaz, pensó en Clara. Ni una limosna de cariño tuvo para ella. Ni un beso ni una mirada de ternura. Y le dolía. Le dolía no haber sido capaz de ofrecerle algo más que un jergón duro, un caldo de gallina en las noches frías. Se le hizo insoportable comprobar que, pese a todo, la niña siempre fue una buena hija que pagó un error o una mala decisión ajena a ella.

La Renata respiró el aire contagiado.

—Ni siquiera he podido ser una madre para ella.

Se incorporó en la cama. Estaba acalorada, la respiración agitada.

—¡No voy a morirme con esta culpa que llevo aquí! —clamó dándose golpes de pecho entre los sudores fríos.

En un arrebato de locura, provocado por la fiebre o por la impertinente memoria, la Renata se cubrió con una manta de la cabeza a los pies y salió de la casa como alma que lleva el diablo en dirección al pazo, sin meditar su decisión —como un reflejo con más de dos décadas—, pero determinada a liberar el peso que llevaba acarreando sobre su espalda veintitrés años con sus tormentas y sus mareas.

Abrió la puerta sin avisar y a voz en grito llamó a Catalina.

—¡Catalina! ¡Catalina, necesito hablar contigo!

—Pero, Renata, ¿qué haces aquí, mujer? —preguntaron las criadas, sorprendidas de verla en tal estado, empapada a partes iguales por los sudores enfermos y la lluvia que había empezado a caer.

—Necesito hablar con Catalina —insistió la guardesa.

Catalina salió del salón, donde esperaba a doña Inés y a su futuro marido.

—¿Qué pasa, Renata?

—Necesito hablar contigo —repitió.

Catalina salió del pazo sosteniendo a la mujer por el brazo para que no se derrumbara. La Renata la condujo hasta su casa y, una vez allí, empezó a hablar sin orden ni concierto, sin paladear las palabras, sin pensarlas.

—Nunca has entrado aquí, ¿verdad?

—Nunca.

—Huele mal y hace frío...

A la criada le temblaban los dedos de las manos agrietadas y la comisura de los labios, que dejaban al descubierto una boca medio desdentada. Pero lo que Catalina jamás olvidaría fue el temblor de sus pupilas cuando confesó el pecado que necesitaba extirpar de su cuerpo como un tumor maligno.

—Huele mal y hace frío —repitió—, pero en esta casa te parí yo.

La joven negó con la cabeza, retrocedió un paso.

—¿Qué estás diciendo? ¡Has enloquecido!

Hizo un intento de salir corriendo, pero la Renata la agarró del brazo con las últimas fuerzas que le quedaban.

—Catalina, yo soy tu madre y tu padre es el señor Gustavo Valdés, que me preñó en estos jardines. Me pidió que abortara a cambio de unas tierras, pero fui valiente y te traje a este mundo ahí, ¡ahí mismo! —gritó señalando el suelo de tierra.

—¡Estás loca! ¡Suéltame!

—No te soltaré hasta que escuches esto.

—¡Quita! —volvió a rugir Catalina intentando zafarse de su madre.

—¡Escúchame! Con estas manos que ves, te intercambié por tu hermana Clara al día siguiente de nacer. Cometí un error imperdonable, pero quise que tuvieras la vida que merecías como hija que eres de un señor de gran fortuna. No podía permitir que vivieras en la pobreza de esta casa. Yo...

La Renata necesitó coger aire para seguir hablando.

—Me guio el amor por ti —susurró—. Pero no ha sido suficiente. Ni siquiera he sido feliz al ver que has tenido estudios y comodidades, que te vas a casar con un hombre que nunca se habría fijado en ti si fueras la hija de una criada.

La Renata sentía un dolor seco entre los pechos, como si los pulmones estuvieran trabajando de prestado, pero siguió luchando hasta el final. Aunque la muerte la estuviera reclamando, no podía llevarse a la tumba esa culpa.

—Catalina, cometí una equivocación y necesito confesarla. Sólo ahora soy consciente del error inmenso, de la canallada. La edad, los años y esta enfermedad que me asfixia me obligan a contarte lo que pasó antes de que sea demasiado tarde.

—¿Y Clara? —preguntó Catalina con los ojos desviados por el miedo.

—La vida ha hecho justicia con ella. Ha salido adelante, no es una cualquiera, al revés, es una mujer respetada y tiene el cariño de su madre, que no soy yo. ¡No soy yo!

—Deberías tener la valentía de decírselo —exclamó Catalina.

—No. Mi obligación es contigo. Tienes derecho a saber quién es tu madre.

—Te vuelves a equivocar. Estás loca. ¡Loca!

La Renata soltó a su hija del brazo y dejó que corriera, torpe y asustada, hacia las piedras centenarias del pazo de Espíritu Santo que, si hablaran, contarían esta misma historia. Las últimas lágrimas que derramaron los ojos de la criada sanaron ese corazón enfermo que horas después dejó de latir.

Tronaba sobre el pazo de Espíritu Santo cuando doña Inés volvió de La Deslumbrante acompañada por el argentino, que ese día tuvo a bien conocer el negocio de la familia de su futura esposa.

Al entrar en el pazo, Catalina los estaba esperando. Estaba pálida como un muerto y tenía los ojos inyectados en sangre.

—¿Pasó algo, Catalina? —preguntó la señora acercándose a ella para comprobar si estaba caliente.

—Nada.

—Tenés aspecto de enferma, mi amor —añadió Héctor Grassi.

—Os estaba esperando, pero pido permiso para ausentarme. No me encuentro bien.

—Pero deberías cenar algo —insistió doña Inés.

—Prefiero descansar.

Doña Inés y Héctor dejaron que se marchara a su habitación, en la que se encerró para no oír el rumor del médico que confirmó la muerte de la Renata, las oraciones a viva voz de los sacerdotes de la parroquia, algunos llantos que imaginó que serían de Clara y las campanas de la parroquia. Echó las cortinas para no ver salir de la casa en la que nació la caja de madera con el cuerpo de su madre.

Ya nada de lo que ocurriera en ese pazo era de su incumbencia y, en su soledad, empezó a entender por qué siempre se había sentido tan lejos del apellido que acompañaba su nombre.

Tan lejos de su piel.

Tan lejos.

—¡Sólo quiero huir! ¡Huir de este infierno!

Catalina descolgó el Cristo del cabecero y, apoyando la frente en la cruz, imploró a quien pudiera escucharla que le diera la lucidez necesaria para tomar la mejor de las decisiones.

Bajo los cuidados de su madre, había valorado la posibilidad de reconducir la decisión de casarse en Argentina, incluso había tanteado a Héctor en las horas de arrumacos y caricias que se prodigaban en la playa o en los bosques que los acogían al atardecer. El novio no decía ni sí ni no porque no quería discusiones prematrimoniales, pero era hombre previsor y, por si las cosas se torcían, había empezado a visitar iglesias, desde la pequeña capilla del pazo hasta la Colegiata de Santa María en Vigo.

No haría falta que viera más: Catalina ya había tomado una decisión.

Pasó tres días encerrada preguntándose: «¿Quién soy yo?, Dios mío». Al cuarto salió de la habitación, más blanquecina de lo que entró, pero firme como nunca.

—Héctor, saca el primer billete para Argentina. Si es para mañana mismo, mejor. No has hecho más que quererme y voy a devolverte todo ese amor. Olvida lo que hemos hablado. No nos casaremos aquí. ¡Vayámonos! Cuanto antes.

Se iba a Argentina porque pensaba que a nadie debería importarle dónde se casara. Era huérfana de una muerta y de un vivo. Su familia sería la que ella construyese con Héctor.

—¿Y tu madre? —preguntó él, extrañado por el arrebato.

—Mi madre tendrá que aceptarlo.

Al pronunciar la palabra *madre* sintió una náusea que le revolvió la bilis del intestino y un ejército de bichos se gorgojó en sus entrañas.

Sólo ella sabía quién guio sus pasos.

Sólo ella y nadie más era la heredera del secreto de la Renata.

Y sólo ella, pasado el tiempo, tendría que decidir qué hacer con él.

CAPÍTULO 29

En los meses siguientes, doña Inés y Clara parecían dos almas en pena vagando por Punta do Bico en las horas de descanso de La Deslumbrante. A cada una le pesaba lo suyo, pero, en realidad, las dos sangraban por la misma herida: les dolía la soledad.

Enterrada la Renata y con Catalina en Argentina, sin dar más explicaciones que las de satisfacer las prisas de Héctor Grassi, doña Inés entendió que había perdido a su hija para siempre. Le amargaba no haber tenido el valor para preguntarle por qué se iba, si es que sintió alguna clase de desarraigo, si fue desamparo, si es que ella no la quiso como la muchacha necesitaba que lo hiciera. No se atrevió porque, una vez más, le aterraba la respuesta de aquella niña, convertida en mujer con edad de quedar encinta.

Catalina prometió escribir y el novio se comprometió a que así fuera, pero la señora Valdés ya había dejado de creer en las cartas del nuevo mundo.

Y no volvería a esperarlas.

Juntas, doña Inés y Clara pasearon las calles dejando tras de sí la estela de tristeza que hasta el más duro de mollera era capaz de percibir. Cada vez que pasaban por la farmacia de Remedios, unos y otros le preguntaban qué ocurrió con la boda: «Cómo fue que tu hija se marchó, ¿no hiciste nada por evitarlo, Inés?».

—Cosas que pasan —contestaba eludiendo los detalles que, en realidad, tampoco ella conocía.

Compraba sales purgantes de Mediana de Aragón y se marchaba como había llegado del brazo de Clarita.

Tras la muerte de la Renata, empezaron a trabajar los nuevos guardeses. La señora Valdés invitó a Clara a mudarse a una de las habitaciones que quedaban libres en la planta baja del pazo, en la zona del servicio. Por un minuto, dudó si debía alojarla en el cuarto de Catalina, pero desechó la idea para no generar suspicacias entre las criadas.

Clara lo agradeció más que el día que doña Inés la llevó a trabajar por primera vez al aserradero.

Prepararon las Navidades que dieron la bienvenida a 1924 y a Jaime, que volvió de la universidad para celebrarlas. Sacaron la vajilla de loza española de la alacena para ordenarla y hacer recuento de bajoplatos, platos llanos, soperos, de postre. Doña Inés fue explicando a Clara la procedencia, quién le había regalado estos, quién aquellos, cuáles habían viajado desde Cuba y cuáles habían sido herencia de don Jerónimo y doña Sole.

Zurcieron camisas de la joven que aún estaban para poner y remendaron bajos de faldas. Clara había sido austera toda su vida y no cambiaría. Dijo que no quería ropa nueva, ni siquiera la que Catalina había dejado en los armarios.

—No vaya a ser que vuelva, señora.

—No volverá.

Clara contuvo la tentación de preguntar por don Gustavo. Ella también seguía esperando una respuesta a la carta furtiva que le había enviado tras el hallazgo del papel maldito dirigido a la difunta Renata. No le reclamaba nada, más allá de respuestas. Naturalmente ya había perdido la esperanza de obtenerla.

Hablaron mucho, sin horario y sin prisas, como en los tiempos de la biblioteca. Clara siempre andaba apurada porque La Deslumbrante no podía quedar desatendida pero, al mismo tiempo, se sentía reconfortada al lado de su patrona.

Le contó cosas de la fábrica que la señora Valdés desconocía. Que las obreras se compadecían de ella, que a veces pensaba que la obedecían por pena y que no quería darla porque pena daban los perros mojados y los gatos con lepra. Le contó también que tenía un poco de remordimiento de conciencia porque no había llorado lo suficiente a la Renata, pero que no le salían las lágrimas y que no sabía si era para preocuparse. Y al final, Clara le contó a doña Inés que su único consuelo era que ya no tenía a nadie más a quien llorar porque todos estaban muertos.

—Sólo la tengo a usted.

Fue en aquel momento, escuchando su voz de terciopelo, observando de cerca el dolor que tenía en el corazón por los castigos de la vida, cuando doña Inés tuvo una revelación que nunca sabría qué santo le envió o a santo de qué o por qué demonios ocurrió como ocurrió pero, de repente, sacudió su cabeza la necesidad de hacer de Clara una Valdés.

En los días siguientes, doña Inés siguió escrutándola con detenimiento.

La invitó a almorzar con sus hijos porque nunca la había visto sentada a una mesa. Apreció sus modales. Sólo necesitaría pulirla ligeramente porque no sabía coger los cubiertos y metía un dedo en el vaso antes de dar un sorbo.

Le enseñaría qué hacer con las copas que dejaba de cualquier manera sobre la mesa y cómo colocar la servilleta al terminar de comer.

Y a no levantarse de la silla arrastrándola contra el suelo.

«Pequeñeces», pensó doña Inés.

Detalles menores que compensaba con sus atributos naturales.

La belleza le recordaba tanto a su madre...

La dulzura del tono de su voz daba paz al escucharla.

Era capaz de mantener elevadas conversaciones con Jaime quien, en apreciación de doña Inés, se mostraba afectuoso y galante con ella. Disertaban sobre los más variados asuntos de política, economía, literatura. Jaime sabía de todo, Clara estaba a su altura y juntos despertaban la admiración de Polo, que no perdía comba y aprovechaba para profundizar en su temprana vocación literaria y en sus deseos de estudiar en Madrid, de donde llegaban todos los libros de los que hablaban.

Nada se dijo, en cambio, del naufragio del Santa Isabel ni de Celso. Leopoldo hacía amagos de preguntar a la joven si seguía escribiendo su diario, que él no había olvidado, pero doña Inés lo interrumpía porque no quería que Jaime supiera que esa mujer ya había probado las mieles del amor.

Y sus sufrimientos.

No lo consultó con nadie.

Ni necesitó refrendo alguno.

Ni tiempo para madurar la decisión.

Un buen día, doña Inés escribió la que sería la última

carta que enviaría a La Habana y la que nunca olvidaría porque, por primera vez, notó que se le había endurecido el alma y que sus palabras ya no zozobraban.

Te comunico que Jaime se casará con Clara, la hija de Renata y Domingo. Es una decisión muy meditada que sabrás entender. No hay fecha exacta para el enlace porque Jaime debe terminar su carrera universitaria, pero, Dios mediante, tendrá lugar en el verano de 1924.

Aun sabiendo que la dejaría en mal lugar por no haber hecho nada por impedirlo, le contó que su hija Catalina se había marchado a Argentina para casarse con el hijo de un ganadero de vacas nobles. La culpa seguía latiendo dentro de ella, pero qué podía hacer si Catalina siempre hizo y deshizo lo que le vino en gana. Su único consuelo era que no había entregado a su hija a un cualquiera.

Escribió las últimas líneas y rubricó la carta con la fecha.

A la espera de las noticias que certifiquen que sigues vivo, siempre tuya, Inés.

La metió en el sobre, escribió el remite, pero no el remitente porque le dio por pensar que su esposo no los abría a propósito, y a la mañana siguiente la llevó a la oficina postal.

Informar a don Gustavo de las decisiones importantes era su manera habitual de proceder. No había motivos para cambiar, como tampoco los había para esperar una respuesta.

—Una pérdida de tiempo —se dijo en el camino de vuelta a Espíritu Santo, entre aquellos árboles de ramas centenarias que ni los peores vientos habían sido capaces de tronchar.

Por un segundo sintió que la edad había caído a plomo sobre ella. En unos años cumpliría cincuenta, y buena parte de su vida la había pasado envejeciendo para los demás.

Cerró los ojos.

El aire acarició su piel entregándole una extraña sensación de libertad que apaciguaba todo lo demás.

Se sintió fuerte para echarse sobre los hombros lo que se avecinaba: otra vez los murmullos de los vecinos, los juicios de las señoras y las habladurías de todo pelaje.

Otra vez su nombre en boca de todos por organizar la boda de un hijo con semejante doña nadie, la hija de una criada.

Le resbaló como el orvallo.

Nunca había dudado de las capacidades de Jaime como heredero, pero tenía la completa seguridad de que Clara estaba llamada a multiplicar la riqueza de los Valdés porque nadie como ella había vivido el negocio desde la primera lata de sardinas que salió de La Deslumbrante. Había manejado la fábrica con acierto.

Se alegró al pensar que la Renata no estaría en esa boda. Le costaba imaginarla entre los invitados o en la mismísima capilla del pazo en la que se celebraría la ceremonia. Peleó por sacudirse aquellos pensamientos que no podría confesar ni a don Castor porque destilaban un clasismo que no la definía.

Al llegar al pazo, se sintió aliviada. Jurarse a sí misma que aquella carta a La Habana sería la última le concedió la tranquilidad que llevaba esperando desde 1915, cuando la correspondencia se interrumpió. Así que, ni corta ni perezosa, decidió que lo más urgente en aquel momento era comunicar a Jaime el arreglo de su matrimonio antes de que retomara sus estudios.

Se sentaron a la mesa del almuerzo. Jaime, a su derecha. Leopoldo, a su izquierda. La chimenea encendida caldeaba el comedor.

No se anduvo con rodeos y, entre el primer y segundo plato, doña Inés empezó a hablar sin enredarse en argumentos.

—Mi querido hijo, ha llegado la hora de que te cases.

Carraspeó ligeramente, bebió un sorbito de agua, se secó los labios con la servilleta que llevaba bordadas las iniciales del matrimonio.

—Y la mujer elegida es Clara.

Jaime dejó caer el tenedor sobre el plato.

—¿Estás segura de lo que estás diciendo?

—¡Qué suerte, Jaime! —exclamó Leopoldo aliviando la gravedad de la decisión—. Es la más guapa de Punta do Bico.

—Es la hija de una criada, madre —dijo en voz baja por si acaso lo oían.

—Ya no —replicó doña Inés—. Renata está muerta.

Jaime respiró profundo, reclinó la espalda contra el respaldo de la silla, paladeó el vino en la boca.

—Catalina se ha casado con quien amaba. ¿Acaso yo no voy a poder elegir?

—Si de mí hubiera dependido...

Jaime la interrumpió.

—No volvamos ahí, madre. ¿Clara lo sabe?

—Lo sabrá.

—¿Y qué crees que dirá?

—Aceptará.

—Sólo te voy a pedir un favor, madre.

—Tú dirás.

—Informa a padre del enlace.

—¿Crees que no lo he hecho ya?

Doña Inés se levantó para besar a Jaime en la frente.

—Ha sido informado por la vía de siempre, las cartas que, como sabes, lleva nueve años sin contestar.

Si esta vez tampoco lo hacía, doña Inés pensaría que sólo podía ser por dos motivos. O estaba muerto o aceptaba los hechos consumados porque no le importaba lo más mínimo que su hijo se casara con la hija de la criada.

Esa misma noche, doña Inés comunicó a Clara su futuro matrimonio con Jaime Valdés. La joven escuchó sin abrir la boca porque la palabra de su señora era un credo que se cumplía a rajatabla. Hablaron de La Deslumbrante, elogió su trabajo, sus conocimientos, su carácter, y expresó su deseo de que fuera feliz.

—Todo lo que has hecho merece una recompensa —concluyó la señora Valdés.

—¿Me va a recompensar con una boda, doña Inés?

—¿Acaso hay recompensa mejor que un buen futuro?

Clara enmudeció de nuevo. Nunca había buscado nada a cambio de su trabajo, pero no encontró el modo de decírselo.

—Y además —añadió doña Inés—, nada ansío más que el hecho de que seas capaz de reparar ese dolor que no se te cura, que llevas clavado en el corazón... y que...

—¿El de Celso, doña Inés? —preguntó Clara sin dejarla terminar.

—Sí.

—No quiero que se me cure porque entonces me olvidaré de él y usted me dijo que el olvidado muere.

—Eres muy joven, Clara. Al amor hay que darle más oportunidades.

—Si es amor... —musitó la joven aspirando las palabras.

—Estoy segura de que Jaime te hará feliz toda la vida. Siente por ti admiración y respeto. Déjate querer, Clara —añadió.

—Lo haré, doña Inés. Lo haré por usted.

—¿Seguirás llamándome doña Inés y tratándome de usted?

—No lo sé —contestó Clara apretando las muelas para no llorar.

Los futuros esposos apenas tuvieron unos días para reconocerse en sus nuevos papeles antes de que Jaime volviera a Compostela. Doña Inés se encargó de buscar espacios para ellos, los dejaba a solas en la biblioteca, donde se entretenían entre los libros, los animaba a salir a pasear o al cine de Vigo o al teatro.

—Haced algo —los conminaba—. Pero haced por quereros —silabeaba la señora para sus adentros al descubrirlos tímidos y parcos en sus mutuas emociones.

No se equivocaba. Les costaba encontrarse y se sentían extraños de la mano, que fue a lo más que llegaron. Se sentían observados y les fastidiaba que su intimidad fuera impuesta y de dominio público. Sin saber por qué ni quién lo había difundido, todos en Punta do Bico estaban al tanto de que iban a casarse, que era un matrimonio arreglado por doña Inés y que salía ganando la hija de la Renata.

Así fue hasta que Jaime regresó a la universidad. Sólo entonces Clara consintió darle un beso en la mejilla, que le permitió advertir que no olía a nada.

Jaime se marchó un 9 de enero para volver a casarse en julio de 1924. Doña Inés y la novia en capilla lo despidieron a las puertas del pazo de Espíritu Santo, pero la mirada de Clara se congeló en el atardecer de la playa de Las Barcas, adonde volvió para esperar a la luna que aquella noche de cuarto creciente apenas asomó por los Cinco Pinicos. Y llorando a mares se prometió a sí misma que se esforzaría para querer a ese hombre.

CAPÍTULO 30

Don Gustavo recogió su camarote de primera clase, revisó que no olvidaba nada y se estiró la chaqueta del traje. Como equipaje, sólo llevaba la maleta que le había preparado Mercedes.

En pleno febrero, la travesía había transcurrido mejor que la última que él recordaba, sólo asaltados por nieblas esporádicas y alguna tormenta sin importancia. Había entablado amistad con una cupletista que hablaba por los codos, con un religioso de la orden de San Rafael y con el gerente de las minas de Daiquirí, Firmeza y El Cobre de la Spanish American Iron Company de Santiago de Cuba. De todos se despidió con su habitual cortesía.

Del capitán, también.

Y a cada marinero con el que se cruzó en el desembarco, le soltó unas monedas de propina.

Al pisar suelo español, el aire de Galicia inundó sus pulmones y, pese a la angustia que no consiguió despegarse del pecho más que durmiendo, sintió que estaba de vuelta en casa. Respiró profundo.

El puerto de Vigo había sufrido importantes transformaciones en las que se detuvo unos minutos. No recordaba el muelle de trasatlánticos ni la estación de pasajeros, llena de gente a esa hora. Venían unos, iban otros, pescadores, emigrantes, los de aquí y los que se iban para allá. La ciudad le pareció hermosa, cambiada hasta resultar irreconocible. Compró un *Faro*, se detuvo en los puestos donde las mujeres abrían las ostras con las manos y se dejó invitar a un chato de blanco. Lo bebió de un sorbo y siguió andando.

Nadie sabía de su regreso, más que los de Cuba, no había ensayado las palabras, se preguntó si el pazo de Espíritu Santo habría cambiado tanto como la ciudad de Vigo, qué habría sido de la nave del aserradero, qué aspecto tendría La Deslumbrante, ubicada en el viejo almacén de sal de su abuelo.

Pero entre todas aquellas preguntas, una le arañaba el alma: cómo convencería a doña Inés de que el matrimonio arreglado con la hija de la Renata sería un completo desastre, toda vez que no podía contarle la verdad.

También pensaba en cuánto habría envejecido su esposa. A él, los veinticuatro años que habían pasado lo habían hecho ventrudo, habían encanecido su pelo, aunque conservaba la mata, que seguía peinando hacia atrás, y la arruga que enmarcaba sus labios era más profunda. Aun así, cualquiera podría reconocerlo por la calle.

Y sin embargo...

Le dio por pensar que doña Inés estaría achicada y entrada en kilos, sin curvas de cintura para abajo y, de cintura para arriba, imaginó los pechos escurridos. Ignoraba si seguía las modas, si se habría adaptado a los tiempos, si mantenía el carácter dulce que lo enamoró y las convicciones sólidas que, en tiempos, resultaban tan poco frecuentes en las mujeres.

Doña Inés nunca envió una fotografía que actualizara su rostro ni el de sus hijos.

Sintió vértigo al pensar en Leopoldo, a quien sólo había visto recién nacido. Miedo, al imaginar a Jaime, alto y robusto como él. Curiosidad por Catalina y un dolor punzante al verse delante de Clara, la hija de la criada. Supuso que también tendría que ver a la Renata y a Domingo. De sus muertes nadie le había informado.

Hacía frío, pero empezó a sudar por las manos. Era un defecto muy suyo y muy molesto.

Se pasó las manos por la franela del pantalón para secarlas.

Abrió el periódico, pero no pudo concentrarse con el vaivén del coche que lo conducía al pazo y, de un golpe, lo cerró.

Se quedó dormido, agotado, y por su cuello subió un tufillo rancio por las horas en tránsito hasta alcanzar tierra firme.

A lo lejos, Espíritu Santo resurgía como una aparición mariana en el paisaje exuberante de Punta do Bico. Las torres del pazo asomaban soberbias entre los árboles recordándole al mundo de entonces que siempre estuvieron ahí. Don Gustavo pidió descender a pie por la *corredoira* cargando con su única maleta y el sombrero encajado.

Olía a toda Galicia. A tierra mojada y al humo de las quemas de hierba; a empanada de las cocinas y al monte que moría para dejar paso al mar, que no recordaba tan cercano, con sus últimas barcas del atardecer y, rozando el horizonte, un buque mercante de imponente silueta avanzaba sinuoso por las aguas de la ría.

Llegó a la verja y notó que se le quebraba la garganta, mezcla de emoción y miedo. Miró de frente la espléndida fachada y los jardines. Seguían igual, acaso más frondosos por las lluvias y las gozosas primaveras. El quinquefolio había cubierto la capilla con sus tallos rastreros de raíz delgada.

Empujó el portón con la mano que le quedaba libre y le alivió comprobar que estaba abierto. Veinticuatro años después de haberse ido, estaba poniendo un pie en su casa.

Se sintió un forastero y no un indiano afortunado que vuelve con sus baúles llenos de alhajas, su prestigio sólido, su respeto ganado. Se sintió extranjero y no emigrante acaudalado que regresa como en los poemas, tocado de lino y guayabera.

—Pero estoy aquí —dijo en voz alta.

Aligeró el paso.

No levantó la mirada de la hierba húmeda hasta la puerta principal, en la que tocó con los nudillos varias veces.

—¿Quién es? —preguntó una voz con acento cubano.

Fue Limita quien abrió la puerta y de la impresión que le causó ver allí a don Gustavo, encanecido, pero aún solemne, tieso como el cáñamo a sus cincuenta años, casi se cae de espaldas.

Corrió escaleras arriba a buscar a doña Inés, que ese día se había acostado a la hora de la siesta porque le dolían los riñones. Llamó y esperó a recibir la autorización para entrar.

—Señora —dijo entornando sólo una rendija.

—Pase, pase. Dígame.

—El señor ha vuelto.

—¿Qué señor?

—El señor Valdés —contestó la criada sin pestañear y con los ojos bien abiertos.

—No haga juegos con lo importante. ¡Se lo ruego, Limita!

—Señora —bajó la voz para que no la oyera—, se lo juro por mi vida. Don Gustavo está ahí abajo. No me dijo que la avisara, pero yo tengo que avisarla.

—¿Dónde está?

—En la puerta. Ahí lo dejé.

—Baje corriendo. Enseguida iré yo.

Doña Inés saltó de la cama, se miró al espejo, se arregló el pelo y se quitó a toda velocidad el vestido negro. Descolgó del armario otro de color azul cielo, talle bajo y lazos que ajustó al cuello, y se calzó unos zapatos de tacón medio que resonaron como campanas sobre la madera. De la cómoda sacó una rebeca y se la echó por los hombros. Se perfumó las muñecas con unas gotitas de flor de romero.

Estaba temblando de miedo.

Bajó las escaleras, contando cada peldaño y sin que las zancadas descubrieran su inquietud. Cuando llegó al recibidor, lo vio de espaldas con las hechuras de siempre, tal y como había recordado a su marido durante casi seis mil días de ausencia. Enseguida él percibió su presencia, se giró y la miró a los ojos.

Doña Inés se acercó midiendo las distancias hasta donde consideró razonable.

—La cena se sirve a las ocho.

En las horas siguientes, un silencio de sepulcro invadió el pazo de Espíritu Santo.

No se oía ni el aire.

Ni respirar a sus habitantes.

Las criadas se escondieron en la cocina. Limita informó a María Elena y a María Elena le entró un tembleque del que tardó en recuperarse y, como en los años del ingenio Diana, notó el sopor del sueño y el peso sobre los párpados. Abrió la ventana de par en par y sacó la cara para ahuyentar el demonio que acechaba de nuevo.

Esperaban las órdenes de doña Inés, pero a la señora le dio por llorar, encerrada en su habitación. Frente al mirador de Cíes, buscó respuestas sin saber qué sentía. La presencia imponente de su marido la había arrasado.

Don Gustavo se dirigió a la biblioteca, pasando por el salón principal, donde le faltó santiguarse ante el retrato de su abuelo don Jerónimo. Todo seguía tal y como él lo dejó. Doña Inés no había hecho ningún cambio apreciable. Cerró la puerta y se sentó en la silla de su mesa de despacho. Sacó un cigarrillo y lo prendió mientras pensaba en su esposa. Seguía siendo una mujer hermosa. La edad sólo la había acariciado levemente. No había perdido la compostura, ni encontró en ella signos de vejez. Había sido su primer amor y sería el último, porque si algo decidió don Gustavo en aquellas horas de silencio fue que no volvería a marcharse de Punta do Bico y, si lo hacía, sería con ella.

La carta de doña Inés en la que anunciaba la boda de su hijo Jaime había llegado a La Habana en el tiempo y la forma que acostumbraban. Es decir, como siempre. Y como siempre, don Gustavo la leyó. Ni una sola había quedado sin leer. Tampoco, sin contestar. A todas les dio respuesta.

Llamó a la criada de Aguiar al comedor del desayuno y pidió más jugo y más café. También pidió la pitillera.

Estaba contrariado.

Olfateó el aroma del tabaco, se pasó la mano por los labios, sorbió el café recién servido.

—¡Bajo ningún concepto! —bramó.

Dio un golpe en la mesa que desordenó los cubiertos y asustó a la criadilla.

—¿Señor?

—¡Auséntese! ¡Quiero estar solo!

La mujer se escabulló, no sin antes cerrar las puertas de cada estancia. No eran habituales esos brotes de cólera, pero cuando le daban, le daban de verdad y no dejaba títere con cabeza ni jarrón a salvo.

Don Gustavo abandonó la mesa y se paseó por el comedor con el pitillo en la boca y los pulgares en los bolsillos del chaleco. Empezaron a dolerle las muelas.

—¡Mercedes! —gritó.

—Dígame, señor.

—Tráigame agua, sal y perejil.

La criada corrió a por el remedio y lo dejó sobre la mesa.

—¡Ahí, no! —gritó—. Déjelo aquí.

—Sí, señor.

Don Gustavo vertió el agua en el vaso, la sal y el perejil, se aclaró la boca durante un minuto exacto que controló en el reloj de bolsillo, y echó el enjuague en la escupidera que siempre tenía a mano.

—¡Mercedes! —volvió a gritar.

—¿Señor? —contestó la mujer asomando la barbilla por el quicio de la puerta.

—Vaya al despacho a buscar a don León y dígale que venga.

León Quiroga era el último socio de don Gustavo en La Habana. El despacho de la compañía azucarera quedaba a dos cuadras de Aguiar.

—¡No se demoren!

La criada se quitó el mandil del uniforme y salió de la casa con la prisa metida en el cuerpo.

—¡No se demoren! —repitió don Gustavo—. ¡Es urgente!

Volvió a la mesa, donde había algunos restos del desayuno y, de un sorbo, acabó el café que había quedado a medias.

—Renata no va a salirse con la suya. ¡Por encima de mi cadáver!

En ese momento, don Gustavo ignoraba que la criada había muerto porque, en efecto, doña Inés no lo había dicho en la última carta que envió a la isla. No debió de parecerle un dato importante porque ella ignoraba el efecto que la simple mención de su nombre tenía en el marido.

—Ese matrimonio no se va a celebrar. ¡No mientras yo esté vivo! —exclamó.

No hablaba para nadie porque con nadie podía hablar de aquello, pero prefería hacerlo en voz alta para que las palabras cogieran consistencia.

—¡Un incesto en mi familia! ¡Por el amor de Dios!

Le recorrió el escalofrío que siempre era el mismo cuando las escenas del pasado volvían a su cabeza. Habían transcurrido veinticuatro años desde que perdió de vista a la Renata y muchos más desde que su madre mató a latigazos a María Victoria, y ni un solo día había sido capaz de sentir algo por ellas distinto al asco. No conocía a su hija porque no consintió verla antes de emigrar, pero sólo imaginar que pudiera haber heredado algún rasgo de la Renata le revolvía el estómago hasta la náusea.

El tiempo que Mercedes tardó en volver con León Quiroga bastó para que don Gustavo Valdés pensara hasta el último detalle de sus siguientes pasos.

—¿Qué te urge, amigo Gustavo? —preguntó el socio nada más entrar en el salón—. ¡Tu criada me sacó de la oficina como perro que tumbó la olla!

—Debo viajar a España —contestó don Gustavo sin preámbulos, saludos ni bienvenidas.

—¿Qué bicho te picó?

—Asuntos familiares que sólo puedo resolver yo. Tengo que viajar a España —repitió con tal rotundidad que a

León Quiroga le dio apuro preguntar qué asuntos eran esos que habían despertado tal urgencia en el siempre cabal y ordenado Gustavo Valdés.

—Tú sabrás, amigo. No quiero ser tan descortés de preguntar más allá de lo que puedas contarme. Tu necesidad es suficiente. ¿Quieres que nos encarguemos del pasaje?

—Haz el favor, León. Mercedes pasará a recogerlo.

—¿Con vuelta?

Don Gustavo no contestó y León Quiroga entendió que tampoco esa vez debía indagar si pensaba hacerlo ni cuándo.

—Ve en paz, amigo. —Lo abrazó—. No hay nada que no tenga solución salvo la muerte. De bajada todos los santos ayudan.

Don Gustavo ordenó a Mercedes que cerrara una maleta con lo imprescindible, mudas, pantalones, camisas, chaquetas, un par de corbatas, calcetines. La criada obedeció sin rechistar. Al patrón se le había puesto cara de enfermo o de preocupación, que muchas veces era la misma.

A media tarde, cuando hubo terminado sus quehaceres, recibió el salario del mes, un generoso adelanto para los siguientes y el resto del día libre.

—Vaya adonde León, recoja lo que le den y no vuelva hasta mañana.

—Don Gustavo, ¿puedo hacerle una pregunta? —dijo Mercedes con miedo.

—Rápido.

—¿Mañana usted estará aquí?

—No.

—¿Se va a España?

—Sí, pero usted se queda.

—¿Sola?

—Recurra a don León Quiroga si enferma o se quema la casa.

Mercedes dijo a todo que vale y salió de allí como los gatos, sin hacer ruido, y sin saber si volvería a ver a su señor Valdés.

Entrada la noche, don Gustavo se sentó al escritorio desde el que había contestado las cartas que le había escrito doña Inés y que, a partir de 1915, dejó de enviar a España porque, al releerlas, pensaba que ya nada podía interesar a su esposa. Que si el negocio de azúcar, que si los salones del Casino, que si el Centro Gallego. Qué demonios haría ella leyendo sus andanzas en La Habana, sus escarceos sin consumar, sus quereres esporádicos con fulanillas del alterne habanero.

—¡Qué querías saber, Dios mío! ¡Qué de todo, Inés!

Nunca las tiró. Ni las que escribió doña Inés ni las que llevaban su respuesta. Al revés, las fue guardando en los cajoncitos del escritorio de madera.

Abrió el de la derecha, las sacó una a una y las puso sobre el tapete de piel. Después abrió el de la izquierda, donde estaban las que llevaban sello español con la grafía intacta de doña Inés.

Buscó aquella en la que hablaba de Clara con palabras inocentes que, en su día, provocaron en él un incendio.

Clara, la hija de la criada Renata, se ha convertido en una rapaciña llena de vida e inteligencia. Es hermosa y esbelta. Cuando regreses a tu patria, donde te esperamos tu esposa y tus tres hijos, tendrás oportunidad de confirmar que lo que digo es verdad.

Al volver sobre las letras, pensó lo mismo que la primera vez: no quería confirmar que aquello era verdad. Sólo quería borrarla de su vida.

Como si nunca la hubieran parido.

—¡Qué atrevimiento el suyo! —exclamó de repente

al toparse con la carta que llevaba el nombre de Clara Alonso Comesaña.

La suya era la única carta que no había contestado; en ella la joven le preguntaba por qué se había dirigido a su madre en aquellas líneas que volvieron a torturarle desde que esa muchacha le recordó que las había escrito.

—¡Maldita sea mi torpeza! ¿Por qué lo haría?

No quiso agitarse más. Pasó los dedos por los sobres y sintió sobre los párpados no sólo el peso de los años, sino la carga que no había conseguido hacer liviana pese al océano que lo separaba de la Renata y de su hija Clara. Y, a lágrima viva, lamentó profundamente haberse equivocado tanto. Sólo fue una vez, pero fue suficiente.

Las cartas allí acumuladas resumían sus ausencias y, por un segundo, también se sintió zafio y sucio por no haberlas enviado, robándole a doña Inés el consuelo de recibirlas.

En la amargura de la noche entrada, don Gustavo las recogió todas, las echó en la escupidera y prendió un fósforo. Pero cuando casi estaba quemándose las yemas de los dedos, las rescató del fuego antes de que las llamas devoraran casi diez años de vidas.

Al amanecer, un vapor de la Compañía del Pacífico zarpó del Malecón de La Habana. Don Gustavo Valdés dejaba atrás el paisaje donde, a pesar de todo, había sido razonablemente feliz.

Allí se quedaron sus muertos y sus negocios arruinados, pero también los prósperos y las noches húmedas que durante algún tiempo le hicieron sentirse hombre.

El pasaje no iba completo. Nadie volvía a España.

CAPÍTULO 31

—

Las dos décadas y los cuatro años que habían pasado desde que emigró a Cuba cayeron sobre sus hombros como una losa de cementerio. Don Gustavo se repasó a sí mismo. Había hecho inversiones arriesgadas, había ganado y había perdido, pero de repente sintió que ese pazo y la mujer que lo habitaba eran su hogar y en él se sintió más viejo de lo que estaba.

Se recompuso del trance de verse allí y volvió al motivo de su regreso.

Otra vez, la ansiedad.

Otra vez, la angustia.

Otra vez, el pasado.

Se preguntó dónde estaría Clara, dónde su madre, cuándo podría ver a Jaime. Qué habría sido de Catalina en Argentina. ¿Y Leopoldo?

Quería encarar el asunto de la boda cuanto antes, pero una especie de cobardía lo había encogido.

La llegada de Leopoldo al pazo hizo que la señora se serenase y saliera de la habitación, no sin antes retocarse los ojos, hinchados y hundidos de tanto llorar. Cogió a su hijo del brazo, lo dirigió al comedor y le dijo: «Espera aquí». Acto seguido voló a la cocina, preguntó dónde estaba su marido y las criadas señalaron con el dedo la puerta de la biblioteca.

—María Elena, dígale que la cena ya está lista.

Después, volvió al comedor.

—Leopoldo, hijo, tenemos un invitado a cenar —dijo con una serenidad impropia de su estado de ánimo.

Don Gustavo asomó por el quicio de la puerta y se quedó parado frente a ellos.

—Soy tu padre —acertó a decir al ver a ese muchacho alto y ajeno a él, y aun así tan suyo, al que apenas había abrazado un par de veces recién nacido.

—Sentémonos, por favor —dijo doña Inés.

Los tres se sentaron a la mesa. Leopoldo no podía quitar ojo a ese hombre que decía ser su padre y a quien no había visto en sus diecisiete años de vida, en la antesala de la universidad y la edad adulta. Las palabras se enredaron en la niebla de su cabeza. Después de tanto tiempo, no supo hacer las preguntas que siempre había contestado doña Inés a su manera. Así que decidió no abrir la boca y dejar a su madre. Fue don Gustavo quien rompió el silencio:

—¿Cómo está Catalina?

—Está bien, pero hace tiempo que no sabemos de ella.

—¿Cómo es posible...? —Don Gustavo dejó la pregunta sin terminar.

—Se enamoró —contestó doña Inés, como si el amor lo justificara todo.

La presencia de Leopoldo hizo que el matrimonio no entrara en profundidades de las que les costaría salir a flote. Don Gustavo preguntó al hijo por sus estudios y el joven respondió «Todo va bien».

—¿Y el servicio militar?

—Tiene los pies planos —dijo doña Inés.

Hasta el final del conflicto con Marruecos en 1927, a

los jóvenes los reclutaban para llevarlos a Ceuta. Con tal de evitarlo, los mozos se inventaban enfermedades, defectos físicos o embarcaban a Cuba, Argentina o Estados Unidos con documentación falsa para pasar los controles de los quintos.

—El doctor Cubedo quedó en arreglarlo —zanjó la señora.

El padre indagó en sus planes universitarios y Leopoldo dijo que pensaba estudiar la carrera en Madrid, que quería conocer la Residencia de Estudiantes porque ahí recalaban los intelectuales y los escritores a los que aspiraba a conocer.

—¿De dónde te viene esa vena? —preguntó don Gustavo.

—De leer.

La frialdad del ambiente heló hasta el agua de las copas.

Se levantaron sin sobremesa ni nada y Leopoldo se retiró a su habitación sin saber si debía dar las buenas noches al padre recién estrenado o qué. La madre le hizo el gesto con la cara entre ellos conocido que significaba «todo va a salir bien» y el joven se tranquilizó lo suficiente como para no impostar lo que no le salía de dentro.

—Debemos hablar —dijo don Gustavo cuando se quedaron a solas.

—Aún tengo que arreglar unos asuntos —contestó doña Inés, inquieta porque Clara estaba a punto de volver de la conservera.

—Te esperaré.

—No tanto como yo.

—Inés...

Doña Inés cogió del perchero del recibidor el abrigo de diario y salió hacia La Deslumbrante. Llevaba el postre atravesado en la garganta. Cuando entró en la fábrica era tan tarde que Fermín se disponía a salir y las obreras que habían acabado el turno se estaban aseando en los pilones. No saludó a nadie, preguntó por Clara y la sacó al muelle de descarga. Hacía un frío que pelaba la piel.

—Ha vuelto don Gustavo.

—¿Qué dice, señora?

—Vuelve por la boda.

—¿Qué debo hacer?

—Nada. No quiero que te vea todavía. Cuando llegues al pazo, te encierras en tu habitación. Si tienes hambre, pides de comer a Limita o a María Elena. ¿Entendido?

—Sí, señora.

—Y si mañana no has recibido instrucciones, te levantas y te vas.

—¿Adónde? —preguntó Clara.

—Te vienes aquí, a la fábrica.

Doña Inés no la dejó preguntar más. Se dio media vuelta y regresó al pazo por donde había llegado. Aunque todavía no habían hablado, ella tenía la completa seguridad de que su marido había viajado a España para impedir el enlace, pero su marido desconocía que, si de joven ella ya era de armas tomar, con la edad no había hecho más que empeorar.

Don Gustavo aprovechó el tiempo para interrogar a las criadas y ver si les sacaba alguna información que la esposa quisiera ocultarle.

Les preguntó por Catalina y ambas coincidieron en la versión de que se había marchado a Argentina para casarse sin dar ni un minuto a doña Inés para convencerla de que no lo hiciera.

Preguntó por Jaime y lo mismo. Lo situaron en Compostela.

Preguntó por Isabela y supo entonces que se la había llevado la gripe de 1918.

Así hasta que preguntó por Renata.

—Murió, don Gustavo —dijo Limita.

—Días antes de que Catalina se fuera a Argentina —añadió María Elena.

—¿Domingo?

—También murió, señor.

—¿Y Clara?

—¿Qué quiere saber de Clara, señor? —preguntó Limita.

—¿Dónde está?

—Trabajando.

Don Gustavo se dio media vuelta y salió de la cocina con los pensamientos bullendo en la cabeza, media sonrisa de pírrica victoria dibujada en su cara. Regresó a la biblioteca y esperó la llegada de doña Inés, que no tardó en producirse.

La esposa lo descubrió sentado en el sofá de siempre, con las lentes sobre la nariz, ojeando un libro cualquiera.

—Así que la Renata ha muerto —dijo nada más verla, paladeando las palabras en la boca—. ¿Por qué no me lo dijiste?

—¿Cambia algo?

Don Gustavo no contestó.

—Viniste para la boda de tu hijo, ¿verdad?

—Vine para evitarla.

—La boda se va a celebrar.

—Con la hija de una criada, no.

—La novia tiene nombre, se llama Clara.

—Me da igual cómo se llame. Todo Punta do Bico sabe que es la hija de una criada —repitió elevando el tono de voz.

—Por duro que pueda parecerte, esa mujer es la hija

que me habría gustado parir a mí. La he moldeado a mi imagen y semejanza. La he pulido hasta hacer de ella una señorita que no necesita alcurnia para casarse con tu hijo.

—No eres consciente del error que vas a cometer.

—Y tú eres incapaz de ofrecerme una razón que me haga verlo.

En ese momento, él supo que la única razón era la verdad.

—Tengo muchas, pero sólo una bastaría.

—Dámela.

—No te mereces el sufrimiento de escucharla —contestó don Gustavo a media voz.

Se levantó del sofá, se acercó a ella, la besó en la frente.

—Y ahora, vamos a descansar. Se hace tarde.

CAPÍTULO 32

Doña Inés abrió la cómoda y sacó el retrato de boda que trajo de Cuba en una maleta y que lució en el mismo sitio, sobre la madera de nogal, hasta que decidió esconderlo bajo las mudas. Se había desnudado tras el biombo de estilo francés y se había puesto el camisón de seda y encajes que llevaba tantos años sin usar que dudó de que se ajustara a su cuerpo. Comprobó que le servía y eso confirmaba que los estragos del calendario no se habían detenido en sus caderas. Se sintió extraña. No buscaba seducirlo, sus sentimientos seguían desordenados, pero aún le quedaba algo de amor propio.

Don Gustavo esperó para entrar en la alcoba. Quiso darle su tiempo para que ella tomara la decisión de dejarlo dormir a su lado o desterrarlo para siempre a alguna de las habitaciones vacías del pazo. Llamó a la puerta con suavidad y aguardó hasta que doña Inés dijo: «Puedes pasar». La encontró plena de belleza, con el pelo sobre los hombros desnudos.

—¿Tengo derecho a dormir aquí?

—Sigues siendo mi marido.

Doña Inés abrió las sábanas de su lado de la cama, que continuaba siendo el mismo en el que hacían el amor, el mismo en el que parió a su hija Clara, el mismo en el que contó las noches en vela y, antes de que el sueño derribara a la rabia que llevaba años acumulando, dijo:

—Hace tres años que cumplimos nuestras bodas de plata.

A la mañana siguiente, doña Inés se despertó en cuanto un suave hilo de luz entró por el mirador de Cíes. Se aseó, se vistió, bajó a la habitación de Clara. Tocó a la puerta hasta que la joven, con sueño y despeinada, abrió una rendija por la que se coló la voz de la señora.

—No te vayas.

—Pero usted me dijo que me fuera.

—Si no recibías instrucciones, Clara. Es una orden.

No volvió a la cama con su marido. Se dejó caer en uno de los sillones del salón hasta que el ruido cotidiano de la casa la espabiló del todo. Leopoldo marchó a su escuela, las criadas se afanaron en sus obligaciones, oyó el agua del aseo en su habitación y supuso que don Gustavo estaba listo para el desayuno. Ordenó servirlo en el salón principal con la mejor loza de la casa, dispuso un mantel de hilo y el pan no se horneó hasta que el señor estuvo sentado a la cabecera, que ocupó sin preguntar.

Clara apareció del brazo de doña Inés. Le sacaba un palmo de altura. Lucía hermosa con una falda estampada bajo la que asomaban unos zapatos nuevos y una blusa de gasa que olía a limpio. Pelo recogido con un broche para despejar el rostro y resaltar esos ojos azules, como dos zafiros, que la iluminaban. Se veía la mano de doña Inés en el collar de perlas que descansaba en su cuello de cisne.

Don Gustavo se levantó de la silla para recibirlas.

—Eres Clara.

—Sí, señor Valdés.

Clara bajó la mirada hasta los pies.

—Levanta la cara. Eres preciosa —dijo don Gustavo.

Notó cómo le hervía la sangre.

Notó un temblor ligero a la altura de los tobillos.

Y una punzada en el pecho.

Volvieron las imágenes del pasado con el dolor de los latigazos.

El cuerpo en carne viva.

La conciencia apuñalada.

La verdad que necesitaba su esposa llevaba el nombre de Clara.

Y, al final, también volvió la cobardía.

—Sentémonos a desayunar —pidió doña Inés.

Las criadas entraron con las bandejas de café, pan y aceite de la conservera con el que siempre acompañaban las comidas. La señora no dejó que lo sirvieran. Lo hizo ella misma y, antes de sentarse de nuevo, cerró la puerta del comedor.

—Clara, él es el padre de tu prometido. Ha vuelto desde La Habana para conocerte y asistir al enlace del próximo mes de julio. Hemos pasado algunos años separados, pero estoy segura de que ha traído consigo la buenaventura al matrimonio que formarás con nuestro hijo Jaime.

Don Gustavo quiso contestar, una a una, las palabras de la esposa, pero lo ahogaba una soga como a un condenado.

—Yo... —musitó Clara.

—No hace falta que digas nada.

—Quisiera decirlo, señora, si usted me lo permite.

Clara buscó su asentimiento.

—Agradezco a doña Inés el cariño y la protección que siempre me ha dado. He intentado corresponderla con trabajo y entrega. Ahora, señor Valdés, sólo procuraré ganarme su afecto y consideración.

—Es admirable...

—Si me permite... —lo interrumpió Clara—. Quiero decirle algo más: sé quien soy. Soy la hija de una criada, pero nunca, don Gustavo, nunca he buscado un matrimonio ventajoso. Téngalo presente. No quiero nada que no me corresponda.

Al ver cómo Clara se desenvolvía con las palabras, doña Inés se sintió orgullosa. Hasta entonces, sus hijos no habían recompensado el esfuerzo de educarlos y, aunque a esas alturas ya no esperaba ningún reconocimiento, aquel día se resarció consigo misma. Ni La Deslumbrante le había provocado esa sensación que se guardó para saborearla el resto de la vida.

—Algún día La Deslumbrante también será tuya, Clara —dijo la señora Valdés—. La has trabajado con sudores y lágrimas. Que yo lo he visto.

Don Gustavo tampoco estuvo esta vez conforme con lo que dijo la esposa, pero se calló porque Clara había tumbado de un soplido sus prejuicios. Estaba equivocado en todo, pero el demonio pesaba tanto que no podía claudicar así como así sin prepararse antes para asumir lo que iba a suceder.

No abrió la boca en lo que restó de mañana.

Ni esa tarde, ni las siguientes.

Ni en los espacios de intimidad que fue recuperando con doña Inés y en los que su cobardía se hacía cada vez más insoportable.

—¿No vas a decir nada? —le preguntaba ella, tenaz.

—No.

—¿Por qué?

—No insistas.

Las palabras dolían en su boca.

—No insistas —repetía, preso de su particular lucha a vida o muerte.

Se sentía un soldado agazapado en una trinchera, apuntado por el cañón enemigo, sabiendo que en un desliz, en un error de cálculo o en un movimiento imprevisto encontraría la muerte.

—¿Sigues creyendo que cometo un error?

—Sí —contestaba don Gustavo.

—Dame pruebas —lo retaba ella.

Él no podía dárselas, ponía los ojos en blanco como si estuviera poseído y doña Inés interpretaba que era la manera del esposo de dar su brazo a torcer sin tener que manifestarlo.

Los meses previos al enlace don Gustavo padeció todo tipo de angustias en el pecho y dolores por todo el cuerpo que ni el doctor Cubedo fue capaz de diagnosticar. Le recetó jarabes, elixires, paquetitos de Lithinés del doctor Gustin para gasificar el agua, pastillas para la tos nerviosa que le daba a cualquier hora del día. Pero nada. Le salieron llagas en la boca, encogió de estatura y perdió pelo.

—Si sigues así, llegarás calvo a la boda de tu hijo —le dijo un día doña Inés, cansada de aguantarle los lamentos y las llantinas que le sobrevenían de repente.

Ella seguía en sus trece: si no aportaba una razón convincente, no había motivo para suspender la boda, a cuyos preparativos se entregó en cuerpo y alma.

Mandó adaptar el vestido de novia que iba a ser para Catalina y que nunca recogieron del taller de la costurera de Vigo. La mujer, que esperaba ansiosa cobrar y saber qué hacer con aquellos metros de tela blanca y no negra por capricho de la novia, recibió con agrado la noticia y preguntó si era para otra hija, a lo que doña Inés contestó: «Como si lo fuera».

—Si las nueras salen buenas, se las quiere más porque nos han ahorrado educarlas —le dijo la costurera.

Doña Inés se quedó con la copla. Tenía más razón que un santo.

Hizo la lista de invitados. Dudó si avisar a Catalina, pero al final decidió que no lo haría por miedo a un nuevo desplante que volviera a revolver sus pesares. También excluyó a los señores que tenía entre ceja y ceja desde la cena del pazo de 1920 en la que acabó echándolos a todos. Salvó a una decena de matrimonios, a la farmacéutica, que siempre se portó bien con ella, al alcalde, al médico y a don Castor, a quien reservó un puesto en la mesa presidencial del banquete que se celebraría en los jardines de Espíritu Santo. Clara preguntó si podía invitar a las encargadas de la fábrica y a tres obreras con las que había hecho amistad, y doña Inés le dijo que sí, pero al instante se desdijo porque tres eran pocas y, como no podía invitar a todas, mejor que no invitara a ninguna.

—Siempre se cobran los feos —le dijo la señora.

Clara, que no conocía esos códigos, lo dejó estar.

La relación entre don Gustavo y Clara no era ni buena ni mala, ni estrecha ni desapegada; sencillamente, convivían bajo las mismas piedras, respetándose y poco más. El señor Valdés se sentía un pelele entre aquellas mujeres. De cuando en cuando, padre e hija se miraban con desconfianza, porque ella aún no había olvidado que don Gustavo le debía una respuesta a la pregunta que le hizo en aquella carta que envió a La Habana. Y como era testaruda y pertinaz como su madre doña Inés, llegó el día en el que decidió sacarse la espina para celebrar su boda limpia de todo mal pensamiento.

Debía de estar mediado el mes de junio, cuando Clara se armó de valor y buscó a don Gustavo para robarle unos minutos.

—No serán muchos, señor Valdés.

—Estoy ocupado, Clara —contestó sin ni siquiera alzar la mirada del periódico.

—Entonces será sólo un minuto.

Don Gustavo levantó la vista de la página y la miró por encima de las gafas redondas que necesitaba para leer.

—Puedes sentarte.

Él ocupaba el orejero que quedaba justo debajo del retrato de don Jerónimo. Señaló con la palma de la mano el que quedaba libre a su lado.

—No es necesario, se lo agradezco —dijo Clara—. Verá, llevo aquí dentro un manojo de nervios que no desato así pasen los años.

—¿No será por la boda?

—En absoluto. Quiero saber por qué nunca contestó mi carta.

—¿De qué carta hablas? —fingió sorprenderse, porque bien lo sabía.

—La que le envié a Cuba, a la misma dirección a la que le escribía Fermín.

—Nunca la recibí.

—Si usted quiere, puedo recitársela de memoria.

—No es necesario.

—¿No le importa lo que decía?

—Agua pasada no mueve molinos, Clara.

—Sólo contésteme a una pregunta —insistió ella—. ¿Por qué escribió a mi madre en septiembre de 1899, pocos meses antes de que yo naciera?

—No sé a qué te refieres.

—¿No me lo va a decir?

En ese momento, doña Inés entró en el salón con una bandeja llena de dulces y la infusión de manzanilla que don Gustavo acostumbraba a tomar a esa hora de la tarde.

—Ya me iba, doña Inés.

—No tienes que irte.

Sobre la marcha, Limita entró a ayudar a la señora con la merienda.

—¡Ay, señora! ¿Cómo no me avisó?

—No era necesario, Limita. Puede retirarse.

La criada salió del salón y los tres se quedaron a solas.

—¿De qué hablabais? —preguntó la señora sorprendida de verlos juntos.

Clara estuvo tentada de contarlo todo, pero no se lo perdonaría, así que redirigió la conversación.

—Le estaba explicando a don Gustavo que La Deslumbrante se enfrenta a una temporada difícil. Portugal se ha convertido en enemigo de Galicia. Las sardinas se han ido a sus costas. Y al sur, a Huelva.

—No nos anticipemos —contestó la señora—. Aún es pronto.

—Deberíamos empezar a cazar ballenas —añadió Clara con rotundidad—. Su sangre atrae a las sardinas.

Se cerró el echarpe de lana con las manos para cubrirse la boca y ahogar la rabia que le subía hasta la garganta. Don Gustavo dejó las lentes en la bandeja y se quedó mirándola unos segundos que a ella le parecieron eternos.

—De eso sí podemos hablar.

De pronto, Clara sintió la fuerza del patrón, del amo que amenazó a su madre con palabras que ella nunca olvidaría, del señor del que llevaba oyendo hablar años, el que había malherido de amor a doña Inés, por mucho que ella rara vez diera señales de su dolor.

Y tuvo miedo.

Sintió la osadía de sus actos y vergüenza de sí misma. Había estado más cerca de la verdad de lo que jamás habría imaginado pero, ante el poderoso, se impuso la humildad de su origen y creyó que para eso no había remedio. Siempre sería la hija de una criada, obligada a callar y a obedecer. Tanto que de las ballenas no volvieron a hablar hasta pasada la guerra española de 1936 y la segunda gran guerra europea.

Jaime llegó al pazo de Espíritu Santo dos días antes de la boda con el tiempo justo para cortarse el pelo, arreglarse las uñas y que la costurera de Vigo le encajara el traje. Para evitar que padre e hijo tuvieran una palabra más alta que otra, doña Inés puso a Leopoldo de centinela. Sólo tenía que avisar si se enzarzaban en alguna discusión sin desenlace.

Pero Leopoldo no pudo contar a su madre lo que pasó entre ellos porque don Gustavo se cuidó mucho de que, la víspera del enlace, pudieran verlos salir del pazo mientras las mujeres de la casa se ocupaban de los últimos detalles.

Invitó a Jaime a dar un paseo por la playa desierta a esas horas del fin del día. El hijo no pudo negarse. Para él se guardó la extraña sensación de escuchar la voz, olvidada ya, de aquel hombre a quien no era capaz de reconocer como un padre.

Aun así, don Gustavo se empeñó en ejercer su papel y en hacer valer su autoridad. Había vuelto de Cuba sólo para evitar el matrimonio entre los hermanos y lo intentaría hasta el último minuto. Todos los esfuerzos con doña Inés habían resultado en balde, pero aún le quedaba un cartucho con su hijo.

—Jaime —empezó a hablar—, quiero que conozcas mi opinión sobre tu enlace con la hija de una criada...

Jaime se revolvió al escuchar esas palabras porque si algo había hecho durante los últimos meses en Compostela había sido, precisamente, olvidar cuáles eran los orígenes de Clara.

—No la llames así... —se atrevió a decir.

—¿Acaso es más que la hija de una criada?

—Es del pazo.

—¿Y? —preguntó el padre con soberbia.

—Madre siempre la trató como parte de la familia.

Don Gustavo se revolvió.

—¡No cambia nada, Jaime! Quisiera que te replantearas la decisión que tomó tu madre sin contar con nadie.

—No lo haré —zanjó él con rotundidad.

—¡Qué forma es esa de contestar a tu padre! —exclamó don Gustavo, sintiendo que empezaba a perder los nervios.

—Que no lo haré.

—¿Has pensado en las consecuencias de...?

Don Gustavo no pudo terminar la frase.

—¿Las consecuencias de qué? Dímelas tú. Clara es una mujer apreciada, querida y muy valiosa.

A decir verdad, Jaime no se sentía del todo reconocido en aquellas palabras. Es más, él también había tenido sus dudas y se las expuso a doña Inés, pero había puesto todo de su parte para que las circunstancias de Clara no fueran determinantes. Por encima de cualquier consideración, estaba su madre.

—Yo...

—¡Tú qué! —gritó don Gustavo.

—No me hables así, padre —se revolvió el joven—. Esta familia la ha construido nuestra madre y ella sabe por qué Clara será una buena esposa y la mejor madre para mis hijos. Unos hijos a los que, por cierto, nunca abandonaré.

En ese momento, don Gustavo comenzó a temblar y volvió la angustia al pecho y la tos repentina.

—Regresemos a casa —dijo.

No se había preparado para escuchar esas palabras

de su hijo. No era un reproche explícito, pero contenían todo el sufrimiento acumulado durante años.

Don Gustavo volvió a enfrentarse a su cobardía, a su dilema, a esa incapacidad de contar la única verdad que podría haber evitado el matrimonio entre dos hermanos de un mismo padre, que no era otro que él.

Así que la boda se celebró el 26 de julio de 1924, a las doce del mediodía, en la capilla del pazo de Espíritu Santo.

Desde primera hora del día señalado, doña Inés ayudó a la novia a arreglarse, asistida por las criadas. La peinaron, la perfumaron, rascaron su piel con crin y la embadurnaron con cremas de aceite y pétalos de rosa. Cuando acabaron parecía otra. Se vistió la ropa íntima con encajes en el sostén y, por último, el traje de novia que debería haber llevado Catalina.

En ese momento, doña Inés volvió a arrepentirse de no haber escrito a Catalina para anunciarle el enlace de su hermano.

Y sin embargo... no lo hizo.

Seguía atenazándola la pena de no haberla asistido el día de su boda.

No haberla vestido.

Ni besado su mejilla.

No haberle deseado: «Buen matrimonio, hija».

Se sostenía el pecho con la mano como si pudiera frenar el pálpito acelerado.

A Clara le dio por gimotear al verse tan de blanco, tan oliendo a gloria, tan suave al tacto. Se contuvo para no estropear el maquillaje de los ojos y los polvos de las mejillas. Se acercó al oído de la señora y le dio las gracias por todo lo que había hecho por ella sin tener por qué.

—Usted ha decidido que yo sea una de las suyas —le dijo al oído—. Se lo devolveré en honra y fortuna.

Doña Inés hizo su gesto de «no digas, tonterías» y también contuvo las lágrimas, pero cuando la vio entrar en la capilla del brazo de Fermín, a quien ella había elegido de padrino, ya no pudo más y no paró de llorar hasta que se agotó el champán del convite. Clara lucía más hermosa que nunca, con el vestido largo y aquel sombrerito que le recogía el pelo y caía en un velo de encaje de varios metros.

Al ver las emociones tan a flor de piel, don Castor dijo «haya paz» antes incluso de nombrar al Padre, al Hijo y al Espíritu Santo.

El día anterior, el cura había hecho hueco en las celebraciones del apóstol Santiago para recibir en confesión a todos los habitantes del pazo, incluidas las criadas. Ninguno confesó pecado alguno, ni siquiera de pensamiento, y eso que el cura hurgó en el pasado por ver si alguien largaba algo que pudiera desvelar el viejo enigma del parecido físico de Clara y Catalina con don Gustavo. Aunque el sacerdote echó con cajas destempladas a la señora de Barba Peláez cuando ella le fue con el chisme, e incluso le impuso penitencia, nunca se lo sacó de la cabeza.

Cuando llegó el turno del señor Valdés, el cura le preguntó si estaba satisfecho con el matrimonio de su hijo.

—Pss, padre —contestó.

—¿Qué quiere decir?

—Que ni fu ni fa —añadió.

—Puede confesar sus miedos. Cualquier pensamiento que lo aturda o desvele.

A don Gustavo ni se le pasó por la cabeza la posibilidad de hacerlo. No se fiaba de nadie y menos del sacerdote que oficiaría la boda y que, llegado el caso de la confesión, no tendría más remedio que anularla con el consabido escándalo social.

—No tengo miedo a nada, padre —contestó con seguridad.

—¿Cree que la madre de la novia, la difunta Renata Comesaña, lo tendría?

—No lo he pensado.

—Desde que usted emigró a hacer fortuna, la empleada no volvió a darle señales de vida, ¿no es cierto?

—¿Y por qué iba a dármelas a mí?

—Siempre se mostró muy atento con ella y ella con usted, don Gustavo.

—No sé adónde quiere llegar, padre, pero que no le metan pájaros en la cabeza.

Don Gustavo se levantó del reclinatorio y se fue sacudiéndose el polvo de la solapa de la chaqueta.

La confesión le dejó un mal cuerpo que le hinchó los intestinos. De hecho, no volvió a mirar al sacerdote a los ojos y se cuidaría muy mucho de beber siquiera una copa de vino por si le daba por hablar más de la cuenta.

Los novios se intercambiaron las arras y las alianzas en señal de su amor y Clara volvió a llorar cuando le tocó decir «sí, quiero». Doña Inés la miró fijamente y sin pestañear, y Clarita recordó su compromiso de esforzarse para querer a ese hombre.

—Sí, quiero. Hasta que la muerte nos separe.

Sólo entonces la señora respiró aliviada porque, por fin, sintió que se hacía justicia con la hija de la criada, pero también con ella misma, que estaba harta de desplantes.

En el banquete posterior, las esposas de los señores del mar dejaron de hacer de menos a Clara al verla del brazo de su marido, un Valdés de antiguo linaje y presente fortuna. Lo que habían dicho antes se lo bebieron y se lo comieron sin que les provocara empacho y regalaron su oído con elogios que a cualquiera le habrían debilitado la voluntad. Clara se sentía tan observada que no dejó de sonreír ni un minuto hasta que al amanecer se acabó el champán y la señora Valdés dijo:

—Parece que me está sentando mal.

Don Gustavo la recogió entre sus brazos y supo que era el momento de hacerle la pregunta:

—¿Me volverás a querer?

Doña Inés no contestó. Era la primera vez que cedía al vicio del alcohol y no quería equivocarse en la respuesta.

CAPÍTULO 33

Los recién casados volvieron de su luna de miel a finales de 1924. Doña Inés dispuso para ellos la habitación de las Tres Cruces, que así la llamaba por las curiosas cruces que los temporales de viento y lluvia habían esculpido en el alféizar de una de las ventanas.

Estaba al lado del cuarto vacío de Leopoldo, que ese mes de septiembre había marchado a estudiar a Madrid con un puñado de libros en la maleta y una libreta en blanco en la que pretendía escribir una novela.

Tardaría en volver a Punta do Bico.

La señora Valdés también introdujo cambios en La Deslumbrante. Organizó un despacho para el hijo con secretaria particular, un lujo que ni Fermín tenía. A Clara le costó hacerse a las nuevas circunstancias. Hasta entonces ella había sido su mano derecha. Se preguntaba si seguiría manteniendo el mando.

Fermín se fue para casa aquejado de una extraña dolencia que le afectó a la cadera y que le hacía hablar a trompicones. Es decir, que se quedó cojo y tartamudo. Empezó a trabajar lo justo y doña Inés le dijo que no volviera, que ya tenía edad de disfrutar de lo que le quedara por vivir. Le hicieron, eso sí, una despedida como Dios manda, con vino, queso, pan, berberechos y almejas. No faltó nadie de los conocidos.

Poco a poco, la señora Valdés también dejó de estar encima del negocio. Aunque despachaba con Clara y Jaime todos los días, sólo iba a la fábrica para felicitar las fiestas y las pescas abundantes. Se entregó, en cuerpo y alma, a la misión de reconocer a don Gustavo. Donde hubo gloria empezó a haber paz.

El joven matrimonio Valdés salía del pazo a las siete de la mañana hasta la hora de comer, se echaba una siesta breve y retornaba a la fábrica. No siempre volvían juntos. Las últimas horas de la tarde eran las más provechosas para Clara, que nunca se conformaba con lo que tenían. Siempre quería más.

Así que sus días se sucedían más o menos iguales. Trabajar, cuadrar cuentas y hacer el amor. No dejaron de hacerlo ni un solo día desde el 26 de julio de 1924. Además del goce de los cuerpos, todavía desconocido para ella, buscaban un hijo.

No había día que doña Inés no se acercara a Jaime o a Clara para preguntarles «Cómo va mi nietecito». Y no había día que don Gustavo no riñera a la esposa por la intensidad de sus deseos. Para él, que aquel matrimonio no tuviera descendencia era lo mejor que podía pasarles y rezaba a escondidas para que nunca llegara.

—¡Déjalos en paz! —decía don Gustavo a su esposa cuando Jaime y Clara ya no estaban delante.

—¿No quieres ser abuelo o qué? —lo reprendía doña Inés.

—Inés, hay que aceptar el mandato de Dios. ¿No ves que Clara está metida para dentro? Ese cuerpo no está llamado para la procreación.

—¿Qué sabrás tú? —protestaba doña Inés—. ¿Qué demonios sabrá un hombre del vientre de una mujer?

Don Gustavo se ausentaba malhumorado porque, una vez más, no podía explicar a su mujer las razones por las que deseaba que el cuerpo de Clara siguiera sin dar fruto.

Ya se había acostumbrado a ella y a tratarla con la oficialidad de nuera, pero irremediablemente la veía como su hija. Se mordía las uñas y los labios para no encariñarse, pero al oírla hablar se escuchaba a sí mismo con argumentos que él podría haber utilizado sobre los males del país o los negocios del mar. Cuando se concentraba, Clara tenía una manera de fruncir el ceño propia de los Valdés. La había visto en su abuelo. La vio repetida en su padre. Se la había visto a él mismo y ahora era capaz de reconocerla en su hija.

En 1926, Clara se sacó el carné de conducir. Fue la primera mujer que condujo un coche en Punta do Bico y, cada vez que salía del pazo, los vecinos se acercaban a verla al volante de aquel Ford T negro con faros como ojos de búho. No se lo terminaban de creer. Aquello fue lo que más impresionó a don Gustavo. Tanto que dejó que Clara lo llevara a comer lamprea del Ulla, a escuchar misa a Compostela y a pasear sus rúas.

Más de una vez estuvo tentado de hablar con ella, de sentarla a su vera y confesarle la verdad. Siempre sería una verdad a medias, porque él no sabía que la Renata había intercambiado a las dos pequeñas.

Pasaron los años y aquella rutina se mantuvo. Jaime no la veía con buenos ojos. No podía soportar que su mujer acaparara las miradas, respetos y elogios de su padre, pero todavía no se lo había reprochado. Nunca se quejó en voz alta hasta un día de finales del verano de 1928.

Don Gustavo y su hija volvían de uno de sus paseos.

Clara aparcó en la cochera y, antes de quitar las llaves del vehículo, pidió a don Gustavo que esperara un minuto.

—Tengo que contarle algo —le dijo.

Seguía tratándolo de usted, igual que a doña Inés. Ni el tiempo transcurrido ni el matrimonio arreglado habían conseguido arrancárselo de la boca.

A don Gustavo le subió el ácido del estómago hasta la garganta.

—¿A mí? —preguntó.

—A usted, sí.

Clara se recolocó en su asiento de conductora, tragó saliva y le dijo:

—No, no voy a preguntarle por mi madre ni por la carta que nunca me contestó. Usted sabrá. Han pasado demasiados años como para remover el pasado.

Don Gustavo empezó a sudar.

—Lo que quiero decirle es que estoy embarazada —exclamó Clara—. ¡Pero no diga nada! Esta noche lo sabrán Jaime y doña Inés. ¡Por fin, don Gustavo, por fin!

El hombre se quedó sin palabras. La miró a los ojos y le hizo una señal de la cruz en la frente como si estuviera bendiciéndola. Clara no entendió nada, pero en ese momento no le concedió importancia.

Se alejó a paso ligero hasta la entrada principal del pazo, subió las escaleras hasta la habitación de las Tres Cruces y, cuando abrió la puerta, se encontró a Jaime con el morro torcido.

—¿Qué pasa, amor? —le preguntó sorprendida.

—Llevas años ninguneándome.

—¿Qué estás diciendo?

—¿No tienes suficiente con la fábrica? —le espetó—. Ahora también has conseguido robarme a mi padre con esos paseítos en coche de aquí para allá.

—¿Qué locura es esta, Jaime?

—Llevas años dedicándole más tiempo que a mí.

—Eso no es cierto. Y no entiendo a qué viene el reproche —le contestó Clara abrumada por la cólera de su marido—. Pensé que te gustaba que atendiera a tu padre. Lo hago por agradar...

—¡Hasta las obreras lo ven! Esta mañana las oí cuchicheando de ti y de lo mucho que te gusta salir con mi padre.

—¡Eso es mentira! No sé adónde quieres llegar, Jaime.

—Tú no quieres verlo. Además...

—Además, ¿qué? —preguntó Clara.

—Te estás empeñando en conseguir algo que Dios no quiere darte.

—¿A qué te refieres? —contestó ella nerviosa y agitada.

—¡Al hijo! ¡Al hijo que no llega desde que nos casamos hace cuatro años!

—¿Quién ha dicho que Dios no quiere darme hijos?

Anochecía en la habitación de las Tres Cruces. La fina línea del horizonte, inflamada de colores, se fundió con el mar.

—Estoy embarazada.

Jaime se quedó helado. Un torrente de energía le recorrió el cuerpo. Se acercó a ella.

—Clara, Clara... —susurró—. ¿Por qué no me lo dijiste?

Ella empezó a llorar sin hacer ruido. Las lágrimas se descolgaron de sus ojos y siguieron el surco tantas veces recorrido hasta la comisura de los labios.

—Porque quería estar segura...

El disgusto de no engendrar la había perseguido durante todos esos años en los que no tuvo más remedio que consolarse sola porque doña Inés no dejaba de implorar a los santos que le concedieran al menos un nieto.

Puso todo de su parte, pero viendo que la criatura no llegaba decidió recurrir a los servicios de la meiga buena de Punta do Bico, conocida por sus sanaciones. Naturalmente no dijo nada a nadie.

La meiga buena tenía nombre de hombre, Ventura, pero era una mujerona de la cabeza a los pies, hermosa de cara y cuerpo. Clara sabía que trataba a las esposas de los industriales de la comarca, pero Ventura les prohibía dar publicidad a sus milagros para que su casa no se convirtiera en lugar de peregrinaje. Además, el alcalde la tenía entre ceja y ceja porque no pagaba impuestos por lo que él consideraba un negocio en toda regla. «Si cobra, que pague», decía con la boca pequeña, eso sí, no fuera a echarle mal de ojo.

La meiga Ventura vivía al lado de la farmacia de Remedios, adonde Clara llegó con una pañoleta cubriéndole el pelo para pasar inadvertida. Tocó a la puerta y, con un ligero empujón, la puerta se abrió. Subió unas escaleras angostas y oscuras que desembocaban en una estancia amplia, iluminada con velas en el suelo, cuadros de santos en las paredes, cortinones que cubrían las ventanas de madera y fino cristal.

—La tengo vista del puerto —le dijo Ventura nada más recibirla.

—Y yo a usted —mintió Clara, que no recordaba haberse cruzado con ella en todos los días de su vida.

—Tiene usted buena aura, doña Clara.

—Me reconforta escuchárselo, Ventura.

—Y ahora, dígame: en qué puedo ayudarla.

Clara le contó que llevaba cuatro años intentando quedarse embarazada y la meiga le pidió que se tumbara en un jergón sucio que tenía en el suelo, cubierto por una colcha raída.

—Quítese las faldas, haga el favor.

Clara obedeció sin rechistar.

Ventura puso sus manos sobre el vientre y comenzó a

mover los labios como si estuviera recitando una invocación.

—Estéril no es. Dese la vuelta.

Se giró sobre el colchón y la meiga buena volvió a poner las manos sobre ella, esta vez a la altura de los riñones. Clara ya no podía verla, pero imaginaba que estaría pronunciando las mismas oraciones.

—Tengo que decirle que no me gusta lo que me devuelve su cuerpo, pero veré qué puedo hacer.

Clara se quedó paralizada unos minutos, con la cara contra el colchón.

—Vístase.

Ventura se sentó a su escritorio y empezó a escribir en un cuaderno.

—¿Qué ha querido decir, Ventura?

—Que usted puede ser madre o no.

—No sé si es consuelo...

—Hay mujeres que a la primera vibración me están diciendo que nunca podrán gestar. No es el caso.

—Menos mal, Dios mío —susurró Clara.

—En una semana le llevaré a Espíritu Santo la receta de lo que tiene que hacer.

—¡Ay, Ventura! ¿Tiene que ser al pazo? Preferiría que quedáramos usted y yo. No vaya a ser que mi marido descubra...

—Iré a la fábrica —contestó sin dejarle acabar.

—Mucho mejor. ¿Qué le debo?

La meiga buena giró el cuaderno hacia la señora, donde había escrito la tarifa de la consulta. Clara pagó y salió de allí sin saber cómo debía sentirse ni qué decir ni si llorar. Lo mejor había sido confirmar su fertilidad, pero quizá con eso no resultara suficiente.

Los siete días que mediaron entre aquella primera visita y el encuentro con la meiga Ventura a las puertas de

La Deslumbrante fueron un quebradero de cabeza. Prefirió trabajar para no hundirse en pensamientos que no la conducían más que al desconsuelo. La concentración iba y venía y no podía permitírselo. La Deslumbrante se había convertido en una de las fábricas más rentables de la provincia. No era la más grande, pero sí la más eficaz frente a gigantes como Massó, Antonio Alonso, Curbera. Además, había conseguido diversificar los productos y, cuando la sardina escaseaba, trabajaban el calamar, la pota, la jibia, la almeja y el mejillón. Enfrascada en las contabilidades, pasaba las horas hasta que llegó el sobre de Ventura, entregado en mano. Su urgencia por abrirlo hizo que ni siquiera esperara a volver a su despacho. Allí mismo, con la brisa del muelle de La Deslumbrante agitándole el cabello, Clara leyó la receta de la meiga buena y cumplió a rajatabla todas sus recomendaciones.

Aspergió el lecho conyugal con hierbabuena y agua bendita que pidió a don Castor con la excusa de consagrar las temporadas de pesca.

Tomó las nueve olas de la playa de Las Barcas que, según explicaba Ventura, surtían el mismo efecto que las de La Lanzada.

Y bebió agua de la fuente de Lourido, a orillas del río Tea, adonde viajó sin decir que iba a La Coruña ni a qué.

Y esperó.

—¿Cuánto tiempo llevas sin periodo? —le preguntó Jaime.

Se había desabrochado la botonadura de la camisa blanca y asomaba entre la tela su pecho velludo.

—Tres meses...

Jaime la abrazó de nuevo y acarició su cuello con la ternura del arrepentimiento.

—Y no vuelvas a decirme que no eres mi prioridad —le rogó Clara—. Tú y el bebé que nacerá el próximo año lo sois.

La noticia del embarazo, comunicada esa misma noche, devolvió la alegría al pazo. De golpe, doña Inés dejó de rezar. Pasaba las horas en los jardines tejiendo arrullos y pañales, acondicionó una habitación y viajaba con Clara a la ciudad para derrochar lo que nunca había derrochado.

—¡Se acabó ser tan mirada con los dineros! —exclamaba con orgullo cuando volvían de Vigo con las manos llenas.

—Seamos prudentes, doña Inés —insistía Clara con miedo a que se truncara el embarazo.

Frente al entusiasmo de la esposa, don Gustavo se encerró en sus elucubraciones. Las pesadillas lo despertaban por la noche. Soñaba con que la criatura nacía hemofílica, deforme o a saber. Se despertaba abotargado por las horas en tensión y los miedos, que a nadie podía confesar. ¿Quién entendería que hubiera permitido un matrimonio entre hermanos? Y eso que él creía que sólo eran hermanos de padre.

Con tal de no estar en el pazo, el señor Valdés recuperó las viejas amistades de Vigo, a las que había desatendido durante sus años de emigrante en Cuba. A doña Inés no le hacía maldita gracia que se viera con algunos de los señores con los que ella había tarifado, pero la llegada del nieto compensaba todo.

Don Gustavo iba a todo a lo que lo invitaban. En julio de ese año asistió a la inauguración del monumento a la Marina Mercante que se construyó en Monteferro a iniciativa del cónsul británico Arturo Nightingale y en memoria de los barcos hundidos en la Gran Guerra, y en diciembre, a la del estadio de Balaídos. Se dejaba ver en el Real Club Náutico y, por aquella época, conoció a Hermenegildo Alfageme, único heredero de la saga iniciada por Bernardo Alfageme en Candás. De ellos se hablaba hasta en Cuba por el matrimonio de Hermenegildo con Rita del Busto, una asturiana nacida en Pinar del Río. Siguió con entusiasmo las obras de su fábrica en Vigo entre las calles Tomás A. Alonso y Orillamar. El edificio se convertiría en un ejemplo de la arquitectura industrial y don Gustavo llegó a fabular con abrir una sucursal igual de La Deslumbrante. Se quedó en eso, en una fabulación, que ni se atrevió a plantear porque las mujeres estaban a otra cosa. Pero tenía envidia de aquel empresario. En realidad, don Gustavo tenía envidia de los hijos de Hermenegildo —Braulio, Hermenegildo segundo y Antonio—, nietos de don Bernardo y garantía de sucesión en sus negocios. En eso, doña Inés tenía razón: las herencias había que saber gestionarlas.

El mayor, Braulio, había estudiado Ingeniería en el Instituto Católico de Artes e Industrias y su fama llegó hasta las provincias porque ideó brillantes sistemas de refrigeración que, con el tiempo, convertiría en instalaciones frigoríficas para los buques de pesca.

Luego estaba Hermenegildo segundo, que se había quedado en Asturias con su abuelo Bernardo, al frente de la fábrica de Candás.

Y el último nieto, Antonio, nacido ya en Vigo, también sería educado y formado para heredar.

El señor Valdés repasaba su familia y se daba contra la pared. Dudaba de que La Deslumbrante tuviera continuidad después de Jaime y Clara, porque su cabeza atormentada le decía que de aquel embarazo no podía salir nada bueno.

Leopoldo ni estaba ni se le esperaba.

Y Catalina, de la que sólo se hablaba para recordar su fechoría, no había hecho llegar noticia alguna de descendencia. La joven cayó en una especie de olvido doloroso para todas las partes. A don Gustavo le maltraía que ni siquiera hubiera sido informada de la boda de su hermano Jaime. Naturalmente no se atrevió a abrir la boca para protestar, porque no habría resistido encontrarse con sus dos hijas en la capilla de Espíritu Santo.

Doña Inés preparó el alumbramiento de Clara. No dejó nada sin atar. Aún tenía presente sus padecimientos cuando nació Catalina. Hasta principios de los años veinte, las mujeres con posibles parían en el hospital Elduayen, asistidas por médicos titulados y monjitas de las Hermanas de la Caridad. Doña Inés siempre lamentaría la fatalidad del adelanto de su parto que, de otra manera, también se habría producido allí.

—Pero ahora las embarazadas van a los Pabellones Sanitarios. Parirás allí. No podemos arriesgarnos. El doctor Cubedo ya sólo está para resfriados.

A Clara todo le pareció bien.

Un mes antes del parto, visitó a un ginecólogo, don Valentín se llamaba, que le recomendó ingresar una semana antes de la fecha prevista para no correr riesgos innecesarios.

—El 10 de marzo la quiero ver aquí. ¿Entendido?

Clara y doña Inés, que siempre la acompañaba a las consultas, asintieron con la cabeza.

—¿Está todo bien, doctor? —preguntó la futura madre.

—Sí, señora. Pero nadie lo sabe mejor que usted. El bebé se tiene que mover. Sobre todo, cuando usted coma dulce. El dulce los espabila.

—De acuerdo —contestó Clara.

—Pero tampoco se pase, que ya ha cogido un peso considerable.

No le faltaba razón al doctor don Valentín. Se había redondeado tanto que hasta se achinaron sus ojos azules y se desdibujó su sonrisa.

El domingo 10 de marzo de 1929, Clara ingresó en los Pabellones Sanitarios de Vigo con una maleta llena de camisones de seda y el ajuar blanco del bebé.

Antes de partir a la ciudad, pasó a ver a la meiga buena para informarle del feliz acontecimiento que estaba al llegar. Ventura no le abrió la puerta. Apenas se vieron a través de una rendija.

—Téngame en sus rezos hasta que yo la informe del nacimiento —le dijo Clara.

—Vaya, vaya. No tema. Pero échese un manojito de romero en la enagua.

Entonces Clara no echó cuenta de la advertencia. Entendió que era una recomendación más que la santera bien pudo haber apuntado en la receta de la sanación.

Doña Inés se instaló con Clara en el hospital y ella pensó que eso sólo lo hacían las madres. Aquellos días, las mujeres hablaron mucho y de todo. Recordaron sus vidas y sintieron la íntima satisfacción de estar a punto de celebrar una nueva. Doña Inés le habló de sus tres partos, cada cual distinto, pero igual de emocionantes. Fue así como Clara se enteró de lo mala que estuvo cuando nació Catalina y del incidente de las ratas habaneras. Rieron de lo lindo, ahora que podían reírse.

Jugaron con los nombres del nuevo de la familia.

—Si es niño, se llamará Gustavo.

—¡Oh, no, no! Si quieres regar la vanidad del abuelo,

lo llamaremos Jerónimo Valdés. Mi esposo se quedó con ganas de bautizar así a alguno de sus hijos.

—Y ¿si es niña podremos llamarla Inés?

—¡Eso sí! —contestó la suegra.

Aquellas conversaciones hicieron más liviana la espera, mientras paseaban de arriba abajo por las galerías acristaladas de la planta de las parturientas para aliviar la hinchazón de sus tobillos.

Doña Inés le compraba bollos de azúcar en las mejores confiterías y Clara los engullía con tal ansia que la criatura de su vientre se alborotaba en el primer mordisco.

No se acordó de la Renata más que en algún momento de la duermevela. Ni de Domingo. Pero Celso se sentó en el cabecero de la cama y, de vez en cuando, hablaban entre murmullos para que doña Inés no pensara que había enloquecido.

El joven no se fue hasta que ocurrió lo que ocurrió.

La noche del 14 al 15 de marzo, Clara sintió que el bebé no se movía. Alargó la mano hasta la mesilla de noche, cogió un pedazo de bollo, se lo metió en la boca, lo masticó con ansiedad.

Pero nada.

Se recolocó en la cama y abrió los cajones buscando más alimento.

—Vamos, *filliño*, que es comidita rica.

Hablaba bajito para no despertar a doña Inés, a la que le costaba horrores conciliar el sueño.

—Vamos, vamos...

Pero nada.

De un trago se bebió el agua del vaso que dejaban las enfermeras del turno de noche.

—*Filliño* querido. ¿Estás ahí?

Sacudió su vientre dando suaves palmadas con las manos a la altura del ombligo.

Pero nada.

Entonces empezó a gritar como si estuviera poseída, alertando a doña Inés y a las enfermeras, que entraron en la habitación con jeringas y otros utensilios por si había que reducir a la parturienta.

—¡No se mueve! ¡Mi bebé no se mueve!

Las enfermeras trataron de calmarla, pero Clara estaba fuera de sí.

—¡Se ha muerto! ¡Se me ha muerto! ¡Hagan algo!

Clara buscó a Celso con la mirada, pero Celsiño ya no estaba ahí.

No podía verla sufrir.

CAPÍTULO 34

Tras la muerte del bebé de Clara, la vida de Espíritu Santo cambió para siempre. Todos sus habitantes se sumieron en una tristeza que les ajó la piel, hundió sus miradas y los alejó de este mundo, en un tránsito penosamente lento hacia el más allá.

Hasta las criadas tiraron la toalla.

—No hay nada que hacer —dijo María Elena—. Cuando el demonio entra por la ventana ya no sale por la puerta.

Clara, que lo oyó, se creyó a pies juntillas aquella sentencia, propia del saber popular, del pobre y de la sirvienta. Y volvió a ella la angustia de su destino y la condena por tentarlo.

Incluso su marido dijo que la muerte del bebé «por algo sería», como si hubiera alguna razón que explicara un castigo semejante, ajeno a razonamientos médicos.

—Por algo será —repitió Jaime, abrazado a don Gustavo, que, sin duda, fue quien le metió esos pájaros en la cabeza.

Cuando Clara oyó al esposo se revolvió en las costuras de su vientre y notó que todos los esfuerzos que había hecho por quererlo también la habían dejado agotada.

Los meses siguientes los pasó encerrada en sí misma. Daba igual si hacía frío o calor. Si la pesca venía abundante o escasa de sardina, bonito, anchoa. Clara no miraba el calendario ni la hora de los relojes. Lloró más que nadie con la cara contra la almohada de la cama de las Tres Cruces, acurrucada entre sus brazos y sola, como se había acostumbrado a sufrir. Ni Jaime, emborrachado de tristeza y del veneno de su padre, era capaz de compadecerla, y eso le dolía tanto que secó sus lágrimas. Entonces enmudeció y sólo hablaba a través del diario de amor, donde escribió todo lo sucedido.

No podremos dejar en herencia La Deslumbrante. Doña Inés no se lo merece, pero quizá tenga razón María Elena: el demonio me ha sentenciado.

Clara pensaba que todo había sido un inmenso error, desde el día que aceptó entrar a trabajar en el viejo y olvidado aserradero de los Valdés hasta su matrimonio con Jaime. Que nunca debió acercarse a aquella familia, que la Renata podía tener su parte de razón, que el destino era el destino, inevitable y terco, y que intentar cambiarlo sólo conducía al desastre.

Buscó en sus escritos la cantidad de veces que se había referido a ella misma como la HIJA DE LA CRIADA y las palabras malditas rebotaron contra sus pupilas.

Y como si la hija de una criada no mereciera una explicación, nadie le dijo qué había pasado con su bebé, que, al nacer, supieron que era una niña a la que no le tocaba vivir esta vida.

Se llamó Inés, como había convenido con la abuela, la bautizaron muerta y le dieron cristiana sepultura en Punta do Bico, en el mausoleo de los Valdés, acomodada entre lanas en una cajita de pino blanca. Clara ni siquiera pudo cumplir el deseo de enterrar a su niña, convaleciente como estaba de la operación que le practicaron para extraer el cuerpo.

Nunca sabría que su Inesita nació con una malformación rara provocada por las sangres mezcladas de los padres que sólo don Gustavo podría revelar. No lo hizo para no vivir el resto de su vida escuchando el eco de sus propias palabras.

Por fortuna para los Valdés, el peso irremediable de los años se encargó de hacer el trabajo sucio de borrar las desgracias y se fueron acostumbrando a la realidad de que no habría nietos ni canciones de cuna ni biberones hervidos.

Clara volvió a encontrar en La Deslumbrante su mejor refugio. Las obreras se volcaron con ella y no había día en que alguna no le regalara una flor fresca que cogía camino a la fábrica o una concha de la playa que traía suerte. Ella ya no quería oír hablar de suerte o de milagros. Los hechos le habían confirmado que no existían. La meiga Ventura se enteró de todo, pero nunca más se vieron ni se encontraron por casualidad en Punta do Bico.

Y Jaime, como un extraño en su vida, empezó a alejarse de ella. Descubrió los placeres de los señores del mar, vividores de la época que emborrachaban las penas, y en ellos halló el modo de canalizar la tristeza. Clara no dudaba de su sufrimiento, pero hubiera agradecido que no anduviera de aquí para allá todo el día: que si recepciones en el Náutico de Vigo, que si comilonas en La Toja, que si...

Así fue hasta que las celebraciones tocaron a su fin con la guerra que se declaró en el país a mediados de julio de 1936. Los mismos señores que gastaban a espuertas en salones de alto copete se replegaron a sus cuarteles generales para hacer frente a lo que se venía encima.

La guerra española los hizo despertar de un bofetón de realidad, que sonaba a cañones, trincheras y muerte.

Fueron tres años lúgubres en los que España se desangró. Los españoles se mataron entre ellos y se enterraron donde pudieron, muchos en fosas sin dignidad.

Cierto era que la contienda dejó importantes remesas de dinero a los señores del mar y devolvió a las conserveras gallegas el valor que ya les habían dado los franceses en la primera guerra europea. Doña Inés recordaría toda su vida la penúltima conversación con el señor Barba Peláez.

—¿Te diste cuenta? Todo vuelve. Y seguirá habiendo mar para todos.

Así fue.

Pontevedra multiplicó sus conserveras y a ninguna le faltó trabajo. Las fábricas bullían a pleno rendimiento con jornadas de más de veinte horas sin descanso dominical para alimentar con sardinas a los soldados de las trincheras. Hasta los frentes de Teruel llegaron sus latas. Galicia se plegó enseguida al bando nacional, que intervino las industrias o las puso a su servicio para garantizar la intendencia militar. Sólo durante el primer año de guerra, las fábricas de Punta do Bico y alrededores entregaron más de veinte mil toneladas de conservas de pescado. La Deslumbrante se libró de armar a los ejércitos, pero La Metalúrgica de Vigo pronto fue llamada a filas para fabricar proyectiles de todo tipo. También echaron el diente a la hojalatera La Artística que, de la noche a la mañana, se reconvirtió en fábrica de granadas de mano modelo Laffitte.

Los cajones de sardinas y *xoubas*, chocos, mejillones y almejas se multiplicaron. Naturalmente, todo tenía un precio. En las declaraciones juradas de las producciones de aquellos años empezó a aparecer, bajo el nombre de La Deslumbrante, un «¡Viva España!».

Las noticias llegaban a cuentagotas, pero llegaban. Lo que lloró don Gustavo a los Alfageme al descubrir en un periódico de diciembre de 1937 que Bernardo y su nieto Hermenegildo habían sido fusilados en Asturias, junto a otros cuarenta y cuatro vecinos, entre ellos trece sacerdotes y un padre capuchino.

Con el tiempo corrió la voz de que las propiedades de los Alfageme en Candás fueron requisadas por el gobierno del Frente Popular y la poderosa Confederación Nacional del Trabajo, y la residencia familiar quedó convertida en un hospital de sangre.

—Hasta para que te fusilen conviene tener un nieto al lado —se lamentó doña Inés.

TERCERA PARTE

—

PUNTA DO BICO, 1940

CAPÍTULO 35

—De este año no paso —dijo aquel día el señor Valdés a media voz por culpa de la fatiga.

—Llevas así ni se sabe —contestó doña Inés—. *E non morres* —añadió para sus adentros.

Las sanguijuelas reptaron entre los vellos blanquecinos buscando la sangre de cordero que el doctor de Punta do Bico, Celestino Vieito, antiguo pupilo de Cubedo y meritorio universitario, había estampado en su pecho con el dispensador a cuentagotas. Retiró con un trapo el hilillo rojo y espeso que se había escurrido por las costillas y las dejó actuar.

Doña Inés sintió una arcada y se retiró al mirador de Cíes para no ver cómo chupaban la sangre de su esposo.

—Te van a dejar seco —dijo.

Don Gustavo también cerró los ojos. Aunque sabía que sin las sanguijuelas estaba muerto, le daban grima.

La sesión terminó cuando los gusanos se despegaron. Entonces, el doctor los retiró con crin de caballo.

—¡Listo, señor Valdés! Ahora, descanse.

Doña Inés abrió el ventanal para que el aire se llevara a los demonios, se acercó al marido y le preguntó cómo estaba. Él contestó que bien, que le dolían las piernas y el brazo izquierdo.

—Si me ves morado, me avisas.

Desde que le habían empezado a tratar con las sanguijuelas, sentía extrañeza en su propio cuerpo y miedo a no reconocerse. Hasta doña Inés lo miraba raro si le daba por reírse a carcajadas, él, que no era de reírse de ese modo. O si le daba por llorar, señal de que le había subido el azúcar y tenía que orinar.

Antes de irse, el doctor sabelotodo le echó el habitual rapapolvo por no llevar a rajatabla sus indicaciones. Seguía fumando puritos, comiendo chorizo y bebiendo culines de aguardiente que mandaba servir en vasos de vino.

La verdad era que el señor Valdés se pasaba las recomendaciones del médico por la candela. Si hubiera vivido el doctor Cubedo, otro gallo habría cantado porque a él sí le hacía caso, y de qué manera.

Pero Cubedo murió como murió don Castor. Los dos se fueron poco antes de acabar la guerra, casi a la vez, con unos meses de diferencia. Primero, el sacerdote y después el médico. Como decían los vecinos, «Se fueron de lo mismo y sin dar guerra a nadie». Es decir, de viejos.

Don Castor apareció rígido como un cirio en la sacristía de la parroquia, envuelto en su sotana negra y con las manos en los bolsillos. Se había tomado la molestia de cerrar los ojos, así que creyeron que estaba dormido y lo dejaron descansar hasta que llegó la misa del mediodía. Fueron las beatillas las que dieron la voz de alarma a don Antolín el Nuevo —que llevaría esa muletilla pegada al nombre por más años que pasaran— y después al médico, que, renqueante como estaba porque tenía una rodilla mala, llegó sólo para certificar su muerte.

Lo enterraron en el panteón de los sacerdotes con gran ceremonia y pompa fúnebre, que es lo que él pidió a hurtadillas para no parecer presuntuoso.

Lo del doctor Cubedo llevó más tiempo porque pasó tres semanas de aúpa con dolores en el abdomen, calambres en la columna vertebral y fiebres que le hacían tiritar como la vela de un barco un día de viento. Su pupilo Celestino decía que «de hoy no pasa», pero llegaba el día siguiente y nada. Hasta que se murió.

Entonces el pupilo dijo:

—Ya lo decía yo.

Ninguno tuvo descendencia, que supieran, consagrados ambos a sus mutuas medicinas, y ninguno escuchó el último parte de guerra el 1 de abril de 1939.

—Si lo sé no vuelvo —dijo entonces don Gustavo entre carraspeos para que los muy cafeteros de un lado y de otro no supieran de qué pie cojeaba y porque, en realidad, sus predilecciones políticas iban por días.

Doña Inés sí lo oyó, pero para entonces ya le había perdonado todos sus pecados. Otra cosa es que hubiera vuelto a quererlo.

Eso nunca se lo dijo.

La guerra española había acabado, pero en aquel año 1940 España estaba patas arriba. Para unos no había dejado de estarlo desde el golpe de 1923, entre insurrecciones, revueltas, golpes de Estado y Cataluña. Para otros, la república de Alcalá Zamora y Azaña trajo los mejores años de sus vidas. Hasta que llegó la guerra civil, claro. Entonces, todos convinieron que el fracaso había sido total.

La guerra la ganó el que la empezó, un militar del Ferrol llamado Francisco Franco, que convirtió el país en una dictadura.

Y en esas estaban.

La Deslumbrante y el resto de las fábricas de conservas se enfrentaban al desastre económico, al cierre de fronteras y al fin de las exportaciones que tanto había costado conseguir. A eso se unió la segunda gran guerra europea, que comenzó a los cinco meses de acabar la nuestra y complicó aún más el panorama, con lo que resultó casi imposible conseguir licencias para nueva maquinaria. Los industriales de la zona empezaron a desarrollar modelos propios como la empacadora de atún, que inventó Luis Calvo con una pieza de una máquina para tostar café y el casco de un proyectil. Tardarían aún una década en inscribirlo en la Oficina de Patentes y Marcas, pero resultó prodigioso, porque abarataba costes en la mano de obra y mejoraba la presentación del producto.

Clara introdujo el autoclave vertical y las latas litografiadas, cuyos diseños supervisó ella misma porque a Jaime le parecían una pérdida de tiempo y de dinero. Por no discutir, ella decía a todo que sí, lo consultaba con doña Inés, que también decía que sí y, entre las dos, hacían lo que les venía en gana. Además, solicitaron el reingreso en la Unión de Fabricantes de Conserva para participar en los repartos de aceite y hojalata.

Clara empezó a distraerse a la hora del almuerzo. Siempre encontraba una excusa para no volver al pazo a mediodía. Se quedaba en su despacho, desde donde veía el espectáculo de la ría en esas horas de calma. Siempre era el mismo, pero cada día sucedía de una manera distinta.

Estudiaba y leía cuanto caía en sus manos. Escuchaba lo que decían los marineros cuando desembarcaban la pesca. Hablaba con los armadores y los patrones. También con las obreras para saber qué dolores las afligían. Con o sin dinero, los sinsabores de la vida se parecían mucho.

Fueron años durísimos que culminarían, mediada la década de los cuarenta, en una crisis sin precedentes de la sardina, que duró diez años y que esquilmó las costas sin razones científicas que pudieran explicarlo.

Los marineros volvían sin producto a la fábrica, temiendo el despido, pero La Deslumbrante aguantó la respiración ampliando el negocio con un secadero de bacalao y redirigiendo la planta de envasado al bocarte y el bonito.

Fue entonces cuando a Clara se le metió entre ceja y ceja resucitar la vieja idea de las ballenas que había tenido el año de su boda y que llegó a comunicar a don Gustavo. Ella no se había olvidado, pero entre una cosa y otra, los sucesos de su vida y la guerra, no hubo manera.

Habían pasado dos décadas desde que leyó la primera noticia sobre la caza de ballenas. Pensó que eran fábulas del mar, pero no tardó en descubrir que todo era verdad: había proyectos para construir factorías flotantes en las rías. Las autoridades las veían con buenos ojos porque los promotores eran noruegos, a los que tenían por más listos que a los españoles. Si se habían fijado en España por algo sería, pensaba también Clara cuando veía impresos los nombres de los místers: «Míster Cristopheroen, Míster Svend Foyn Bruun».

Y así.

Los apellidos resultaban impronunciables para ella, pero no para los señores con dinero, como el conde del Moral de Calatrava y el señor Maura, que ya habían demostrado experiencia en las aguas de Algeciras bajo la insignia de la Compañía Ballenera Española. Tenían sus propios barcos, tripulados por españoles y por noruegos, y bautizados con sus nombres, el Pepita Maura o el Conde del Moral de Calatrava.

Si todo aquello despertó su curiosidad, ahora podía decir que se había empapado hasta saber más que los místers noruegos. Es más, llegó a pensar que no tenía nada que envidiar a los nórdicos porque las ballenas siempre se pescaron en los puertos de Malpica, Cayón, San Ciprián y Burelas. Era cuestión de tiempo que la historia se repitiera.

Le fascinaba pensar que las aguas desde Punta Europa

hasta Larache pudieran ser como los mares del Sur de *Moby Dick* y aquello sí que suponía un acontecimiento. La prensa contaba que pescaban con arpones disparados por un cañón de aire comprimido, que los animales se descuartizaban a pie de fábrica y que se aprovechaba hasta los bigotes.

—La ballena —concluyó Clara— es mejor que el cerdo.

Y así se lo hizo saber a los Valdés.

Una noche, después de la cena, los reunió en torno a la chimenea y habló con la mejor de sus voces.

—Debemos ampliar nuestro negocio hacia la explotación ballenera. Como bien le dije una vez a don Gustavo, la sangre que los marineros tiran al mar atrae a las sardinas. Así que una cosa arreglará la otra. De la ballena y del cachalote se vende todo. La carne es muy apreciada en Europa, pero también su grasa, sus huesos, sus dientes formidables...

Cuando Clara terminó de hablar, doña Inés tomó la palabra:

—Jaime, ¿tú qué opinas?

—No tenía noticia de esta nueva idea de mi esposa —dijo con mala cara.

—A mí me parece muy buena —intercedió a su favor don Gustavo.

—¿De verdad te lo parece, padre? —preguntó Jaime.

—Lo es.

Clara sacó el proyecto en el que llevaba meses trabajando y en el que, en realidad, nunca había dejado de pensar desde que se atrevió a deslizarlo en aquella incómoda conversación con don Gustavo en la que trató de saber la verdad de su vida. Estaba escrito a mano con todo lo necesario para convertir La Deslumbrante en una ballenera.

—Construiremos un nuevo espigón, compraremos un

buque ballenero y contrataremos a la mejor tripulación y a los mejores arponeros.

—¿Por qué no has contado conmigo? —dijo Jaime echando un ojo a los papeles de su esposa.

Ella evitó contestar para no enredarse en una discusión que los desviaría del asunto.

—Lo importante es que La Deslumbrante pueda sobrevivir y multiplicar sus ganancias.

—La inversión es grande, Clara —apuntó doña Inés.

—No más que lo invertido cuando cerramos el aserradero e inauguramos la conservera —contestó clavando sus ojos en los de doña Inés, como si necesitara agitar sus recuerdos, el pasado vivido y todo aquello que ellas dos habían construido sin necesidad de un Valdés.

El silencio los envolvió a todos, las tiranteces en el matrimonio volvieron a ser evidentes y los celos se agarraron al cuello de Jaime. Sentía que sus padres no lo tenían en cuenta, ni valoraban su formación universitaria. Los años en Compostela no habían servido de nada. Sólo importaba la opinión de la esposa, por quien comenzó a sentir un desprecio que no habría forma humana de enderezar.

—Si lo hacemos, lo hacemos bien —dijo Clara.

—Hágase —concluyó doña Inés.

La inversión no fue pequeña, pero los Valdés dieron el visto bueno a cada partida. Llevaron a cabo las obras en la fábrica y, aunque costó lo suyo, encontraron un patrón con experiencia y un arponero con puntería. El contramaestre, el maquinista, su segundo, los fogoneros, el cocinero, el marmitón y los seis marineros los fue arañando Clara de aquí y de allí hablando en los muelles con unos y con otros o recorriendo con su coche las factorías de la comarca hasta llegar a la de Caneliñas, donde se plantó con sus ojos azules y unas condiciones laborales que no pudieron rechazar.

No dejó de leer ni de aprender del mar y sus misterios. Volvió sobre Melville y Allan Poe. Inauguró un nuevo cuaderno para inventar recetas —aletas de ballena a la marinera, filetes estofados, sesos en salsa— y aprendió lo que no sabía: que la carne era roja y se parecía a la de la vaca, que la ballena azul podía alcanzar ciento cincuenta toneladas de peso y que el ámbar gris se formaba en los intestinos de los cachalotes y se vendía a precio de oro.

CAPÍTULO 36

La llegada del buque ballenero fue un acontecimiento para todos menos para Jaime, que, cuando lo vio, dijo que era pequeño y frágil como para salir a cincuenta millas de la costa. Clara dijo que era como los que ella había visto en Cangas y en cabo Morás, y que ya estaba bien de poner pegas a todo. Esto último lo dijo en voz baja para no soliviantarlo, pero las obreras, que lo oyeron, la jalearon cuando el marido se marchó. A Clara le pareció un barco extraordinario con el puesto de vigilancia en lo alto y el cañón arponero en la proa. Para darle el gusto a doña Inés, lo bautizó con su nombre y su apellido de soltera, como hacían los nobles.

El buque Inés Lazariego zarpó de La Deslumbrante por primera vez en mayo de 1942, ante la atenta mirada de Clara, doña Inés y don Gustavo, que, por los achaques, no pudo moverse del asiento que ocupaba en la parte trasera del coche. Desde ahí vio la botadura junto a su hijo Jaime, con cara de pocos amigos. El viejo Valdés había empezado a morirse en serio. Ya no había sanguijuela que le quitara esa odiosa fatiga que le amorataba los labios y le hinchaba los tobillos.

Aquella noche, cuando Clara volvió al pazo, extenuada por todo lo vivido, Jaime la estaba esperando con el pijama puesto y el batín anudado a la cintura. Nada más entrar en la habitación de las Tres Cruces, él se puso en pie.

—Te has salido con la tuya.

—Esto es de los dos.

—No. ¡Desde el primer momento quisiste que fuera tu ballenera!

—Jaime...

—¡Déjame hablar! Ni me consultaste que ibas a poner al barco el nombre de mi madre.

—Lo hice por ella, lo hice por ti...

—¡Cállate!

Clara se asustó y se alejó unos pasos con miedo a que le pegara o a saber qué demonios pensaba hacer.

—Tú no haces nada por los demás. Lo haces todo por ti y para ti. ¡Hasta aquel empeño de ser madre!

—¡Qué injusto eres! —se defendió.

—Nos habríamos ahorrado el sufrimiento del parto de una niña muerta.

Clara se removió en las telas del vestido. Por muchos años que pasaran, el simple recuerdo de aquel momento la encogía hasta el vómito.

—¿Por qué eres tan cruel conmigo? No me lo merezco.

—Ni yo...

Clara estaba segura de que Jaime había sufrido tanto como ella. Incluso llegó a entender que se fueran alejando el uno del otro para sanarse, pero nunca imaginó que utilizaría las palabras para desangrar esa herida que nunca se cerraría.

—No quiero que vuelvas a mencionar a Inesita —le dijo con voz entrecortada.

—Pues deja de apropiarte de lo que no es tuyo.

—¿Qué quieres decir? ¿Vuelves con los celos absurdos? Desde el primer día sólo he querido enseñarte el negocio que yo aprendí siendo una niña. Tú lo sabes, Jaime. Tú me viste trabajar en la fábrica...

—¡Cállate!

Estaba tan encendido que tuvo que abrir las ventanas, pese a que soplaba el viento del norte. Se acercó a ella y la señaló con el dedo índice.

—Te voy a decir algo que no quiero que olvides nunca: el heredero soy yo. Y después de mí, está Catalina. Pero si ella no vuelve, Leopoldo se pondrá al mando de La Deslumbrante porque tú sólo eres la hija de una criada.

Jaime salió de la habitación rumiando el recuerdo de la conversación que tuvo con don Gustavo la víspera de su boda.

—Qué razón tenía mi padre.

El aire del portazo removió las cortinas y hasta los bichos se asustaron y corrieron a esconderse bajo la cama que, aquella noche, se quedó vacía.

Clara no concilió el sueño ni una hora seguida, acurrucada en la butaca, protegiéndose de aquel dolor para el que no estaba preparada. Similar al que le produjo la muerte de Inesita.

Y una vez más, maldijo haber tentado al destino. Pese a los deseos de doña Inés, aquel matrimonio no podría saldar las deudas contraídas con la vida. Nunca imaginó que la crueldad de un esposo pudiera llegar tan lejos.

Aquella noche, el amor se les escapó para siempre por las grietas de la habitación de las Tres Cruces y Celso volvió a su memoria. Desde el quicio de la puerta, la miró con la cara del primer día.

«Así que la culpa la va a tener la ballena».

A partir de entonces Clara retomó las conversaciones con Celsiño. Fue la única manera que encontró para soportar el escozor de la herida y contener la rabia que le brotaba cada vez que se cruzaba con Jaime.

Por las noches, si ella llegaba antes, procuraba dormirse sin verlo. Si era él quien se acostaba primero, Clara se inventaba mal de vientre y se echaba en la cama de Catalina, que siempre estuvo preparada por si volvía.

Doña Inés ya no podía ser su consejera como en los tiempos de Celso y del naufragio del Santa Isabel. Es más, si llegaba a enterarse de lo de Jaime, estaba segura de que se caería redonda del disgusto. Bastante tenía con cuidar de don Gustavo, que cada día amanecía un poco más apagado y más mustio. Había dejado de levantarse de la cama, apenas leía porque no quería toparse de bruces con las esquelas de los amigos y sólo hablaba para pedir aguardiente, que le servían rebajado con agua.

—Total, no se va a morir por esto —decía doña Inés cuando le acercaba el vaso a los labios.

La esposa pasaba el día a su lado, lo cogía de la mano, le ponía el rosario entre los dedos y a rezar. Los días soleados abría el mirador de Cíes para que entraran los olores frescos de la mañana y, por las noches, dejaba las cortinas descorridas para que viera el faro. Ella sabía que le daba paz y que lo convertía en el muchacho que fue, el nieto de don Jerónimo, que lo mandó construir para tener un lugar donde morir.

Clara pasaba a verlo antes de ir a la fábrica, cerciorándose antes de que Jaime no estuviera allí. Siempre salía con más pena, pero tenía a Celso para desahogarse y se pasaba el resto del día contándole esto y aquello y lo de más allá.

Celsiño la escuchaba admirado. A él le narró cómo fue el desembarco de la primera ballena de La Deslumbrante.

—Tendrías que haber visto los gritos emocionados de las mujeres que salieron a recibirla, mi Celso.

—¡Me habría gustado cazar ballenas! —exclamó el joven.

—Ya sé.

No exageró ni un detalle. Fue un día inolvidable en La Deslumbrante. Según se aproximaba el barco a puerto, los operarios salieron en las gamelas para amarrar el animal con unos cabos. Después, una máquina con cadenas se encargó de descargarla y luego llegó lo más duro: abrirla en canal.

—No había visto nada tan grande en mi vida, Celso.

En realidad, nadie había visto algo igual.

Clara nunca supo de dónde sacaron las mujeres el arrojo para quitar las pieles y las tripas de las ballenas.

Un río de sangre discurrió por la rampa en dirección al mar, dejando un olor a óxido que se le metió hasta el fondo de la nariz, mezclado con el hedor de los bidones donde se cocía la grasa.

En ese momento, Clara bendijo la sangría.

—No recuperaremos todo el volumen de pesca, pero ya no vendréis con las barcas vacías —les dijo a los marineros que asistieron al acontecimiento.

Enseguida, Clara se dio cuenta de que con el personal contratado no daban abasto, así que ofreció trabajo en la ballena a las mujeres que sólo hacían la temporada de la sardina. Se ocupó de reforzar equipos, supervisar materiales e intercambiar opiniones con los marineros. Todo lo hizo en poco tiempo para no perder ni un solo día de la época de pesca, que iba de octubre a mayo.

—Nada sin aprovechar, *mulleres* —les decía al pasar por la sala de despiece.

Fue la orden que más repitió.

—Del cachalote hasta el esperma y de la ballena no se deja ni una glándula.

Además de con Celso, Clara se confesaba con Leopoldo, que desde que se fue a Madrid no había vuelto a Punta do Bico más que en un par de ocasiones antes y después de la guerra. Nunca perdió el contacto con Clara y fue el que más sintió la muerte de Inesita. Se había instalado en un piso de la calle Fuencarral y empezó a escribir en los periódicos que le daban hueco y le pagaban algo de dinero. Nunca pidió ni una peseta a la familia pero, de cuando en cuando, doña Inés le ponía algo en la cuenta.

Por si acaso.

A esas alturas resultaba absurdo no reconocer que él se habría casado con Clara y, medio en broma, medio en serio, le decía que si se cansaba de su hermano, se fuera a Madrid con él, que lo iban a pasar en grande porque la capital no era como Punta do Bico, que allí nadie juzgaba a nadie y podrían sentarse a la sombra de un magnolio de El Retiro a leer poesía. Leopoldo era un romántico y a Clara le gustaba comprobar que al menos un Valdés no había perdido el sentido importante de las cosas.

En sus cartas, Leopoldo le contaba lo difícil que era hablar de libertad, enseñanza y cultura, que Madrid echaba de menos a Maruja Mallo, exiliada en Sudamérica; que Alberti estaba en Buenos Aires con María Teresa León; que sin Machado, el Varela no era lo mismo, y que de Lorca sólo se podía hablar a hurtadillas en el Gijón. Es decir, que Madrid con Franco era su niebla, una capital doliente que contemplaba, como en una pesadilla, que el monstruo seguía ahí. Leopoldo encontró en sus cartas con Clara la manera de sortear la censura: escribía lo que quería, se lamentaba de todo, denunciaba a voz en grito, pero sólo lo leía Clarita.

Le dio permiso para dar noticia a doña Inés de su estado de ánimo, pero sin entrar en detalles para no preocuparla. Por el mismo motivo, doña Inés le pidió a Clara que no contara a Leopoldo lo malo que estaba su padre, a quien apenas había tenido tiempo de conocer.

Clara cumplió con todo. No le costó mucho decorar la realidad porque Leopoldo preguntar, lo que se dice preguntar por su padre, preguntaba poco.

La vida discurría con aparente normalidad hasta que el 12 de octubre de 1942 ocurrieron dos hechos en Punta do Bico que no se volverían a producir: la caza de un cachalote preñado de ámbar gris y una muerte.

La primera noticia corrió como pólvora de guerra entre los vecinos.

—El cachalote trae más de trescientos kilos de ámbar.

—¿Quién *dixo*?

—*Din* en La Deslumbrante... *que o cachalote ten ben de ámbar.*

—*Trescentos kilos!*

—*Sabes que é iso?* —preguntaban los incrédulos.

—*Moitos cartos.*

En cada muelle, en cada gamela, en cada puesto de pescado, en cada tienda, en cada calle, en la parroquia de don Antolín el Nuevo y en la consulta del médico sabelotodo no se hablaba de otra cosa hasta que el asunto llegó al pazo de Espíritu Santo y doña Inés dio un respingo y un grito de emoción.

—Trescientos kilos de ámbar. ¡Santo cielo! ¿Estás segura de lo que dices, María Elena? —preguntó la señora a la criada.

—Segurísima.

Doña Inés estaba acurrucada con don Gustavo en la misma cama, acariciándole la frente y las palmas de las manos.

—¿Qué has dicho? —balbuceó el hombre girándose

hacia ella y devolviéndole la mirada con los párpados entreabiertos.

—Trescientos kilos de ámbar —repitió ella.

—*Carallo!* —dijo con un hilillo de voz.

—Marcho a la fábrica a felicitar al arponero. Espérame, que vuelvo en nada.

Doña Inés saltó de la cama, se recolocó la ropa, se miró al espejo para arreglarse el moño y salió hacia La Deslumbrante con Antonio, el conductor del pazo, y el último en sumarse a la legión de trabajadores contratados en los últimos años según la fortuna de los Valdés fue creciendo.

El cachalote de los trescientos kilos de ámbar había dejado un reguero de sangre en la rampa que conducía a la sala de despiece. Eran dieciocho metros de animal panza arriba que doña Inés observó antes de buscar al arponero. Se llamaba Miguel Palacios y tenía fama de ser el mejor en lo suyo, con sus maneras y manías. Había aprendido la técnica de los noruegos de Algeciras. Pero lo mejor era su excelente puntería. Eso no se enseñaba. Se tenía o no se tenía.

Los marineros lo rodeaban como a un héroe y el hombre, con el pitillo entre los labios, explicaba cómo había sido la gesta.

—Lo vi y supe que iba a ser mío —relataba—. A la quinta vez que asomó, disparé. Dos horas costó que el muy bravo se entregara.

Miguel Palacios nunca hablaba de matar ni de morir. Le daba no sé qué. Y eso que era el que más ballenas tenía en su hoja de servicios durante los años que había trabajado para la Compañía Ballenera. No se le escapaba ni una viva.

La patrona se acercó a él con cautela para no privarlo de su momento de gloria.

—Vengo a darle la enhorabuena.

—¡Señora Valdés! —exclamó el arponero—. Ha sido una captura extraordinaria.

—Tendrá su recompensa.

Doña Inés extendió su mano. Él alzó ambas.

—No le devuelvo el gesto porque estoy sucio y huelo mal.

—¡Déjese de monsergas! —replicó ella.

En la fábrica nadie perdía un minuto. El cachalote había entrado en bruto por la rampa y saldría poco después listo para la venta sin el menor desperdicio.

—¿Qué haremos con el ámbar? —preguntó doña Inés a Clara, que andaba dando órdenes a unos y a otros y calmando a los curiosos.

—Vender hasta el último gramo.

—Sólo puede traernos buena ventura.

—Dios la oiga. ¡Dios la oiga! —contestó ella mirando al cielo como si el cielo tuviera respuestas para las nuevas preguntas que Clara había empezado a hacerse.

Muchas noches después, doña Inés pensaría que los trescientos kilos de ámbar, en vez de ventura, trajeron desgracia. Ese mismo día, antes de que el sol se ocultara en el horizonte de Cíes, don Gustavo Valdés murió en Espíritu Santo, acompañado por el médico sabelotodo Celestino Vieito, que se había acercado al pazo para husmear sobre el asunto del ámbar. Nadie lo había llamado, pero acabó asistiendo al señor en sus últimos latidos.

—He querido a Inés toda mi vida, doctor.

—Ya sé, ya —contestó don Celestino.

—Ella no lo sabe. Dígaselo.

—Se lo diré, señor Valdés.

—Y que contesté a todas sus cartas. Eso se lo dice también.

Estaba amoratado e hinchado. Le costaba respirar y el médico comprobó que apenas tenía pulso.

—Dígale que es mi hija... —murmuró don Gustavo con apenas un hilo de voz.

Celestino Vieito pudo haber desentrañado el secreto de la familia de La Deslumbrante. El problema era que, en ese momento, le faltaban datos previos porque nadie lo había advertido de las sospechas que circulaban por Punta do Bico en torno a Clara.

—¿A quién, señor Valdés? ¿Quién es su hija?

Extendió sobre su frente un paño empapado en alcohol.

—Cuando vuelva de la fábrica..., que es mi hija, dígaselo usted.

El médico lo miró con extrañeza y siguió a lo suyo, creyendo que eran delirios.

—Ya vienen, ya. No sufra, señor Valdés.

Don Gustavo volvió a hablar para decir una cosa más.

—El pecado es mío, no puede ser de ella. Dígaselo... Y se lo guarda como secreto de médico.

Lo que debía guardar el médico sabelotodo y a quién debería decírselo, ni idea, porque don Gustavo ya sí que no volvió a abrir la boca salvo para respirar profundo un par de veces más antes de coger la última bocanada de aire entre los labios arrugados, temblorosos y sellados por la muerte. Aun así, disciplinado como era, el doctor lo apuntó todo con letra apretada y pequeña en un cuadernito. Por si las meigas.

Doña Inés llegó al pazo del brazo de Jaime. Iba nerviosa. Había sido avisada de que don Gustavo parecía agitado, pero fue tal la emoción del ámbar que no le dio la debida importancia y se entretuvo más de la cuenta. Nunca se lo perdonaría.

—¡Dios mío! ¡Dios mío! Todo por culpa de un cachalote —se la oyó decir entre llantos—. Al final, se murió solo.

A doña Inés le pasó su vida por delante. Don Gustavo siempre había estado ahí, incluso cuando dejó de estar. Se vio de novia enamorada. De esposa entregada. De madre fiel. Se vio en ese mismo pazo cuando el feliz matrimonio volvió de Cuba. Se vio inaugurando el siglo XX en aquellas Navidades de 1899. Y se vio yéndose de nuevo a San Lázaro, al ingenio Diana y a La Habana. Vio a la santera y se acordó del miedo que le dio escucharla. Vio a su marido enajenado cuando todo le salía mal. Por último, se vio en el malecón en el que había tomado la decisión más difícil de su vida. Y se arrepintió profundamente de haberse ido porque ese tiempo sin Gustavo ya no se lo devolvería nadie. La Deslumbrante y sus noches en vela para sacarla adelante dejaron de pesar. También se hicieron livianas las satisfacciones que le procuró el negocio y la fortuna acumulada. En aquellas horas frías, sólo le empezó a pesar la vida sin él.

Clara regresó al pazo entrada la noche. No se fiaba de que, sin querer pero queriendo, le robaran el ámbar, y se aseguró de que todo estuviera atado y bien atado. En la fábrica nadie sabía que don Gustavo había muerto, así que cuando entró en la habitación se encontró a doña Inés agarrada al cuerpo inerte y llorando para dentro, que era su forma de llorar cuando ya no le quedaban lágrimas.

Después de horas de intentos en vano, consiguieron separarla de él.

—Vayamos a la biblioteca, aquí ya no hacemos nada.

Clara la cogió del brazo y la sentó en su sillón de siempre, donde las dos se quedaron dormidas hasta que amaneció en Punta do Bico y los primeros haces de luz las despertaron.

El sacerdote de la parroquia, don Antolín el Nuevo, llegó a media mañana para encabezar la comitiva fúnebre que salió del pazo. La integraron todos los habitantes de Espíritu Santo, La Deslumbrante al completo, los señores del mar y sus señoras de negro.

El viejo Valdés se murió a los sesenta y ocho años, sin saber que sus deseos se habían hecho realidad: no confirmó las virtudes de la verdadera hija de la criada, tal y como en su día pidió a su esposa por carta.

Porque la hija de la criada estaba en Argentina y una vez que se despidió de ella en el malecón de La Habana en 1907, nunca la volvió a ver en esta vida.

La esquela registró los nombres de sus tres hijos: Jaime, Catalina y Leopoldo.

El de su esposa doña Inés.

Y el de su nuera Clara, a la que acabó demostrando que la quiso como a una hija.

La verdad de los Valdés se estrechaba, pero la verdad completa sólo era dominio de una difunta, la Renata, y de una viva, Catalina Valdés, que fue informada de la muerte de su padre. No mostró condolencia alguna y su marido, Héctor Grassi, sólo consiguió que mandara una corona con una fría leyenda: «La hija que no te olvida. *HC*».

CAPÍTULO 37

Las flores habían sido encargadas en la floristería de los industriales de Vigo, así conocida porque era la que surtía a los cementerios de los naufragios.

La propia Catalina telefoneó en conferencia desde Buenos Aires para hacer el encargo después de recibir la noticia y discutir con Héctor Grassi, que intentó convencerla de que viajaran a España para acompañar a su madre, doña Inés, de quien él guardaba el mejor de los recuerdos y con quien, de cuando en cuando y durante los primeros años, había contactado para que tuviera noticias de su hija. La comunicación se interrumpió de manera abrupta por imposición de Catalina.

—Con España hablo yo —le dijo al marido al descubrirlo colgado del auricular de su despacho en la imponente hacienda de los Grassi en General de Madariaga.

No dio explicaciones ni argumentos ni razones. Para entonces ya había pasado el tiempo suficiente desde su boda y Héctor conocía a su esposa. O creía conocerla porque Catalina alcanzó la madurez envuelta en traumas contra los que se fue vengando durante toda su vida. Lo que peor llevaba el marido era que hasta la trabajadora más pordiosera podía despertar en ella un odio visceral. Sólo ella sabía por qué y, como le ocurría a su padre, no se lo podía contar a nadie.

El matrimonio se había casado según los planes previstos en una boda que ocupó las revistas del colorín bonaerense. La segunda generación de Grassi alcanzaba el mando del imperio. La familia, que era tan conocida como los Anchorena, nunca entendió por qué los Valdés no asistieron a la boda y Héctor tampoco pudo explicarse con convicción. Alegó dificultad en las comunicaciones y la imposibilidad de abandonar sus negocios en la madre patria. Empeños estériles.

El día del enlace, un domingo del mes de octubre de 1923, llovió a mares sobre la hacienda. Pero lejos de maldecir el barro con el que Catalina se manchó la cola del vestido, los Grassi dijeron que era señal inequívoca de fortuna eterna.

—¡Novia mojada, novia afortunada! —exclamó el suegro, Víctor Leandro, con esa voz gritona que no controlaba cuando iba pasado de chicha.

Al ritmo de una banda latina que amenizó la fiesta, Catalina empezó a olvidar que allá en el otro mundo había enterrado a una madre y que otra aún vivía. Y mirando a su suegra, Valeria Fernández, con sus anillos de oro y su tocado de seda, quiso sentirse tan hija como sus cuñadas, cinco en total: Andrea, Buenaventura, María Laura, Estela y Belén.

Catalina luchó contra su verdad para ser feliz, pero ni la distancia que la separaba de España consiguió pacificarla. El olvido no es un chasquido de dedos ni un truco de magia. El olvido no es una estación de tren ni un destino final. Y por mucho que Catalina lo intentara, llegaría el día en que no querría siquiera llevar su apellido.

La familia argentina la acogió como una más. A fin de cuentas, se había casado con el heredero y eso le daba una categoría superior. De hecho, cuando Héctor llegó al mundo, después de cinco partos de hembras, su padre lo celebró por todo lo alto invitando a los hacendados de

General de Madariaga a un festejo que duró dos días con sus comidas, cenas y recenas de asado.

—Por fin tengo heredero para el hierro —dijo orgulloso Víctor Leandro Grassi.

Héctor fue el mejor estudiante del colegio Ward, donde los alumnos salían con el inglés aprendido. Pero el ojo de Víctor Leandro estaba puesto en España, donde quería que su heredero completara la formación que él no tuvo, ya que se crio en una carnicería despachando jarretes, babillas y pescuezos de vaca. Así, hasta que se hartó de tener siempre las manos manchadas de sangre y compró las primeras vacas con las que fundó la ganadería.

Empezó con seis cabezas de raza angus, que entonces ni estaba oficialmente reconocida en la Argentina de Julio Argentino Roca. Eran animales mochos, de pelaje negro y precoz fertilidad. Tanto que al año siguiente los animales se multiplicaron por dos y al siguiente por tres y después por cuatro. Y así, Víctor Leandro se convirtió en el primer presidente de la Corporación Argentina de Aberdeen-Angus y se hizo millonario.

El hierro de aquellas reses llevaba las iniciales de los apellidos del matrimonio fundador: GF. G. de Grassi y F. del Fernández de la madre. Casado Héctor, Víctor Leandro decidió retirarse con el único compromiso de que la esposa española se comprometiera no sólo con el heredero sino también con su herencia; es decir, con las vacas angus, a las que debía la misma fidelidad que al marido. Catalina comulgó con todo porque si algo tuvo claro cuando aterrizó en Buenos Aires, fue que nunca haría el viaje de vuelta.

—Nunca digas de esta agua... —le dijo Héctor.

—Ten la seguridad de que no volveré a España —contestó Catalina—. No te abandonaré en toda mi vida.

La transmisión de la ganadería fue un acto de lo más formal en presencia del patriarca y su esposa, Valeria, las cinco hijas con sus cinco esposos, y los seis nietos que ya habían nacido. Frente a ellos, Héctor y Catalina, ya encinta. En total, pariría tres hijos. Dos gemelas, Agustina y Antonella, y un varón, al que llamaron Carlos. De apellido, Grassi Valdés.

Víctor Leandro entregó a Héctor una llave de la cancela principal de la hacienda y un fierro con cabo de madera.

Todos aplaudieron antes de que el nuevo hacendado firmara los documentos que lo convertían en propietario de una de las ganaderías más prósperas de Argentina.

—¿Con qué hierro parirán tus reses, hijo? —le preguntó Víctor Leandro.

—Es muy generoso por tu parte que, junto a tu legado, me des la libertad de marcar a fuego el mío. Seguiré la tradición y las vacas llevarán las iniciales de nuestros apellidos: Grassi Valdés. Sólo espero que algún día mis hijos también lo hagan —dijo acariciando el vientre de su esposa Catalina.

En ese momento, Héctor no podía imaginar que traicionaría la palabra entregada a su padre.

Aquella noche Catalina sufrió su primer ataque de angustia. Antes del amanecer, se despertó con pesadillas. Tenía la tripa dura y encrespada como la chepa de un gato.

—¡Yo no tengo apellidos! ¡Reniego de mis orígenes! —gritó.

Héctor trató de calmarla, pero estaba fuera de sí, con los ojos vueltos y en blanco, las comisuras de los labios tensas y agarrotadas, el pelo empapado de sudor.

—Mi amor, estás teniendo una pesadilla. Cálmate, por favor —imploraba el esposo.

—Tus vacas no pueden llevar el apellido Valdés... ¡No pueden! —exclamó presa del pánico.

Héctor Grassi la abrazó para contener la locura que se había instalado en ella.

—Sólo te pido —le rogó Catalina entre lágrimas— que nuestras vacas no lleven el apellido Valdés.

Al año siguiente, el primer ternero que fue alumbrado recibió del peón marquero el hierro con las letras HC, que no coincidían con sus apellidos, pero sí con las iniciales de sus nombres, y que además contenían la única verdad de Catalina Valdés Comesaña: «Hija (de una) Criada».

Tras la muerte de don Gustavo, a doña Inés le entraron todas las penas conocidas y le cayeron todos los años de sus sufrimientos encima. Ya no se los sacudiría jamás.

—Ahora me toca a mí —le dijo a Jaime.

La señora sintió sobre sus hombros la pesadez de la ausencia de sus dos hijos. A Leopoldo lo perdonó porque Madrid era sagrado pero, por primera vez en todos los años que habían pasado desde que Catalina huyó a Argentina, fue consciente de que no volvería a verla.

—Definitivamente, me moriré sin nietos.

Aquella corona de flores que llegó al cementerio de Punta do Bico cuando nadie la esperaba la dejó abatida.

—Llévensela, que es de mi hija —ordenó a los operarios del cementerio—. Al menos ha dado una señal de vida entre tanto olvido.

Mandó recogerla para colocarla en el altar de la Virgen del Carmen en la capilla de Espíritu Santo.

En la soledad de la primera noche sin don Gustavo, doña Inés también habló con Clara para decirle que tenía un dolor en el pecho, cerca del corazón, que ya no la dejaría vivir en paz.

—Para mí no habrá medicina ni sanguijuela que me

sane —le dijo—. Ya sé que antes de morirme no conseguiré reunir a mis hijos, pero al menos necesito volver a oír la voz de Catalina.

Llevaba clavada en lo más profundo de su alma la espina de la hija del Nuevo Mundo o la fugada o la desaparecida.

La que no estaba.

—Con el debido respeto —contestó Clara—, no se martirice, que bastante ha hecho.

Según pronunció aquella frase se arrepintió. Y no tardó en deshacerse en perdones, que doña Inés aceptó porque sabía lo mucho que Clara había sufrido por culpa de Catalina. A la mujer la invadió una tristeza profunda que la dejó en los huesos y la convirtió en la sombra de lo que había sido.

Clara hizo todo lo que pudo por convencerla de que tenía motivos para vivir, pero no hubo manera. Subía a visitarla, llamaba a la puerta, le preguntaba «cómo está» y ella contestaba que mal.

—No entres, Clarita, me dejas agua en la puerta y ya.

La dejaron sola, pero sólo a medias porque sus criadas siempre merodeaban por la galería de las habitaciones.

Entre las sábanas que un día retuvieron el olor de don Gustavo, doña Inés se dispuso a morir, tardara lo que tardara.

Y tardó veinte años con sus temporadas de sardina, de ballenas y de cachalotes vacíos de ámbar.

CUARTA PARTE

—

PUNTA DO BICO-MADRID, 1962

CAPÍTULO 38

No hay nada peor que convencer a un vivo que se quiere morir de que no se muera.

Cando un galego di que morre, morre.

Y el 28 de diciembre del año 1962, la señora Valdés dejó de dar señales de vida en la habitación del mirador de Cíes.

Se fue envuelta en una serenidad que ni don Antolín el Nuevo había visto antes y menos en una anciana de ochenta y seis años, la más longeva de Punta do Bico, de Pontevedra. Quizá de toda Galicia. Ella misma se había vestido con el camisón del amor propio. Parecía sonreír en aquel rostro suavemente maquillado, pelo recién peinado y recogido en un moño bajo. Había colocado sus manos sobre el pecho y entre los dedos tenía una flor de camelia que luego supieron que había pedido a Limita. Fue de la única que se despidió. De nadie más.

—No quiero que me vean morir. Prefiero que me vean muerta.

La criada dijo: «Ay, doña Inés, qué cosas tiene», pero doña Inés siempre fue de ideas fijas. No había motivo para cambiar.

Fue una mujer dura, aunque no tanto como decían los que decían que era como el carballo de los jardines del pazo, que unos juraban haberlo visto plantar y otros aseguraban que estuvo allí desde los tiempos de los primeros pobladores de Espíritu Santo.

Abrazada a Leopoldo, que en aquella ocasión pudo llegar a tiempo desde Madrid en el expreso que salía de Príncipe Pío, Clara la lloró sin límites.

Echó la vista atrás: veinte años viéndola en la cama, recostada, tumbada, de lado y frente al mirador de Cíes. Primaveras, veranos. Otoños e inviernos. Lluvias y soles asomaron por su ventana. Cielos con nubes y despejados.

Nadie supo, porque a nadie se lo contó y se cuidó muy mucho de que alguien la descubriera, que todos los años que pasó encamada, también los pasó leyendo, hasta poder recitar de memoria las cartas que don Gustavo le había escrito desde La Habana y que encontró, sin buscarlas, en el doble fondo de la última maleta que viajó desde Cuba. Aquel hallazgo, en vez de ser soplido de vida, fue la última estocada que la vida le había reservado. «¡Menos mal que no estás aquí, Gustavo!», les gritó a las noches desnudas como si el alma de su esposo pudiera oírla y, de paso, ofrecer una explicación a tantos años de penurias que el bueno del señor Valdés se podría haber ahorrado.

—Veinte años, Clara, cuidando de mi madre... —susurró Leopoldo—. No tendré vida para agradecértelo.

—No ha sido lo peor —contestó Clara a media voz.

Y, en verdad, no lo había sido. En el camino hacia el cementerio se dio cuenta de que no había mentido. Al revés. Cuidar de doña Inés se convirtió en la última muestra de agradecimiento, aunque ella sentía que no había podido concluir la obra que le había encomendado cuando la convirtió en una Valdés. No pudo ser madre ni querer a Jaime. El matrimonio arreglado seguía siendo un completo desastre.

Como si el amor volviera a negársele de esa manera tan inmerecida.

Como si, en efecto, el desamor fuera su verdadero destino.

Como si la humildad de su condición llevara consigo ese castigo.

Llegar a esa conclusión había sido lo peor y, a sus sesenta y dos años, Clara pensaba que la vida no remendaría ese descosido.

Caminando tras el féretro, agarrada del brazo de Leopoldo, pisando los talones a su marido, Jaime, Clara no estuvo segura de querer seguir viviendo. Sintió un escalofrío y se maldijo como había maldecido a doña Inés cuando cogió el turno de la muerte. Y pensó en todo lo que tenía que hacer en La Deslumbrante, en las mujeres que dejaría medio huérfanas y en las criadas cubanas del pazo a las que había prometido el mismo entierro que tuvo Isabela. Y haciendo ese recuento de tareas pendientes, se reconvino a sí misma y siguió caminando con su dignidad a cuestas.

En el cementerio de Punta do Bico no hubo hueco ni para un alfiler. Hasta los señores con los que había reñido fueron a despedirla.

—Qué *soa* la deja —le dijeron las obreras de la fábrica.

Y no les faltaba razón.

Clara se alegró de haberla llamado siempre doña Inés y no haberle quitado el usted. Lo que no sabía era que la muerte le había arrebatado la posibilidad de llamarla madre.

En la lápida ordenó esculpir las fechas que enmarcaron su vida y unas palabras debajo de su nombre.

Amor y mar hay para todos.

Lo del mar era de doña Inés.

Lo del amor fue cosa suya.

De nuevo, Catalina fue informada de la muerte de doña Inés, pero aquella vez no mandó flores ni corona en recuerdo de su madre, que sólo ella sabía que no lo era. El duelo por doña Inés mantuvo unida a la familia durante las festividades de Nochevieja y el Año Nuevo de 1963. Las celebraron en Espíritu Santo sin grandes jolgorios. Clara no puso empeño ni en decorar las mesas ni en elegir las vajillas, que nunca dejaron de renovar en vida de doña Inés.

Todos se habían hecho un poco más viejos.

Leopoldo había viajado a Galicia con un compañero del periódico donde escribía los billetes de las páginas centrales. Se llamaba Plácido Carvajal, era viudo y padre de dos hijos crecidos y colocados, superaba los sesenta, pero no los aparentaba porque mantenía el pelo negro y el vientre liso. Era alto y algo desgarbado, pero al andar recuperaba el porte de señor de Madrid.

No pudo llegar a Punta do Bico en peor momento.

Clara se fijó en él desde el primer día por su cortesía y buena educación, rayando en ocasiones la pedantería propia de la capital, pero no fue hasta su visita a La Deslumbrante cuando reconoció el olvidado hormigueo del estómago que creía que no volvería a sentir por nadie.

Y menos por un hombre.

Plácido nunca había pisado una conservera, Leopoldo se empeñó en que debía conocerla y Clara se encargó de todo lo demás. Sabía que a las mujeres les gustaría ver de cerca a un hombre de semejante porte. En la conservera no habían recibido a nadie con traje y corbata, sombrero y zapatos de suela de domingo. Lo más elegante que había pasado por ahí era un inspector de Sanidad.

Ella los estaba esperando en el muelle con las manos recién lavadas. Venían de pasear el pueblo de punta a punta porque a Plácido le sentaba bien respirar el aire puro que soplaba del mar. Supo entonces que era asmático, pero fumaba Ideales —«caldo de gallina», los llamaban— que guardaba en un bolsillo interior de la chaqueta.

Clara desplegó su plumaje de conocimientos sin ser consciente del efecto que eso tendría en aquel hombre, que dijo que la fábrica hacía honor a su nombre, que merecía salir en los periódicos para que todo el mundo supiera lo que hacían las fábricas gallegas y vaya usted a saber cuántas cosas más.

Recorrieron las naves, los talleres, las calderas hasta llegar a la sala de despiece de la ballena. Clara le contó lo del ámbar, del que nadie quiso volver a hablar en la familia, porque Jaime dijo que traía gafe y daba mal fario siquiera mencionarlo. Ella, por si acaso, se guardó una piedra de veinte gramos y nunca dejó de contar la hazaña a quien quisiera escucharla.

—Trescientos kilos... —recordó en voz baja—. ¡No podíamos ni creerlo!

Plácido estaba fascinado porque sólo había oído hablar del ámbar en el relato de Simbad el Marino de *Las mil y una noches*.

—¿Hasta cuándo os quedáis? —preguntó Clara dirigiéndose a Leopoldo.

Él contestó que no lo sabían, que todo dependía de la generosidad del periódico, pero que eran razonablemente libres para disponer de su tiempo con tal de que cumpliera con el billete de opinión.

—A ver si de una vez por todas vienes a Madrid —añadió Leopoldo.

—Tu marido está invitado también —intervino Plácido.

Clara contestó que nada le gustaría más, pero que el trabajo se llevaba todo su tiempo.

—¿Usted también escribe? —le preguntó con la mirada segada de pudor.

—Señora Valdés, no me trate de usted o tendré que hacerlo yo también.

En sus treinta y nueve años de matrimonio, aquella fue la primera vez que Clara oyó en voz ajena el título de señora Valdés.

Para todos había sido Clara.

A secas.

Doña Inés siempre la llamó por su nombre y don Gustavo la presentó como su nuera Clara.

Las sucesivas autoridades de Punta do Bico la conocían como Clara, la de La Deslumbrante.

El médico sabelotodo nunca la llamó de manera distinta y el cura, tampoco.

Así que la primera persona que la llamó señora Valdés fue Plácido Carvajal en la rampa de desangrado de las ballenas, una mañana cualquiera de aquel año que inauguraron sin doña Inés.

Pasaron las semanas.

Plácido demostró ser un invitado excelente. No ponía pegas a nada. Le gustaba la cocina de Limita y María Elena, con las que también pegaba la hebra porque le interesaban todos los acentos. Apenas daba trabajo. Sólo pedía que le hicieran la colada de los calzones, los calcetines y las camisas.

—El resto se airea solo —dijo.

Leopoldo llegó a un arreglo con el periódico para que le permitieran dictar el billete desde Punta do Bico y Plácido no tuvo que arreglar nada porque confesó que él era accionista del diario; es decir, medio dueño o dueño de un poco.

Cada día, antes de que la luz se escabullera en el horizonte de la ría, Leopoldo, Jaime y Plácido se sentaban a hablar de lo que se cocía en Madrid. Plácido contó un día que fue vecino de Ortega y Gasset en la calle Monte Esquinza, donde había muerto hacía ocho años después de su exilio.

—Él vivió en el 28 y yo en el 26 —relató.

Plácido admiraba a los contestones como Ortega porque eran capaces de enfrentarse al poder.

—Lo hizo con la República y renunció a su escaño por no estar de acuerdo con la autonomía que la Constitución de 1931 otorgaba a algunas regiones. Luego pasó lo que pasó en la Cataluña de Companys en octubre de 1934.

—Nosotros también votamos nuestro Estatuto —intervino Clara.

—¿Y de qué sirvió? De nada —añadió el amigo.

En efecto, fue papel mojado, pero, pese a los años que habían pasado, Galicia nunca olvidaría que votó en masa y a favor, y que lo celebró con acordes de las bandas municipales. Don Enrique Rajoy Leloup leyó en castellano —«Para que se vea que no lo queremos mal», dijo— los pliegos de los resultados y consagró la histórica sesión en el mismo salón de la facultad de Medicina de Santiago de Compostela, «donde se forjó la libertad de Galicia dentro del Estado español».

El Estatuto llegó a Madrid el 16 de julio de 1936. El 17, el recién estrenado presidente de la República, Manuel Azaña, recibió a la comisión que entregó el proyecto al presidente de las Cortes, encabezada por un dichoso Castelao, que aseguró que Galicia sería una democracia ejemplar.

El día 18 estalló la guerra.

—Si no hubiera sido por la guerra... —se lamentó Clara.

—Papel mojado, Clara —repitió Plácido con una voz suave que despertó los recelos del marido allí presente.

—¿Qué sabrás tú, mujer? —se oyó decir a Jaime, que

sólo abría la boca para reprender a Clara—. Castelao... ¡Otro del Frente Popular!

—¡Jaime! —lo reprendió Leopoldo—. No hables así a tu esposa.

—¿Qué sabrá mi esposa de democracia, de estatutos de autonomía, de Castelao?

—Lo leí todo —contestó ella sin inmutarse—. Mientras tú andabas de jarana —añadió en una voz casi imperceptible.

Jaime consideraba que aquellas conversaciones de hombres no eran de la incumbencia de una mujer, y en cuanto tenía oportunidad resurgía de sus tinieblas para afear a Clara que se mostrara tan ligera en sus opiniones ante aquel hombre del que no sabían nada.

—No soy ninguna ligera y no te voy a consentir que me trates de esa manera —le dijo una noche, cansada de sus ofensas—. ¿Crees que no me doy cuenta del desprecio con el que me miras?

—Ándate con ojo.

—¿Con ojo de qué? Si te molesta mi presencia, más me molesta a mí la tuya.

—Pero esta es mi casa.

—¿Vas a echarme? —le preguntó Clara con la mirada encendida de furia.

—Podría hacerlo.

El primero en darse cuenta de que las cosas no funcionaban en el matrimonio de Clara fue el propio Plácido, a quien la belleza y la profundidad de su mirada tampoco habían pasado inadvertidas. Dudó si decírselo a Leopoldo hasta que se lo dijo, sin darle demasiada importancia, camuflando el comentario entre otros.

—Clara habrá sido una mujer hermosa. Ni ella misma

ha debido de saberlo. Pese a su edad, conserva una belleza extraordinaria.

Leopoldo rio el comentario de Plácido, pero no contestó hasta que el amigo deslizó otro cargado de intenciones.

—Lo que sí sabe es que no ha sido nunca feliz.

—¿A qué te refieres, Plácido?

—Tu hermano no ha sabido apreciarla.

A partir de entonces, Leopoldo empezó a analizar cada detalle y concluyó lo mismo que el amigo. Decidió, por su cuenta y riesgo, hablar con Clara para ver si ambos estaban equivocados. Pero Clara no negó ninguna de sus impresiones. Al contrario, aprovechó el momento de sinceridad para contarle todo lo que llevaba años macerando dentro de ella.

Le dijo que la muerte de Inesita había sido un castigo para el matrimonio del que nunca se recuperaron. Que entonces dejaron de hacer el amor. Que las noches eran dolorosas y secas. Que apenas podían sostenerse la mirada.

Un año y otro.

Un lustro, una década.

Y otra más.

Que Jaime nunca pudo soportar la relación que tuvo con su padre, «que fue también el tuyo, Leopoldo», que tuvo celos de cómo manejaba la conservera, pero que lo que más daño le había hecho fue que le recordase que era la hija de una criada y que siempre lo sería.

—Desde entonces, ¡y mira que ha pasado el tiempo!, sobrevivo a mi manera, Polo. Desgracia la mía que se me muriera Celso cuando más nos queríamos porque nos sobraba el amor. Nunca he podido olvidarlo.

Leopoldo, que era de llorar por todo, se retiró las lágrimas de los ojos, pero sólo encontró cuatro palabras para consolarla.

—No te lo mereces.

Cuando eran jóvenes, los males del corazón se arreglaban con pastelitos de las criadas.

Onzas de chocolate.

Caramelitos de miel.

Para olvidar los desabrimientos, Clara subía andando al cementerio y hablaba con doña Inés. No terminaba de hacerse a la vida sin ella. Necesitaba seguir despachando los asuntos de La Deslumbrante y, de paso, ahora que ya no podía oírla, se atrevió a confesarle que no habría forma humana de enderezar su matrimonio.

—No sé qué haré cuando me quede a solas con él, doña Inés. Plácido y Leopoldo volverán a Madrid y se olvidarán de Punta do Bico. ¿Qué haré yo en un pazo tan grande? —se preguntaba y le preguntaba a la piedra tras la que descansaban doña Inés, don Gustavo y su hija Inesita. También la criada Isabela.

Pensó en Plácido.

Le gustaba cómo la miraba y a ella le agradaba mirarlo. Su cara angulosa se llenaba de luz al sonreír. Sus manos grandes oscilaban al hablar. Barruntaba que era afecto al régimen de Franco por cómo se refería a algunos asuntos políticos, pero enseguida cambiaba de parecer porque a todo le sacaba punta y pegas. Su carácter era más atlántico que castellano.

Había viajado a París, a Lisboa, a Roma a ver al papa Pío XII y a Nueva York. Clara se había acostumbrado a estar con él y, por primera vez desde Celso, sintió unas ganas irreprimibles de dejarse abrazar y, llegado el caso, hacer el amor. Las emociones apagadas volvieron a surgir como un torrente de vida que ya había dado por perdido. Leopoldo se había comprometido a quedarse en Punta do Bico hasta que arreglaran todos los papeles de los padres fallecidos; es decir, el testamento que traspasaría oficialmente La Deslumbrante a la siguiente generación Valdés. Concertaron una cita en la notaría de Casal de Vigo y, cuando llegó, Clara deseó con todas sus fuerzas que los trámites se estancaran con tal de retrasar la partida de los dos hombres. Nada le importaba más que eso. Era consciente del poco tiempo que tenía para estar con Plácido, así que, el día que su marido y Polo viajaron a la ciudad, ella anuló todos sus compromisos y remoloneó en el pazo buscando el momento de quedarse a solas con aquel hombre. Era la primera vez que ocurría y Plácido, armándose de valor, se atrevió a invitarla a pasear.

—Me gustaría que me llevaras hasta Bayona. —Desde Celso, no recordaba que un hombre le hubiera propuesto una cita y sintió los años de desentreno en el amor.

—¿Y qué quieres ver?

—Quiero ver tu tierra.

Clara se aseguró de que las criadas estaban descansando en sus habitaciones, se echó el abrigo por los hombros y se subieron al coche.

El viaje transcurrió por curvas sinuosas que bordeaban la costa hasta cabo Silleiro, donde el mar batía con fuerza contra las rocas. La presencia del Atlántico impresionaba a cualquiera, con Cíes, cabo do Home y Monteferro como espigones naturales que devolvían al hombre las aguas mansas de la ría.

Avanzaron sometidos a la soledad y a su pequeñez y, al final, llegaron hasta Santa María de Oya, donde contemplaron el monasterio de monjes cistercienses que, en tiempos, recibían a cañonazos a los bajeles turcos.

—Esta es la fuerza de mi tierra —dijo Clara—. Aguas bravas protegidas en sus bahías. Quizá aquí esté la mano de Dios.

—Eres muy afortunada —contestó Plácido—. Nunca una ciudad podrá igualar este espectáculo. Hacerse viejo en Madrid es una lata. La ciudad es cruel. Te quedas solo.

A Clara le hubiera gustado poner a su disposición el pazo de Espíritu Santo, pero sólo acertó a decir que, si eso ocurriera, ellos siempre estarían ahí.

Plácido habló de sus hijos. Uno era abogado en un despacho del barrio de Salamanca y al otro, pediatra, lo acababan de emplear en la Maternidad de O'Donnell. Eran gemelos. Ninguno había tenido aún hijos y eso lo mantenía joven.

—¡No podré soportar que me llamen abuelo!

Clara tampoco hizo comentarios esta vez, porque aún le escocía el dolor de los Valdés y Plácido entendió que no debía preguntar por qué.

Clara estaba nerviosa, pensando que Jaime y Leopoldo podrían regresar al pazo en cualquier momento.

—Volvamos —le dijo.

Plácido asintió con la cabeza y volvieron a la carretera con los sentimientos a flor de piel, sin poder creer lo que se había despertado dentro de ellos, pero incapaces de confesarse el uno al otro.

Los hermanos Valdés no habían regresado de la ciudad cuando Plácido aparcó el coche en el pazo de Espíritu Santo. Aún les quedó algo de tiempo para pasear por los jardines.

Plácido se detuvo en el enorme ciprés de Monterrey. Tocó con la mano su corteza y se la llevó a la nariz para oler el aroma.

—Es un ciprés —dijo ella.

—¡Precioso! Y ya sabes lo que dice el saber popular: si tiene capilla, palomar y ciprés, pazo es —replicó él entre risas.

Clara no prestó atención al comentario.

—Hacíamos madera con ellos.

—¿Con los cipreses? —preguntó Plácido—. ¿Cuándo fue eso?

Ella le contó la historia del aserradero donde había empezado a trabajar con quince años y donde enseguida la pusieron a hacer cuentas porque era la única que sabía de números y de letras.

—¿Y qué pasó?

—Que lo cerramos. —Por primera vez empleó el plural—. Y abrimos La Deslumbrante.

—¿Siempre trabajaste con la señora Valdés?

—Siempre.

Siguieron caminando.

Al pasar por la puerta de la Renata, Clara dudó si decirle: «En esa casa nací yo», pero sintió vértigo y ganas de llorar. Sus orígenes no eran ningún secreto, todo el mundo lo sabía, menos Plácido. En familia nunca se hablaba de ello. Por vergüenza, suponía ella. O vete a saber por qué. Nadie había vuelto a mencionar a la Renata ni a Domingo y con los nuevos guardeses siempre hubo una distancia de amo a patrón que no se relajó con los años. Lo único que Clara recordaba era la fecha del fallecimiento de cada uno de ellos para dejar flores en las sepulturas y que no dijeran que era una despegada.

Plácido había enviudado hacía diecinueve años. Su esposa fue maestra de escuela y madre entregada a sus dos hijos. Murió muy joven de un derrame cerebral. Cayó fulminada después de una comida familiar como si la hubiera paralizado un rayo.

—Fue una imagen dramática —concluyó.

Los hijos eran pequeños por entonces. Apenas recordaban la escena y tardaron en saber que el vahído fue su muerte.

A partir de ahí, Plácido se concentró en sus negocios y en educar a aquellos niños que no recuperaron la presencia de una mujer hasta que llegó Andrea, su segundo gran amor, y del que no había dicho ni palabra hasta que Clara le preguntó y él admitió que aquella historia se quedó a medias porque Andrea tuvo que abandonar España.

—¿Precipitadamente? —preguntó ella.

—Y sin dar explicaciones.

—¿Se las pediste?

—No tuve oportunidad.

Todas las vidas tienen aguas sucias en la sentina. Casi siempre se ocultan porque duelen. Y a Plácido, concluyó Clara, Andrea le dolía tanto como a ella le dolía Celso en las horas de guardia baja. Por algo nunca había pronunciado su nombre ni delante de él ni de su esposo, a quien, por otra parte, no le importaba nada el pasado de Clara.

Siguieron caminando hasta llegar a la balaustrada del fondo del jardín, donde se asomaron al mar de la ría para dejar que la sal del aire les aliviara el sopor de verse allí solos, entregados el uno al otro. Clara advirtió que cruzarse con su mirada era suficiente para despertar su adormecida felicidad.

—¿Te casaste en el pazo?

Ella se ruborizó al escuchar la pregunta.

—Clara, no estamos haciendo nada malo.

—Ya sé, ya sé —asintió ella—. Pero hace tantos años que ni me acuerdo. Preferiría...

—Está bien.

Plácido entendió que ella no quería abrir ese capítulo y no serviría de nada ofrecerle sus reflexiones sobre el amor. Clara ya debía de saberlas todas. Por experiencia o por haberlas leído.

—Te agradezco el interés. Pero yo... —susurró ella.

—No digas nada.

Se descubrieron mirándose y no supieron qué hacer. Clara sintió que hasta su mirada azul brillaba de nuevo ante ese hombre que siempre tenía la palabra justa para cada momento, que sabía incluso acallarlas cuando sólo podían estorbar, que había sido capaz de traspasar sus pupilas arrugadas de tanto ver, de tanto mirar.

Plácido identificó con la claridad que dan los años las emociones que, como Clara, creía que no volvería a sentir porque se había acostumbrado a vivir sin caricias, ni besos. Sin una mano a la que recurrir, sin un abrazo. Y en ese momento supo que quizá no tendría más oportunidades. Le sujetó la cara con las dos manos y ella dejó que se acercara hasta sus labios, abstraída de cuanto estaba ocurriendo, como si fuera un sueño. Plácido la besó y Clara reconoció los sabores olvidados, las mareas de Las Barcas y la humedad de las gamelas. Y así, dejándose hacer, a esa edad impropia del amor y de su condición de mujer casada, descubrió lo excitante que resultaba dejarse querer.

—¿Puedo decirte una cosa más? —preguntó.

—Puedes —contestó Clara.

—Ojalá te hubiera conocido antes...

Plácido alzó la mirada sobre los árboles, la capilla, la casa en la que nació Clara. A lo lejos se oyeron las voces de Jaime y Leopoldo.

—Oh, Dios mío.

Clara corrió hacia la cochera, tapándose con el abrigo el corazón revuelto.

—¿Fue todo bien? —preguntó ella nada más ver a su marido.

—Sí —contestó sin dar más detalles.

Llamó a María Elena para ordenar la cena mientras los hombres se sentaban en los sofás del salón y pedían de beber para celebrar la transmisión de la fábrica a los hermanos Valdés. Clara no era capaz de sostener la mirada ni a sus criadas, por miedo a que descubrieran la inquietud que la sobrecogía. Aún no se explicaba cómo podía haber sucedido, en qué momento se dejó besar por ese hombre de quien no conocía más que las intimidades que él le había confesado.

Y sin embargo... le gustaba su presencia.

Jaime había dejado los documentos de la escritura sobre la mesa del recibidor. Clara los recorrió con las manos. Ya sabía que no encontraría su nombre, pero sintió un escalofrío al leer el nombre de Catalina, cuya voz no había vuelto a oír doña Inés. Ese deseo no cumplido la maltraía como si ella, que no pintaba nada en esa historia, tuviera que saldar la deuda para que doña Inés dejara de revolverse en la tumba. Menos mal que la señora nunca supo que no había mandado flores el día de su entierro. Fue la última ofensa de Catalina.

A la hora de la cena, Clara ocupó su sitio en la mesa. Trató de no encontrarse con la mirada de Plácido. Él tampoco la buscó, pero los dos sintieron la complicidad que se había tejido entre ellos. María Elena fue sirviendo el consomé, mientras ellos hablaban de sus asuntos.

—¿Y Catalina? —preguntó Clara de repente aprovechando una pausa de la conversación.

—¿Qué pasa con ella? —preguntó Jaime.

—Vi en las escrituras que aparece su nombre.

—Está en Argentina.

—Tendréis que comunicarle que es heredera —dijo ella.

—Los derechos se trabajan. No caen del cielo —contestó Jaime.

—Deberíamos informarla —insistió—. Polo, ¿qué opinas?

Intentó parecer serena, pero notaba que hasta las palabras tiritaban en sus labios.

Leopoldo no fue capaz de construir un argumento ni a favor ni en contra, pero Clara lo perdonó: él era más conciliador que combativo y, a aquellas alturas, preferiría estar a buenas con el hermano antes que con ella.

—A tu madre le habría gustado que lo hicierais.

—Pero mi madre está muerta —sentenció Jaime.

Clara no volvió a abrir la boca y, cuando terminaron de cenar, se levantó, dejó las botellas de aguardiente de hierbas y licor Calisay sobre la mesa y se encerró en la habitación de las Tres Cruces.

Cogió su diario de amor y releyó lo último que había escrito. Estaba dedicado a Plácido. Se le escaparon algunas lágrimas al constatar que enamorarse era lo único que compensaba. Pero la vida, maldita sea, no le había reservado un enamoramiento duradero y sólido como el de esos matrimonios a los que observaba con envidia porque se tenían el uno al otro.

Aquellos pensamientos, en los que llevaba enredada toda la vida le permitieron olvidarse de Catalina, de la herencia que había recibido y del dolor que dejó en esta vida que nadie, creía entonces, sería capaz de aliviar, y se concentró en los labios de Plácido para que no se le olvidaran jamás.

CAPÍTULO 39

Clara no durmió ni aquella noche ni las noches venideras hasta que, tres días después del beso y el sello del notario, despuntado el mes de mayo de 1963, Plácido y Leopoldo regresaron a Madrid con la primavera ya brotada. No fue posible alargar más la estancia en Punta do Bico.

Clara había hecho equilibrios para no coincidir con él, agazapada en obligaciones inventadas que le permitían eludir todas esas comidas, cenas y meriendas de las que tanto había disfrutado. Aún no había conseguido controlar en su cabeza el batiburrillo de pensamientos, emociones y miedos que aquel hombre despertaba en ella. Estaba ordenando la correspondencia en la biblioteca antes de salir hacia La Deslumbrante cuando oyó los andares de Plácido sobre la madera del salón y su voz profunda.

—¿Me concederás un segundo nada más?

Clara se dio la vuelta, dejó los sobres encima de la mesa y entrelazó las manos para que él no descubriera el temblor de sus dedos.

—Lo siento si te he ofendido —dijo Plácido.

—No lo has hecho.

—Entonces, ¿por qué me has esquivado desde que nos besamos?

—Baja la voz, por favor —le rogó Clara, temerosa de que alguien pudiera oírlos.

—Nos vamos hoy a Madrid. Querría habértelo dicho antes, pero no ha habido manera. ¿Por qué te has escondido, Clara?

—No era capaz de volver a encontrarme con tu mirada... —contestó ella casi susurrando—. Plácido, yo soy una mujer casada.

—Lo sé.

—¿Cómo pude dejar que pasara? ¿Por qué no lo evité? Esto nuestro... es una locura que, a nuestra edad, no podemos permitirnos.

—Te equivocas.

Clara se acercó a él, lo agarró por la solapa de la chaqueta y a una distancia que le devolvió el aroma de su boca, le dijo:

—No me equivoco y no puedo permitirme un sufrimiento más.

—Conmigo no te equivocas, pero respetaré tus deseos. La única pena que me llevo es haber conocido a la mujer con la que siempre he soñado... demasiado tarde.

En ese momento Leopoldo entró en la biblioteca con las prisas de la despedida.

—¡Plácido! —exclamó—. Estaba buscándote. El coche ya está en la puerta.

Clara se retiró la última lágrima que se había descolgado de sus ojos.

—Ahora salgo —dijo él con la voz entrecortada.

—¿Ha pasado algo? —preguntó Leopoldo.

—Nada, amigo —contestó Plácido—. Espérame fuera, por favor.

Leopoldo salió de la biblioteca con tanta preocupación como ganas de coger el tren a Madrid que le permitiera poner distancia a lo que había presenciado.

—Clara —Plácido volvió a dirigirse a ella, consciente de que podría ser la última vez—, si alguna vez viajas a Madrid, búscame en el 26 de Monte Esquinza.

Desde la ventana de la biblioteca, Clara los vio marcharse. Les dijo adiós con la mano y se esforzó en que las emociones que había alojado dentro de ella empezaran a evaporarse. El amor lo valía todo, pero debía cultivar el olvido de Plácido porque sabía que, de lo contrario, acumularía otro pesar para el que ya no tendría salvación.

Como siempre, Clara encontró refugio en la fábrica y en sus obreras, las únicas por las que sentía aprecio. Sin embargo, las escrituras de La Deslumbrante despertaron en ella una tristeza contra la que luchó para no contagiársela a sus mujeres. Los papeles oficiales le demostraron, una vez más, su transparencia. Nadie sabría nada de ella.

Ella, la de los apellidos innobles, Clara, la que vivió aquí.

La que hizo esto y aquello.

Y ya.

Ni siquiera sabía si ocuparía espacio en el recuerdo de Plácido.

Europa vibraba y España, poco a poco, iba saliendo de su ensimismamiento. Los años no habían pasado en balde en Galicia, que no dejó de recoger en sus mares buena parte del pescado que consumía el país. La Deslumbrante ya era insignia de su comarca, pero necesitaba subirse al tren del comercio para servir sus conservas a las ciudades europeas. Con doña Inés muerta y tantos pesares a cuestas, se dio cuenta de que necesitaba alguien en quien confiar y que pudiera asumir sus responsabilidades si ella faltaba. Había cumplido ya sesenta y tres años. Debía tener su equipo de confianza, sus ministros de acero.

José Figueroa, encargado del mercado nacional, se había convertido, con habilidad y listeza, en una pieza importante. Aunque guardara la compostura con Jaime para no meterse en líos, sabía que Clara era la que mandaba y se supo arrimar. Un tipo listo.

Pero ella necesitaba más, así que un día, de buenas a primeras, habló con la obrera más espabilada. Esther Lama, se llamaba. Veinte años trabajando en La Deslumbrante. Había aprendido todos los oficios porque por todos pasó.

—*Sabes ler, escribir e facer contas?* —le preguntó Clara una mañana.

—*As catro regras as sei* —contestó la obrera.

—Venga conmigo.

Clara se llevó a Esther Lama a su despacho en la planta superior de la nave principal, desde la que tenía una vista general que asustó a la propia obrera.

—*Dende aquí, nada se lle escapa...*

—*Nada, muller* —contestó Clara—. *Ben, quero que sexas a miña supervisora.*

Esther Lama se quedó blanca y empezó a chascar los nudillos de las manos con gesto nervioso y sin saber qué responder.

—*Paréceme un pouco moito para min...*

—*Nada de eso* —le dijo Clara—. *Tiña que verme con quince anos contando madeira. ¡Non durmía pensando que ía cometer un erro!*

Clara solía hablar en gallego con las obreras. Jaime decía que era hacerlas de menos porque los políticos y la gente con dinero ya sólo usaban el castellano, pero ella pensaba que no había motivo para cambiar: «Si el alcalde se ha castellanizado, allá él».

—Y si mi marido tiene secretaria, yo tendré supervisora. Que es más práctico.

Ese día, sin darse cuenta, había empezado a organizar el futuro sin importarle lo que dijera Jaime. No lo pensó.

El bueno de Figueroa compartía con Clara la obsesión de la apertura al exterior y fue él quien, erre que erre, le habló de un tal Jan Villaroy, agente con despacho en Madrid, belga de Charleroi, una localidad al sur de Bruselas donde los alemanes vencieron a las fuerzas armadas francesas en la Primera Guerra Mundial. Según había llegado a sus oídos, tenía los mejores contactos en Bélgica y Alemania.

Figueroa insistió tanto que Clara acabó meditando la propuesta. Era muy consciente de que debían hacer inversiones en la fábrica para modernizar las instalaciones y los procesos de producción. A nada que se despistaran, los superarían otras empresas más pequeñas. Para eso necesitaban ampliar el negocio, ganar más dinero.

—Si vendemos a Europa, podremos hacer frente a la feroz competencia de las congeladoras —esgrimía Figueroa con absoluta convicción.

—Si no me pillara tan cansada... —contestaba Clara.

Sin embargo, un día ocurrió el incidente del parto de la obrera Palomita, que la despertó de ese tedioso letargo en el que se había instalado.

La mañana transcurría con su rutina cuando, de repente, una mujer empezó a gritar. Los alaridos se oyeron hasta en Corujo, revolviendo al resto de las trabajadoras, que, sin pensárselo dos veces, se tiraron al suelo de rodillas para traer al mundo a una criatura.

—¡Empuja, Palomita! —le decían unas.

—Venga, que ya sale, que ya le veo el pelo —decían otras.

La fábrica se paró por completo y, según la voz se fue

corriendo de nave en nave, no hubo nadie que resistiera en sus puestos.

—Pero ¿cómo es posible que no se diera cuenta? ¡Si se estaba meando! —gritó fuera de sí la supervisora Esther Lama.

—No la abronques. Es la ignorancia, ¿verdad, doctor? —se dirigió Clara al médico, que había llegado volando desde la consulta.

—Ahí la tiene, mírela. —Esther Lama señaló a la pobre Paloma Ruidero, madre primeriza de una niña a la que llamaron Alicia y que llegó a este mundo oliendo a sardina.

El médico sabelotodo sacó unos guantes del maletín, agua oxigenada y alguna cosa más y mandó limpiar a la cría en el pilón. La madre quedó tendida en el suelo hasta que dijo que se encontraba bien. Luego le pusieron la niña al pecho recién limpio con agua y jabón.

—¿Y el padre? —preguntó Clara.

—No hay —contestó Paloma.

Aquello fue la gota que colmó el vaso. Clara gritó que no iba a consentir que las obreras de La Deslumbrante quedaran preñadas de cualquier manera y por cualquier maleante del pueblo o de alrededores.

—Si hemos conseguido darles seguro de maternidad, ahora vamos a darles un seguro de vida.

Y así fue como, sin querer ni planear, nació la primera Escuela de Mujeres de Galicia.

Sin edificio ni aulas ni nada.

Las clases se organizaron por turnos y por materias.

Por un lado, las que necesitaban alfabetizarse, cuyas clases impartiría Ramiro, el profesor del colegio de niños de Punta do Bico y a quien Clara convenció con facilidad porque comulgaba con la Campaña Nacional contra el Analfabetismo que el régimen había puesto en marcha en aquel año 1963 para cuatro cursos escolares.

Y por otro, las que requerían de unos mínimos de cultura personal: conocimientos de anatomía, mínimos de salubridad y apuntes básicos de sexualidad. Naturalmente se darían muy por encima para que no pudieran acusarlos de atentar contra la moral y las buenas costumbres.

Clara reservó un rincón en una de las naves y con un tubo de hojalata que hacía las veces de megáfono se dirigió a sus trabajadores.

—A ver. Quien sepa leer, que levante la mano. ¡Los hombres también!

Fue contando uno a uno.

—¡Las clases empiezan el próximo lunes a las ocho de la mañana! ¿Oído?

Nadie protestó, pero, por si acaso, Clara remarcó:

—Está prohibido faltar. Se descontará el día del salario.

Cuando acabó de organizar a los analfabetos, siguió con las obreras que iban a necesitar cultura personal. Mandó a los hombres salir de la nave y preguntó:

—¡A ver! Las que tienen marido e hijos que levanten la mano.

Fue contándolas y las puso a un lado.

—Ahora, las que no tienen ni hijos ni marido.

Las puso a otro lado.

—¿Y quién nos va a enseñar?

—La hija de Remedios, la farmacéutica —contestó Clara—. A ver, Luisa, por hablar. ¿Cuántos hijos tienes?

—Seis.

—¿Y cuántos querrías haber tenido?

—La mitad.

—¡Yo me hubiera ahorrado el que viene en camino, patrona! —gritó otra obrera desde el fondo.

—¡Pues eso es exactamente lo que tenéis que aprender! Los hijos no los hace un hombre. Los deciden las mujeres.

Aquello fue lo más revolucionario que se había oído hasta entonces en La Deslumbrante. Eran los años en los que la sección femenina de la Falange española, con Pilar Primo de Rivera a la cabeza, formaba a las mujeres para atender a sus maridos y colmarlos de atenciones cuando llegaban a los hogares cansados de trabajar. El murmullo inicial se convirtió en un aplauso.

—¡Haya paz, mujeres! Y lo que se habla aquí se queda aquí.

De nuevo las palmas empezaron a sonar ante el revuelo colectivo que provocó que los hombres de los muelles asomaran la nariz para ver qué sucedía. Creían que estaba anunciándose un aumento de sueldo.

Jaime, que oyó la algarabía, corrió escaleras abajo y se plantó en la puerta de la nave a esperar a que Clara saliera.

—¿Qué pájaros estás metiendo a estas mujeres?

—Gorriones de libertad —contestó ella sin detenerse.

—¿Por qué no pararás quieta? ¿Abandonaste ya la idea de abrir mercados?

—Hay tiempo para todo —contestó Clara.

Tenía prisa por aleccionar a la hija de la farmacéutica para que no la contaminaran con los dimes y diretes de unos y otros, empezando por el cura, don Antolín el Nuevo, que tenía hilo directo con el obispado de Santiago. A nada que las cosas se pusieran feas, podía cerrarle la fábrica.

—¡Pero la libertad nos puede salir cara! —exclamó Jaime, que la seguía a la velocidad de su zancada—. ¿No te das cuenta del problema en el que me puedes meter?

—¿Sólo a ti?

—El dueño de La Deslumbrante soy yo.

—No te preocupes, que mandaré que me detengan a mí —zanjó Clara tragándose la rabia.

La Escuela de Mujeres empezó a funcionar en la nave de prensado. La misma desde la que Clara había hablado a sus obreros. Ramiro y la hija de Remedios —que se llamaba igual pero en corto, Reme— se entregaron a la causa con tanto entusiasmo que, en poco tiempo, pudieron advertirse los progresos. Al maestro le llevó más de lo que él pensaba enseñarles a leer, pero si algo les sobraba era tiempo. Total, llevaban décadas sin saber nada.

En cambio, la hija de la farmacéutica dio por finalizado su mandado de ilustración en cuestiones básicas de la naturaleza en sólo tres semanas. Clara quiso saber qué era lo que más preocupaba a sus mujeres para hacer un seguimiento y que los conocimientos no cayeran en saco roto.

—Confundirse con el amor —concluyó Reme sin ambages.

—¿A qué te refieres? —preguntó Clara con interés.

—Creen que los hombres les darán amor. Y las engatusan. Ya sabe, Clara, nada que no sepamos a estas alturas.

La Guardia Civil no precintó la fábrica ni hubo inspecciones a deshoras ni ocurrió desastre alguno pese a los presagios de Jaime. Pero él, dale que dale, malmetía a todas horas contra Clara.

—Bien podrías haberla llamado Escuela, a secas —le dijo un día.

Clara le contestó que respondía a una realidad: en la conservera siempre hubo más mujeres que hombres.

—También Rosalía está enterrada en el Panteón de Gallegos Ilustres y nadie dice nada.

Clara se dio cuenta de que no tenía ningún sentido discutir con Jaime. Se había convertido en algo estéril. Cuando se marcharon Leopoldo y Plácido, el matrimonio sólo se veía en el desayuno, rara vez en el almuerzo y nunca a la hora de la cena. Por aquellas fechas, Jaime se aficionó a las regatas. Nació la de las Rías Bajas y empezó a competir con su propio balandro. A Clara todo le parecía bien.

El pazo se había ido quedando en silencio, habitado por los fantasmas de don Gustavo y de doña Inés y el recuerdo de Plácido. La habitación del mirador de Cíes se cerró a cal y canto y nadie más volvió a entrar. Dentro quedaron los vestidos de la señora, los trajes del señor. Nadie vació los armarios, ni retiró los perfumes del tocador o las cuartillas sin letras de los cajones de la mesita donde los señores se sentaban a ver atardecer la vida.

En alguna ocasión, doña Inés hacía por aparecerse ante Clara, pero, a diferencia de Celso, su imagen no era del todo nítida.

—¿Es usted? —preguntaba ella al aire.

Nadie contestaba y Clara volvía a sus obligaciones, azuzada por Figueroa. Si ya tenía poco tiempo, la Escuela de Mujeres acabó por absorber hasta su último minuto libre. Tenía que ajustar horarios y andaba todo el día metiendo prisa a las obreras para que recuperasen el tiempo invertido en las clases. Lo compensaba con la emoción de descubrirlas memorizando en voz alta el abecedario mientras empacaban sardinas. En realidad, si no hubiera sido por Jaime, Clara habría disfrutado de cada instante, por vaporoso que fuera, por insignificante que resultara contemplar desde la atalaya de su despacho cómo sus mujeres jugueteaban con las letras que algún día sabrían conjugar hasta formar palabras.

Como cada agosto, en aquel de 1963, Clara se encerró en el pazo y en sus jardines para huir de los calores.

Quizá nadie supiera cuánto había hecho por La Deslumbrante, pero tenía la seguridad de que aquella Escuela sería su obra maestra.

Se lo contó al diario de amor.

Dejó escrito que se había acostumbrado al paisaje de la nave con la pizarra de tiza al fondo, colocada frente a los bancos donde se sentaban los alumnos. Que no faltó ni uno a sus clases. Y que ni un día tuvo que amonestarlos por desinterés.

Sintió la necesidad de comprometerse con las mujeres que habían perdido a sus maridos en la mar, con las que habían recuperado los cuerpos para darles sepultura y con las viudas de vivos, hombres cuya muerte nadie había certificado. También con sus huérfanos, para que ninguno tuviera que buscar el sustento familiar hasta que hubieran terminado su formación mínima. Es decir, leer, escribir y contar, que era la única receta en la que ella creía.

—A todos los quiero como a los hijos que no he tenido —escribió.

Después, se sentó ante la Hermés y, como si fuera un testamento, dejó constancia de su deseo de que la Escuela siguiera funcionando cuando ella faltara. En un arrebato de locura, redactó los cinco mandamientos fundacionales que hasta entonces sólo había pronunciado de viva voz.

Para mantener todo aquello necesitaría dinero, así que, en los mismos papeles en los que diseñó el futuro de la Escuela, trazó la expansión de La Deslumbrante que la llevaría a Madrid a cerrar los acuerdos con el agente Jan Villaroy.

No lo sometió a criterio de su marido porque ya no tenía tiempo para las monsergas de los desacuerdos.

CAPÍTULO 40

Empezó a organizar el viaje al detalle. No le costó contactar con el belga. Figueroa era muy eficaz en ese tipo de gestiones. Tenía una agenda que valía su peso en oro y enseguida cerró el encuentro que Clara necesitaba.

—¿Qué le dijo? —preguntó ella con curiosidad.

—Que le interesa todo. El momento es inmejorable. No podemos perder la oportunidad que está pasando ante nuestros ojos.

—Por cierto, Figueroa, ¿averiguó algo de los Fernández?

Clara seguía de cerca las gigantescas zancadas de un grupo llamado Pescanova, fundado por un hombre de tierra y granja, emigrante a Cuba y originario de un pueblo de Lugo llamado Sarria, donde trataba con ganado. El bueno de Fernández había sabido ver el negocio de los arrastreros congeladores que zarpaban hacia los caladeros de Argentina.

—Averigüé también que han empezado a pescar en Sudáfrica, señora Clara. ¿Qué quiere que le diga? ¡No llegaríamos!

—Ni lo pretendemos, Figueroa. ¿Y algo más?

—Que no dejan de crecer. Nadie les hace sombra.

—¿Cuántos barcos tienen?

—Más de diez.

A Clara se le torció el gesto el resto del día. Era consciente de que nunca convertiría La Deslumbrante en un imperio del congelado porque su negocio era otro, pero la enrabietaba no haber tenido la idea antes. Los Fernández iban a cambiar la pesca de Galicia y, quizá, del mundo entero con sofisticados sistemas de conservación que, hasta la fecha, a nadie se le habían ocurrido.

—Organice la cita con Villaroy para el próximo lunes, Figueroa.

De repente, se oyó una voz que interrumpió a la fábrica entera. Clara enseguida identificó al médico sabelotodo, que subió las escaleras a zancada limpia.

—¿Adónde va? —gritó Esther Lama.

—Necesito ver a Clara —dijo sin pararse siquiera a contestar a la encargada de La Deslumbrante.

Clara se levantó de su silla, preocupada por si había sucedido alguna desgracia.

—¿Qué pasa, doctor Vieito?

—Necesito hablar con usted.

Fue taxativo y rotundo, no permitió aplazar la conversación, como si no tuviera tiempo de entretenerse en menudencias.

Ella cerró la puerta del despacho y preguntó:

—Lo manda el cura, ¿no?

—No sé de qué me habla.

—¿No tiene las agallas para venir él o qué? —volvió a preguntar.

Clara tenía la mosca del sacerdote detrás de la oreja. No era la única. La Escuela de Mujeres tenía enemigos por aquí y por acullá, gentes sin ocupación que malmetían contra el saber por miedo a que el pueblo supiera más que ellos.

—No, mujer, no. Sólo quiero hablar con usted.

—Ya le adelanto que no tengo plagas de piojos ni toses sospechosas. Mis obreros están como robles.

—Ay, doña Clara. ¡Qué difícil es todo con usted!

—No me diga, doctor.

—Se lo digo como lo siento.

—¿No será que lo manda mi marido?

—No, señora. Tampoco.

—Entonces dígame qué le trae a esta fábrica.

—Quisiera hablar a solas.

—¿A solas? ¿Por qué?

—No deben oírnos —bajó la voz.

—¿Me va a traer algún cuento de mi esposo? ¿Se entiende con otra?

—No, señora, no es eso.

—Entonces, no hay nada que no pueda oír el aire.

—Haga el favor de no ser tan testaruda. Por una vez... ¡haga el favor! —gritó.

Nadie hablaba así a Clara.

—¿Cuánto tiempo necesita? No tengo ni un minuto que perder.

—Será rápido.

—Pues usted dirá.

—Preferiría que diéramos un paseo.

Salieron a pasear desde La Deslumbrante hasta el puerto, donde se cruzaron con los marinos, los pescadores, los armadores, las mujeres que vendían patatas, grelos de la tierra y huevos de gallina.

El médico empezó a hablar.

—Verá. El día que murió don Gustavo ocurrió algo que nunca he hablado con nadie, pero no puedo seguir guardándomelo porque debo cumplir la última voluntad del señor Valdés.

—¿Afecta a mi esposo? —volvió a preguntar Clara.

—No —contestó con rotundidad.

—¿Y qué pasó, pues, para que no lo dijera entonces y tenga que hacerlo ahora? ¡Han pasado veintiún años! ¡Veintiuno!

—Verá... —Otra vez calló y se acarició la barbilla con aquellos dedos largos y finos que caracterizaban a sus manos.

—¡Tiempo ha tenido de pensarlo! Suéltelo, doctor. Me está poniendo nerviosa.

—Don Gustavo me dijo lo siguiente. —Sacó un papelucho arrugado del bolsillo interior de la chaqueta y empezó a leer—. Me dijo que siempre había querido a doña Inés, que nunca dejó ni una sola carta sin contestar y... Me dijo esto: «Dígale que es mi hija. Cuando vuelva de la fábrica..., que es mi hija, dígaselo usted. El pecado es mío, no puede ser de ella. Dígaselo... Y se lo guarda como secreto de médico».

—¿Qué está diciendo?

—Pensé que eran los delirios previos a su fallecimiento. Son habituales en los moribundos. No quise apresurarme, pero el tiempo pasa...

—¿Y? —le preguntó Clara con ansiedad—. El tiempo pasa y tanto que pasa... Acabe, por favor...

—Y mi obligación es decírselo a usted —dijo.

Clara desconfiaba de aquel hombre, porque siempre se lo ponía difícil y sacaba pegas a todo.

—¿Cómo se lo dijo? ¿Cuándo, en qué momento? ¿Dónde estaba doña Inés? ¿Y mi esposo Jaime? ¿Él lo oyó?

El médico negó con la cabeza y reprodujo la escena del mes octubre de 1942 en la que, mientras Clara y doña Inés celebraban el ámbar del cachalote, don Gustavo revelaba su secreto con aquellas palabras y no otras, que Vieito inmortalizó con letras apretadas.

Clara le quitó el papel de las manos y empezó a leer las líneas que culebreaban ante sus ojos.

—¿Quién escribió esto?

—Lo escribí yo mismo la noche que murió don Gustavo para que no se me olvidara ni una sola palabra mientras averiguaba quién era su destinataria. Ahora he concluido que sólo puede ser usted.

—¿Ahora? Pero ¿qué está diciendo? —repitió—. ¡Está usted loco! Y me quiere volver loca a mí...

—Yo sólo reproduzco sus palabras, Clara. Siento tanto ser yo quien le diga...

—¡Válgame Dios, lo que hay que escuchar! ¿Y por qué cree que soy yo? —preguntó casi en un ruego de que el doctor Celestino estuviera equivocado.

—Porque no había ninguna otra mujer a la que él pudiera referirse.

Clara lo atravesó con la mirada en décimas de segundo.

—Y me pidió que se lo dijera: «dígale que es mi hija» —volvió a decir como si lo estuviera leyendo del papel.

La respiración de Clara se agitó, un torrente ácido le subió desde el estómago hasta el paladar, quemando a su paso media vida o la vida entera. Los ojos se le habían llenado de lágrimas cuando salió corriendo del puerto presa de una angustia que no sabía cómo aliviar.

Ni qué pensar.

Si verdad.

Si mentira.

Si un error.

Una locura.

Corrió tanto como le permitieron sus años, sin aire en los pulmones y con la cabeza a punto de estallar.

—¡Señora, señora! —gritó el doctor Vieito—, puede estar tranquila, que yo...

Si había tardado tanto en revelar aquella última voluntad de don Gustavo, no había motivo para pensar que podría decírselo a alguien más que a Clara Valdés.

La figura de Plácido emergió como una visión y, de repente, como si no pudiera dejar pasar el tiempo, tuvo la necesidad imperiosa de cobijarse en él porque, en realidad, no tenía a nadie más en quien hacerlo.

—¿Adónde vas? —preguntó Jaime al descubrir la maleta extendida sobre la cama de la habitación de las Tres Cruces.

Ella no contestó, concentrada como estaba en las prendas que debía llevar a la capital.

—¿Adónde vas, Clara?

Se vio reflejada en el espejo del armario con las puertas entornadas y sus ojos inflamados y enrojecidos se desviaron al enfrentarse a ella misma.

—¿Pasa algo?

—Nada, Jaime.

—¿Puedes decirme adónde vas con estas prisas?

Clara recordó las prisas de Catalina cuando se embarcó a Argentina y, al pensar que esa mujer también podía ser su hermana, volvió a sentir el temblor de tobillos que apenas le permitía mantenerse en pie. Se sentó en la cama y se tapó la cara con las manos.

—Clara, ¿qué ha pasado? —insistió.

Ella negó cien veces con la cabeza como si el gesto contuviera las respuestas que Jaime requería y que no podía ofrecerle porque aún seguía sin creer que fuera cierto lo que el médico sabelotodo, don Celestino Vieito, le había revelado.

Al principio se obligó a pensar que lo que dijo don Gustavo en el lecho de muerte era una expiación por otro pecado cometido con alguna señora cubana a la que preñó y de cuya hija se desentendió cuando volvió a Punta do Bico. Que no, que no podía ser ella porque, de ser cierto, suponía que don Gustavo habría mantenido relaciones íntimas con una criada y eso sí que no entraba en la cabeza de nadie porque el señor era muy mirado.

Y sin embargo...

Aquel día, cuando su mirada se cruzó con la de Jaime, sintió que esas pupilas también podían ser las suyas y supo que no podría volver a sostenerle la mirada hasta que no recompusiera toda la verdad a la que se iba acercando, temerosa de certificar que nada había sido una invención.

La maldita carta que había encontrado décadas atrás entre las páginas de *Queixumes dos Pinos* de Pondal, escrita de puño y letra por don Gustavo, tenía la respuesta que el señor Valdés no quiso darle. No necesitaba leerla para repetir su contenido.

«No quiso dármela —pensó—. ¡No podía!».

Renata:

Si procede según lo acordado, les dejaré en propiedad las tierras que trabaja Domingo.

No volveré a repetírselo.

No me haga forzar las cosas. (...)

Jaime encendió un cigarrillo que inundó el espacio de humo.

—Clara, por favor, dime adónde vas... —Parecía preocupado.

Colocó las camisas, las faldas, las rebecas de punto, la ropa interior en la bolsa zurcida con sus iniciales, las medias y un par de zapatos de recambio. El neceser con sus productos de belleza.

Cogió aire para contestar:

—Necesitamos un agente internacional que mueva los productos de La Deslumbrante en Europa. Figueroa me ha concertado una cita en Madrid con el mejor. Un belga con el que me entrevistaré en dos días.

—¿Y piensas viajar sola?

—Sí. Viajaré mañana por la mañana. Iré tranquila, con tiempo de sobra para no tener que correr.

—¿Vas a conducir tú? ¿Te llevas el Renault?

—Sí.

—¡Me parece una temeridad! —exclamó Jaime—. ¡No tienes edad!

—Tengo edad para lo que me proponga. O espabilamos o nos comerá la competencia —dijo ella.

—Clara, escúchame, por favor —le pidió Jaime, cambiando el tono de voz—. Tenemos el futuro resuelto. La Deslumbrante es una fábrica próspera que no necesita seguir creciendo para garantizar nuestros entierros. No quisiera que me llamaran a medianoche anunciándome una desgracia por tu empeño de viajar a Madrid.

—No va a ocurrir.

—¿Y si ocurre? Ven aquí.

Jaime se acercó y Clara sintió a ese hombre a quien nunca consiguió amar. Sintió el hielo en las venas. Ahora sabía que su matrimonio no sólo fue una inmoralidad.

También un delito.

Las lágrimas se deslizaron por sus mejillas y el dolor que había aprendido a domesticar año tras año, volvió a hervir dentro de ella.

—Sólo me importa que la Escuela siga teniendo sentido para que todas las obreras y los hijos de las obreras sepan leer y escribir, para que no tengan que extender el carné de pobres en las cabalgatas de los Reyes Magos y para que a las solteras y a las viudas no las preñen los señoritingos —sentenció llena de ira.

Cerró los herrajes de la maleta y, a pulso, la bajó de la cama.

—Y para eso necesito que La Deslumbrante siga creciendo. Cuando yo esté muerta, ¿crees que me va a importar si vendemos a Madrid o a Barcelona? Sin embargo, alguien recordará quién les sacudió la bruteza. Ni siquiera hemos sido capaces de alumbrar herederos...

Clara apretó las muelas.

—No quiero que vuelvas a decir eso —dijo Jaime.

—Es la verdad.

—La Deslumbrante sí tiene herederos. Mi hermano Leopoldo...

—¿Sigues ignorando a Catalina? —No aguardó su respuesta—. Ni siquiera sabe que ha heredado una conservera. No te preocupa lo más mínimo lo que pase con la fábrica.

—Clara, por favor... ¿A qué viene esta ira?

Ella siguió hablando sin escuchar los ruegos de Jaime.

—En realidad, a ti te da igual todo porque no sabes lo que es la miseria. No la has conocido. Tampoco el sufrimiento. Lo peor que te ha pasado es que este cuerpo no te haya dado un hijo. En realidad, no sabes nada porque tu vida ha sido coser y cantar.

Clara necesitaba salvarse, aunque estuviera equivocándose de enemigo porque el verdadero estaba muerto. Las venas le ardían a la altura del pecho.

—Y nunca podré olvidar —lo señaló con el dedo— que un día me recordaste que yo sólo soy la hija de una criada.

Las palabras se detuvieron en la comisura de sus labios.

—Prefiero no seguir hablando, Jaime. Mañana viajaré a Madrid.

Se encerró en el baño, se oyó el agua y un lamento profundo de animal herido recorrió el pazo de Espíritu Santo.

Fuera, sobre la cama de las Tres Cruces, el heredero del apellido Valdés sintió el arrepentimiento de haber pronunciado aquellas palabras.

CAPÍTULO 41

Fue en el mes de septiembre del año 1963, antes de que llegaran los atunes, cuando Clara salió del pazo rumbo a la capital en el Renault 8, prometiendo volver, pero sin dejar que la mirada de Jaime la persiguiera en los espejos desde los que vio alejarse Punta do Bico.

Apenas había descansado y sentía el espesor en la cabeza propio de los días de bochorno en la ría, cuando las nubes se encapotaban y el cielo pardo y gris gestaba tormenta.

Era la primera vez que salía a la carretera para un viaje tan largo y tuvo miedo a equivocarse sin saberlo. Presa de tantos impulsos, ya no sabía de cuál fiarse.

Una temeridad, había dicho Jaime.

Por primera vez pensó que quizá tuviera razón, pero qué podía hacer. Nunca había necesitado a un hombre para tomar decisiones, como tampoco lo necesitó doña Inés, que puso el mundo a sus pies sin don Gustavo. Ese había sido su gran legado.

«He gobernado todo lo que se me ha puesto por delante», dijo para sus adentros.

Pero ahora necesitaba gobernar su identidad, saber quién era cuando se viera reflejada en un cristal, cuando firmara los papeles de la conserva. Ya no era la hija de Domingo, el pobre guardés que murió de tanto perderse en la botella, rodeado de moscas verdes, que son las que anuncian a los cadáveres.

«¿Quién soy, Dios mío? —se preguntó sin saber que esa pregunta también se la había hecho Catalina—. ¿Qué perseguía don Gustavo contándoselo al médico? ¿Lo supo doña Inés?».

Enseguida concluyó que no, que doña Inés no podía estar al tanto de las veleidades de su marido, que bastante tuvo con soportar veinte años de distancia y otros veinte para morirse y que, si levantara la cabeza, cerraría el féretro otra vez.

Se concentró en el viaje, pero cada poco tiempo el doctor Vieito se sentaba a su lado.

—¿Nunca sospechaste, Clara? ¿No te llamó la atención ningún detalle por insignificante que fuera?

—¡No, no, no! —gritó al aire—. ¡Sólo la maldita carta!

En su cabeza se había desatado una rebelión de emociones que cambiaban de piel cada poco tiempo. Clara no tenía ni remota idea de cómo gestionaría la revelación de Celestino.

Atravesó la Canda y el Padornelo, y las montañas de La Gudiña la sacaron de Galicia en una secuencia de parpadeos. Entonces, el paisaje se hizo castellano y mesetario, tan llano y seco tras los meses de julio y agosto. Nunca antes había visto las extensas llanuras de las provincias y dejó que la vista se recreara en las colinas coronadas por castillos medievales.

Por primera vez en su vida descubrió la sensación de libertad y, como un potro desbocado, quiso galopar el asfalto y dejar atrás el pazo y La Deslumbrante. Punta do Bico, sus gentes y a sí misma. Se sintió extraña, pero también recompensada, porque ese viaje le permitiría dejar de ser la hija de la criada y el borracho, o la hija de la criada y el señor del pazo, para estrenar el papel de mujer sin origen, pero con pasado.

Recordó las hazañas que llevaban su nombre. El tiempo entre el aserradero y la sardina, las ballenas, que llegaron después. El cachalote del ámbar que hizo tan ricos a los Valdés que hasta les daba pudor contar el dinero.

Recordó a doña Inés y las fábulas que se inventaba en las horas de biblioteca. La vida contada a través de su mirada mereció todos los pesares. El matrimonio; «¿Por qué dije que sí?», dijo en voz alta; la criatura que nació muerta, que pudo haber sido y no fue.

—La naturaleza se vengó de don Gustavo —concluyó entre lágrimas—. Sólo pudo ser una venganza.

Hasta entonces no había sido capaz de pronunciar aquellas palabras. Perder a la niña, que habría dado sentido a su vida, fue «lo mejor» que le pudo pasar. Aunque lo dijera de otra manera, lo que don Gustavo quiso decir es que la vida siempre acierta. Aún lo recordaba cuando la miró fijamente a los ojos y le hizo la señal de la cruz en la frente. Clara no entendió nada y no le concedió importancia. También podía verlo a los pies de la cama del sanatorio, bendiciendo la muerte de Inesita. Ni podía imaginar que fuera consecuencia de las sangres mezcladas de dos hermanos. Llegar a esa convicción la sacudió por dentro.

—¿Cómo iba a saberlo yo, Dios mío?

Don Gustavo calló como un cobarde y maldijo al doctor sabelotodo porque, en realidad, el testimonio secreto del moribundo ya no servía para nada.

Le empezó a doler la espalda por las horas acumuladas ante el volante. Los años hacían mella. Ya no era ninguna joven. Al revés, el paso del tiempo, con sus inclemencias, la había despojado de su eterna juventud. Por primera vez sintió que no era inmune a la vejez.

Llamó a Celso en su pensamiento, pero no dio señales. Quizá ya no tenían nada que decirse. Clara nunca visitó Tomiño ni sus restos en el cementerio, acaso una piedra con su nombre.

Acaso nada.

Y eso que Tomiño no distaba más de veinticinco kilómetros de Punta do Bico, en dirección hacia el sur, lindando con Portugal. Doña Inés le había prometido que lo harían, pero entre una cosa y otra habían pasado más de cuarenta años desde el naufragio del Santa Isabel. Su único consuelo era que ni un solo día había dejado de recordarlo. Nadie podría arrebatarle la memoria, el único lugar en el que Clara podía sentirse a salvo de los demonios. No había sido un amor largo, no habían franqueado siquiera las fronteras de sus mutuos cuerpos.

«No supimos ni quiénes éramos, pero parecía que habíamos estado juntos toda la vida», pensó.

Todo estaba en el diario de amor, que ocupaba ya casi una veintena de cuadernos que no podría releer porque estaban plagados de mentiras.

Llegó a Arévalo.

Aún tendría que atravesar la sierra que desembocaba en la provincia de Madrid, donde esperaba encontrar modernidad y luminosos. Así la había recreado cuando leía en los periódicos las crónicas de los éxodos a la capital de extremeños, andaluces y castellanos de La Mancha. El norte expulsaba menos porque el campo y los mares aún daban de comer a familias enteras.

Pensó en Plácido.

Se sentía orgullosa de cómo había conseguido alejarlo, como un recuerdo lejano de algo que sucedió y ya. Un hermoso atardecer que se convirtió en noche.

Y sin embargo...

Querría verlo.

No había tenido noticias. Pensaba que él no quiso volver a inmiscuirse en su matrimonio ni distraerla de La Deslumbrante. O quizá se había olvidado de ella y del beso que los unió en los jardines del pazo. A fin de cuentas, no habían estado juntos tanto tiempo como para pensar en un enamoramiento. Eso, se dijo Clara, sólo les pasaba a las obreras de su fábrica, que confundían el amor, como había diagnosticado Reme.

Se sintió como ellas.

Había empeñado toda su vida en trabajar, buscar quien la quisiera y husmear entre los libros olvidados para aprender.

Y aguantar.

Ahora, en la curva sin retorno de la edad, con la ciudad a sus pies, le empezaron a pesar la entrega y el sacrificio.

Se abstrajo en el paisaje durante la última hora del viaje. Todo resultaba novedoso. Las obras del Valle de los Caídos, la cuesta de las perdices con la cornisa del Manzanares al fondo, a la izquierda dejó a Franco en El Pardo. El Palacio Real, la catedral de la Almudena y la cúpula de San Francisco el Grande adornaron su entrada en la capital por Ciudad Universitaria. Atravesó Moncloa y sus bulevares ajardinados y, en cuanto pudo, detuvo el coche y preguntó a un guardia dónde quedaba Marqués de Urquijo. El acento le hizo sonreír, como prueba inequívoca de que había puesto la distancia necesaria para serenarse y, llegado el caso, decidir qué hacer con esa verdad a medias que, en aquel momento, era la única que conocía. Sintió que despertaba a un mundo que ni por asomo creía que pudiera existir, con escenarios desconocidos y sensaciones que nunca había albergado.

Por primera vez en su vida, lejos de su tierra y sin nadie cerca que supiera de ella, sintió la libertad.

Había elegido el hotel Tirol porque quedaba cerca de la oficina del señor Jan Villaroy, en la calle Sagasta esquina Luchana, a la altura de la glorieta de Bilbao. Lo llevaba todo apuntado, junto a la hora de la cita —las diez de la mañana—, el nombre de la secretaria por quien debía preguntar y un número de teléfono por si surgía algún imprevisto. El viaje había sido tan atribulado, con tal vaivén de pensamientos, que ni tiempo había tenido de memorizar frases estratégicas que la ayudaran a romper el hielo de la negociación. Estaba nerviosa, pero no sabía si era por el belga, por don Gustavo, por Jaime o por ella misma.

O por Plácido.

Cuando entró en la recepción, atardecía en Madrid. Hizo los trámites de registro y subió a la habitación asistida por un empleado que la acompañó hasta la puerta. Aún tenía algunas horas para descansar antes de la cena, pero no salió de la habitación. Al sentarse en la cama cayó rendida como en los días difíciles de La Deslumbrante.

No encendió la luz ni pasó por el lavabo.

No cenó ni deshizo la maleta. Nada.

Tenía previsto comunicar a Leopoldo su presencia en Madrid, pero en el último segundo de consciencia concluyó que no lo haría porque no podría contener la rabia, la furia y la vergüenza de ocultarle lo que había pasado. ¿Qué pensaría él? ¿Cómo reaccionaría? ¿Qué podría decir el escritor de periódicos que se había marchado esquivando las sombras de Punta do Bico? ¿Y si le preguntaba por Plácido?

No tenía respuestas ni ánimo para imaginarlas y el silencio se encargó de hacer el resto ocupando el espacio de las cavilaciones. Lo último que oyó antes de quedarse dormida fueron las voces de otros clientes en los pasillos.

Y se dejó llevar.

A la sensación de libertad se unió la ausencia de preocupaciones. Por primera vez sintió que estaba descansando.

Lejos de la fábrica, de las criadas de Espíritu Santo.

Lejos de las obreras de La Deslumbrante, con sus partos imprevistos y sus deseos de prosperidad.

Muy lejos del cementerio que custodiaba a sus muertos.

Del cura don Antolín, del médico que sabía tanto que llegó a saber demasiado, de los señores del mar, a quienes odió cuando había que odiarlos y a quienes admiró cuando tocaba.

El sueño fue blanco y plano hasta que aparecieron la Renata y su padre impostado. La Renata la obligaba a limpiar los excrementos de unos animales con tres cabezas que vivían junto a ellos en la casa de los caseros, mientras Domingo, incapaz de mover un dedo, observaba cómo la madre reñía a la hija. Se vio vomitando en los jardines del pazo y a doña Inés, que llegó corriendo para limpiarle la boca con una toallita de algodón suave. La cogió de la mano, la llevó a una de las habitaciones del pazo y la tumbó sobre almohadas de pluma de oca que parecían manos de ángeles sosteniéndole el cuello. La cubrió con un edredón mullido, como el pelaje de una oveja sin esquilar, y la besó en la frente antes de desaparecer para siempre.

Clara se despertó sobresaltada. La luz de las farolas iluminaba tímidamente la habitación. La madrugada se le había echado encima. Le dolía la espalda por la posición enrevesada en la que se había quedado dormida y maldijo no haber sido más diligente y ordenada. Abrió la puerta del baño y dejó que el agua fría cayera sobre sus muñecas. Con las manos mojadas, se empapó la frente.

—Sólo ha sido un sueño, sólo un mal sueño —balbuceó.

Se desnudó y volvió a la cama, donde se arropó con las sábanas frías y la colcha áspera.

CAPÍTULO 42

—

El señor Jan Villaroy era un hombre de mediana edad, de profundas arrugas que surcaban su rostro dibujando un triángulo desde la nariz hasta los labios. Los ojos azules, como los de Clara, lo hacían delicado, una cualidad que Clara imaginó compatible con su manera de hablar, rápida y precisa, intercalada con sonrisas que acabaron por robárselas a ella misma. Vestía un traje de paño oscuro, corbata granate, camisa blanca.

Presidían su despacho dos banderas, la belga y la española, y un retrato ecuestre de una mujer con aspecto de marquesa. Los suelos alfombrados y las paredes empapeladas de libros conferían al espacio una apariencia de importancia, quizá exagerada, pensó Clara. Para no hacerse de menos, se sacudió Punta do Bico de entre las manos antes de extendérsela al señor belga. Observó en su dedo meñique un anillo con forma de sello que bien podía ser legado de su familia o simple ostentación.

—¿Quién más la acompaña?

—Nadie más, señor Villaroy.

—Pensé que me reuniría con el presidente de La Deslumbrante.

—Como si lo fuera. Soy su máxima responsable.

Jan Villaroy dijo que tenía poco tiempo, que le había surgido un imprevisto, pero que no había querido cancelar la cita porque sabía que la señora, «¿Valdés?», preguntó, había viajado desde Galicia con el único propósito de verlo.

—Llámeme Clara, por favor.

—Hábleme de su negocio, doña Clara —dijo el señor Villaroy.

Fue directa al grano porque, en todas las reuniones a las que había asistido, doña Inés llevaba la voz cantante y manejaba a sus contrarios con habilidad de batuta. Quisiera haber hablado de la primera lata de sardinas que empacaron, de la ballenera y su volumen de negocio, pero sobre la marcha recordó que la eficacia de doña Inés se debía a que nunca se detenía en detalles nostálgicos. Así que cogió la línea recta y expuso las necesidades de expansión de La Deslumbrante y su deseo de abrir mercados en Europa para fortalecer su crecimiento en consonancia con el desarrollo del país.

El señor de Charleroi escuchaba con atención mientras chupaba la boquilla de un cigarro y tomaba algunas notas en unas cuartillas cuadriculadas que la secretaria colocó sobre la mesa junto a una pluma estilográfica que él mismo cargó de un pocillo de tinta.

—Interesante —dijo cuando Clara terminó de hablar.

—Nuestro volumen de negocio nos sitúa a la cabeza de las conserveras de Galicia, señor Villaroy.

—Sin duda —afirmó—. Pero o cogen el tren o se quedarán fuera.

Se levantó de la silla, se acercó a un escritorio colocado contra el ventanal con vistas a Sagasta y volvió con unos mapas que extendió sobre la mesa.

—Mi red comercial le garantizará el suministro a más de trescientos puntos comerciales. Mi porcentaje es del diez por ciento —resumió sin rodeos.

—Elevado, sin duda.

—Es mi porcentaje, señora —repitió con gestos que delataban que estaba impacientándose—. Si me garantiza el doble de producción en un año, podemos llegar a un acuerdo.

—Hemos pasado tantas dificultades que ahora sólo queremos vender y vender.

—Entiendo.

—Veo que tiene prisa y no quisiera que nuestra reunión acabara en un desacuerdo.

—Consúltelo con su marido y llámeme.

Le tendió una tarjeta de visita con varios teléfonos de contacto y su nombre serigrafiado.

—Señor Villaroy, tendrá noticias de mi equipo de comerciales —dijo con justificada soberbia.

Se despidió de Jan Villaroy y bajó a la calle por la escalera interior con pequeños ventanucos en los entresuelos, abiertos a esa hora para airear.

El sol de la mañana asomaba entre los edificios. Encontró una cabina para telefonear a La Deslumbrante. Despachó con Figueroa, le contó cómo había ido la reunión. Le dijo que había ido bien, pero que el señor Jan Villaroy pedía una comisión altísima.

—Tengo la sensación de que se aprovecha, pero vamos a contratar sus servicios.

Colgaron rápido.

Clara se detuvo a observar el bullicio de la glorieta de Bilbao, los últimos tranvías, el letrero de Sidra El Gaitero sobre uno de los vagones. Por un momento, imaginó que Conservas La Deslumbrante se anunciaba en Madrid.

Caminó los bulevares, desde Carranza hasta Génova y su hermosa desembocadura en la plaza de Colón, y continuó hasta el palacio de Buenavista, donde enfiló la avenida José Antonio. Se sintió tan de allí, «tan de aquí», dijo para sus adentros, que, por primera vez, alejó la *saudade* a la que doña Inés se refería cuando hablaba de Cuba y su pena de irse.

Impresionada con las dimensiones de Madrid, Clara echó en falta el granito rubio con el que Galicia había sido construida desde los tiempos celtas. Le llamó la atención el ladrillo rojo de los edificios, sin musgo ni huella de la pertinaz lluvia de su tierra.

La sensación de libertad que reconoció al llegar a la capital empezó a cuajar. No tenía prisa. Nadie la esperaba. Nadie sabía quién era cuando entró en el café Nebraska, símbolo de la modernidad que había traído Eisenhower, y pidió un café y un pan que untó con mantequilla. El desayuno le supo distinto, pero lo saboreó con agrado observando a los matrimonios de edad que, a esa hora de la mañana, hacían un alto en su camino. También contempló con detenimiento a los empleados, todos ataviados con el mismo uniforme, limpios y bien peinados. Y, por último, se entretuvo en los bollos de las vitrinas de cristal. Nunca había visto tal despliegue: con chocolate y sin él, con azúcar glasé, redondos y alargados, preñados de crema o montados en nata.

Transcurrió el tiempo hasta que se quedó sin café en la taza y pidió otro, por darse el gusto de repetir, y permiso para ojear un periódico que había quedado libre en otra mesa. Las crónicas hablaban de política, pero ella avanzó por las páginas hasta llegar a los espectáculos. Madrid proyectaba a Jack Clayton y anunciaba a Rocío Dúrcal en *La chica del trébol*. Las mujeres de *Blanco y Negro* lucían lanas frías y cuellos de nutria, chaquetas cortas de un solo botón, encajes y muselinas para los trajes de cóctel.

Tuvo envidia de los madrileños y de las modelos que posaban para el fotógrafo, tan esbeltas y elegantes.

Tan libres.

Cuando le pareció que ya era hora, salió de la cafetería, tomó el camino de vuelta por la Gran Vía hasta Cibeles y caminó hasta la Biblioteca Nacional, donde estuvo tentada de entrar.

No lo hizo.

Pensó que había llegado tarde a todo. El mundo estaba ahí para ser conquistado.

Pensó en lo que se había perdido, en la carrera que no estudió, en el colegio que nunca pisó y en el amor que no conoció, pese al empeño que puso.

Y pensó también en cómo habría sido su vida si don Gustavo la hubiera reconocido como hija. Cómo habría sido educada. Con quién se habría casado. Cuántos hijos habría podido traer a este mundo.

No pudo evitar hacerse esas preguntas y muchas otras que dispararon su imaginación. Eran necesarias para ordenarse, colocar las piezas y saber quién era. Naturalmente había vivido en una mentira, pero había una verdad que tenía derecho a conocer.

Aunque los años la hubieran pisoteado.

Aunque no quedara más que un fino hilo del que tirar, Clara decidió que lo haría con una urgencia que se había ido desatando desde que llegó a la capital. La ciudad la estaba desnudando a jirones hasta dejarla en carne viva. Abrasada por las mentiras, sintió que habitaba una piel distinta a la suya.

A su edad, quizá ya no tuviera mucho tiempo.

Demasiadas preguntas se habían quedado sin respuesta.

Sin pensarlo, encaminó sus pasos hacia la calle Monte Esquinza.

La necesidad de saldar las cuentas pendientes y extender todas las piezas del rompecabezas sobre una mesa se convirtió en una obsesión, y sólo aquel hombre, que nunca juzgó lo que vio en Punta do Bico, que creía saber quién era Clara y de dónde venía, podría, al menos, escuchar su relato.

Pero había algo aún más importante: ella también necesitaba escucharse.

Era mediodía cuando alcanzó la calle de Plácido. El número señalado correspondía a un edificio de apariencia clásica, entre medianeras propias del primer ensanche madrileño, donde antes hubo palacetes de la nobleza del siglo XIX.

El portero estaba fumando un pitillo en el escalón del portalón de entrada en animada conversación con otro hombre. Clara se sentó en un banco que quedaba a unos metros y esperó. Elevó la mirada e imaginó dónde viviría Plácido. Si tendría vistas a la calle o a algún patio interior. Cuál sería su horizonte al despertar, si podría ver la luna antes de dormir. Se miró los zapatos, el bolso sobre el vientre y se vio disminuida, una doña nadie en la ciudad más grande que habían pisado sus pies, sin el poder y el mando de La Deslumbrante, sola, con aspecto de abandonada pero bien arreglada, eso sí, incluso cuidadosamente maquillada, aunque la sombra con la que se había pintado los párpados y el carmín de los labios se hubiera difuminado después de tantas horas.

De repente, los dos hombres interrumpieron su charla, el portero se dio media vuelta, entró en el rellano y cerró la puerta. Todo fue rápido, en cuestión de segundos.

—¡Oiga! ¡Oiga, disculpe!

Nadie la oyó. Clara se levantó con rapidez, se acercó a los cristales y tocó con los nudillos. El portero se giró hacia ella y volvió a abrir la pesada puerta de hierro.

—Dígame, señora. Me pilla usted por los pelos. Iba a cerrar la portería.

—¿Vive aquí Plácido Carvajal? —preguntó sin entretenerse.

El hombre no dudó en contestar que sí, que vivía en el primero y que acababa de volver. Miró el reloj.

—A esta hora, don Plácido ya está sentado a la mesa.

—¿Y podría avisarlo de que tiene visita?

—¿Y a quién anuncio, señora?

—Dígale que está aquí Clara, de Punta do Bico.

—¿De Punta do Bico? ¿Y eso dónde queda?

—Provincia de Pontevedra. Cerca de Vigo —contestó con inquietud.

—¡Preciosa tierra!

—Lo es.

—Pase, por favor —la invitó el portero.

Al traspasar el umbral, a Clara le sorprendió el frío del mármol y de los espejos que le devolvieron su figura. El portero enfiló unos peldaños y la invitó a subir con él. Pero ella negó con la mano.

—¿No me acompaña?

—Prefiero esperarlo aquí.

Los minutos se hicieron eternos. Clara apaciguó los nervios pensando que no tenía nada que perder, que ser libre consistía en eso, en actuar sin guion ni ensayo, que había tomado una decisión que no hacía mal a nadie, ni siquiera a Plácido, aunque las elucubraciones la llevaran a pensar que en esos meses podría haber conocido a una mujer con la que, por qué no, compartiría sus almuerzos, sus cenas, sus noches. «Pero de ser así, ¿qué?», pensó.

De repente, Plácido apareció. Ya no había rastro del portero.

—¡Clara! —exclamó.

Ella no supo si debía corresponder a su efusivo recibimiento con un abrazo o con besos en las mejillas. Si extenderle la mano. Si nada.

Pero el hombre reaccionó con tanta naturalidad que las dudas iniciales quedaron de inmediato disipadas.

—¿Cómo tú en Madrid y sin avisarme?

Clara carraspeó antes de hablar.

—Vine a una reunión importante con un agente comercial.

—¡Oh! ¡Clara, la que nunca para!

Rieron el comentario como adolescentes.

—Al menos te has acordado de mí —añadió Plácido.

A ella no le salían las palabras. Notaba el nudo en la garganta y algo de rubor al verse allí, en esa ciudad, sede de los poderes pero no de sus deseos. Él la invitó a subir a su casa, pero ella dijo que no, que sería una molestia, que era la hora de la comida, que quizá ni siquiera tuviera tiempo.

—¡Qué tiempo ni qué tiempo! El tiempo es ahora, Clara. Te invito a comer. No se hable más.

Plácido no había cambiado en nada. Era el mismo hombre que había conocido en Espíritu Santo, igual de resuelto, pensó, para aprovechar las circunstancias de la vida o los momentos que le ofrecía sin programación ni plan previsto.

Desapareció los minutos que tardó en subir de nuevo a su casa para coger una chaqueta que colocó sobre los hombros de la camisa blanca.

Salieron a la calle a esa hora vacía de gente. Clara no preguntó adónde iban ni él lo precisó, pero se fijó en la placa con el nombre de la calle en la que giraron: Blanca de Navarra.

Según le contó Plácido Carvajal, el restaurante en el que entraron y donde lo saludaron con costumbre, lo habían fundado unos gallegos que llegaron a Madrid andando desde Orense.

—Los gallegos hacéis ese tipo de heroicidades —dijo.

Llegó la guerra y el padre fundador tuvo que dar platos de garbanzos sin cobrar un duro. El barrio les devolvió con gratitud que le quitara el hambre.

—Sobre todo a las parturientas, a las que alimentaban con caldos de gallina que resucitaban a un muerto.

Plácido se deshizo en atenciones hacia Clara, en una especie de cortejo indisimulado que ella no supo interpretar como tal, concentrada en no perder detalle del relato.

Pidieron vino y un cocido que era la especialidad de la casa: «Madrileño y sin grelos ni morro de cerdo», apostilló él, recordando los pucheros del pazo y los vapores que lo inundaban.

—¡Qué tiempos, Clara! No he dejado de pensar en ti ni un solo día.

—No me digas eso. —Ella desvió la mirada.

—Es la verdad —añadió Plácido.

—Pensé que me escribirías.

—¿No te habría incomodado?

—¡Habría sido un incendio! —admitió ella—. Yo tampoco he dejado de pensar en ti, pero he intentado olvidarte porque sé...

Plácido la interrumpió.

—No sabes nada en realidad...

—No sigas... —le pidió Clara.

—Tampoco te crees que eres un sueño de mujer. ¿Y sabes qué? He pensado en volver a Punta do Bico. Más de una vez lo he hablado con Leopoldo.

—¡No le habrás contado nada!

—Clara, por favor...

—No le digas a Leopoldo que nos hemos visto —le pidió ella.

Plácido la miró sorprendido.

—Creía que teníais una excelente relación.

—Y la tenemos —contestó sin entrar en detalles.

Él entendió que no debía inmiscuirse y Clara aprovechó para desviar la conversación. No quería empezar por ahí. No era lo urgente.

Se entretuvieron hablando del señor Jan Villaroy. Clara se quejó de la altísima comisión que cobraba por sus servicios, le explicó que el negocio estaba apretando por sus costuras, que La Deslumbrante tenía que espabilar, que las congeladoras eran el futuro, pero que ellos no podían arriesgarse con esa inversión y que había fundado una Escuela de Mujeres para las obreras y sus hijos. Lo contó con tanto entusiasmo que se lo contagió a Plácido.

—Tienes madera de gobernante —le dijo.

Clara se atragantó al escuchar esa afirmación en boca del hombre por quien volvió a sentir la admiración que se había despertado en las sobremesas del pazo, en presencia de Jaime y de Leopoldo.

—Tú no me crees porque no te conoces, ni te ves, pero yo, que te observo desde fuera, te digo que tienes madera de gobernante —repitió.

—Algo de verdad hay en lo que dices: no me conozco, ni siquiera sé quién soy.

Plácido volvió a sorprenderse. Clara provocaba en él esa sensación que no habían conseguido otras mujeres a las que había conocido. Ninguna de sus palabras le pasaba inadvertida. Todas tenían un sentido porque ella era capaz de dárselo con su entonación, sus gestos, sus pausas de silencio, que resultaban más elocuentes que un discurso elaborado.

—¿A qué te refieres? —le preguntó.

Clara sorbió de la copa de vino dejando que la acidez

reposara en su paladar y, como si supiera que la confesión iba a resultar sanadora, empezó a hablar.

De principio a fin.

Desde el día en que doña Inés decidió hacer de ella una Valdés, hasta la mañana en la que el médico sabelotodo de Punta do Bico leyó el papel con la confesión de don Gustavo.

Entremedias, Clara habló de su madre, Renata, de lo poco que la quiso y lo mucho que la hizo sufrir.

Y, por último, le dijo que no tenía documento alguno que acreditara lo que le había contado, pero que le daba lo mismo porque ella sentía que si el doctor Vieito había tardado veintiún años en contárselo no podía estar equivocado al interpretar las palabras que don Gustavo pronunció el día que decidió hablar antes de callar para siempre.

—Y aun así —concluyó—, siento que no sé toda la verdad. Me faltan piezas.

Plácido no abrió la boca más que para coger aire. Sacó una pitillera del bolsillo interior de la chaqueta, prendió un cigarro y aspiró el primer humo.

Se hizo un silencio entre ellos. El hombre aún no sabía cómo había sido capaz de recuperarse de la impresión que le produjo escuchar a aquella mujer. Jamás habría sospechado semejante biografía ni el desenlace que Clara le estaba confiando con una sinceridad que lo emocionaba.

—Plácido —dijo ella—, la vida ha pasado tan deprisa... Me arrepiento tanto de no haberme detenido a pensar por qué sucedían las cosas. ¡Lamento tanto no haber hecho más preguntas! Y sólo hay una razón: siempre me sentí la maldita hija de la criada sin derecho a nada y con la obligación de obedecer.

A Clara se le paró el corazón al pronunciar aquellas palabras. No recordaba haberlas oído en su voz. Al revés.

Su memoria había archivado la dura acusación de Jaime y las voces de Punta do Bico que siempre señalaron su condición por mucho que moderaran sus lenguas cuando se casó con un Valdés.

—Y ahora que te he contado mi historia, quizá te sorprenda que sienta la necesidad de volver a ver a Catalina. No sé cuántos años me quedan, pero no quisiera morirme sin hablar con ella. He crecido sola, sin escuela, sin compañero de pupitre, sin cumpleaños ni Navidades.

Plácido acercó su mano hasta tocar la de Clara con una ternura que su piel no recordaba.

—Es mi deseo —dijo con la voz entrecortada—. El único que intentaré cumplir.

Clara apartó su mano de la de Plácido y se tapó el rostro para contener el llanto.

No quería que él la viera llorar. Pero Plácido descubrió el invierno en su mirada.

—¿Cuándo regresas a Punta do Bico?

Clara no contestó.

CAPÍTULO 43

Después del almuerzo en el restaurante de Blanca de Navarra, Plácido y Clara pasearon por Madrid envueltos en sus mutuos silencios, a ratos interrumpidos por las observaciones de él, que en todo encontraba belleza y la compartía con ella en una ceremonia de contradicciones que acabaría desembocando, de manera irremediable, en una despedida. Los dos eran conscientes de que el destino los había colocado en esas aceras sin rumbo fijo, permitiéndoles sólo vagar uno al lado del otro sin llegar a rozarse.

Plácido había sido el paciente escuchador de las confesiones que Clara necesitaba trasladar al mundo de las palabras como única tabla de salvación sobre la que apoyar los codos y resistir las embestidas del oleaje en pleno naufragio.

Así se sintió en aquellas horas que transcurrieron hasta que llegaron al atardecer de la plaza de Cibeles.

—Me gustaría invitarte a cenar —sugirió a Clara.

Clara no se atrevió a preguntarle adónde irían ni expresó su necesidad de pasar por el Tirol para darse un baño y cambiar las ropas del día.

Clara se entregó a Plácido y a su incertidumbre. Tenía razón: ella no se había creído ninguna de sus palabras. La extrañeza de escucharlas le impedía albergar siquiera la ilusión de que fueran verdad. Al mismo tiempo, Plácido descubrió a una mujer tan herida que supo entender su incredulidad.

Llegaron a Monte Esquinza. Clara no fue consciente de qué calles habían atravesado ni en qué esquina giraron hasta que se vio frente al portal de Plácido.

—¿Me dejas invitarte a casa?

Decidió ser sincera.

—Me aterra lo que pueda pasar, Plácido. Soy una mujer casada —repitió como si él no lo supiera—. Me debo a mi marido por mucho que ahora sepa que nunca debió serlo, pero me aterra...

—Lo entiendo todo, pero déjame a mí.

Clara sabía que su sinceridad sólo era un escudo contra el pudor. Pudor a lo que imaginaba que podía pasar y miedo al día de después. Pero aun así, dejó que él abriera el portalón y la dirigiera hasta su casa a oscuras.

La invitó a tomar asiento y una copa de vino. Lo sirvió con cadencia y esmero en una copa de cristal fino que ella alabó porque eran las preferidas de doña Inés. Pidió permiso para ir al baño. Se miró al espejo y se vio arrugada. Descubrió las canas que aclaraban el comienzo del pelo, en la zona de los pensamientos, y sintió los labios más finos y desconchados, como rompeolas cansados de contener tormentas, naufragios, penas. Tampoco el brillo de sus ojos había resistido las embestidas de los años y los párpados, como estucos, oscilaron al ritmo de las lágrimas.

«Sólo es miedo, Clarita. Sólo miedo».

Balbuceó las palabras contra el aire y trató de recomponerse. «Sólo es miedo», repitió, como si al hacerlo fuera a arrancarlo de la raíz de su origen. Abrió el grifo de agua fría y colocó bajo él las muñecas. El torrente helado le recordó que estaba viva y esa sensación fue suficiente para despertar del aturdimiento de verse allí, en aquella casa de la capital, a escasos metros del hombre con el que no había dejado de soñar. Se limpió los restos de maquillaje, se enjuagó la boca y salió dispuesta a quererse.

Con sus arrugas.

Su pelo blanquecino.

Sus párpados de edad.

Y aquellos labios que volvieron a sonreír al descubrir a Plácido acomodado en el sofá con la camisa desabrochada y libre de la atadura de la corbata.

—Siéntate aquí —la invitó.

—Nunca he hecho esto.

—Lo sé.

La primera caricia encendió la piel de Clara. Su piel desacostumbrada se erizó de inmediato.

—La vida no se puede alargar, Clara, pero sí podemos ensancharla.

Llevó sus manos a los botones de la blusa y fue soltándolos hasta que la tela se escurrió por el perfil de su torso desnudo. Con las mismas manos recorrió su pecho hasta el vientre y buscó la manera de aflojar la falda.

—¿Crees que es una decisión correcta?

—Clara...

Entonces él llevó los labios a los suyos como el día del pazo y ella reconoció enseguida el sabor embriagante de su boca.

—Déjame besarte.

El silencio de Clara era el consentimiento que Plácido necesitaba recibir para seguir invocando al amor trasnochado en el que ambos habían dejado de creer.

Acabaron en el suelo alfombrado, como los jóvenes que ya no eran, descubriendo sus cuerpos.

Desde que enviudó, Plácido había mantenido encuentros con algunas mujeres, pero nunca hubo continuidad y por ninguna habría dejado su vida acomodada de Madrid. Se había convertido en un hombre prudente con las amantes esporádicas por miedo a confundirlas. Clara, en cambio, no había vuelto a ver el cuerpo de un hombre desnudo y la visión de Plácido, en vez de encogerla, le recordó la pasión de Celso y el empeño que puso con Jaime en los años posteriores a su matrimonio. Y entonces no pensó en nada más y se dejó llevar hasta que los dos acabaron envueltos en ellos mismos como si las edades sólo fueran fechas de un calendario.

Hicieron el amor hasta gastar la noche que precedió a un amanecer brillante. Los primeros rayos de sol se colaron por las ventanas y los descubrieron desnudos y arropados por una manta con la que Clara imaginó que él la había cubierto.

—Vayamos a la cama —sugirió Plácido.

La ayudó a levantarse y la guio hasta el dormitorio. Plácido quiso volver a hablar con Clara de sus emociones. Pero no lo hizo. Y eso que de su prematura viudez había aprendido que nada pesa más que una palabra que no se pronuncia.

Los enamorados, que nunca reconocerían haberlo estado, escondieron los sentimientos que los habían asaltado el mismo día que se conocieron en el pazo de Espíritu Santo, donde las muertes de los señores que lo habitaron no les dejó tiempo para nada.

Clara se despertó sobresaltada pocos minutos antes del mediodía. Nunca había dormido tanto y sin desvelos. Sintió la mano de Plácido sobre su cadera y la agarró con la suya.

—Te haría el amor toda la vida. Eres tan hermosa.

Clara midió las palabras antes de contestar.

—Después de tanto tiempo, nunca pensé que volvería a sentir...

Estuvo tentada de preguntarle cuánto llevaba él sin desnudar a una mujer, pero al instante concluyó que no era de su incumbencia. Plácido pasó los dedos entre su melena suelta y con las yemas recorrió su cuello.

—No hay tiempos para el amor —dijo él.

Y como si esa urgencia estuviera taconeando sobre ellos, Plácido la volteó en el colchón y buscó con ansia su placer y su instinto apagado. Y sorprendidos por la salvaje llamada de la piel, se bebieron a besos y se mordieron con una pasión desconocida.

Así, las horas acabaron sumando varios días en los que Clara se olvidó del pazo, de Jaime, de La Deslumbrante y de todo lo demás, y se dejó embriagar por las penumbras que le ofrecía Plácido mientras el sereno cantaba las medias y los cuartos, y anunciaba las tormentas del fin del verano.

El agua de la bañera sumergió su cuerpo hasta cubrirlo. Clara sabía que no volvería a suceder.

Que no habría más días en Monte Esquinza.

Ni más noches con Plácido.

Ni más placeres.

Que el otoño que aventuraba ese septiembre anunciaba el ocaso definitivo.

Los dos convinieron que no podrían volver a verse. Que, en otra vida, habrían sido matrimonio estable, hecho y derecho, sin trampas ni mentiras, fieles. Y que no serían amantes para que nada interrumpiera la hermosa secuencia que había retenido su mirada y en la que vivirían el tiempo que les quedara.

Hasta entonces, Clara no había pensado en las últimas veces. Ni siquiera supo que aquella de la playa de Las Barcas iba a ser la última vez que vería a Celso.

Y lo fue.

Así que quiso ser consciente de cada acto, de cada gesto, de cada instante con Plácido.

Se vistió con calma y se escuchó. En el fondo era una afortunada. Su vida había estado plagada de sinsabores, pero cuando menos lo esperaba, cuando ya estaba de recogida, la suerte se ponía de su lado. El recuerdo de Plácido sería suficiente para sobrevivir. Como dijo doña Inés: «sólo muere el olvidado».

A las puertas del Tirol, él le pidió permiso para abrazarla y Clara dijo que sí con la cabeza.

—Es una pena —susurró el hombre a su oído— que la vida nos haya reservado tanta escasez.

Y como si Plácido quisiera rubricar la vida de Clara, le dijo que no se quedara a medias, que buscara a Catalina, que persiguiera la verdad, «cueste lo que cueste», añadió.

—Es el único lugar seguro que merece la pena habitar.

—El lugar de la verdad —repitió Clara.

En efecto, el futuro, cada vez más estrecho, sólo podía reservarle ese destino.

—Y una vez allí, recuérdame de vez en cuando porque esto nuestro también ha sido verdad —dijo Plácido con media sonrisa, que apretó entre los labios antes de marcharse por la cuesta arriba de Marqués de Urquijo hasta el cruce con Argüelles, donde se vieron por última vez.

Clara entendió que aquellas serían las últimas palabras de amor, con las que no podía estar más de acuerdo, y repitió el mandamiento de no olvidarse.

A la mañana siguiente, antes de que amaneciera, Clara abandonó la habitación número 24 del hotel Tirol. Pagó y salió de madrugada, sabiendo que no volvería a pisar Madrid ni para continuar las negociaciones con Villaroy.

Caminó hasta su coche arrastrando la maleta, buscó las llaves en el fondo del bolso, escuchó la tos del motor. Sobre el frío volante descargó la furia que llevaba acumulada por los amores atravesados a lo largo de su vida.

Triste y revuelta descubrió el agujero que le habían dejado en medio del alma y, paladeando las palabras, repitió aquellas que había ordenado inscribir en la tumba de doña Inés: «Amor y mar hay para todos».

—Aunque te ahogue —susurró.

Fuera, en las calles aún oscuras, los serenos ahuyentaban a los vagabundos, los gatos asaltaban los cubos de basura, las farolas centelleaban como estrellas de tierra.

La vida.

Tardó en recomponerse, pero se dejó guiar por el impulso de volver a Monte Esquinza para ser consciente, también, de que sería la última vez que viera el portal de Plácido Carvajal. Condujo por los bulevares con las ventanillas abiertas para que entrara la fresca. Y al llegar al 26, de Plácido, apenas aceleró para retratar con sus pupilas el portal frío, la fachada hermosa, los palmos de adoquín que recorrió a su lado.

Tan escasos como intensos.

Media vida o una vida entera en tres días de capital.

Salió de Madrid por donde había entrado, el edificio del Ejército del Aire a su izquierda, de frente el Arco de la Victoria, todo recto, la carretera en dirección a la sierra, después vendría la meseta, Castilla y, al final, su mar.

Mantuvo las ventanillas abiertas para que el mundo que había descubierto impregnara con su olor las horas que aún le quedaban por delante.

Clara no dio a Plácido ninguna señal de querer entablar una conversación duradera en el tiempo, pero lo habría hecho. Se habría quedado hablando con él toda la vida.

A medida que avanzaba de vuelta a lo conocido, necesitó ordenar lo sucedido. Fue tan imprevisto que resultó balsámico y, por primera vez en tiempos, sintió que había descargado las penas.

Se marchó liviana, pero a la vez notó el peso de la infidelidad. Lo había sido por primera vez en su vida, como don Gustavo con su madre y a saber con cuántas más.

Como sospechaba que podría haberlo sido Jaime porque nadie aguanta tantos años en el dique seco.

Como quizá lo fue Domingo, el padre que nunca había sido.

Como Renata.

No sabía bien cómo debía sentirse porque, hasta entonces, ella pensaba que la infidelidad era un accidente. Y lo suyo con Plácido no lo había sido. Al revés. Bien lo sabían los santos que la protegieron. Si consintió en dejarse llevar fue porque entre ellos había algo más que la necesidad instintiva de saciarse. Habían hecho el amor más precioso de cuantos ella recordaba, siempre con Jaime y siempre por Inesita, la pobre, que nació muerta y fue de lo único que no habló con Plácido para no profundizar en las causas. Y llegó a la conclusión de que, en el fondo, había sido una suerte de venganza por haber perdido tantas noches.

Las horas pasaron lentas dentro del coche. El sol de la última meseta atizaba los campos de trigo y las amapolas tardías que nunca había visto en Punta do Bico porque allí crecían camelias, hortensias, arbustos salvajes de rododendros.

De lo único que no había conseguido despegarse fue del recuerdo de Catalina, su medio hermana o hermana a medias, hermana de padre. Esa niña que tan canutas se lo había hecho pasar en su adolescencia, que siempre la miró con ojos de envidia, que si por ella hubiera sido, pensó, la habría matado con tal de que no cruzara la puerta del pazo, territorio vedado para los pobres, las paridas entre basura y tierra.

Y sin embargo...

Sentía la necesidad de localizarla en Argentina para contarle todo lo que había sucedido desde que los señores Valdés fueron enterrados, comunicarle su parte de la herencia y, llegado el caso, desvelarle que las dos eran hijas de don Gustavo.

—Medio hermanas —dijo en voz alta—. O hermanas a medias.

Aceleró con el pánico en los tobillos, como si haberlo pensado sacudiera su conciencia.

«Persigue la verdad. Es un lugar seguro. —Era la voz de Plácido—. Y quédate a vivir en ella».

Antes de adentrarse en las montañas gallegas, empleó cada minuto en sacudirse a manotazos los últimos miedos. Sería lo último que haría para enderezar los años torcidos. No podían quedarse así y para siempre.

Le había costado demasiado esfuerzo desencajar las resistencias que encontró a cada paso, primero, en el aserradero con las mujeres que asaltaban economatos; después en La Deslumbrante, donde al principio se la consideró una intrusa, emisaria de la señora y encargada de darle el parte diario de las fechorías sin importancia. Visto en perspectiva, lo peor que podían hacer era robar una sardina o un trapo para secarse las manos.

Y, por último, con su marido Jaime.

Pensó en él.

En qué le diría o si se lo diría alguna vez.

En las palabras que usaría y que, pronunciadas en su voz, sonaban a perversión y calumnia, a profunda ofensa, al peor deshonor al que se podía condenar a un hijo.

«Tu padre lo sabía. Y lo ocultó».

Jaime estallaría en un aullido, negaría mil veces, la emprendería contra ella, la señalaría con el dedo.

«Patrañas —diría—. ¿Quién te lo dijo? ¿Por qué lo sabes?».

Lo de decírselo o no fue la única decisión que Clara no había tomado cuando el mar de Punta do Bico asomó a lo lejos, al rebasar la última loma. Dejó a la izquierda los Cinco Pinicos, a la derecha la finca de árboles que había sido de su padre, don Gustavo. Enfiló la recta que descendía al lugar de Espíritu Santo y, en la linde del pazo donde murió Domingo, Clara sintió por fin el arrojo que tanto había echado de menos desde la revelación de don Celestino.

CAPÍTULO 44

Fue al doctor Vieito a quien buscó la mañana siguiente a su regreso.

Había despachado con Jaime durante la cena, aprovechando que salió a recibirla a la puerta del pazo, incluso abrió la verja del portalón cuando oyó el coche como si hubiera estado esperándola desde que se marchó.

A Jaime no le interesaban en exceso los acuerdos con el belga Villaroy, así que se limitó a escuchar a Clara y a aceptar que cualquier decisión que ella tomara sería la correcta. Clara pensó que aquellos días de ausencia podían haberlo templado y que no había mejor antídoto contra los resentimientos acumulados en el matrimonio que una distancia prudente. Se arrepintió de no haberlo hecho más veces.

Lo encontró más arrugado y descubrió un temblor suave en sus manos, sólo perceptible cuando se llevaba el cubierto a la boca.

—¿Estás bien? —le preguntó.

—¿Por qué lo dices? —contestó Jaime.

—Por nada.

El hallazgo despertó su ternura, pero trató de esquivarla porque se conocía y sabía que, si se entregaba a esa preocupación, el coraje acumulado en Madrid no serviría para nada.

En el consultorio del doctor Vieito, esperó su turno. Se sentó en una de las butacas de la antesala. Antes que ella, aún tendrían que pasar dos ancianas con aspecto de enfermas que la saludaron con educación. Le pareció que una de ellas era la mujer de Adamino, el del taller de gamelas, y la otra no le sonaba.

Se vio reflejada en un espejo y descubrió que su aspecto había cambiado. El cansancio provocado por el viaje había amarilleado su rostro. Quizá ella estuviera más arrugada que Jaime, pero eso no fue lo que más le importó porque la verdadera impresión fue descubrir que su mirada ya no era la misma. Sus ojos azules tenían un marco de señora y no de criada. El hallazgo la puso en guardia contra sí misma.

Cuando por fin le tocó pasar, Celestino Vieito la recibió de pie y con la mano extendida. Clara le devolvió el gesto, pero no se anduvo por las ramas.

—Doctor... Necesito que me dé el papel del señor Valdés —le dijo—. Es de justicia que lo tenga yo.

El médico elevó una ceja que despejó uno de sus ojos, y le preguntó para qué lo quería, que con haberlo leído ya era suficiente.

—Es parte de mi vida... —musitó.

El doctor sabelotodo empezó a hablar sobre las voluntades de los moribundos y la cantidad de secretos que despachaban los cuerpos en su último suspiro, como gases aerofágicos provocados por los estertores de la muerte.

—No sea grosero, doctor. No me vaya a comparar...

El médico la interrumpió.

—Quiero decir que lo que yo escribí no tiene ningún valor, no será prueba en un juicio, ni en nada.

—¿A qué se refiere? ¿Cree que voy a llevar a juicio a un muerto?

—No, señora. A su esposo —contestó fijando en ella su mirada.

—Me ofende. Qué pena que mi padre confiara en usted y usted, en cambio, dude de mí. Yo nunca le fallé, doctor.

Se levantó de la silla que había ocupado al otro lado de la mesa del despacho que lo separaba de Celestino Vieito y salió del consultorio dando un sonoro portazo que alertó al resto de los pacientes y a la señorita de la centralita, que la vio irse con cajas destempladas.

Necesitó el aire del mar y pasear las turbulencias antes de regresar a la fábrica. Le hubiera dicho al médico más de lo que le dijo, que en realidad no fue nada: sólo una confesión de su mala suerte.

En el puerto, la vida seguía su tránsito ordinario.

Un buque trasatlántico estaba a punto de zarpar.

Uno más pequeño recién llegaba del otro lado del mundo, donde habitaba Catalina, medio hermana, hermana a medias.

Las gamelas de los pescadores faenaban a algunas millas de distancia.

La indiferencia de los demás fue la bofetada que necesitó para salir de la abstracción en la que se había instalado, acechantes los demonios, dispuestos a chuparle la sangre. Se había vuelto a equivocar con ese médico que no sabía tanto como decía o quería aparentar. No recurriría a él nunca más. Ni por necesidad. Ni para que diagnosticase los temblores de las manos de Jaime, que sólo podían ir a peor.

Decidió volver a la fábrica recordando todo lo que Plácido le había dicho y recuperando las valerosas impresiones que se había traído de la capital, como quien trae una postal para mirar el mar que descubrió en la luna de miel.

Una vez en La Deslumbrante, recibió el calor de sus obreros y notó que la habían echado de menos. Figueroa y Esther Lama la cogieron del brazo y la llevaron a su despacho. Querían saberlo todo del viaje a Madrid, entelequia de los pueblos, una fantasía.

Clara no tenía demasiadas ganas de entrar en detalles.

—Fue una reunión provechosa, tal y como esperaba. —Repitió lo que ya le había contado por teléfono: lo de los acuerdos leoninos y poco más—. El próximo viaje para cerrar los detalles lo hará usted, Figueroa.

A él se le iluminó la mirada con sólo imaginarse en el despacho de un hombre de negocios de la fama del señor Villaroy.

—Y ahora, déjenme sola, por favor. Necesito ordenarme —se excusó.

Figueroa y Esther Lama recogieron sus cuadernos de apuntar las cuentas y las obligaciones, pero antes de cerrar la puerta del despacho, Clara lo pensó mejor.

—¡Disculpen! Quiero saber una cosa más. Con mi esposo, ¿bien?

—No vino por aquí, doña Clara.

—Mejor.

En realidad, musitó Clara, ni mejor ni peor. De todos sus problemas, la desidia lacerante del esposo era lo menos preocupante. Jaime había dado por concluida su misión en el mundo. Como bien había dicho, ya tenía suficiente dinero para pagar su entierro y había aceptado, como ley de vida de un señor en toda regla, entregarse a sus placeres que quizá, por qué no, pensó, también incluían chasquear con las señoritas de Vigo, que siempre las hubo y de buen ver.

No concedió ni un minuto a ese pensamiento. Al revés. Le preocupaba más que hubiera empezado a temblar. Era un síntoma inequívoco de que se había hecho viejo.

A la hora del almuerzo salió de La Deslumbrante y dijo que quizá no volviera. No lo dio por seguro para que no se relajaran, pero sabía que no lo haría.

María Elena y Limita tenían la mesa puesta cuando ella empujó la puerta del pazo. Las dos estaban más cerca del barrio de los muertos que de los vivos. Superaban los setenta años, pero como ninguna daba muestras de agotamiento, Clara no se había planteado reforzar el personal doméstico. Sin embargo, aquel día, se detuvo a observar a María Elena de espaldas. Ya no se dormía, pero estaba coja de una pierna, o de las dos, y pensó que quizá había llegado el momento de que esas dos mujeres fieles tuvieran un tiempo de descanso antes del eterno.

—¿Y el señor? —preguntó Clara.

—Dijo que almorzaría fuera.

—¿No dio más detalles?

—No los dio.

—¿Vendrá a cenar?

—Tampoco lo dijo.

Clara agradeció la soledad porque, en realidad, prefería concentrarse en sus cosas en vez de estar pendiente de no equivocarse, de no deslizar un comentario que desatara la tormenta.

O a saber.

Pero aquel día, además de agradecerla, necesitaba la calma del pazo y la ausencia de testigos para entrar en la habitación del mirador de Cíes y buscar lo que necesitaba encontrar con la urgencia de la maldita escasez de tiempo. Así que, sin probar el postre de la pobre Limita —«Prometo merendarlo», le dijo—, se levantó de la silla del comedor y se dirigió, escaleras arriba, a la galería de los dormitorios, donde las criadas creyeron que se echaría un rato de siesta como era su costumbre.

Sin embargo, no cumplió con su rutina.

Agarró el pomo de la puerta de los señores Valdés y, con miedo a que chirriara el hierro, lo deslizó en su mano hasta que se abrió del todo.

Descorrió los cortinones que cubrían las ventanas a cal y canto. Casi se cae de espaldas de la impresión que le produjo ver la habitación tal y como la dejaron las criadas el día que sucedió a la muerte de doña Inés. La colcha había perdido su color original o quizá fuera por la cobertura de polvo, que también había robado el lustre del tocador. Notó cómo los nervios a ser descubierta le arrebataban la serenidad que necesitaba para abrir la cómoda y rebuscar entre las ropas la agenda de doña Inés, donde sabía que encontraría el número de teléfono desde el que Héctor Grassi solía telefonearla sin periodicidad fija. Clara nunca supo si doña Inés llamó alguna vez o si se limitó a esperar para no importunar a su hija. A fin de cuentas, pensó Clara, esperar era lo que mejor sabía hacer doña Inés. Hasta esperó a que don Gustavo volviera de Cuba.

Y cuando decidió morir, entonces también supo hacerlo. Esperar.

Se le revolvió el estómago al imaginar al señor Valdés sobre el cuerpo de la Renata. Se le incendió la sangre al suponer que ella se pudo enamorar, que se creyó alguno de esos cuentos que soltaban los señores para encandilar a las criadas, alguna retahíla de promesas, a saber de qué, de prosperidad, de buena vida. Se le encogió el corazón al ser consciente de que la pobre mujer también había tenido la mala suerte de no encontrar un marido decente que le hubiera dado algo de cariño.

Revolvió los cajones de las mudas de él y los de ella.

Abrió armarios, cajas de zapatos y sombreros.

Metió la mano en los bolsillos de las chaquetas, los abrigos y las gabardinas.

Acercó la nariz a las blusas por la curiosidad de comprobar si doña Inés seguía existiendo en ellas y las olisqueó como una gata endiablada.

No halló rastro alguno.

Volvió sobre los cajones, las cajas y los armarios, y ya no le importó hacer ruido o molestar a las criadas en sus horas de modorra.

—¡Al carajo! —exclamó.

Tiró todo al suelo, y abrió las ventanas y el mirador de Cíes. El día plomizo se coló en la habitación, gris y apagado, cargado de lluvia que no tardaría en empaparlo todo.

En eso, Limita, que pasaba por el recibidor, se agarró a la barandilla de las escaleras y, peldaño a peldaño, sosteniendo el dolor de riñones, subió a ver qué ocurría.

—Doña Clara, ¿qué pasó? —preguntó a media voz sin atreverse a entrar en el dormitorio.

Clara se sentó en la cama y empezó a llorar sin reparo alguno.

—¿Se puede? —volvió a preguntar la criada.

Clara dijo que sí. No le importó que Limita la descubriera de esa guisa. Total, la había visto tantas veces deshacerse, caerse, romperse y volver a renacer que era lo de menos.

—¿Qué busca, señora?

—La agendita de piel de ternera de doña Inés —se limitó a decir entre sollozos.

Limita la miró con sus ojos de mar en calma y dijo:

—Está aquí.

Arrastrando los pies, se acercó a la mesa redonda del mirador de Cíes, abrió el cajón de las cuartillas y sacó la libreta en la que doña Inés apuntaba los números de teléfono que no podía olvidar, las cuentas de La Deslumbrante por meses y por años, los cumpleaños de las personas importantes, los días de las defunciones y las pastillas de don Gustavo, con sus horas y sus dosis.

Se la entregó a Clarita y Clarita dijo «gracias» y «lo siento», retirándose las lágrimas de la cara.

—Vaya a descansar, que ya recojo yo —dijo la criada.

CAPÍTULO 45

El teléfono sonó en la hacienda de General de Madariaga cuando pasaban unos minutos de las cinco de la tarde de allí, las diez de la noche en Punta do Bico.

Clara se había quedado trabajando hasta tarde. Como era habitual, nadie reparó en ella, ni en la luz encendida de su despacho, ni en que no había salido desde que entró por la mañana, ni en que no había almorzado, ni merendado ni pidió una lata para cenar.

Los tonos sonaron y notó el sudor en la mano que sujetaba el Heraldo que había mandado instalar cuando los primeros teléfonos llegaron a Vigo y las primeras líneas a Punta do Bico.

Uno.

Dos.

Tres.

—¿Quién habla?

Sonó una voz de hombre joven, clara y nítida, pero lejana, como la del marino al adentrarse en la inmensidad del mar.

—¿Quién habla? —repitió.

—Con Héctor Grassi, por favor.

—¿Aló? —dijo la voz al otro lado de la línea a diez mil kilómetros de distancia.

Clara tardó en darse cuenta del retardo de la conferencia.

—¿Podría hablar con Héctor Grassi?

No supo por qué preguntaba por él y no por Catalina, que era con quien quería hablar.

—No se encuentra, señora.

—¿Es usted su hijo?

—Sí —contestó sin aportar más detalles.

Impresionada por la revelación, siguió hablando.

—Soy familia de su madre, Catalina, de España —dijo Clara.

—Creo que está equivocada. Mi madre no tiene familia en España.

—Sí tiene, sí.

Revolvió entre los papeles dispersos sobre su mesa y abrió la agenda por la página de los números de teléfono.

—¿Estoy llamando a la hacienda del señor Grassi, en General de Madariaga, provincia de Buenos Aires?

—Sí, señora.

—¿Casado con Catalina Valdés?

—Sí, señora, pero insisto: será un error porque mi madre no dejó familia en España. Todos murieron.

—Los que deben de estar equivocados son ustedes —dijo Clara con esa voz que le salía cuando se ponía campanuda—. ¿Podría hablar con Catalina?

—Ahora no está.

—¿Ella le dijo que no tiene familia en España?

—Perdone, ¿puede identificarse? —preguntó molesto el hijo de Catalina.

—Sí, disculpe. Soy Clara, de Punta do Bico, del pazo de los señores Valdés, donde nació su madre.

El dato le resultó familiar al hijo de Catalina que, sólo entonces, cambió ligeramente su tono distante.

—¡Ah, sí! Mi madre nos habló del pazo y de la abuela Renata.

—¿De la abuela Renata? —preguntó Clara.

—Sí, señora. Nuestra abuela española. Daré recado a mi madre. Ahora tengo que colgar.

—Le ruego que no me cuelgue, por favor. Dígame a qué hora podría hablar con su madre.

El joven se apartó del teléfono por ver si alcanzaba a identificar a Catalina de vuelta de su paseo con la señorita Waldyn, que la cuidaba desde hacía un año, no más, cuando sufrió un derrame cerebral que le había dejado secuelas en la movilidad.

—Su padre me ha dicho que no está, ¿no?

—Mi padre murió, señora.

—Lo siento —se lamentó Clara al otro lado del teléfono—. Hágame el favor de decirle a su madre que la telefoneó Clara, la hija de la criada. Que necesito hablar con ella. Catalina sabe quién soy.

—¿La hija de la criada?

—Su madre sabe quién soy —insistió—. Por favor, anote este número que le voy a dar.

Clara pronunció uno a uno los dígitos del número de La Deslumbrante.

—Con el prefijo de España —indicó.

Colgaron los teléfonos y Clara sintió un dolor profundo en medio del pecho, como si el corazón fuera a pararse en uno de sus súbitos latidos, bajo la blusa de tela oscura que agarró con todas sus fuerzas para controlar esa angustia desconocida hasta entonces; tan pavorosa que dudó de que pudiera siquiera levantarse de la silla para volver al pazo, en el que ya no reconocería a nadie. Ni siquiera a ella misma. Hasta las piedras de Espíritu Santo le resultarían ajenas.

Los pensamientos se desordenaban en su cabeza cuando trataba de pasar a limpio la conversación que cambiaría para siempre el relato de su vida, aquel en el que había vivido con sufrimiento e impostura y que había empezado a saltar por los aires desde la revelación del doctor Celestino Vieito. Ahora sentía que el rompecabezas volvía a descolocarse. No era capaz de explicarse por qué Catalina había hablado a sus hijos de la abuela Renata. Por un segundo pensó que podía ser efecto de una locura precoz, pero enseguida se desdijo porque el hijo de Catalina se había mostrado muy seguro de lo que decía, como si hubiera crecido con la figura de la abuela Renata sin preguntarse si su madre mentía.

Y no mentía.

La vida entera pasó ante sus ojos en una secuencia de imágenes. Desde la primera vez que vio a doña Inés y le preguntó: «¿Eres Clara?» hasta el día de su muerte. Recordó su voz cuando le dijo que sus ojos azules le recordaban a los de su madre.

—Era una mujer hermosa...

Clara fue repitiéndose las frases trastabilladas que la asaltaron como forajidos en medio de la noche.

Apenas podía respirar.

La agitación se le pegó al pecho y creyó que el aire se le iba por las rendijas del ansia de saber más. No podía dejar esa conversación a medias, a expensas de que el hijo de Catalina informara de su llamada. A saber si lo hacía, pensó, o si había colgado creyendo que esa tal Clara era una loca de España con intereses espurios y malas intenciones.

No podía permitir que las cosas acabaran así.

Volvió a descolgar el teléfono, deslizó los dedos por la rueda de los números y esperó los tonos hasta que descolgaron allí en el otro mundo, al otro lado del océano.

La misma voz atendió la llamada.

—¿Quién habla?

—Soy Clara —dijo—. Vuelve a ser el hijo de Catalina, ¿verdad?

—Sí, señora. Mi madre aún no ha vuelto. Yo le daré el recado.

—Esperaré —contestó rotunda para no dejar espacio al joven.

—No sé cuánto va a tardar.

—No importa. Tengo toda la noche por delante.

Clara nunca recordaría cuánto tiempo pasó porque se mantuvo tiesa y firme, con el teléfono en la mano, pese al sudor incómodo y la tensión del cuerpo. Quizá fueron unos minutos o quizá se completó una hora. No lo sabría con precisión porque se concentró en la espera como si fuera lo último que hiciera en su vida.

Así hasta que el joven retomó la conversación que había quedado suspendida en la noche de Punta do Bico, en el despacho de Clara con vistas al mar, negro como un aullido de lobo.

—¿Sigue ahí?

—Aquí sigo.

—Le voy a pasar a mi madre.

Clara se recostó sobre la silla.

—¿Quién es?

La voz de Catalina sonaba lejana, como acaso estuvieran sus manos, su rostro, los pliegues de sus ojos.

—Catalina, soy Clara.

—Clara —repitió ella.

—Soy la hija de la criada —dijo sin pudor ni vergüenza, como si ese fuera el dato fiable, certero y necesario—. ¿Sabes quién soy?

—Clara —repitió Catalina.

—Catalina, tenemos que hablar antes de que la cochambre de la vejez nos deje sin memoria.

CAPÍTULO 46

El 14 de enero de 1966 un vehículo negro de la casa Mercedes aparcó en el lugar de Espíritu Santo a la hora de la siesta de un día frío como las rocas y ventoso, como lo recordaba la mujer deslucida por los años que descendió del coche ayudada por dos hombres vestidos de traje y gorra de uniforme que la colocaron en una silla con ruedas y la empujaron hasta el portalón del pazo, al que la señora se agarró con las fuerzas escasas de sus manos.

Nadie había anunciado su visita ni su viaje, de tal manera que las criadas tuvieron dudas de si debían abrir o esperar a que los señores dieran el visto bueno.

Acababan de terminar su almuerzo y estaban reposándolo frente a la chimenea del salón, cada uno a lo suyo, sin mirarse demasiado porque ya estaban cansados de verse siempre igual y tan de cerca.

Desde que había hablado con Catalina, Clara no había dejado de imaginar la posibilidad de que pudieran concertar un viaje que les permitiera desenlazar sus vidas. Pero no había tenido noticias y eso la mantenía en alerta permanente por si sonaba el teléfono o el cartero entregaba algún sobre con matasellos de Argentina. Lo único extraordinario que había sucedido en esos más de dos años también había llegado por carta desde Madrid. Un texto de Plácido que Clara tardó semanas en leer completo porque cada vez que cogía los papeles le daba por llorar y no podía seguir. No fue una declaración de amor ni una despedida, pero contenía palabras hermosas que le devolvieron la seguridad de que estaba obrando bien, según sus deseos, de acuerdo con sus convicciones y con el propósito de encontrar el lugar de la verdad, el único —volvió a escribir Plácido— en el que merecía la pena vivir.

Clara no se había olvidado de él, pero desde que volvió de la capital prefirió dejarlo estar, sin agitar demasiado su espíritu porque bastante había sufrido ya. Le valía con haberlo conocido y se esforzó en cultivarlo en su memoria sin esperar nada a cambio.

María Elena corrió a avisar a los señores sin saber bien qué debía decir o a quién anunciar, así que lo hizo con las tres únicas palabras posibles, que resultaron ser las más precisas.

—Catalina está aquí.

Clara saltó del sofá en el que se había amodorrado, dejó las gafas de leer en la mesita de centro y salió a su encuentro, abandonando a Jaime a la suerte de sus pensamientos, ajeno a todo lo que había sucedido con anterioridad.

Cuando llegó al recibidor, las hermanas sintieron un estremecimiento desconocido, como si la impresión de verse allí, una frente a otra, fuera la conclusión de sus vidas.

Se abrazaron y Clara sintió la enfermedad de Catalina en sus brazos flácidos y en aquella mirada que había cambiado tanto que le costó reconocer.

—Estás igual, piola. Relinda como siempre —dijo con ese deje argentino que adoptó tan pronto como pisó Buenos Aires porque era la mejor manera de alejarse de Punta do Bico.

Catalina descubrió a Clara en su adolescencia, pero sintió alivio al comprobar que no quedaba nada del resquemor de entonces ni un ápice del odio que sintió de niña.

—Tenemos tanto de que hablar...

Clara se retiró las lágrimas del rostro y empujó la silla con ruedas hasta el salón de la chimenea, donde Jaime había decidido esperar. No terminaba de creerse el anuncio de la criada. Cuando vio entrar a su mujer y a Catalina, se levantó, se acercó a ellas y sólo fue capaz de decir:

—Has vuelto.

Ella le hizo un gesto con la mano para que se acercara y poder abrazarlo como había hecho antes con Clara.

—¿Cuántos años han pasado? —preguntó.

—Cuarenta y dos —contestó Catalina sosteniéndole la mirada.

—Una eternidad —se oyó susurrar a Clara.

Fue aquella misma tarde cuando las hijas de don Gustavo salieron a pasear por las *corredoiras* de su infancia.

Clara tiraba de la silla con sumo esfuerzo por las arenas húmedas y los barros de los charcos, pero Catalina le había pedido volver a esos caminos que nunca olvidó, que siempre llevó en su memoria por más que los abandonara voluntariamente en un acceso de locura del que no se arrepintió porque, en aquel momento, necesitaba coger distancia, huir lejos, donde no pudiera cruzarse con ningún habitante del pazo de Espíritu Santo.

Allí, en la ciudad de General de Madariaga, empezó a construirse desde las cenizas, con los retales de historia que la Renata tuvo a bien revelar en aquel lecho de fiebre en el que murió sola pero en paz.

—No pensé que volvería, Clara.

—¿Has sido feliz?

—A ratos —contestó Catalina.

El viento que la había recibido dio paso a una tarde luminosa, con un sol infrecuente en esa época del año. Clara le habló de los cambios de Punta do Bico, de sus deseos de que conociera La Deslumbrante, de los avances de la fábrica, de las ballenas y los cachalotes y de los progresos de las obreras «que saben leer y escribir, como nosotras», dijo. No encontraba la hora de preguntarle por qué había hablado a su hijo de la abuela Renata ni de desvelar todo lo que ella sabía porque no quería estropear los instantes de desconocida felicidad a su lado.

—Llévame al puerto, Clara. Sentémonos en el muelle, quiero ver el mar.

—¿No te importa que te vean?

—Después de tantos años lo raro sería que me reconocieran.

En General de Madariaga no había más que tierra, horizontes que perfilaban las propiedades de los Grassi y vacas, miles de vacas negras, marrones y pelirrojas.

—Para ver el mar hay que ir a Pinamar y a Héctor no le gustaba conducir más que por sus propiedades.

—Tu hijo me dijo que murió...

—Murió del hígado. Se puso amarillo y perdió el brillo de los ojos. Lo llevamos a todos los hospitales de Buenos Aires. No pudieron hacer nada por él. Pero no quiero hablar de eso...

Clara empujó la silla hasta la entrada del puerto, donde vieron un banco vacío. Con mucho esfuerzo, Catalina consiguió ponerse en pie ayudada por la hermana, que la sostuvo hasta que cayó a plomo sobre la piedra.

—Se ha desteñido —dijo Catalina al recorrer con la mirada el puerto desde el que zarpó sin dar explicaciones y sin dejar ni una propina de esperanza a su madre que, entonces, ya sabía que no lo era.

Clara sonrió con el comentario porque, hasta la fecha, no se había percatado de la pérdida de lustre de las casas de los pescadores. Señaló con el dedo las chimeneas de La Deslumbrante, que asomaban desde allí.

—La Deslumbrante es tu herencia, Catalina. No debo ser yo quien te lo cuente porque yo no pinto nada —dijo acercándose a ella—. De hecho, Jaime ni siquiera sabe que me puse en contacto contigo y que por eso estás aquí.

—No vine por dinero. No lo necesito, Clara. Podríamos alimentar a dos generaciones más. Mis hijos son muy afortunados. Han tenido la mejor educación, pero sobre todo tienen una familia. No vine por una herencia —repitió—. Vine por ti.

A Clarita se le nubló la vista.

—Háblame de ti.

Decidió empezar por el principio, desde que doña Inés arregló su matrimonio con Jaime al poco de que ella se marchara a Argentina. Naturalmente, Catalina supo de la boda por Héctor, pero no dijo nada. La dejó hablar.

—Fuimos razonablemente felices hasta que me quedé embarazada de Inesita. Vino a este mundo con tan pocas ganas que nació muerta.

Catalina se removió al escuchar el relato de su hermana, pero tampoco fue capaz de expresar lo que sentía. Las dos estaban contenidas, como si no quisieran que las palabras se desbocaran antes de tiempo. Quizá incluso estuvieran midiéndose: «¿Qué sabe ella?», pensaba una de la otra.

Y sin embargo.

Las dos sabían que ya habían conquistado la libertad que concede la edad, sin ataduras ni contemplaciones, sin prejuicios, sin miedo a reconocerse en la verdad.

—Pero todo eso es agua pasada —dijo Clara—. ¿Por qué has venido, Catalina? ¿De verdad lo has hecho por mí?

—La llamada fue determinante.

Las dos mujeres se quedaron en silencio durante unos minutos. Clara acercó su mano a la de Catalina.

—Tenemos conversaciones pendientes. ¿Quién iba a decirme que te buscaría hasta dar contigo? ¡Y que desearía volver a verte! ¡Con lo mal que me lo hiciste pasar!

—Lo sé —admitió Catalina—. Y te pido perdón.

Hablaron de aquellos años en los que convivieron en Espíritu Santo. Catalina se lamentó de haberla maltratado. Lo había meditado durante mucho tiempo y sólo había encontrado una explicación.

—Me sentía sola y poco querida. Sentía que no pertenecía a esa familia. Tuve unos celos enfermizos de ti, Clara. No podía soportarlos. Eran superiores a mí. Llegué a odiarte y a soñar con tu muerte. Deseé que te ocurriera una desgracia. Me envenené de ti.

—Nunca entendí por qué. Yo no hice nada ni malmetí con doña Inés. Al revés. Ella cuidaba todos los detalles para que tú no te molestaras. Te quiso con toda su alma. Si supieras...

—No digas nada. La fuerza de la naturaleza es poderosa e imbatible.

Clara grabó esas palabras a fuego:

«La fuerza de la naturaleza es poderosa».

—Ni tú ni doña Inés os merecisteis aquellos años de sufrimiento —insistió Clara—. Al menos, déjame que te diga lo mucho que sufrió tu madre.

En ese momento, Catalina buscó los ojos de Clara. «Mírame», le dijo.

—Nunca fue mi madre.

Clara empezó a temblar.

—¿Qué estás diciendo?

—Yo soy la hija de la criada —contestó Catalina con un tono de voz tan grave que asustó a Clara.

Catalina detuvo su mirada en el horizonte de su niñez, tantas veces recorrido y tantas llorado en busca de respuestas que explicaran su permanente zozobra, el malestar constante.

—Tú eres la hija de doña Inés y don Gustavo Valdés. Mi madre, Renata, nos intercambió nada más nacer. Nuestro padre la preñó e incluso le pidió que me abortara porque no podía soportar su pecado, el deshonor de haberle hecho un hijo a una criada. A cambio, le ofreció la propiedad de unas tierras.

Clara se derrumbó a los pies de Catalina y empezó a llorar sobre la manta que ella misma había colocado en sus piernas para resguardarla del frío húmedo de Punta do Bico. Ya daba igual lo que ella dijera.

—Qué estás diciendo... —repitió.

—La verdad —contestó Catalina—. Me la contó mi madre poco antes de morir, enferma como estaba en aquella casa en la que yo nací, mientras a ti te alumbraba tu madre, doña Inés, frente al mirador de Cíes. La verdad —repitió.

—¿Por qué has tardado tanto en contármela?

—Porque sólo ahora podemos soportarla.

—¡Catalina! —bramó Clara envuelta en un llanto desconsolado.

—Hemos pagado en vida, pero ¿sabes qué? La Deslumbrante siempre llevará tu sello, igual que lleva el mío la carne de Argentina. En la piel de las vacas, en el hierro de la ganadería de mi esposo diseñado con las iniciales de nuestros nombres, HC, hija de la criada, siempre estuvo mi verdad. Y hoy te la entrego a ti.

Clara se enjugó las lágrimas y sintió que la mala suerte se quedaba escasa para explicar tantos años de sufrimiento que jamás compensaría la fortuna del ámbar de los cachalotes.

—¿Y qué vamos a hacer ahora, Clara?

—No lo sé.

A medianoche se desató una tormenta sobre Punta do Bico con truenos y rayos que iluminaron el lugar de Espíritu Santo. Clara comprendió que era la conjura de los espíritus a los que había alojado cerca de ella para compensar los largos silencios que la acompañaron toda la vida.

Se encerró en el templo de libros que era la biblioteca del pazo y se sentó en la butaca desde la que doña Inés y ella se miraron de reojo sin saber qué querencia las había imantado. Entonces, ninguna de las dos podía siquiera sospechar que la Renata la arrancó de cuajo de la raíz de la que brotó en aquel parto doloroso de febrero de 1900.

Con impávida tranquilidad, doña Inés empezó a hablar.

Allí, en el otro mundo, no existían las mentiras ni las verdades a medias, ni las nostalgias ni los desvelos.

Tampoco las penas.

Clara sintió que el pasado era una ola demasiado grande. Tan grande como la que devoró a Celso en el Santa Isabel.

Doña Inés murmuró y suspiró al mismo tiempo.

Y para que no se olvidara de nada, Clara lo escribió todo en el diario y lo dejó estar.

Fueron las últimas líneas.

Sólo Plácido apareció sonriente, le dio un golpecito suave en la espalda y le dijo: «Lo has conseguido, Clarita. Deja que la verdad haga el resto».

Punta do Bico, octubre de 1985

El arponero de La Deslumbrante ha cazado la última ballena de Galicia.

—Hasta aquí hemos llegado.

El padre fray Martín Sarmiento visitó Galicia en el siglo XVII y ya observó ballenas en la ría de Pontevedra. Llegaban hasta la isla de Tambo, donde, plácidas y hermosas, recorrían sus aguas. Trescientos años después, el hombre aprendió a apresarlas con arpones afilados que dejaban regueros de sangre en los muelles de las conserveras.

Y atraían a las sardinas.

—Hasta aquí.

Mi voz es un susurro que escuchan las obreras a las que enseñé a leer y a escribir. Las hijas han heredado los oficios como reinos medievales y podrán confirmar mis palabras.

He perdido la batalla.

Como los de Caneliñas.

Y el resto.

A partir de ahora sólo puedo naufragar en mi mar.

Volaré hasta Cíes y Sálvora. A cabo do Home, adonde conduje a Plácido.

—Esta es la fuerza de mi tierra —le dije.

Jaime Valdés Lazariego, de quien soy viuda, se apagó en la primavera de 1978 de los mismos temblores que descubrí en sus manos cuando volví de Madrid sin fuerzas ni valor para confesarle que me había enamorado de otro hombre.

Mi marido me demostró que se puede vivir temblando toda una vida.

Como su madre, pidió acostarse en el dormitorio del mirador de Cíes. Lo arropé y le di la mano. Nunca supo la verdad de nuestra familia. Las hermanas convinimos en que así fuera.

—Te voy a echar mucho de menos —susurró.

—Podías habérmelo dicho antes —le contesté.

Subo al cementerio con flores frescas que yo misma corto de los rosales del pazo. A nadie le sorprende verme cada día a la misma hora y por el mismo camino.

—*Aí vai Clariña. Sempre leva pena.*

—*Non é pena. Ten ollos de loucura* —dicen los hombres.

—*Que carallo saberás!* —los corrigen las mujeres.

Los oigo, pero hago como que no: ojos de loca no se equivocan. Ellas nunca han dejado de cuidarme desde que murieron mis hermanos.

A Leopoldo lo enterramos en julio de este 1985, a los setenta y ocho años. Ya sabía que La Deslumbrante estaba acabada.

La prohibición del gobierno de cazar ballenas nos ha dado la puntilla.

El negocio está empobrecido.

Y mira que intentamos seguir.

Y mira que negociamos con los obreros.

Y mira que hablamos con los políticos.

Pero nada.

Mi hermana de padre, Catalina Valdés Comesaña, aún vive en la hacienda de General de Madariaga.

Pero no tiene recuerdos.

No sabe quién es.

Ni quién fue.

—Una suerte —les digo a los que la conocieron de joven, la vieron marcharse y aún me preguntan por ella.

Así que sólo quedo yo.

Clara. Sin el título de doña ni el de señora de Valdés.

Soy la última de Espíritu Santo.

He sobrevivido a las tormentas.

Y a las mentiras.

Sólo Plácido Carvajal y una mujer sin memoria conocen la verdad.

—El único lugar seguro... —me dijo en Madrid.

—Que merece la pena habitar —le contesto mientras camino con las rosas en las manos.

Se me está haciendo tarde.

He heredado el genio de doña Inés hasta en el empeño de dejarme morir.

Yo no quiero asistir al cierre de La Deslumbrante.

He escrito a mano veintinueve cuadernos titulados «Diario de amor». Están numerados y ordenados por fechas.

Si los encuentran en Espíritu Santo cuando yo ya no esté, léanlos e iluminen mi historia con palabras.

Y la de doña Inés y don Gustavo.

La de Jaime, Leopoldo y Catalina.

La de Celso.

La de Inesita, que no murió porque nació muerta.

La de Renata, Domingo, Limita, María Elena.

Y la de Isabela, que inauguró nuestra lápida.

También la de Plácido, el único hombre que me hizo feliz cuando aprendí lo que era la felicidad.

No esculpan mi nombre en la piedra.

Ni mis apellidos.

Para no mentir a nadie.

Ni faltar a la verdad.

AGRADECIMIENTOS

Antes de que se vayan me gustaría que leyeran estas líneas de agradecimiento.

A todos los que han pasado sus ojos por las páginas de esta novela: gracias por la paciencia y los desvelos.

Si les soy sincera, nunca supe adónde llegaría con la historia de doña Inés, Clara y Catalina. Adónde me llevarían sus amores atravesados que hasta a mí me han dolido.

Han pasado tres años desde que empecé a escribir con el único mandato de hacerlo.

Escribir.

Escribir.

Y seguir escribiendo.

Entremedias, he leído, he viajado a Galicia y me he empapado de todas esas historias de mujeres que fueron *señoras Nadie*. Desconocidas e ignoradas. Pobladoras de fábricas, almas solitarias en puertos y muelles. Quizá estas páginas sólo pretendan ser un homenaje íntimo a todas ellas.

A sus lágrimas.

A sus manos arrugadas.

Y a sus dolores.

Déjenme reconocer al Museo ANFACO de la Industria Conservera de Vigo su trabajo delicado y hermoso.

A Celestino Vieitez, su monumental esfuerzo por documentar el naufragio del Santa Isabel en su libro *Trasatlántico Santa Isabel. El Titanic de las costas españolas.*

A los periódicos *ABC*, *El Faro de Vigo* y *La Voz de Galicia*, por ser memoria de tinta de nuestra historia.

A Bobby Fernández de Bobadilla, por su generosidad al prestarme la historia de su madre. La vida de doña Inés Lazariego está teñida de ella.

Cada fuente de la que he bebido ha saciado mi sed para poder llegar hasta aquí.

Y, una vez más, gracias a mis hijos, Iago y Gonzalo, que siguen creciendo sin acostumbrarse del todo a las ausencias.

Otros títulos de la autora en Booket: